LES FRUITS SAUVAGES DE LA NUIT

DU MÊME AUTEUR
DANS CETTE COLLECTION

LE MÉDECIN DE STALINGRAD
BATAILLON DISCIPLINAIRE
NATACHA
LA MAISON DES VISAGES PERDUS
LE RETOUR TRAGIQUE
LA ROUTE SANGLANTE
SYMPHONIE RUSSE
LE DERNIER PRISONNIER
LE CŒUR DE LA VIe ARMÉE
NUITS D'AMOUR DANS LA TAIGA
ILS SONT TOMBÉS DU CIEL
DANS UN MONDE INCONNU
MÉDECIN DES ESPRITS PERDUS
LES FRUITS SAUVAGES DE LA NUIT
NOCES DE SANG A PRAGUE
LE DESTIN PRÊTE AUX PAUVRES
JE GUÉRIRAI LES INCURABLES
BEAUCOUP DE MÈRES S'APPELLENT ANITA
AMOUR ET SABLE CHAUD
MANŒUVRES D'AUTOMNE
LE MÉDECIN DU DÉSERT
LA FILLE DU DIABLE
JE RÉCLAME LA PEINE DE MORT
LE DÉFI DES HOMMES
LE CANAL SILENCIEUX
ENFER VERT
L'HOMME AU VISAGE D'ANGE
UNE DÉESSE NE PLEURE PAS
L'ANGE DES OUBLIÉS
LE MÉDECIN DE LA VALLÉE
LA MENACE

HEINZ G. KONSALIK

LES FRUITS SAUVAGES DE LA NUIT

Roman

PRESSES DE LA CITÉ

Le titre original de cet ouvrage est :

ZUM NATISCH WILDE FRUCHTE

Traduit de l'allemand par

Jeanne-Marie GAILLARD-PAQUET

ISBN 2-266-00301-1

1

Le 21 janvier 1945, près de Meseritz-sur-l'Obra, cinq hommes fonçaient à travers la neige ; c'était pour eux une question de vie ou de mort. Tout autour d'eux, les projectiles ne cessaient de claquer et de hurler, la terre noirâtre jaillissait en une fontaine meurtrière, les balles sifflaient à leurs oreilles affolées. La terreur, une peur inhumaine, déformait leurs visages inondés d'une sueur collante.

— A gauche, les gars, à gauche ! hurla le premier en montrant du doigt le fond d'une vallée endormie sous un léger nuage de neige. Il s'arrêta et jeta un coup d'œil sur les quatre silhouettes vacillantes qui le suivaient, tels des lièvres géants, à travers la poussière immaculée et inconsistante. Deux d'entre eux soutenaient un troisième par les bras.

Au sud de Meseritz, à la lisière du bosquet, les tanks prenaient position. Monstres informes et sombres. Des tanks russes T 34. Derrière leurs tourelles d'acier, les soldats de l'Armée rouge vêtus de longs manteaux couleur de terre se préparaient à l'assaut.

L'offensive soviétique de « la Warthe et l'Oder » venait de commencer.

De l'autre côté du bosquet, les lueurs d'incendie embrasaient le ciel glauque. Meseritz se consumait lentement. Un village tranquille et heureux, un de ces innombrables petits villages qui tombaient en cendres et dont, ensuite, plus personne ne parlerait.

— Je n'en peux plus! cria l'homme désarticulé que traînaient misérablement ses deux compagnons épuisés. — C'était presque un gosse encore; ses cheveux blonds lui tombaient sur les yeux, du sang souillait son col. — Laissez-moi, sauvez-vous! Je n'en peux plus...

— La paix, Toni!

La petite caravane s'immobilisa dans la neige. Les autres empoignèrent l'enfant-soldat par les bras et les jambes, et s'enfuirent en courant vers la vallée, le nuage de neige, la vie...

Juste avant la côte, ils rejoignirent le cinquième fuyard dont la veste d'officier gisait en lambeaux sur l'épaule; il ne lui restait qu'un galon, mais cela suffisait pour qu'on reconnaisse son grade de commandant.

— Que se passe-t-il? s'écria l'officier. Vous voulez qu'ils fassent un carton sur vous? Allez, grouillez... En bas!

— Toni est dans les pommes! répondit quelqu'un.

Le commandant garda le silence. Il rejoignit le petit groupe, saisit la jambe pendante du blessé et, sans dire un mot, ils poursuivirent tous les cinq leur course trébuchante, univers en miniature menacé d'anéantissement, le cœur étreint par la terreur animale de la mort.

C'est ainsi qu'un obus lancé par un des tanks soviétiques posté en lisière de la forêt les atteignit avant qu'ils n'aient pu gagner la vallée protectrice. Un coup de poing gigantesque secoua la terre auprès d'eux; une tornade les bouscula et une pluie de cailloux et de poussière les coucha dans la neige.

Quelques minutes plus tard, des infirmiers russes les ramassèrent et les emmenèrent au village incendié. On les pansa, on leur donna du thé et, trois semaines plus tard, ils partaient vers la Sibérie.

— Si jamais nous rentrons un jour en Allemagne, dit l'un des cinq compagnons alors qu'ils se trouvaient une dernière fois réunis sur la paille pourrie d'une grange à moitié démolie sous la surveillance d'un soldat Kalmouk, nous resterons unis comme des frères... jusqu'à la mort.

Ils se serrèrent la main. Un serment jailli de cœurs échappés à l'enfer.

Meseritz-sur-l'Obra.

Le 21 mai 1945.

Et ils se retrouvèrent.

1950. Les mains sur les épaules les uns des autres, ils formaient la chaîne symbolique de la fidélité.

Konrad Ritter, le commandant en retraite.

Richard Erlang, l'ingénieur diplômé.

Hermann Schreibert, le couturier.

Alf Boltenstern, l'ingénieur et l'inventeur.

Toni Huilsmann, l'architecte, le jeune enfant blond autrefois ramené à la vie grâce à l'amitié des autres.

Düsseldorf. Une amitié inébranlable.

Ensemble, ils rebâtirent la nouvelle Allemagne. Ensemble, ils connurent le succès, la richesse, le renom, la gloire. Les enfants bénis du miracle économique. Une existence dorée et enviable.

Jusqu'au jour où ils furent happés par un nouvel enfer, pire qu'autrefois à Meseritz-sur-l'Obra.

Toni Huilsmann fit une dernière fois le tour de toutes les pièces. Il était content. C'est un véritable talent de pouvoir encore éprouver un sentiment de satisfaction, quand on possède déjà tout ce dont on peut rêver. Huilsmann appartenait à cette race d'élus qui savait se réjouir tout autant de la découverte d'une petite cuiller d'étain finement ouvragée que s'il s'agissait d'un Rembrandt original. Ses yeux bleus brillaient de joie en se posant sur son domaine, de cette joie animale du grand garçon heureux de vivre une vie merveilleuse.

La villa de Toni Huilsmann s'élevait un peu en

dehors de Düsseldorf, au milieu d'un grand parc patiné par les années, que son propriétaire laissait volontairement en friche, parce que, disait-il, ce savant abandon contribuait à rehausser l'atmosphère particulière de l'habitation. Une fois passé les grilles en fer forgé et l'allée centrale, elle aussi négligée, envahie par des buissons de sureau, d'épines rouges et de jasmin, l'apparition soudaine de la villa subjuguait le visiteur; c'était une construction de verre et de travertin, tout en longueur. On pénétrait directement dans un grand hall qui donnait sur une immense salle de séjour séparée à son tour par un mur de glace d'une sorte d'atrium envahi par des plantes exotiques soigneusement maintenues à une température tropicale.

Une grande cheminée dominait la salle de séjour aux proportions gigantesques. Quand, au cours de chaque réception, Huilsmann illuminait la pièce en appuyant tout simplement sur un petit bouton, il était certain de produire son effet sur ses invités : le plafond brillait soudain de centaines de petites étoiles... L'infini du firmament dans une pièce de réception.

— Ça fait de l'effet! répondait invariablement l'inventeur de ce prodige à ceux qui s'étonnaient. Un architecte chargé de construire des villes enchantées doit pouvoir donner un exemplaire de ses talents. Mon plafond, c'est, si vous voulez, une sorte de carte de visite. Tous ceux qui ont passé une soirée chez moi et ont subi la magie du firmament étoilé, ne se donnent même plus la peine de jeter un coup d'œil sur la facture... Voilà...

— Tout va bien? cria Huilsmann à l'adresse de sa petite bonne qui le suivait en trottinant. Que dit le frigo?

— Poulet froid, salmis de faisan, buisson d'écrevisses, pâté de gibier, salade à la Waldorf, filets de truites fumés...

— Parfait, fillette!

Huilsmann accompagna l'exclamation d'une chiquenaude sur la joue de la jeune fille, puis il jeta un ultime coup d'œil à la pièce.

Il ne restait que quelques fauteuils de cuir; les autres avaient été relégués et remplacés par des poufs d'origine africaine négligemment éparpillés sur les tapis d'Orient; çà et là, quelques guéridons laqués supportaient des bougeoirs indiens. Près de la cheminée, plusieurs carafes de cristal taillé, alignées sur une longue table en mosaïque, étincelaient de leurs feux multicolores; whisky, cognac, liqueurs et cocktails attendaient au garde-à-vous le bon plaisir des invités.

— Parfait, répéta Huilsmann. Vous pouvez partir maintenant, Else. Vous êtes libre jusqu'à lundi matin à neuf heures. Inutile de revenir plus tôt. Où allez-vous?

— A Neuss, chez ma tante.

Else lança à son maître un regard de vache amoureuse; depuis six mois qu'elle travaillait dans ce palais des Mille et Une Nuits, Huilsmann ne lui avait accordé qu'une chiquenaude de temps en temps sur la joue. Il semblait ignorer les pull-overs étriqués qui galbaient sa jeune esclave, les yeux brillants, le balancement avantageux des hanches et le cliquetis des talons sur le carrelage de marbre, la bouche aux lèvres peintes et au sourire plein de promesses.

— Mais si vous avez besoin de moi, Monsieur..., risqua-t-elle avec espoir.

— Non, non! — Huilsmann remit une bûche de hêtre dans la cheminée; un ronflement sonore répondit à son geste. — Bon voyage et bon amusement, Else!

Il s'enfonça confortablement dans un des fauteuils restants, alluma une cigarette et regarda sa montre.

Dix-neuf heures douze.

Düsseldorf, le vendredi 21 mai.

Une journée triste, pluvieuse, fraîche, presque automnale.

Encore une heure à attendre, pensa-t-il, et le décor

va changer du tout au tout. A nous les coussins orientaux et les filles aux seins et aux fesses appétissants. Et à minuit, quand je leur offrirai mon firmament étoilé... N'en parlons pas. Si au moins, Richard pouvait cesser de temps en temps de jouer les moraliseurs!

Toni Huilsmann renversa la tête sur le dossier de son fauteuil et ferma les yeux.

Tout à coup, il sauta sur ses pieds, se versa un cognac et fit le tour de son palais avec l'allure d'une bête fauve qui attend d'entrer en piste.

Le calme avant la tempête. Un calme particulièrement oppressant.

— Au fait, pourquoi toujours un vendredi? interrogea Jutta en ajustant le nœud papillon de son père. Je viens juste de m'en rendre compte.

Alf Boltenstern se mit à rire et effleura de ses lèvres le front de sa fille. C'était un homme aux tempes grisonnantes, mince et élégant, quoique de taille moyenne; et pourtant, il passait inaperçu. Il habitait un pavillon moderne et confortable près de Oberkassel, sur le Rhin, une maison classique, chaumière minable en comparaison de la villa luxueuse de Toni Huilsmann, la maison du citoyen moyen aux revenus moyens, équipée d'un parquet ciré, d'une cuisine automatisée, d'un grand réfrigérateur et de meubles de jardin. En tant qu'ingénieur et inventeur, Boltenstern avait les avantages d'une profession libérale, mais comparé à celui de ses amis, son compte en banque n'existait pas. Il avait réussi à exploiter deux brevets d'invention, des instruments de mesure automatiques pour la recherche astronomique, brevets que Richard Erlang lui avait achetés lui-même afin d'en tirer bon profit.

Malgré tout, Boltenstern était satisfait de son sort. Depuis la mort de sa femme survenue onze ans plus tôt à la suite d'une opération de la vésicule biliaire, il avait reporté sur sa fille Jutta tout son potentiel d'affection et tous ses espoirs. Et pour bien lui prouver à quel point il avait besoin d'elle, il jouait depuis des années le rôle du brave papa un peu lourdaud, qui faisait faire ses nœuds de cravate par sa fille et se contentait d'un morceau de pain comme repas, à condition qu'il fût beurré par les mains de Jutta.

— Mon père se laisserait mourir de faim en face du réfrigérateur, dit une fois Jutta. Si je ne suis pas là pour lui préparer son repas, il reste assis sur sa chaise sans bouger, comme un enfant en pénitence.

Boltenstern n'avait jamais voulu troubler cette foi naïve; d'ailleurs son affection pour Jutta tournait au fanatisme.

— Un gendre? s'écria-t-il quand Jutta lui annonça qu'elle avait fait la connaissance d'un jeune homme très sympathique. Ma petite fille... Celui qui prétend devenir mon gendre doit avoir fait l'objet des soins tout particuliers du créateur! D'ailleurs, ça n'existe pas!

La cravate était ajustée, et Boltenstern fit un demi-tour devant l'armoire à glace.

— Parfait! Qu'est-ce que je deviendrais, sans toi, Jutta chérie?

— Pourquoi toujours un vendredi? répéta la jeune fille.

— Une journaliste digne de ce nom ne devrait jamais poser une pareille question! répondit-il négligemment en se coiffant. Du lundi au vendredi, on traite des affaires; ensuite, c'est le repos. Pendant le week-end, papa se consacre à sa famille...

Il se mit à rire, mais son essai de plaisanterie tourna court. Jutta donna au costume un dernier coup de brosse en hochant la tête.

— Et demain, tu seras encore groggy et tu auras la gueule de bois!

— Dis donc, comment parles-tu à ton père maintenant, petite insolente!

— Est-ce que oncle Richard sera là aussi?

— Oui, je crois. — Boltenstern se gratta le nez avec

son index, signe chez lui d'une réflexion profonde. — Il s'agit d'un stupide brevet que quelqu'un cherche à me chiper.

— Quand rentres-tu à la maison?

— Le plus tôt possible, petite. — Il s'étira comme un chat engourdi. — Tu sais, une conférence de ce genre, ce n'est jamais une partie de plaisir! On s'embête à mourir, on se tape des discours, on se montre poli avec ceux à qui on aimerait casser la gueule... Je rentrerai de bonne heure. Mais tu n'as pas besoin de m'attendre, Jutta...

Il quitta la chambre, gagna son bureau dont il ferma soigneusement la porte, puis, d'un geste rapide, il ouvrit un tiroir.

Une petite boîte de carton apparut, dont il tira quelques morceaux de papier qu'il recouvrit de feuilles d'étain avant de les glisser dans son portefeuille.

Comme des petites feuilles de buvard.

Il referma le tiroir mystérieux et s'en alla d'un pas nerveux.

— Quelle heure est-il? cria Hermann Schreibert sans quitter sa place.

A genoux devant une fille mince et longue, vêtue uniquement d'un soutien-gorge et d'un mini-slip, il drapait sur le corps nu une lourde étoffe de soie, future robe du soir dont les esquisses traînaient autour du maître. Schreibert avait toujours préféré un modèle vivant; une sorte de fluide courait entre la silhouette animée et ses doigts agiles, fluide d'où naissait une inspiration fructueuse... Il avait besoin de voir évoluer son mannequin, un pas, un geste du bras, un demi-tour, un soupir même donnaient vie à l'étoffe.

A en croire sa réussite, il avait raison, car ses créations trouvaient même grâce devant le sanctuaire de la mode, Paris. Il avait signé des contrats d'échanges avec trois maisons parisiennes de haute couture, et ces accords garantissaient les uns et les autres contre une concurrence qui aurait pu se révéler nuisible. Aussi Schreibert menait-il une existence princière, et pouvait-il se permettre d'entretenir une maîtresse aussi spectaculaire qu'exigeante, Madeleine Saché, à la toison éblouissante, d'or tirant sur le roux, et qui portait le titre de mannequin-vedette de la maison Schreibert.

— Quelle heure est-il? répéta-t-il en déshabillant la fille d'un geste rageur : impossible de réussir le drapé des hanches.

— Bientôt sept heures et demie, répondit Madeleine la Rousse. Pourquoi?

— Nom de Dieu! — Il rejeta la bande d'étoffe récalcitrante dans un coin. — Suffit pour aujourd'hui, fillette. A demain. Quoi? Déjà sept heures et demie? Je n'ai plus le temps de me changer!

— Pourquoi? prononça Madeleine sur un ton inquisiteur. Où vas-tu?

— Réunion de la Chambre des fabricants de textiles. — Il enfila un veston et contempla son visage dans une immense glace qui couvrait tout un panneau du mur.

— Quelle allure! Pas même le temps de se raser... Vite, mon rasoir électrique! Je ne peux pas me présenter à cette réunion comme un clochard!

— Voilà qui me paraît une étrange réunion... Ces derniers temps, tu en as déjà eu quatre...

— Les affaires prennent de plus en plus d'extension! — Schreibert lança à sa maîtresse un regard acerbe. — Et puis, quoi encore? As-tu l'intention de me faire une scène? Est-ce qu'il te manque quelque chose par hasard, pendant mon absence?

— Le lendemain, chéri, tu es toujours tellement fatigué... Où a lieu cette réunion?

— Au Park-Hôtel.

Dix minutes plus tard, Hermann Schreibert sautait dans sa voiture et démarrait en trombe. A sa gauche, le château Benrath, délicatement illuminé, donnait à ce quartier une allure médiévale.

Schreibert avait la réputation d'être un bon vivant; il aimait se traiter lui-même de « maître des ciseaux et maître des cœurs ».

Il oubliait qu'il était également passé maître dans l'art de la dissimulation...

— Aujourd'hui je n'ai envie de rien, dit Richard Erlang en reposant sa tasse de thé.

Assis en face de sa femme, dans un salon luxueux, il semblait extrêmement las. Son regard se posait sur Pétra; il ne pouvait s'empêcher d'être sans cesse étonné de cette splendeur froide et blonde qui savait arborer un sourire de madone, parfois. Comment supposer qu'un mot dur ait jamais pu s'échapper de ses lèvres au galbe parfait? Comment supposer également que ces mêmes lèvres puissent s'épanouir sous la caresse des baisers, s'entrouvrir dans une ivresse amoureuse, exhaler une plainte voluptueuse? Un tel fluide émanait de Pétra Erlang qu'elle eût trouvé une place de choix à la cour galante de Louis XIV, par exemple, entourée des soins attentifs des courtisans, adulée par une escorte de cavaliers pommadés et empanachés.

— Tu sors encore ce soir, Richard?

Pétra se versa une larme de thé dans une délicate tasse de porcelaine chinoise. Son salon était un produit de l'art architectural de Huilsmann... Autrement dit, digne d'un conte de fées.

— Oui, je devais sortir, mais je vais me dédire. — Erlang se leva. — Toujours ces discussions. Alf vient de sortir une nouvelle invention qui intéresse les Suisses.

— Allons-nous l'acheter?

Le timbre de la voix trahissait l'indifférence la plus parfaite. Pétra posait une question pour engager Richard à parler; mais le sujet, manifestement, lui était parfaitement indifférent.

— Je ne crois pas. Ces derniers temps, Alf se comporte de façon étrange. Aucune chance en tout cas d'exploiter ses inventions dans le domaine industriel... Et quand je refuse, il entre dans une de ces rages... Un instant, Pétra. Je vais passer un rapide coup de fil pour excuser mon absence.

Dans la bibliothèque, il composa le numéro de Huilsmann.

— Tu n'es pas fou? interrompit l'architecte dès qu'il eut compris le motif de ce coup de téléphone. J'ai commandé quatre pépées ravissantes! Je t'en prie, Richard, ne joue pas les trouble-fête... Fatigué? Attends, les filles vont te remettre en forme... Bien sûr, tu viens, pas question de refuser. Je t'en ai choisi une avec un soin tout particulier : de longs cheveux noirs, une harmonie de galbes et de rondeurs. Richard... Ne fais pas ça, voyons. Tu me vois dire à la fille : Richard, le pauvre, il ne peut plus!...

— Je t'assure, Toni, je tombe de fatigue. — Il jeta un coup d'œil vers la porte : si Pétra arrivait, il raccrocherait immédiatement. — Je serais un bonnet de nuit...

— Allez, pas d'histoire! On en reparlera après, vieux! Tu prends la bagnole et tu arrives. D'ailleurs, aujourd'hui, ça ne se terminera pas tard. Petite mise en scène agrémentée de champagne et du reste. Surtout du reste! Allons, Richard, si tu ne viens pas, je me vexe...

— C'est bon, j'arrive! — Erlang retourna au salon bleu : — Je suis obligé d'y aller, dit-il avec ennui. Mais je reviens le plus vite possible.

Pétra approuva d'un léger signe de tête. Plongée dans une revue américaine, elle grignotait des biscuits secs. Tout de même, elle leva la tête quand il se pencha pour lui effleurer le front d'un baiser furtif. Tout comme une poupée qui sourit quand on la met sur le dos.

Quand Richard démarra, Pétra le suivit des yeux, cachée par la portière du salon. Pourquoi n'avons-nous plus rien à nous dire, Richard? pensa-t-elle en lâchant le rideau. Pourquoi tous ces millions ont-ils édifié une sorte de mur entre nous? Comme la vie était belle, il y a dix ans, quand nous nous sommes mariés. Mais maintenant? Quand nous nous regardons, on a l'impression que c'est à travers une longue-vue... Chacun du haut de sa planète... Et pourtant, nous nous aimons...

Elle revint à son fauteuil, mais ne s'assit pas. Une étrange inquiétude la rongeait. J'ai oublié où a lieu cette réunion, songea-t-elle. Je lui aurais téléphoné dans une heure, et je lui aurais dit : Richard, je t'aime! Reviens vite...

Serait-il rentré?

Elle courut dans le hall sans but. Toujours cette inquiétude, cette peur.

Et encore plus étrange cet appel vers Richard Erlang, cet amour brûlant et oublié.

A huit heures du soir, Werner Ritter, jeune officier de la police judiciaire, prenait son service de nuit à la préfecture de police. Bureau 101. Section criminelle.

— Ça va être calme, commenta le commissaire tout en mettant de l'ordre sur le bureau. Toute la racaille est au vert. C'est le week-end! Et vous pensez, maintenant, avec la semaine des quarante heures! Il vous faudrait une sacrée dose de veine, Ritter! Samedi et dimanche passe encore. Mais le vendredi, c'est toujours endormi. Ce sont les collègues des « Coups et Blessures », par contre, qui ont tout le boulot... Qu'est-ce que donne la télé?

— Un opéra, répondit Werner Ritter en débouchant une Thermos.

— Il ne manquait plus que cela! Allons, la nuit finira bien par passer quand même!

Ritter esquissa un léger sourire; deux minutes plus tard, il se retrouvait seul dans le bureau. A côté, deux gardiens tuaient le temps en faisant une partie d'échecs, et en se racontant des blagues paillardes qui circulaient à la section des « Mœurs ».

Une nuit très longue s'installait.

A Düsseldorf, dans le faubourg de Derendorf, le commandant en retraite Konrad Ritter dégustait une salade de cervelas accompagnée d'une bière. Confortablement installé dans son fauteuil, les pieds sur la table, le regard fixé sur le petit écran...

Le journal télévisé.

Les prévisions météorologiques.

L'opéra.

Bonne soirée en perspective...

D'ailleurs, il était d'excellente humeur. Une heure plus tôt, on lui avait téléphoné de Nuremberg.

— Tout est d'accord, mon commandant! avait annoncé fièrement son ami Willerecht, capitaine en retraite. Nous aurons le terrain du Maifeld pour notre grand rassemblement du mois d'août. Ça n'a pas été sans mal, avec ces jeunes blancs-becs d'aujourd'hui. Mais la tradition reste toujours vivante, et l'esprit germanique, heureusement, continue à survivre dans les hautes sphères. Par contre, le ramollissement du peuple est une honte! Pour un concert des Beatles, on obtient toutes les salles qu'on désire... Mais pour un rassemblement militaire, ils en font une tête! Il va être temps quand même de réveiller l'esprit nationaliste et je compte beaucoup sur la réunion de notre division...

Le commandant Ritter avait félicité chaleureusement le capitaine Willerecht pour son succès et, le cœur satisfait, il avait raccroché. Oui, il fallait montrer à la jeunesse ce qu'on avait été...

L'opéra. Vingt heures quinze...

Au quatrième top, il sera exactement...

Au quatrième top...

2

LE premier arrivé fut Boltenstern. Le palais des miroirs brillait de tous ses feux, la porte d'entrée était grande ouverte.

— Tout seul? interrogea le nouveau venu en apercevant le maître de maison solitaire devant sa cheminée. Je pensais que deux nymphes charmantes m'accueilleraient et me conduiraient jusqu'à un coussin orné de roses épanouies...

— Les filles vont arriver, en bus...

— Quoi?

Boltenstern s'enfonça avec délices dans un fauteuil de cuir noir.

— En bus, oui! Elles viennent de Dortmund.

— Tu es fou! Pourquoi donc?

— Ce sont des numéros sensationnels, Alf. C'est un grand industriel d'Essen qui m'a donné le tuyau. Quand il a des difficultés avec des collègues, suisses ou hollandais, au ventre rebondi, il invite toujours les jouvencelles de Dortmund. Résultat invariable... Le lendemain matin, tous les contrats sont signés... — Huilsmann se mit à rire et versa à Boltenstern sa boisson favorite, un genièvre. — J'en ai trié quatre, mon vieux, et je t'assure, comparées à elles, les Parisiennes ne sont que des jeunes vierges effarouchées. Si tu veux le numéro de téléphone... un coup de fil suffit!

— En bus! — Boltenstern hocha la tête, puis lança

à son ami un coup d'œil pensif. — Et qui conduira la carriole?

— La directrice de la boîte...

— Mince, ça en plus?

— Tout est parfaitement bien organisé. La directrice attend au *Tannenbush* et vient rechercher ses protégées sur le coup de cinq heures du matin.

Boltenstern contempla son genièvre en silence.

Cinq heures du matin...

Encore neuf heures...

Brusquement, il se sentit l'envie de se lever et de partir rejoindre Jutta, sa fille.

— Eh! Les amis! Nous voilà une fois de plus réunis! s'écria Huilsmann. — Sur une table roulante maniée avec dextérité, des ballons à cognac cliquetaient gaiement. Le plafond étoilé était retourné à son obscurité; seuls brillaient encore les vasques de cristal de l'atrium dans lesquelles baignaient des plantes exotiques et un éclairage indirect dissimulé dans la voûte recouverte de marbre qui séparait le hall d'entrée du living-room. — Depuis quand ne nous sommes-nous pas vus?

— Depuis deux semaines, crétin! — Schreibert se prélassait déjà sur un des coussins orientaux; pour la trentième fois environ, il admirait les effets de lumière dont le raffinement ne cessait de l'étonner, tout en se massant le genou, selon sa bonne habitude.

— C'était à Cologne, où Alf nous avait procuré quelques danseuses de ballet. Ça a failli se terminer en catastrophe, les enfants! Une de ces petites oies est venue me surprendre sans crier gare dans l'atelier; elle voulait à tout prix devenir mannequin. Le mal que j'ai eu à calmer Madeleine! Elle s'est jetée sur la petite avec un énorme vase plein d'eau!

Boltenstern et Erlang se tenaient debout devant la cheminée; ils buvaient leur cognac à petits coups voluptueux, mais ne se sentaient pas encore au diapason. Une sorte de pesanteur accablait la pièce, et personne n'aurait pu en expliquer l'origine. Mais ils la ressentaient tous, même Huilsmann, malgré l'agitation qu'il déployait pour servir ses invités.

Les autres fois, la soirée démarrait d'une façon très différente. Dès qu'on avait passé la porte d'entrée, c'était des cris et des claques amicales sur les épaules; puis Schreibert — en général, c'était lui — racontait les dernières bonnes histoires. Une petite heure passait, et déjà les dignes seigneurs de la société quittaient leur veston et leur réserve et commençaient à se conduire comme des Mongols ivres. Le lendemain matin, quand on se séparait au petit jour, les yeux rouges, la respiration haletante, les cheveux humides de sueur, couverts de traces de baisers et de caresses depuis le front jusqu'aux genoux, avec encore sous les doigts la douce sensation de corps nus, on se serrait la main en se disant avec un clin d'œil complice : « C'était formidable, hein? On a besoin de ça! Si on veut que le ballon s'envole, il faut le regonfler de temps en temps! »

Puis on rentrait à la maison, on se mettait au lit jusqu'au soir et, à l'heure du dîner, les yeux gonflés, on ne pouvait s'empêcher d'avouer : « Sacré Alf, va, il s'y connaît en distractions... Plus jamais, je le jure, c'est la dernière fois! »

Mais on s'était déjà donné rendez-vous pour la soirée suivante. Ce n'est pas tellement simple de suivre le rythme d'un parvenu...

Ce jour-là, le 21 mai, pas trace d'ambiance. Même lorsque la voix tonitruante de Huilsmann, venue des profondeurs du hall, annonça : « Les petites arrivent! » Les galants cavaliers aux cheveux grisonnants oublièrent leur reste de jeunesse et restèrent à l'abri de la lumière tamisée en continuant à suçoter leur cognac.

— Nous devrions faire une pause, proposait justement Erlang. A la longue, ça devient barbant. Toujours les mêmes filles, toujours les mêmes jeux, toujours les mêmes soupirs, les mêmes « O quelle fougue, mon chat! » ou bien encore « Fais gaffe, tu me fais mal! », alors que tu sais parfaitement que tout est payé en bloc, les soupirs, la mise en scène et le reste. Il est temps de changer un peu de disque!

— Paris! renchérit Schreibert en massant son genou gauche. Je n'arrête pas de le répéter : prenons trois jours de vacances et allons tous ensemble à Paris. Rendez-vous compte, la fille d'une princesse russe coûte cent francs! On commence au rythme des *Bateliers de la Volga* et à la fin, ce sont *Les Cloches du Soir*.

— Tais-toi à la fin avec tes sornettes! — Erlang reposa son verre sur le manteau de la cheminée d'un geste rageur. On entendait au loin des miaulements féminins, et tout d'un coup, un éclat de rire hystérique perça le calme de la pièce obscure. — Je propose que nous fassions une pause de deux mois; ensuite, d'accord pour une virée collective à Paris...

Les filles de Dortmund traversaient le hall, conduites par Huilsmann, fier comme un paon.

— Je prends la brune, lança Boltenstern.

— J'ai du rouge chez moi, c'est mon plat de tous les jours..., commenta Schreibert. Je prends la blonde.

— Et toi, la blonde platinée? interrogea Boltenstern en bourrant Erlang de coups de poing.

— Je ne sais pas... J'aurais plutôt envie de foutre le camp. Tout cela me donne la nausée!... Alf, je crois vraiment que nous sommes irrémédiablement blasés. Il est temps que nous nous reprenions un peu en main...

— Le voilà qui recommence à faire de la morale! Schreibert se leva péniblement et tendit les bras. Dans le hall, les filles envoyèrent des baisers. Huilsmann les aidait à ôter leurs imperméables, sous lesquels d'ailleurs elles ne portaient pas grand-chose..., l'œil exercé du couturier s'en rendit vite compte; il claqua de la langue.

— Venez ici, petites! s'écria-t-il gaiement. Pour tonton Hermann, le blond est toujours synonyme de miel!

Il les rejoignit et les embrassa toutes à tour de rôle. Erlang gronda comme un chien en colère.

— On croirait presque qu'il vient de la forêt vierge et qu'il n'a pas touché une femme depuis un an, grogna-t-il.

Boltenstern compta les filles des yeux :

— Quatre... Il devait y en avoir cinq?

— Tu en veux deux pour toi tout seul? intervint Erlang. Ne te surestimes pas, Alf!

— Il manque la directrice.

Huilsmann revint dans le living-room avec la blonde platinée et la brune qu'il présenta à Erlang et à Boltenstern.

— Un simple contretemps! Nos belles de nuit sont arrivées seules en voiture. La directrice est tombée malade sans crier gare.

— Si on lui envoyait une carte postale... — Un accès de fureur incompréhensible secouait Boltenstern. — Si je comprends bien, l'une d'elles doit garder la tête froide pour conduire au retour?

— Oui, moi, répondit immédiatement la brune. Je m'appelle Karin...

— Alf...

— Même sans avoir bu, je suis très gaie de tempérament. Inutile de faire cette tête-là, bêta! Attends un peu...

— Musique! coupa Schreibert. — La blonde traînait déjà sur ses genoux, à moitié nue. — Ohé, les gars, je tiens une de ces formes! Tant de beauté appétissante me fait perdre la tête. Je me sens comme un poisson dans l'eau!

Les filles éclatèrent de rire. Huilsmann brancha l'électrophone; de tous les coins de la pièce, invisible, une musique douce et voluptueuse les enveloppa.

— Je suis Béatrice, murmura la blonde platinée en se collant contre Erlang. Donne-moi une gorgée de ton cognac.

— Richard...

Il obéit.

Huilsmann entraînait Mary la Rousse vers la cuisine. Boltenstern distribuait des coupes pleines de champagne, tandis que Schreibert faisait à Lola la Blonde un grand discours sur les dessous français.

— Comme tu es grave, Richard, reprit Béatrice. Viens, dansons. A moins que je ne te plaise pas?

— Mais si, mais si. Tu es ravissante. — Il la serra contre lui, posa ses mains sur les hanches de Béatrice et l'entraîna sur le plancher au rythme langoureux de la musique invisible. Plutôt qu'une danse, c'était un balancement cadencé de deux corps noués, une caresse mutuelle, un jeu raffiné, une tension intérieure. Mais Richard dansait sans grâce et sans conviction; et tandis que Béatrice appuyait la tête sur son épaule et l'étreignait avec fougue, lui, il examinait attentivement la salle.

Huilsmann revenait de la cuisine en portant quelques plateaux d'argent; Mary poussait une table roulante; elle avait déjà ôté sa robe, et, sur son soutien-gorge et son slip, avait serré un petit tablier brodé. L'ensemble ne manquait pas de charme. Les yeux de Huilsmann étincelaient.

Puis ce fut l'heure du dîner. Cocktail de homard, filets de truites fumées, pâtés de gibier avec sauce chasseur, toasts, et, pour arroser le tout, champagne. Peu avant la fin du repas, Boltenstern se leva et sortit; il s'enferma dans la salle de bains pour ouvrir son portefeuille.

Les morceaux de papier-buvard emballés dans du papier d'étain reposaient dans des sachets en plastique; quatre d'entre eux avaient des reflets roses, les quatre autres étaient d'un blanc immaculé dans la lueur froide des tubes de néon.

Avec prudence, Boltenstern tira les papiers de leur étui, et les renifla les uns après les autres; satisfait, il hocha la tête : il ne s'en dégageait aucune odeur; puis il les examina à contre-jour et hocha de nouveau la tête. Enfin, il remit les buvards en place dans son portefeuille, le portefeuille dans la poche intérieure de son veston, et il quitta la salle de bains.

En bas, dans le grand living-room à l'éclairage savamment parcimonieux, régnait déjà un grand branlebas. Huilsmann et Schreibert étaient en manches de chemise; les filles poussaient des petits éclats de rire perçants; on avait versé du cognac dans leur coupe de champagne, et les effets de cette mixture se faisaient sentir. Étendues sur le tapis, elles ricanaient, tandis que sous les mains de leurs cavaliers, elles ressemblaient à des chats jouant avec une pelote de laine.

— Finie, la mangeaille! hurlait justement Schreibert au moment où Boltenstern revenait de sa petite virée solitaire. Promenade digestive, camarades! Qu'on prépare tout pour le pique-nique!

Debout devant la cheminée, Erlang embrassait sa compagne; Béatrice avait passé une jambe nue autour des hanches de Richard; on aurait dit une liane s'agrippant à un tronc d'arbre.

— La chasse commence! cria Huilsmann à son tour, les jambes étendues sur le corps de Mary. Manifestement, il avait déjà trop bu. — Par quoi allons-nous débuter?... Mais, au fait, les enfants, on ne boit rien ici!

— C'est tout ce que tu trouves? ironisa Erlang en remplissant la coupe de Béatrice.

— Peut-être pas..., Boltenstern s'assit sur la table, près de la cheminée, et des deux mains rassembla les carafes pleines de liqueurs. — Si vous y consentez... si vous n'avez pas peur... Je peux vous procurer un monde totalement nouveau.

— Je n'ai pas tellement envie d'aller faire un tour dans la lune, du moins pas pour l'instant, protesta Schreibert.

— Avec un peu d'imagination, tu y es dans une heure. J'ai apporté du LSD...

— Du LSD? — Schreibert serra un peu plus Lola

contre lui. — Alf, est-ce une nouvelle petite cochonnerie pleine d'agrément?

Boltenstern fit signe à Karin de le rejoindre avec deux coupes de champagne.

— Le LSD est un stupéfiant, annonça-t-il tranquillement. Le stupéfiant le plus violent qu'on connaisse de nos jours.

— Holà! — Huilsmann reposa son verre. — Un genre de haschisch?

— Bien plus fort encore! Il bat même la mescaline.

— Si je ne me trompe pas, on l'extrait d'une certaine sorte de cactus américain, dit Erlang.

— Oui, du peyotl. Tu as raison.

— Incroyable! Alors que nous avons là à nos pieds les plus belles filles du coin, ils discutent sur les cactus!

— Schreibert saisit un verre et le lança sur Boltenstern.

— Je l'ai rapporté de Paris, poursuivit l'inventeur après avoir évité adroitement le projectile.

Brusquement, tout devint silencieux, même Schreibert qui se préparait à viser cette fois la tête d'Erlang avec la coupe de Lola la Blonde.

— Paris, reprit-il sur un ton inspiré. Voilà qui vaut la peine de prêter une oreille attentive.

Pour lui, Paris représentait le nombril du monde : tout ce qui venait de Paris était digne d'intérêt.

Lentement, Boltenstern fit des yeux le tour de la pièce et de ses occupants. Un léger sourire imperceptible détendait les commissures de ses lèvres.

— Il y a trois jours, j'étais à Paris...

— Salaud! intervint l'incorrigible Schreibert. Et il n'en parle même pas!

— ... le dernier soir, je me promenais le long de la Seine. C'est un spectacle inoubliable que celui de Notre-Dame vue des quais de la Seine, lorsque le clair de lune glisse sur les toits et que toutes les statues de pierre commencent à s'animer. Je me suis appuyé sur le pilier du pont et, en me penchant pour mieux voir, j'ai aperçu un feu; accroupies autour du feu, une vingtaine de silhouettes, hommes et femmes; un amalgame invraisemblable de journaux, de vieux tapis, de couvertures, de matelas éventrés, et même un vieux fauteuil à bascule. Au milieu du cercle, éclairée par les reflets du feu, une fille aux cheveux longs s'agitait les bras tendus, le buste oscillant comme le battant d'un métronome, et elle prononçait des mots sans suite, riait et murmurait tout bas des paroles incompréhensibles. Mon Dieu, me suis-je dit, cela ressemble tout à fait à une transe. Vas-y donc voir d'un peu plus près. Effectivement, quand ils m'ont vu arriver, ils m'ont regardé avec attention. La plupart d'entre eux étaient des jeunes au visage pâle et émacié; la fille du milieu se mit à chanter d'une voix aiguë, trébuchante, irréelle, tout en tournant la tête de plus en plus vite, comme si elle était assise sur un champ de billes. « Qu'est-ce que c'est? » ai-je demandé à mon voisin. « C'est du LSD, monsieur », répondit-il avec une grimace qui aurait dû être un sourire. « Jamais entendu parler... Un stupéfiant? » Et l'homme approuva de la tête. Dans ses yeux brillait un étrange éclat fiévreux. Tout à coup, il tira de l'une des poches de son veston crasseux un petit paquet plat enveloppé d'une feuille d'étain, et me le montra. « Ceci contient le paradis, monsieur », répéta-t-il. « Un univers de couleur violette! Vous ne pouvez pas savoir comme le monde est beau, tant que vous n'avez pas pris de LSD. Hier soir, j'étais un prince inca! Parmi les beautés de mon pays, j'ai choisi pour moi les quarante plus belles filles et je les ai emmenées au temple... »

— Quel vantard! interrompit Schreibert. Quarante!

Boltenstern leva la main comme le font les conteurs égyptiens; sa voix placide et monotone produisait sur ses auditeurs un effet d'autant plus profond.

— « Et la jeune fille? » ai-je alors demandé à mon informateur. « Que fait-elle? » « Elle assiste à la naissance des étoiles, issues du chant des nuages de pourpre et d'or, du moins, c'est ce qu'elle raconte. » L'homme alors me présenta un petit paquet. « Essayez, monsieur. Dix francs la feuille. Où pouvez-vous, pour dix francs, trouver le moyen miraculeux de vivre en dehors de votre carcasse corporelle? »... Je lui ai acheté tout son paquet.

Un silence total régnait dans la pièce. Les filles fixaient d'un regard étrange le portefeuille que Boltenstern tenait dans sa main; Huilsmann transpirait; Schreibert se massait consciencieusement le genou, tandis que Erlang vidait lentement sa coupe.

— Est-ce que c'est dangereux, ton truc? demanda alors Richard.

C'était exactement la question que chacun avait sur le bout des lèvres.

— A la longue seulement, si l'on en prend l'habitude au point de ne plus pouvoir s'en passer, répondit Boltenstern en manipulant négligemment son portefeuille. Je me suis procuré à Paris tous les renseignements possibles sur le LSD. Aux États-Unis, il y a déjà un million d'individus, hommes et femmes qui, grâce au LSD, se réfugient dans un autre monde. Le LSD produit une sorte de schizophrénie artificielle qui nous permet de faire remonter en surface ce qui dort au fond de notre subconscient. L'effet dure huit heures et ensuite, on a la gueule de bois... c'est tout. Dans les cercles américains, du genre de cette charmante réunion de ce soir — impossible de ne pas remarquer l'air ironique du conférencier — la séance de LSD fait partie du cycle habituel des jeux de société. En tout cas, c'est autre chose que ces stupides jeux de gages et compagnie... et vous vouliez tous du nouveau!

Richard Erlang leva la main :

— Montre ton truc, Alf.

— C'est bien emballé, sinon l'humidité s'évapore. La dose minimale : cinquante microgrammes pour les filles, quatre-vingts pour nous. Soit quatre-vingts millioniėmes de gramme.

— Incroyable! grogna Schreibert ébahi.

— Et tu es sûr que nous voguons vers un nouveau monde avec ta drogue? interrogea Huilsmann.

— Oui... Je ne vous en ai parlé que parce que je trouvais le truc intéressant. Et maintenant, place à la musique, au champagne et à la lumière tamisée, s'il vous plaît!

Huilsmann ne réagit même pas; il demeura assis sans faire un mouvement à côté de Mary la Rousse, prostré. Dans ses yeux, brillait un point d'or. Ce pouvait être le reflet d'une lampe, mais en fait, on avait l'impression que ces yeux-là n'appartenaient déjà plus à Toni Huilsmann.

— Si l'on essayait? demanda-t-il d'une voix rauque.

— Puis, comme personne ne lui répondait, il bondit au milieu de la pièce. — Vous vous rendez compte... Nous devenons d'autres êtres... Nous vivons sur un autre planète!

— Chez certains individus, le LSD produit aussi des hallucinations sexuelles, lança Boltenstern de sa voix neutre.

— D'accord! — Schreibert battit des mains. — Si c'est de la frime, ton LSD, il nous restera toujours la possibilité de faire danser les bouteilles. Hé, vous autres mes jolies, qu'en pensez-vous?

Elles hochèrent la tête; la peur se lisait dans leurs yeux. On les avait achetées pour agrémenter la nuit de quatre messieurs, et c'était effectivement leur spécialité; mais il n'avait jamais été question d'une orgie aux stupéfiants. Mary fut la première à reprendre ses esprits.

— Ce n'est pas bien terrible, essaya-t-elle de rassurer ses compagnes d'une voix indifférente. J'ai déjà tâté l'opium. Le pire, c'est la gueule de bois du lendemain; mais ça aussi, ça passe.

— Alors, on essaie? — Boltenstern ouvrit son portefeuille. — Karin, remplis les coupes. Richard, je t'en prie, ne me regarde pas avec ces yeux-là... Si c'était dangereux, fais-moi confiance, je n'y toucherais certainement pas!

Karin apporta les huit coupes pleines sur un grand plateau. Boltenstern saisit les quatre buvards roses et les trempa rapidement dans les quatre premiers verres.

— Les dames d'abord, ricana-t-il — Les filles prirent chacune une coupe, et le maître des cérémonies jeta les buvards humides derrière lui, dans le grand feu. Puis il saisit les buvards blancs.

Il commença par la coupe de Schreibert, tout en observant du coin de l'œil les réactions de ses amis. Richard, Toni et Hermann entouraient les jeunes filles à moitié nues et flairaient le contenu des coupes. Puis ce fut le tour du verre d'Erlang.

— C'est incolore, inodore et sans saveur, messieurs.

— Un instrument diabolique, autrement dit — Erlang saisit le verre que lui tendait son ami. — Que va-t-il se passer maintenant, si je bois cette mixture?

— Au début, absolument rien. Dans vingt ou trente minutes, ton Moi dédoublé commencera à faire la connaissance d'un autre monde.

Boltenstern leva son verre. Dans la cheminée, huit petits morceaux de buvards humides se consumaient lentement.

— A votre santé! s'écria-t-il.

— Rendez-vous auprès des étoiles! répondit la voix enthousiaste de Huilsmann. Alf, si tout ce que tu nous as promis est de la pure invention, tu en seras quitte pour une tournée générale!

— Trois même, si tu veux.

Boltenstern vida sa coupe à longues gorgées et, en le voyant, les autres suivirent son exemple, impressionnés au fond par l'air intrépide et décidé qu'il arborait. Cela les tranquillisait, car ils savaient qu'en général, Boltenstern se comportait toujours en homme prudent. C'est le seul d'entre eux qui avait manqué d'audace dans la vie, et c'est la raison pour laquelle, il était resté le plus pauvre. Son LSD ne pouvait donc pas être quelque chose de bien dangereux...

— Et voilà ! reprit Boltenstern lorsque tous les verres vides s'alignèrent sur le plateau. Et maintenant, continuons comme avant. Nous avons toute la nuit devant nous.

Il regarda la pendule. Vingt heures dix-neuf.

Lola fut la première à se déshabiller et à entamer une danse devant Schreibert qui battait la mesure...

Les autres aussi se déshabillèrent. Les corps nus et splendides des jeunes filles luisaient dans la lumière irréelle.

Huilsmann réussit à atteindre un interrupteur en vacillant; la lumière s'éteignit; seules, quelques fleurs dans l'atrium semblaient luire dans le noir. Le firmament étoilé s'anima à son tour; des cris d'admiration fusèrent.

Boltenstern observait Karin; une inquiétante lueur semblait consumer ses grands yeux bruns. Est-ce déjà le premier symptôme? se dit-il. Qui va être le premier à sombrer dans l'hallucination? Et que se passera-t-il au réveil?...

Vingt heures quarante-neuf minutes.

Le regard fixe, Huilsmann se glissa dans un coin de la pièce, entre deux dossiers de fauteuil. Sa salive coulait goutte à goutte sur sa chemise déchirée. Il avait arraché un dessus de table et le tenait serré entre ses cuisses. Tout son corps tremblait; d'une voix totalement étrangère, il prononçait des mots inarticulés. Une salle... Une salle immense... Une salle qui conduisait dans l'infini... Et il court à travers cette salle... Partout, il y a des portes, des centaines de milliers de portes; toujours des portes, jusqu'au ciel... Il cherche les w.-c... Sa vessie va éclater... Il se noie dans sa propre urine... et il court, il court sans arrêt de porte en porte, mais chaque fois qu'il arrive à en atteindre une, elle est murée... Plus loin, plus loin...

Des centaines, des milliers de portes, partout des portes qui sont toutes murées, bouchées avec des pierres... Et il crève... Il ne peut pas ne pas crever. Son corps est plein d'urine, comme un tonneau plein à ras bord... Au secours! hurle-t-il. Au secours! Et toujours ces portes murées... Il finit par éclater vraiment... Le nuage crève, il inonde la terre à tel point que les fleurs se fanent, les arbres sèchent, les poissons meurent dans les torrents, et les hommes se recroquevillent, comme si on les arrosait d'acide...

Dans son coin, Toni Huilsmann essaie de se faire encore plus petit. Puis il tombe et reste ainsi accroupi en râlant.

Mary la Rousse s'est mise en boule et roule à travers toute la pièce comme un ballon, tout en gémissant, en poussant des éclats de rire parfois, et en criant : Épluchez-moi! Épluchez-moi... Ce n'est plus Mary, c'est une orange. Elle traînait sur une assiette... et puis elle a roulé sur le plancher, plus loin, dans la rue, et a fini par aboutir dans un ruisseau plein d'eau bourbeuse où elle reste noyée. Un monstre se penche sur elle. Épluche-moi! hurle l'orange. Je t'en supplie, épluche-moi!... Mais le monstre saisit un couteau et se met en devoir de la couper en plein milieu. Non! crie l'orange. Non!... et elle roule un peu plus loin... Elle s'arrête enfin sur une vieille feuille de journal... Le journal commence à se balancer; il se transforme en un plat d'argent; l'orange est secouée en tous sens et deux souris viennent danser un twist sur la peau... Ça chatouille... oh! comme ça chatouille...!

Mary la Rousse continue à rouler à travers la pièce en gémissant, en s'arrachant les cheveux et en crachant...

Hermann Schreibert fait la course dans le grand living-room. Il ôte ses chaussures et les jette contre le mur; puis il se cache sous un canapé et, avec l'énergie du désespoir, il essaie en vain de creuser le sol pour y enfoncer la tête. Il a la bouche grande ouverte, mais pas un cri ne s'en échappe; seulement un long soupir triste et une sorte de piaillement.

La Sibérie... La taïga... Des forêts à perte de vue. Rien que des cèdres et des bouleaux gigantesques... Et des tonnes de neige qui recouvrent toute vie... La tempête hurle à travers les branches... Le ciel tombe sur la terre... Là-bas, un petit vison se balance d'un arbre à l'autre; il saute de branche en branche... Et dans la neige, juste au-dessous de lui, un chasseur toungouse avance à longues enjambées sur ses raquettes; il tire en direction du pauvre petit vison sans défense... Il a un visage aux pommettes saillantes et aux yeux bridés, ce chasseur; son menton est envahi d'une barbe hirsute... Il rit d'un rire menaçant... il poursuit le vison solitaire qui essaie de s'enfuir comme il peut... Il le met en joue... Il tire... Et le vison continue malgré tout à évoluer de branche en branche, de plus en plus vite, le cœur étreint d'une peur mortelle, de plus en plus haut, à la rencontre de la tempête, du ciel gris et plombé... Mais la tête du chasseur grimpe aussi à sa poursuite... O grands dieux! Rien que sa tête qui saute de branche en branche... Une tête avec une grande gueule béante et un sourire diabolique, et des yeux flamboyants...

Richard Erlang est étendu sur le divan; ses jambes tremblent. Il roule sur le tapis, renverse une table et se glisse entre les débris de verres cassés, les gâteaux écrasés, les habits éparpillés. Ses yeux hurlent de peur... Plus trace de sang ni de vie sur son visage blafard et ses lèvres blêmes... On le croirait phosphorescent.

Il suit un sentier dans la forêt vierge... Il n'est plus un être humain mais une araignée géante... Il se voit... Ses yeux, sa tête et, derrière, le corps velu de l'animal répugnant... Un tigre vient à sa rencontre... Ils se font face tous deux, se fixent dans les yeux et chacun a peur de l'autre, mais personne ne veut céder la place... Le tigre courbe l'échine, prêt à bondir... L'araignée sort son dard... Mais voilà que brusquement un serpent descend de l'arbre et se penche sur elle... un horrible serpent blanc à la peau lisse comme la soie... Il la prend à la gorge. Il l'étouffe... de l'air... de l'air... de l'air... Et le tigre sourit... Il ressemble à Boltenstern... mais vite, il s'enfuit dans l'obscurité de la jungle... Et le serpent continue à serrer... un serpent blanc doux comme la soie... De l'air... de l'air... Finalement, le ciel crève et des gouttes de sang tombent en pluie dans la forêt vierge...

Sur le tapis, le corps de Richard Erlang se détend.

Béatrice se jette sur lui; ses cheveux platinés et raides, dressés sur le sommet de sa tête, lui donnent l'air d'une méduse. Elle éclate d'un rire hystérique, arrache les derniers vestiges de vêtements qui lui collent encore au corps et mord Erlang à l'épaule. Puis elle s'étend paisiblement à son tour en tétant doucement.

C'est une panthère noire tranquillement étendue dans l'herbe et occupée tout simplement à manger...

A quatre heures quarante-trois, Hermann Schreibert quitte la villa de Toni Huilsmann en chancelant; avec bien du mal et bien des soupirs, il arrive à se hisser dans sa voiture et il démarre. Parfaitement dessoûlé et lucide, il a pris congé de Erlang, de Boltenstern, de Toni et des filles, et la pensée de son grand lit lui réjouit le cœur.

Du moins, c'était ainsi qu'il se voyait. Pas le moins du monde fatigué; rien qu'une espèce d'amertume dans la bouche; sa tête bourdonnait légèrement, mais il se sentait plus frais que d'habitude, au retour de « conférences » de ce genre.

Il faisait encore sombre à cette heure matinale; une bruine gluante troublait le pare-brise et transformait la route en un miroir où les lueurs des phares se jouaient; il fallait plisser les yeux pour y voir clair.

La route de Benrath. Comme on est vite chez soi! A gauche et à droite, les arbres amis, ceux qu'on a l'habitude de croiser, et entre les deux rangées, le ruban lumineux de la chaussée.

La pluie tombe en gouttelettes des branches d'arbres. On croirait même l'entendre.

Clic... Clic... Clic...

Les arbres!...

La taïga!

Les arbres gigantesques pétrifiés dans leur gaine de glace...

La tête du chasseur... Elle continue à émerger sans cesse d'une branche à l'autre... à poursuivre le pauvre petit vison affolé...

Plus haut! Plus haut! Au secours! Il va m'attraper... Il tient un filet dans ses mains... Je vais devoir passer le reste de ma vie dans une cage...

Le vison étend ses pattes, bondit dans l'air glacé de la taïga et se laisse tomber de tout son poids sur la tête ahurie du chasseur. Il tombe... Il tombe... Toujours plus bas... Vers la neige... Il tombe, salué au passage par les branches des arbres amis.

Et puis, c'est le choc... D'abord le visage contre la neige durcie; le petit vison pousse un hurlement vers le ciel, car sa tête brûle; le sang inonde ses yeux et l'aveugle...

Au même moment, sur la route de Benrath, deux cyclistes parviennent de justesse à éviter une voiture folle; d'un bond, ils se jettent dans le fossé et, d'instinct, se protègent avec leurs bicyclettes. A quelques mètres de là, un craquement lugubre et prolongé de tôle froissée troue le silence de la nuit, et, pour terminer, un long soupir, comme si l'auto aussi avait une âme.

— Quel poivrot! bredouilla un des cyclistes. En plein dedans!

Il s'agenouilla sur le sol humide et jeta un coup d'œil anxieux sur le tas de ferraille. A travers la portière défoncée, il aperçut le corps du conducteur dont les bras oscillaient encore légèrement. De la tête, il ne restait qu'une bouillie informe, méconnaissable.

— Il y est passé, commenta l'autre cycliste. Je reste

ici... File vite jusqu'à la première maison et appelle la police d'urgence... Ces salauds d'ivrognes!

Inlassablement, goutte à goutte, le ciel arrosait les arbres; les restes de la voiture luisaient dans le matin glauque, comme si on les avait frottés à la graisse.

Dans son lit, Toni Huilsmann ronflait doucement. Mary, Béatrice et Lola se préparaient à partir, trois être pantelants, au visage marqué par la fatigue et l'ahurissement, aux vêtements en désordre et même déchirés. Heureusement, il leur restait la ressource de se pelotonner dans leurs imperméables.

Dans le grand salon au ciel étoilé, Alf Boltenstern, debout devant la cheminée, comptait les billets de banque d'un doigt malhabile.

— Six cents marks, pour l'expérience, dit-il à Karin en enfouissant la liasse dans l'échancrure de la robe. Contente?

— C'est abominable..., bégaya la pauvre fille échevelée. A peine si elle se tenait sur ses jambes, même avec l'aide de l'épaule secourable de Boltenstern. — C'est affreux!

— Ne perdons pas notre calme, fillette. Maintenant, tu décampes en vitesse avec tes trois compagnes et vous oubliez toutes Düsseldorf et cette soirée. — Il lui prit le menton d'une main tendre et embrassa les yeux affolés de Karin. — Oublier, petite... Tu n'y es pour rien, toi. Et il ne me déplaît pas à l'occasion de me souvenir des gens qui m'ont aidé...

— Mais ça, Alf, tout de même... — Elle n'osa pas regarder autour d'elle. — Comment est-ce possible?

— Laissons donc ce problème aux gens compétents. Ces questions-là n'ont rien à voir avec ta jolie tête. Allez, pars maintenant...

Boltenstern se dirigea vers le téléphone et posément, il composa un numéro; mais il lui fallut attendre longtemps avant que quelqu'un daignât répondre à son appel.

Le commandant Ritter sortait d'un profond sommeil. Deux bouteilles de bière, quatre cognacs et un programme de télévision complet l'y avaient plongé sans peine. La sonnerie brutale du téléphone pénétra jusque dans son rêve.

— Oui? hurla-t-il d'une voix peu amène. Qui est à l'appareil? Encore une de ces stupides plaisanteries...

Adossé à la cheminée, Boltenstern avait toutes les peines du monde à soutenir Karin; inutile d'insister, elle était absolument incapable de faire le moindre pas.

— Ici, Alf..., dit-il enfin d'une voix tranquille. Viens ici toute de suite, Konrad.

— Quelles folies avez-vous encore faites? interrogea Konrad Ritter en s'asseyant sur son lit. Complètement saouls, hein? Où es-tu?

— Chez Toni. Stadtwaldstrasse numéro dix-neuf. Viens vite...

— Que se passe-t-il? — Il extirpa ses pieds de dessous la couverture. — As-tu au moins une idée de l'heure?

— Ne pose pas de questions, Konrad, Viens vite... On a besoin de toi...

Il reposa l'appareil sans attendre la réponse de son ami; puis il enpoigna Karin et la porta comme un pantin jusqu'à la voiture. Les trois autres dormaient à poings fermés.

— Allez, fous-moi le camp...

— Je suis incapable de conduire, Alf, bredouilla la jeune fille.

— Mais si! Je n'ai presque pas mis de LSD dans ton verre.

— Je ne peux pas...

— Allons démarre, fillette. Et oublie cette nuit. — Il se pencha et posa un ultime baiser sur les lèvres violettes de Karin. — Oublie tout.

Elle claqua la portière; la voiture fit un bond et disparut dans le jour naissant comme si tous les diables de l'enfer étaient à ses trousses.

Boltenstern attendit que la rue eût retrouvé son silence nocturne; puis, avec mille précautions, il rentra dans la villa, enjamba le chaos et reprit le téléphone.

— Passez-moi la police juciciaire, dit-il d'une voix claire et distincte. Il y eut quelques craquements, et une nouvelle voix endormie de fonctionnaire se fit entendre à l'autre bout du fil. — Voudriez-vous venir de toute urgence chez Toni Huilsmann. Stadtwaldstrasse numéro dix-neuf... Si je ne me trompe, c'est l'inspecteur Werner Ritter qui est de service cette nuit?

— En effet. — La voix devenait de seconde en seconde plus tranchante. — Pourquoi voulez-vous déranger M. Ritter? Savez-vous qu'il fait partie de la section des meurtres?

— Oui, je le sais. Voulez-vous dire à l'inspecteur Ritter, je vous prie, qu'il y a un mort chez Huilsmann?

Puis il raccrocha, éteignit le plafond étoilé et s'installa confortablement dans un fauteuil, une cigarette à la bouche, prêt à une longue attente. Il était exactement cinq heures du matin.

Sur la chaussée luisante qui menait à Benrath, l'ambulance stoppa près d'un tas de ferraille; trois infirmiers retirèrent à grand-peine des décombres le corps inerte de Schreibert; il fallut le glisser par la vitre arrière, car les portières ne répondaient plus.

Il continuait à pleuvoir sans relâche.

3

CONTRE toute attente, le premier arrivé à la villa de Huilsmann ne fut pas le représentant de la police judiciaire, mais Konrad Ritter. Sa petite bagnole trépidante ne payait pas de mine; il est vrai qu'un officier en retraite n'avait guère les moyens de s'offrir de luxe, alors que le moindre manœuvre gagnait davantage : ceci représentait d'ailleurs le thème favori du commandant lorsqu'on le chargeait d'un discours — son discours sur l'évolution de la société, comme il se plaisait à le répéter — au cours d'une des réunions de l'Association des anciens combattants; chacun affirmait qu'à ces occasions-là, il ne ménageait ni les effets pathétiques, ni les foudres les plus menaçantes.

« La reconnaissance de la patrie!... s'écriait-il. Comme cette parole est cinglante à nos oreilles, camarades! Nous qui nous sommes laissé broyer les os sur les champs de bataille, que nous donne-t-on en remerciement? Un pourboire! Que serait devenue l'Allemagne sans nous? »

Quelques auditeurs riaient après cette sortie péremptoire, d'autres applaudissaient. Les jeunes, ceux que Konrad Ritter appelait avec mépris les sans-patrie, les suppôts du communisme, haussaient les épaules. Même Werner Ritter, le propre fils de l'orateur, ne pouvait s'empêcher de sourire avec l'indulgence qu'on accorde en général aux radoteurs séniles.

— Vous et vos souvenirs de guerre ! ricanait Werner. On croirait entendre une courtisane sur le retour rappeler ses souvenirs galants. Vos rassemblements annuels de divisions ! Vos médaillés, vos défilés au pas derrière le tambour, la nuque raide et le menton pointé en avant, comme si vous étiez des statues !

— C'est avec notre sang que nous avons payé ces médailles ! hurlait Konrad Ritter, hors de lui, et blessé jusqu'au tréfonds de son âme.

— Quand donc apprendrez-vous enfin que votre époque n'a pas été « la Grande Époque », comme vous le prétendez, mais une honteuse entreprise criminelle?

Arrivés à ce point de la discussion, père et fils se tournaient le dos. Konrad, le cœur broyé de douleur, gagnait péniblement sa chambre, navré de voir son propre fils, ce gamin de vingt-cinq ans, lui manquer de respect et fouler aux pieds son honneur.

Ce fut donc lui, Konrad Ritter, qui arriva le premier à la villa. Boltenstern vint lui ouvrir immédiatement, pâle, les jambes flageolantes, l'haleine abondamment alcoolisée.

— On ne peut jamais vous laisser seuls ! s'écria le nouveau venu en se débarrassant de son imperméable. Qu'y a-t-il donc? A cinq heures du matin ! — Un coup d'œil dans la grande salle lui suffit pour embrasser le chaos des fêtards. — Eh bien ! On ne s'est pas ennuyé ici, une fois de plus ! Et vous êtes tous tellement ivres maintenant, qu'il faut aller vous mettre au lit à tour de rôle? Où sont les femmes?

— Parties, répondit Boltenstern d'un air sombre. Viens, major, entre là.

Depuis l'épopée de Meseritz-sur-l'Obra, les quatre amis l'appelaient tout simplement « major ». Rien n'avait changé depuis l'infirmerie de Minsk, la captivité, le camp d'Irkoustk, les neuf semaines passées dans les wagons à bestiaux pour rentrer au pays, et toutes les années qui avaient suivi : le major, c'était celui qui venait au secours des autres. Il était le salut pour toutes ces existences perpétuellement sur la brèche. Il était la sécurité. Il représentait à la fois la chaleur maternelle et l'autorité paternelle.

Konrad Ritter suivit son ami dans la grande salle chaotique. Dès qu'il aperçut la silhouette immobile étendue devant la cheminée, il s'arrêta brusquement. Une nappe recouvrait la tête de la victime.

— Bon sang! Alf..., ce n'est pas possible!

— Hélas, major, tu vois bien. Il est mort...

Boltenstern s'affala sur un coussin, dos au feu.

— Il faut que tu nous aides maintenant...

Le regard fasciné par le corps étendu, Konrad Ritter s'essuya le visage et dénoua sa cravate. Une bouffée de chaleur lui coupa la respiration.

— Qui est-ce? demanda-t-il.

— Richard Erlang.

— Comment est-ce arrivé? Crise cardiaque?

— Non. Suicide.

Boltenstern se pencha et ôta le napperon. La tête de Richard Erlang émergea, méconnaissable. Autour de son cou gonflé et bleui, une écharpe blanche avait été nouée. Tellement serrée que la chair du menton et des joues la cachait.

Konrad Ritter fut obligé de s'asseoir.

— Étranglé, dit-il d'une voix sans timbre. Richard!... Mais, c'est absurde! Il était le plus riche de vous tous! Il n'avait ni soucis, ni dettes, ni ennemis. Un veinard, quoi!

— Tu vois bien, major. — Boltenstern fixait les cendres agonisantes de la cheminée. — Je ne savais pas quoi faire, c'est pourquoi je t'ai appelé.

— Où sont les autres?

— Toni dort, Schreibert est rentré chez lui.

— Et les femmes?

— Reparties en taxi.

Konrad Ritter approuva : excellente tactique; on avait fait place nette; pas de témoins encombrants.

— Il faut appeler la police, Alf.

— C'est déjà fait, major. Ton fils va arriver d'un instant à l'autre...

— Ah! Zut alors! Ce n'est pas de chance. Il va vouloir tout savoir, jusqu'aux moindres détails.

— Inutile, puisque tu es là maintenant.

— Qui était ici quand c'est arrivé?

— Nous tous. Mais les filles n'y ont rien compris et Huilsmann était ivre mort.

— Et Schreibert?

— Hermann est resté quelques minutes tout seul avec Richard, répondit Boltenstern après quelques secondes d'hésitation. J'étais au cabinet de toilette, et Toni dormait déjà entre deux filles. Quand je suis revenu ici, Richard était étendu sur le tapis, comme tu le vois maintenant. Une écharpe de soie autour du cou. Quand à Hermann, il était assis sur le divan, les yeux rouges, et il buvait du cognac à même la bouteille.

Konrad Ritter lui lança un coup d'œil ahuri, mais l'autre se contenta de hausser les épaules.

— Ce n'est pas possible, bredouilla le major. Schreibert... Tu ne vas tout de même pas prétendre que Schreibert... Que ce n'est pas un suicide... Écoute, Alf, tu ne dois jamais jamais répéter une chose pareille, ni même le laisser soupçonner! C'est un accident, tu m'entends!

Boltenstern enfouit son visage dans le creux de ses deux mains, comme si le spectacle du cadavre de son ami lui devenait intolérable.

— Je sais que Richard s'intéressait à l'un de ses mannequins-vedettes. Nous connaissons tous Hermann et nous savons comment il réagit à ce genre d'incidents. Il a dû perdre la tête cette nuit...

— Surtout, ne dis jamais cela, Alf. — Ritter bondit sur ses pieds. — Mettons-nous bien d'accord : Richard s'est suicidé alors qu'il était complètement ivre. Écoute, mon vieux, reprit-il en posant amicalement ses deux mains sur les épaules de Boltenstern, nous étions cinq camarades, cinq amis qui en ont vu de toutes les couleurs. Nous avons survécu à tout, à la Sibérie, aux années de famine dans les camps, aux mois de travaux forcés après notre évasion ratée. Rien n'a pu réussir à nous abattre... et ce n'est pas le moment de se laisser aller maintenant, hein? Ce qui s'est passé ici... c'est tragique, c'est dégueulasse, mais à nous de régler cette affaire entre nous. Je vais aller trouver Schreibert aujourd'hui même.

— Merci, major. Je savais bien que tu nous tirerais de là.

Un coup de frein devant la maison les fit sursauter, puis un coup de klaxon.

— La police, fit Konrad Ritter.

— Ton fils...

— Laisse-moi faire, Alf.

Ritter traversa la salle d'un pas saccadé, la tête haute, comme s'il défilait devant son général.

— Qu'est-ce que tu fais ici? lança Werner Ritter à son père en guise de salut.

Deux voitures sombres stationnaient devant la villa; un bataillon d'agents en uniforme s'éparpilla sur le trottoir. Un photographe sortit du coffre tout un matériel perfectionné.

Konrad Ritter lança un long regard vers les hommes en imperméable :

— Que signifie tout ce monde?

— C'est toute la section criminelle, père. — Werner Ritter eut un sourire amer en apercevant le front soucieux de son père. — Ne veux-tu pas nous laisser entrer? Il pleut...

— Ah! Mais oui, bien sûr...

Il libéra le portail. Derrière lui, Boltenstern avança lentement un visage profondément marqué par la fatigue et le choc.

— Bonjour, Werner, dit-il d'une voix rauque. Soudain son regard durcit; un tremblement secoua les commissures de ses lèvres; il serra les dents.

Derrière les agents et les photographes, la silhouette d'une jeune fille apparut sur le seuil. Elle avait réuni en une épaisse queue de cheval ses beaux cheveux auburn et noué un foulard bariolé autour de sa tête. Son imperméable ruisselait sur ses bottes blanches. Une jeune fille moderne, jolie et sportive, sans complexe. Un appareil de photo oscillait négligemment sur sa poitrine,

— Que signifie cette mise en scène? interroge Boltenstern d'un ton dur qui lui était inhabituel.

Konrad Ritter lui lança un regard surpris.

— Bonjour, papa!

Jutta Boltenstern arracha son foulard et secoua sa crinière dorée.

— D'ou viens-tu donc?

Boltenstern regarda tour à tour Werner, puis le major. Alors? semblait vouloir dire ce regard, voilà qui n'était pas prévu au programme. Comment ma fille peut-elle se trouver à cinq heures du matin dans la voiture de la section criminelle?

— Tu étais parti, s'expliqua Jutta avec le regard direct de la franchise.

Jusqu'alors, elle n'avait jamais eu l'occasion d'apercevoir son père à la suite de ces fameuses « conférences »; elle s'était contentée de humer les relents d'alcool dans la chambre à coucher, le lendemain matin; une fois même, il s'y était mêlé un parfum douceâtre qui ne pouvait appartenir qu'à une femme, un parfum bon marché d'ailleurs, qu'elle avait trouvé répugnant, car elle sentait naître en elle une jalousie irrépressible à l'égard de toutes les femmes qui semblaient manifester une certaine attirance pour Alf Boltenstern. Cette fois, il n'y avait plus d'illusions à se faire : ce qu'elle avait toujours soupçonné devenait réalité... les « conférences » abondamment arrosées d'alcool, son père ivre et débraillé, et un peu partout, des traces de présence féminine. Une nausée d'amertume lui serra la gorge. Déception aussi. Une couche de poussière sur le portrait idéalisé d'un père adoré et infaillible.

— Je m'ennuyais, alors je suis allée à la boîte, et j'ai flâné autour de l'équipe de rédaction de l'édition matinale. C'est là que j'ai entendu la radio lancer l'appel de la section criminelle chez oncle Toni; j'ai filé chez Werner et je l'ai supplié de m'emmener. En tant que reporter du journal, bien entendu... Tu peux t'imaginer facilement, je pense, la secousse que m'a faite cet appel. La section criminelle chez oncle Toni! — Elle embrassa du regard le désordre de la pièce. — Que s'est-il passé ici, Papa?

— Tu vas commencer par retourner immédiatement à la voiture, et nous poursuivrons cette conversation à la maison. — La voix froide de Boltenstern coupait court à la moindre réplique. — Occupe-toi de l'inauguration des piscines ou de la sortie des nouvelles modes si le cœur t'en dit. Mais ici, ce n'est pas ta place. Va-t-en, s'il te plaît.

Pendant ce dialogue, Werner Ritter et ses hommes avaient pris possession de la grande salle. Quant au major, il n'arrivait pas à décider s'il devait prendre les devants, attaquer, ou transiger.

Des éclairs trouèrent l'obscurité... Les premières activités du photographe du service.

Le lieu du drame, les environs, l'emplacement du mort, et sa position sur le tapis... Images d'un chaos informe.

A genoux près du cadavre, Werner Ritter observait l'écharpe de soie; il s'abstint de tout contact avec Richard Erlang jusqu'à l'arrivée du médecin.

— Écoute, papa, apprends donc une fois pour toutes à faire une distinction entre ta fille et un reporter de journal. A la maison, quand je te fais ton nœud de cravate, je suis ta petite Jutta. Mais ici, je suis Jutta Boltenstern, journaliste.

En disant ces mots, elle épiait les allées et venues des agents dans la pièce. Son père la prit aux épaules et la poussa vers la sortie. Malgré une tentative de résistance, elle fut bien obligée de céder.

— Assieds-toi dans l'auto et attends! dit-il de sa voix cinglante.

— Bien. Comme tu voudras. — Elle dénoua ses cheveux et les secoua comme une enfant boudeuse. — Faut-il alors que j'écrive : on met obstacle au travail d'une journaliste, on attaque la liberté de la presse?

— Tu mériterais une paire de gifles! répliqua le père. Tu n'écriras pas un mot de ce tu as vu ici, c'est compris? — Le visage fermé de Jutta l'émut; une sorte de douceur monta en lui à la vue des lèvres serrées et du regard flamboyant de sa fille. — Est-ce que tu tiens absolument à me causer des ennuis, Jutta? demanda-t-il tout bas. Aimerais-tu voir ton père impliqué dans une affaire très ennuyeuse?

Jutta releva la tête; une sorte de pitié se reflétait dans son regard, mais plus la moindre trace de mauvaise humeur.

— Tu... tu ne veux pas dire que... que cela te concerne, toi? demanda-t-elle en bredouillant d'inquiétude.

— Si, mon enfant.

Boltenstern exhala un profond soupir : le plus dur était passé.

— Raconte-moi, père...

— Oncle Richard est mort...

Un lourd silence les sépara pendant quelques secondes; les doigts nerveux de Jutta jouaient sans fin avec la courroie de l'appareil de photo suspendu autour de son cou.

— Qu'est-ce que vous avez bien pu fabriquer? interrogea-t-elle enfin d'une voix plaintive, comme celle d'un enfant terrorisé. Comment pouvez-vous vous laisser aller à de telles sottises? Vous êtes pourtant des hommes mûrs, vous avez de l'expérience, vos enfants sont eux-mêmes presque adultes... Vous qui devriez nous servir de modèles... Oncle Hermann, lui, est très gravement blessé.

— Quoi? — Du coup, le père honteux releva la tête.
— Hermann est?...

— Oui, un accident d'auto. Sur la route de Benrath. Il s'est jeté contre un arbre.

— Mais... Il vit encore?

— Oui.

D'un geste saccadé, Boltenstern se passa la main dans les cheveux. Tout son corps tremblait; en une seconde, il avait vieilli de dix ans.

— Qui t'a dit cela, Jutta?

— C'est aussi la radio. En fait, ils ont commencé par annoncer l'accident... et je me préparais à rejoindre immédiatement l'hôpital, quand ils ont parlé de la section des meurtres. J'ai changé de direction, et je suis allée trouver Werner. Tu ne peux pas t'imaginer quel pressentiment me serrait le cœur.

A bout de forces, elle posa la tête sur l'épaule de son père. Boltenstern la serra tendrement contre lui, et son regard se perdit dans la contemplation du parc noyé de pluie. Une lueur blême montait lentement de l'horizon. Un matin gris et lourd, un ciel de plomb. Pas un rayon de soleil, pas trace des couleurs lumineuses de l'aurore; rien que cette lumière pâle, triste, oppressante.

— Est-ce que je peux rentrer avec toi, maintenant?

— Oui, mais seulement si tu sais conserver ton calme. Et pas un mot dans les journaux, n'est-ce pas?

Elle secoua la tête :

— Crise cardiaque? interrogea-t-elle encore tout bas.

— Non! Étranglé.

Les lèvres bleuies de froid s'entrouvrirent, mais pas un son ne passa. Seuls les grands yeux noirs de Jutta trahirent l'épouvante qui lui serrait le cœur et la gorge.

— Viens, ma petite fille, reprit Boltenstern sombrement. Sois forte. Nous sommes dans une mauvaise passe. Pas seulement moi, nous tous!...

Werner Ritter avait pris place dans un des fauteuils profonds, près de la cheminée; il attendait que le photographe eût terminé son travail, puis sans toucher au cadavre, il recouvrit la tête et le buste d'une nappe. Le foulard de soie blanche n'avait pas bougé : il serrait toujours le cou monstrueusement enflé de Richard Erlang.

Sur le seuil de la porte, Toni Huilsmann fit une apparition grotesque. Un policier l'avait réveillé, et il rejoignait ses invités en pyjama, la démarche hésitante; il paraissait encore complètement ivre; ses yeux avaient un éclat inhabituel, et un sourire étrange, infantile, presque dément même, lui tordait la bouche. Il s'immobilisa au centre de la pièce, s'inclina dans toutes les directions et s'adressa finalement au commandant Ritter avec beaucoup de respect.

— Majesté... — On aurait dit que sa voix de fausset sortait d'un tourne-disque branché sur une vitesse trop rapide. — Il est tout à fait normal que Sa Majesté désire un harem avec des murs de verre. Et des lits de verre aussi, bien sûr. Un détail seulement me cause du souci : la statique, la statique, Majesté. Sa Majesté pèse bien autour de cent vingt kilos! Je me demande quelle épaisseur de verre résistera à une telle charge!

D'un regard perçant, Boltenstern contempla Toni Huilsmann, le benjamin de leur petite équipe. Il est encore sous le coup du LSD, se dit-il. Heureusement, tout le monde le croit seulement ivre mort. Si quelqu'un s'avisait de ce qui s'est réellement passé, ce serait une catastrophe!

La voix de Konrad Ritter le sortit de ses profondes réflexions :

— Ne pourrait-on pas attendre que Toni ait recouvré ses esprits avant de l'interroger, Werner? demanda-t-il à son fils. Tu vois bien qu'il est saoul; c'est à peine s'il peut se tenir sur ses jambes!

Werner Ritter aperçut à ce moment Jutta, pauvre petite fille effondrée qui cherchait refuge près de son père. Il lui sourit et un éclair de reconnaissance brilla dans les yeux de Jutta. Ce dialogue sans paroles n'avait pas échappé à Boltenstern. Ah! songea-t-il. Voilà déjà où l'on en est! Un regard muet suffit pour se comprendre...

Cette révélation le combla d'aise; jusqu'alors, il n'avait jamais rien remarqué de plus dans les relations de Jutta et de Werner qu'une amitié cordiale, née de l'amitié de leurs pères respectifs et qui avait grandi avec eux. Boltenstern devait bien reconnaître dans son for intérieur qu'il ne s'était jamais soucié des préoccupations intimes de Jutta. C'était une jeune fille moderne, réaliste, sans illusion devant la vie. En fait, il ne s'était jamais inquiété sur son sort; qu'elle aille danser le soir avec des camarades de classe, qu'elle fasse du cheval ou du tennis le dimanche, qu'elle participe à une course en bateau sur le Rhin ou qu'elle parte toute seule à Berlin ou à Munich pour faire un reportage... peu lui importait; elle était jeune, belle et intelligente, et il lui faisait entièrement confiance.

Tout de même cet échange de tendresse entre Werner et Jutta le surprenait. C'est une évolution normale, se dit-il, et il faut protéger la naissance de cet amour. D'un geste protecteur, il passa son bras sur les épaules de Jutta comme s'il voulait dire : Attention, le chemin qui mène à la fille passe obligatoirement devant le père!

— Je n'ai pas l'intention d'interroger qui que ce soit aujourd'hui, répondit enfin Werner à son père. J'attends d'abord le médecin légiste, puis l'ambulance, et ensuite, je réunirai les premiers indices. Le cas est clair; on va mettre la maison sous scellés et demain, nous réglerons les premiers détails.

— Sous scellés? Pourquoi donc? — Konrad Ritter hocha la tête. — Où va loger Toni pendant ce temps-là?

— Il peut bien rester à l'hôtel deux ou trois jours. D'ici là, nous en aurons terminé avec toutes les formalités.

— Tu permets... Est-ce que ça t'arrive souvent de remuer ainsi le ciel et les enfers pour un suicide?

Werner lança à son père un regard dur qui en disait

long; puis, sans répondre à cette question, il se tourna vers Boltenstern :

— Qui était présent à cette soirée, monsieur?

Il en fallait davantage pour prendre Alf Boltenstern en défaut.

— Nous quatre, notre quatuor habituel, répondit-il après s'être écarté légèrement de Jutta. Vous nous connaissez bien, Werner, voyons! A moins que la police officielle n'exige les détails des identités : Hermann Schreibert, Richard Erlang...

— Pas de femmes? coupa Werner d'une voix cinglante.

— Non! répliqua Boltenstern sans la moindre hésitation.

— Alors, il faut bien admettre que l'un de vous quatre a des mœurs un peu spéciales...

— Eh, fiston! Tu es fou, ma parole! s'écria le major. Tu y vas un peu fort!

— Je t'en prie, père! — Werner tira de dessous son siège un soutien-gorge en assez piteux état, et le présenta à son père dont l'air consterné trahissait mieux que toute protestation le trouble intérieur. — S'il n'y avait pas de filles ici, je suis bien obligé de supposer qu'un de ces messieurs portait lui-même un soutien-gorge. Assez parfumé d'ailleurs...

Konrad Ritter fit des yeux le tour de la petite compagnie : ce soutien-gorge le décontenançait plus que n'importe quelle attaque surprise des tanks russes.

— C'est exact, il y avait effectivement des femmes, avoua tout d'un coup Boltenstern.

— D'où sont-elles venues? poursuivit Ritter implacable.

— Comment le saurais-je? Chacun de nous a amené sa partenaire!

— Vous aussi?

— Oui... — Boltenstern fixa un coin du tapis. — J'ai rencontré une fille sur le trottoir et je l'ai emmenée dans ma voiture.

— Papa..., murmura Jutta derrière lui.

— Eh quoi! hurla Konrad Ritter. Ne faisons donc pas les hypocrites! Qu'y a-t-il de mal à cela? En guise de dessert, ils se sont envoyé quelques fruits sauvages... C'est tout!

— Oui, et un meurtre s'ensuivit, articula calmement Werner.

Un moment de silence; même les policiers qui s'étaient massés aux portes dressèrent les oreilles.

— Voilà bien la plus grande absurdité que tu aies jamais prononcée..., bredouilla Konrad Ritter.

— Un meurtre! — Werner se leva, et cette fois, il évita le regard de Jutta; il savait trop bien ce qu'il lirait dans les yeux tristes. — Le médecin légiste donnera son avis sans tarder. Pas un être humain ne serait capable de s'étrangler soi-même à l'aide d'un foulard! Pas même un ivrogne. Techniquement et physiquement, c'est une supposition absurde...

— Un meurtre! répéta Boltenstern tout d'un coup.

Konrad se tourna vers lui; il se rappelait brusquement les paroles échangées avec son ami avant l'arrivée de la police. Schreibert... Hermann Schreibert étrangle son ami Richard Erlang. Pour une histoire de mannequins! Où en sommes-nous, grands dieux! Nous qui avons échappé aux pièges russes grâce à notre camaraderie... La voix de Boltenstern l'arracha à sa rêverie.

— Si c'est un meurtre, vous n'avez le choix qu'entre trois meurtriers, Werner : Huilsmann, Schreibert et moi! Au fond, votre tâche est relativement facile. J'attendrai avec beaucoup d'intérêt l'occasion d'apprécier la perspicacité de votre esprit...

Cette déclaration pleine de suffisance laissait un arrière-goût d'amertume et d'ironie. Exactement comme la froide ironie qui avait présidé à tous les actes de ces quatre amis et leur avait permis de s'élever jusqu'au sommet de la nouvelle aristocratie, celle des parvenus et des comptes en banque.

Werner Ritter se leva et enfouit le soutien-gorge massacré au fond de sa poche.

Des voitures arrivaient devant la villa; un policier ouvrit les portes vitrées.

Le médecin légiste.

L'ambulance.

Le commandant en retraite Konrad Ritter se mit au garde-à-vous.

Ce fut Boltenstern qui se chargea d'aller porter la macabre nouvelle à Pétra Erlang, car Konrad Ritter s'y était farouchement refusé.

— Je suis prêt à tout pour vous! avait-il protesté. Mais pas ça tout de même! Pendant la guerre, c'était autre chose; on pouvait parler d'honneur, de fierté, de patriotisme. Mais ici... Je ne saurais que bredouiller comme un imbécile.

Lorsque Boltenstern se présenta à la maison de Richard Erlang, il était un peu plus de sept heures. La bonne avait roulé les tapis et passait de l'encaustique sur les parquets. C'était l'heure de sortie des seaux, des balais, des brosses et des aspirateurs. Samedi matin. La maîtresse de maison se levait à neuf heures : le grand nettoyage devait être terminé. On ne pouvait pas lui demander de prendre son petit déjeuner parmi les tapis roulés et les ronflements de l'aspirateur.

Boltenstern s'empara du téléphone intérieur, mais il lui fallut attendre un certain temps avant que la voix douce et endormie de Pétra Erlang se fît entendre.

— Que se passe-t-il? demanda-t-elle brièvement.

— Alf à l'appareil. Pétra, excuse-moi de te tirer du lit à une heure pareille; je sais que ça ne se fait pas, mais c'est très urgent.

— Est-ce que tu veux parler à Richard?

A l'autre bout du fil, il entendit remuer le corps de Pétra. Elle devait s'asseoir et s'adosser aux oreillers. Maintenant, elle se passe la main dans les cheveux et elle bâille, se dit le visiteur matinal. Elle ne peut certainement pas savoir si Richard est rentré, car depuis cinq ans, ils font chambre à part. Richard lit très tard la nuit et étudie des dossiers... C'était du moins l'excuse qu'ils avaient donnée d'un commun accord, à l'époque.

— Je ne sais pas si Richard est réveillé, reprit Pétra d'une voix légèrement plaintive; jamais d'ailleurs, elle ne se laissait aller à la moindre scène de violence, pas même d'énervement. — Il devait être très tard, n'est-ce pas? Curieux que tu sois déjà debout, Alf. Apparemment, les veufs et les célibataires ont plus de résistance que les malheureux époux surmenés.

Amertume et douceur se disputaient la première place dans les paroles de la jeune femme. Pauvre Pétra, songea Boltenstern en passant sa langue sur ses lèvres desséchées. Tu t'es trompée dans ton choix, il y a onze ans. Il ne fallait pas prendre Richard... Je t'aimais, moi, et depuis cette époque, rien n'a changé de l'intensité de mon amour. Si au moins, tu laissais un peu tomber ton masque de fierté, et si tu ne me considérais pas toujours comme un pauvre type... Pétra Wohlhagen, unique héritière des combinats Wohlhagen... Mais la vie est cruelle, tu ne vas pas tarder à t'en rendre compte.

— Ce n'est pas à Richard que je voudrais parler, mais à toi, reprit Boltenstern. Puis-je monter?

— Bien sûr, si tu peux supporter le spectacle d'une femme démaquillée et échevelée...

Il raccrocha et grimpa quatre à quatre l'escalier de marbre. Les salons, les chambres à coucher, la décoration, le mobilier, tout respirait le luxe princier, la richesse, la réussite. Le vieux Wohlhagen avait fait construire cette espèce de châtelet à la suite d'un pari avec son ami et concurrent Stinnes. En fait, c'était Stinnes qui avait gagné, mais le vieux Wohlhagen pouvait se flatter de posséder des w.-c. en marbre de Carrare! Décorés d'allégories grecques... Deux mains de femmes, en marbre blanc également, soutenaient le rouleau de papier hygiénique... C'était trop beau...

Vêtue d'une robe de chambre en soie jaune paille bordée de vison blanc, Pétra Erlang vint au-devant de son ami. Elle s'était donné un rapide coup de peigne; ses boucles blondes entouraient un visage fin aux traits réguliers et à l'expression empreinte de douceur. Un ange ou une fée... Boltenstern sentit le sang affluer à son cœur.

— Entre, Alf, dit-elle en souriant légèrement. L'époque est révolue où Richard se montrait jaloux de tous ceux qui avaient l'outrecuidance de m'apercevoir dans cette tenue négligée...

Derrière eux, la porte se referma avec un bruit sourd. Ce qui se passa entre Alf Boltenstern et Pétra Erlang pendant l'heure suivante, personne ne le sut jamais. Comment il s'y prit pour annoncer à Pétra qu'elle était veuve, pour essayer de la consoler, comment Pétra réagit, quelles questions elle posa... Tout cela demeura un mystère, un secret entre eux deux.

Lorsque la porte du salon bleu se rouvrit, une heure plus tard, Boltenstern sortit le premier; son visage grave et fermé ne permettait pas de deviner ce qu'il pensait. Pétra Erlang le suivait, vêtue d'un tailleur noir, strict, sans bijoux. Ses cheveux blonds ressortaient sur le noir du tailleur comme un incendie dans une nuit sans lune. Un voile léger recouvrait son visage. Elle avait pleuré, mais un maquillage accentué cachait les traces de larmes. Devant la maison, le chauffeur attendait avec la voiture; le moteur ronflait déjà. Devant le personnel ahuri, ignorant encore du drame, elle passa, raide et muette, et s'engouffra dans l'auto.

— Où est-ce? Où est-il? demanda-t-elle à Boltenstern.

Le chauffeur attendait les ordres, casquette en main.

— A l'institut de médecine légale... Ce n'est pas un endroit pour toi, Pétra...

— Je voudrais revoir Richard une dernière fois, dit-elle de sa voix veloutée. Avant que les autres n'arrivent, je veux rester un peu seule avec lui.

Ce jour-là, dès les premières lueurs de la matinée, Werner Ritter déposa le rapport des événements nocturnes sur le bureau de son chef, un rapport concis et réaliste, avec les résultats écrits des premières investigations. Apparemment, ce dossier banal et encore très mince n'eut pas l'heur de susciter l'intérêt de l'inspecteur principal, le docteur Lummer — « Côtelette », pour les intimes — car il le repoussa négligemment sur un coin de son bureau après y avoir jeté un bref coup d'œil distrait.

— Prenez donc cette affaire en main, Ritter, dit-il. A première vue, cela ne me paraît pas bien excitant. Une réunion de messieurs bedonnants et chauves, sur le retour et pleins de fric; quelques filles faciles, beaucoup d'alcool jusqu'à ce qu'on ne sache plus ce qu'on fait. L'un d'entre eux se fait prendre au piège, infarctus... On dira qu'il s'est tué au travail. Un autre se suicide avec une écharpe... Et on trouvera bien une excuse noble. Vous devriez commencer par lire toute la littérature qui traite de Richard Erlang; depuis le bon père tranquille jusqu'au *Turnbruder*, tout y est, c'est édifiant!

« Côtelette » fouilla ses poches à la recherche d'un briquet. C'était l'heure traditionnelle de son premier cigare, huit heures du matin. Ritter se pencha et lui présenta une allumette enflammée.

— L'institut n'a pas encore fourni de conclusions?

— On est en train de procéder à l'autopsie du cadavre, monsieur l'inspecteur.

— Si l'affaire est claire, vous fermez le dossier et vous envoyez la dépouille aux fins d'inhumation.

— Et s'il s'agit d'un meurtre?

L'inspecteur jeta sur son jeune assistant un regard presque paternel.

— Allons, Ritter! Ne cherchez donc pas toujours

midi à quatorze heures! Je sais, on dit qu'il faut aller jusqu'au fond des choses, qu'on peut découvrir un indice... Mais je vous assure, nous sommes ici en présence d'un cas banal et bête... Vous êtes encore jeune, Ritter. Quand vous aurez atteint la quarantaine, vous constaterez vous-même le fossé qui sépare « vouloir » et « pouvoir »... Ces messieurs respectables ont inventé une petite mise en scène... Il posa son cigare à demi consumé et se leva. — S'il s'agit d'un meurtre, Ritter... ce sera votre bonne étoile qui vous l'enverra, sans doute il vous servira de tremplin pour atteindre directement le grade de commissaire...

Une heure plus tard, le commandant Konrad Ritter se faisait annoncer chez le procureur général, Breuninghaus.

Une amitié profonde unissait ces deux hommes depuis le camp 2109 de Novosibirsk. A cette époque, Ritter avait sauvé la vie au lieutenant Breuninghaus. L'hiver 1946 avait amené une véritable disette, et les prisonniers recevaient pour toute nourriture quelques grains soustraits à la ration de la volaille. Ritter s'était arrangé pour passer de la farine et de la semoule en fraude, ce qui avait littéralement sauvé Breuninghaus dont le foie ne résistait plus au régime de la volaille.

Le lieutenant n'avait pas oublié, pas plus que le procureur général.

— Ta visite me fait plaisir, Konrad! Ainsi ce bureau poussiéreux ne te rebute pas trop? s'exclama Breuninghaus en tendant les deux mains à son visiteur. Assieds-toi. Un cigare? Ou un cognac, peut-être?... Ah, mon vieux! Tu as l'air en pleine forme! Ces retraités! C'est toujours ce que je dis... Prends ta retraite et tu rajeuniras! C'est notre père l'État qui paie la révolte des hormones! Un visage frais, poupin, sans rides... Sacré vieux farceur, va, comment vont les petites pépées?... Tu tiens le coup, pardi!

Konrad Ritter se garda bien d'interrompre ce flot

d'éloquence. Il intervint seulement quand le procureur général eut repris son souffle.

— C'est pour une question de service que je suis ici ce matin, Hubert.

— Pour une question de service? Ne sois donc pas aussi laconique, Konrad! De quoi s'agit-il? D'une affaire de mœurs? Des petites filles, des mineures...

— Non, coupa sèchement Ritter. Il s'agit d'un meurtre!

Un lourd rideau tomba sur le visage hilare du procureur général. Toute sa gaieté s'évanouit d'un seul coup.

— Un meurtre..., répéta-t-il sur un ton bourru.

— Peut-être pas, ça dépend! Mon fils...

— Ah oui, ton fils. J'ai entendu parler de lui, il est doué...

— ... mon fils cherche un meurtre là où il n'y a qu'un suicide. Ou si tu veux, un accident. Un de nos camarades...

Breuninghaus bondit; il paraissait sincèrement horrifié.

— Comment? L'un d'entre nous?

— Oui. Richard Erlang.

— Erlang? Notre milliardaire? Que lui est-il donc arrivé?

— Ce matin, vers cinq heures, Boltenstern a téléphoné au commissariat central. Erlang s'était suicidé, étranglé avec un foulard. Vraisemblablement sous l'effet d'une psychose alcoolique, sinon, ce geste n'est pas explicable. Et voilà que mon fils s'en mêle et déclare que c'est un meurtre!

Le procureur se gratta le nez; il ôta ses lunettes et après avoir soufflé sur les verres avec beaucoup de conscience, il entreprit un nettoyage minutieux.

— Des indices? Des soupçons?

— En quelques mots : Schreibert, Huilsmann, Boltenstern et Erlang passaient ensemble une soirée... euh... disons, agitée, chez Toni. Avec des femmes, bien entendu. Des putains. Comment peuvent-ils s'entretuer dans ces conditions? Quatre vieux camarades de guerre, des frères de sang, si je puis dire. C'est absurde.

— En effet. — Breuninghaus sursauta; cette nouvelle le laissait pantois. Richard Erlang, pensa-t-il. Un chic type... En 1949, c'est lui qui m'a donné son manteau quand il faisait si froid... — Et quel doit être mon rôle là-dedans?

— Oh! Rien qui aille contre ta conscience professionnelle, sois tranquille, répondit le commandant en lançant à son ami un regard de chien fidèle. — Si jamais le dossier arrive jusqu'à toi... si tu pouvais t'en occuper un peu... Les jeunes, tu sais, ils n'ont pas l'esprit de camaraderie, ils ne savent pas ce que c'est que de faire la guerre ensemble. Ils sont fringants, ils vont tout abattre... Mais ils ne voient pas plus loin que le bout de leur nez!

— Exactement! C'est aussi ce que je pense... Bon, je m'occuperai du dossier, et de ton fils, par la même occasion. La justice tourne un peu trop souvent en rond, il est temps d'y porter remède. Sois tranquille, Konrad...

Pleinement rassuré, Konrad Ritter prit congé du procureur général. Il n'avait pas du tout le sentiment d'avoir commis un acte illégal; bien au contraire. Peut-on reprocher à un honnête homme de montrer le droit chemin au destin aveugle?

L'après-midi, Boltenstern alla rendre visite à Schreibert. Il aurait voulu amener Toni Huilsmann avec lui, mais le malheureux architecte n'était pas encore en état de se tenir sur ses jambes. Il était au lit et avait l'impression de vomir tripes et boyaux. La brave Else courait dans toute la villa, complètement affolée; elle préparait des infusions, faisait griller des toasts, et parfois même soutenait la cuvette d'émail. Huilsmann la remerciait d'une brève caresse sur les hanches, ce qui faisait soupirer Else.

— Quelle cochonnerie que ce LSD! hoqueta-t-il lorsque Boltenstern vint le voir.

Else était partie chercher un verre de Martini pour le

visiteur; ils étaient seuls, ils pouvaient donc bavarder en paix. Werner Ritter avait fini par renoncer à mettre toute la villa sous scellés; il s'était contenté du hall d'entrée et de la grande salle de réception, si bien que le propriétaire des lieux pouvait se soigner tout à l'aise entre ses propres murs.

— Je ne me rappelle strictement rien! Seulement ce dont j'ai rêvé sous l'emprise de la drogue. Ah! mon vieux, ça, c'était quelque chose!... — Il se recoucha et ferma les yeux, la respiration haletante. — Erlang mort? Schreibert grièvement blessé? Le tableau est complet!

— Personne ne doit savoir que nous avons absorbé du LSD, dit Boltenstern à voix basse, en articulant chaque syllabe. Fais attention à toi quand tu seras interrogé! A la police, tout le monde croit dur comme fer que nous étions ivres morts. Pas question de LSD. Ils ne le connaissent même pas, je parie. Allons Toni... Tu la boucles, hein? Et si on t'oblige à parler, tu tournes sept fois ta langue dans ta bouche avant de prononcer le moindre mot. Compris?

— Tu diras bonjour de ma part à Hermann...

D'un geste prompt, il se pencha brusquement sur sa cuvette. Si ça continue, je vais m'arracher les entrailles, se dit-il. Jamais plus je ne toucherai à ce maudit LSD.

Dans le corridor, Boltenstern se heurta à Else; il lui prit le verre de Martini des mains et l'avala d'une seule gorgée; après quoi, il quitta la villa sans même dire merci à la jeune fille sidérée.

A la clinique, il eut quelque peine à parvenir jusqu'à Schreibert. Le médecin-chef avait interdit toute visite. Seulement les parents très proches. Mais comme le blessé n'avait plus de famille, c'était Madeleine Saché qui lui tenait compagnie. Elle pleurait dans un mouchoir couleur lilas; ses cheveux roux lui tombaient sur le visage, et quand elle sanglotait, elle produisait un petit cri très spectaculaire. Le rôle de la femme effondrée de douleur lui convenait parfaitement... tout son corps réagissait aux moindres soupirs et aux plus petits sanglots.

Finalement, à force d'insister, Boltenstern arracha l'autorisation d'aller voir son ami. Ce fut Madeleine qui l'accueillit dans un redoublement de sanglots.

— C'est affreux..., bégaya-t-elle. Vous vous rendez compte? Mon pauvre lapin... Regardez-le! Qu'est-ce qui s'est passé? Pourquoi ces orgies? Et conduire dans un état pareil! Comme s'il n'y avait pas de taxi! Je savais bien que cette histoire de conférence au Park-Hôtel était du bidon. J'ai téléphoné une heure après le départ de Hermann!...

Boltenstern repoussa la femme sur le côté sans dire un mot et se pencha sur le blessé dont la tête entièrement bandée ressemblait à une boule blanche. Les mains de Schreibert reposaient sur le drap, et quand Boltenstern les souleva, pour les relâcher aussitôt, elles retombèrent, inertes.

— Il n'a pas encore repris connaissance, gémit Madeleine. Il n'a pas encore donné le moindre signe de vie. Si jamais il meurt... c'est vous qui serez responsables de sa mort, espèces d'ivrognes, débauchés que vous êtes. C'est vous qui avez entraîné mon pauvre Hermann!

Il quitta la chambre sans même accorder un coup d'œil à Madeleine. Il n'avait d'ailleurs jamais compris comment Schreibert pouvait s'encombrer d'une maîtresse pareille, ordinaire et criarde. Peut-être tout simplement parce qu'elle s'appelait Madeleine et venait de Paris... Le seul nom de Paris suffisait à faire perdre la tête à Schreibert. Et cela durait depuis son adolescence.

Boltenstern se rendit au bureau du médecin-chef et c'est là qu'il apprit toute la vérité.

— Quelques contusions, une fracture de côte, une fracture de la cuisse, tout cela, ce n'est rien... Par contre, son visage n'est plus réparable. Lorsque la voiture s'est jetée sur l'arbre, c'est la figure qui a pris le choc de plein fouet. Elle a été littéralement rasée par l'écorce de l'arbre.

— Le médecin hésita; il lui était pénible de dire la tragique vérité. — Hermann Schreibert a définitivement perdu son visage. Il ne ressemble plus à un être humain. S'il survit, il lui faudra des années de patience et de souffrances, et un nombre infini d'opérations avant qu'il ne retrouve tant soit peu une figure humaine.

— Mon Dieu..., fit Boltenstern qui se leva en chancelant. Mon Dieu... C'est la pire des choses qui puisse arriver à un être humain.

Il quitta la clinique vieilli, courbé, les yeux rivés sur ses chaussures.

4

A la suite de l'intervention du procureur général Breuninghaus, et malgré certaines réticences de la police judiciaire, le procureur de la République avait délivré le permis d'inhumer. Toutes les formalités étaient remplies, photos, empreintes, rapports. On n'avait plus besoin du cadavre de Richard Erlang...

En outre, Breuninghaus s'était arrangé pour éviter le pire : la presse ne fit pas la moindre allusion à cette tragédie; le cas Erlang demeura le secret des coulisses de la police.

— Un suicide est une affaire strictement privée, qu'il est inutile de livrer en pâture aux journaux! avait déclaré le procureur général d'un ton péremptoire.

Le lendemain, tous les journaux de la région publièrent le faire-part de la mort du richissime industriel. Faire-part discret dont les larges bordures noires devaient être à la mesure du chagrin de la veuve. Le texte en avait d'ailleurs été soigneusement élaboré par Boltenstern et soumis à l'approbation de Pétra Erlang.

Il est mort en pleine maturité... Sa disparition laisse un vide irréparable dans son entourage... Son souvenir demeure impérissable, car il nous servira de modèle à jamais... Et l'Association des anciens combattants ne manqua pas de faire paraître, elle aussi, dans sa revue un faire-part impressionnant, dominé par une immense croix de fer et accompagné de ces mots : Adieu, camarade...

Le jour de l'enterrement, le 28 mai, un soleil radieux illuminait le cimetière.

Deux heures durant, les voitures s'étaient succédé; dans les alentours et devant la grille, il n'y avait plus une place libre; on comptait même cinq cars spéciaux. Les camarades de guerre, une fanfare avec sa chorale, un club d'athlétisme et un club de joueurs de boules s'étaient fait représenter. Les pompiers, les diverses associations d'anciens combattants, le club de football dont Richard Erlang était devenu le mécène étaient venus à pied. Véritable défilé avec musique militaire jouant les marches funèbres, drapeaux en berne et visages graves.

Il fallait bien prouver à la veuve que son mari avait été un homme connu, estimé, aimé même, et qu'on le regretterait éternellement.

Les funérailles eurent lieu dans la chapelle même du cimetière. Profondément enfouie sous ses voiles noirs, Pétra Erlang se laissait soutenir par son voisin; sa petite main blanche reposait discrètement dans la grosse patte de Boltenstern. A sa droite, Jutta reniflait doucement dans un mouchoir chiffonné.

L'aumônier fit une allocution, courte et réaliste, pleine de louanges pour cette vie active et couronnée de succès, trop tôt éteinte. Puis il serra la main de Pétra et de Boltenstern comme si ce dernier faisait aussi partie des parents proches.

Ensuite, ce fut le commandant Ritter qui prit la parole, d'une voix tonitruante, comme s'il avait des ordres à communiquer à tout un bataillon. Les jeunes des différents clubs échangèrent un regard surpris. De quoi parlait donc ce vieillard? D'une Allemagne inconnue, d'une Allemagne qui n'avait jusqu'alors jamais été vaincue... Car un Allemand peut tomber sur les genoux, mais il ne s'affaisse jamais...

Puis l'organiste joua la marche funèbre du *Crépus-*

cule des Dieux de Wagner, et le cortège s'ébranla enfin vers le cimetière, au son de la *Chevauchée des Walkyries*. On arriva auprès de la tombe de Richard Erlang. A peine si la veuve et ses amis proches eurent encore une petite place au premier rang; c'était un fouillis de drapeaux, de fanions, d'uniformes et d'armes. Un vent léger faisait jouer les branches lourdes du grand sapin qui veillerait désormais sur le sommeil éternel du défunt... Seule note apaisante dans cette cérémonie anachronique.

Nouveaux discours. Nouveaux éclats de voix. Nouvelles marches funèbres...

Camarade Erlang, nous...

Cher ami, ton exemple...

La division était fière de toi, camarade...

Drapeaux en berne, casquettes, képis, calots et casques s'inclinèrent en signe de deuil. « J'avais un camarade », entonna alors la voix rauque de Konrad Ritter.

Pétra Erlang chercha le secours de la main de Boltenstern. Sous son voile, ses yeux exorbités et ses traits décomposés trahissaient son épuisement avec assez d'éloquence.

— Je n'en peux plus, Alf..., murmura-t-elle. Emmène-moi, je n'en peux plus...

Boltenstern fit un signe au chanteur.

« ... Toujours du même pas... »

Ritter lui adressa un léger salut; une haie se forma parmi les assistants, et Boltenstern soutint sa compagne jusqu'à la sortie, avec beaucoup de dignité et sans manquer de lui caresser fraternellement l'épaule.

Un peu à l'écart, invisible et attentif, Werner Ritter observait le déroulement de la cérémonie. Le départ furtif de Boltenstern et de Pétra Erlang ne lui échappa pas, non plus d'ailleurs que le geste consolateur de la main fraternelle sur l'épaule de la veuve éplorée.

Du côté de la tombe, il y eut encore quelques coups de fusil symboliques...

— Et maintenant? demanda Pétra Erlang en atteignant la grille du cimetière.

Ni l'un ni l'autre n'avaient aperçu l'ombre fidèle de Werner Ritter; ils ne se retournèrent même pas.

— Quoi donc, Pétra? répondit Boltenstern en portant la petite main gantée de noir à ses lèvres. La vie continue.

Deux jours après l'enterrement — cette cérémonie étrange avait donné l'occasion d'un reportage photographique dans les journaux et de quelques commentaires acides de la part des partis de gauche, ce qui n'avait rien de surprenant d'ailleurs — Werner Ritter reprit le chemin de la villa de Huilsmann; il brisa les scellés et pénétra dans la grande salle sinistre et vide.

Rien n'avait changé de place. C'était toujours le même chaos de coussins abandonnés, de débris de verres cassés, de lambeaux d'étoffe, de miettes de gâteaux, de fonds de bouteilles de champagne. Un trait à la craie sur le tapis indiquait l'endroit exact où reposait le cadavre de Richard Erlang.

Insensible à cette lugubre atmosphère, Werner Ritter se choisit un fauteuil confortable et se plongea dans une méditation intense.

Que s'était-il passé au juste entre ces quatre murs dans la nuit du 21 au 22 mai, de huit heures du soir à cinq heures du matin?

Qui avait étranglé Richard Erlang avec le foulard de soie blanche? Pourquoi la victime ne s'était-elle pas défendue? Pourquoi personne n'était-il venu à son secours? Pourquoi ce meurtre n'avait-il provoqué aucune réaction?

Il y avait au moment du crime quatre hommes et quatres femmes dans la pièce. Tous, ils avaient dû assister au drame, si du moins il s'agissait bien d'un crime.

Et pourtant, aucun d'entre eux n'avait vu quoi que ce soit.

Comment pouvait-on regarder sans voir?

Werner Ritter se mit à quatre pattes sur le tapis, examina encore une fois chaque pouce carré, chercha des traces de sang ou n'importe quel indice qui pût le lancer sur une piste.

Il s'approcha de la cheminée. Des cendres brun-gris, en poussière... On avait brûlé du hêtre. Au milieu des cendres, quelques débris de papier en partie calciné semblaient vouloir échapper aux regards. Par endroits même, le papier était demeuré intact.

Avec une petite pince à épiler et beaucoup de précautions, Werner Ritter réussit à extraire les morceaux de papier de leur lit de cendres, et les posa sur une soucoupe en verre. Puis il essaya de sonder leur mystère à la lueur d'une lampe de poche.

On aurait cru du papier buvard.

Du buvard blanc et rose, que le feu n'avait pas entièrement consumé car il était humide. Cette constatation donna des ailes à l'inspecteur. Il abandonna ses recherches, remit les scellés en place et se rendit en toute hâte au laboratoire de la police.

Il n'avait pas encore la moindre idée de ce qu'il tenait là en main, la clef ouvrant la porte d'un enfer...

Une seule chose était certaine : ce papier buvard avait été brûlé la nuit même de la mort d'Erlang.

Depuis des temps immémoriaux, il est de tradition que le personnel domestique manifeste en toute occasion une curiosité insistante. Loin de considérer cette habitude comme un défaut, on peut l'inclure dans la rubrique des éléments significatifs d'une civilisation. Dans la Rome antique, tous les intimes de la maison connaissaient les petites histoires des masseurs; du temps de Louis XIV, le secret des amours interdites du roi ne l'était pas pour eux; à l'époque du rococo, c'était du barbier qu'il s'agissait, et après la guerre de 1914-1918, de l'amie de Madame, à moins que ce ne fût son chauffeur attitré, officier de cavalerie en rupture de bans, gigolo à ses heures.

De nos jours, si l'on dit « Les murs ont des oreilles », on sait parfaitement de qui l'on veut parler : les bonnes aux yeux fureteurs et aux tympans sensibles s'arrangent toujours pour avoir un sujet d'observation, puis de conversation à portée de la main, si je puis m'exprimer ainsi. Elles possèdent une sorte de sixième sens pour tous les secrets de la famille et, naturellement, ont une fâcheuse tendance à se trouver là où elles ne devraient pas être.

C'était le cas de Else Lechenmaier, la jeune bonniche de Toni Huilsmann. Il en fallait plus que quelques scellés et une plaque de la police judiciaire pour l'empêcher d'aller observer les allées et venues de Werner Ritter, lors de sa seconde visite, le 30 mai. A son crédit, il faut préciser que ce jour-là était un dimanche, et si un fonctionnaire de la police prend la peine de briser des scellés et de se promener des heures durant à quatre pattes sur un tapis, c'est que l'affaire présente quelque intérêt.

La cachette d'Else était ingénieuse. Dans la grande salle, une respectable armoire baroque, respectable tant par l'âge et la race que par les dimensions, présidait aux mouvements divers de la maison. Un jour qu'elle accomplissait scrupuleusement les devoirs de son état, Else découvrit une fente entre les planches disjointes d'une des portes de l'armoire. Depuis lors, elle y avait établi ses pénates. Un tabouret, une lampe de poche et un coussin en constituaient le mobilier intérieur, tandis qu'une bouteille de Cinzano et quelques flacons d'eau minérale lui tenaient compagnie. C'était de ce poste d'observation remarquable qu'Else suivait les évolutions de Toni, son maître bien-aimé, les petites soirées de célibataires, le ciel-plafond étoilé, la cavalcade des vestons et des soutiens-gorge, des slips et des gaines; elle n'avait plus rien à apprendre sur le comportement des dignes empereurs de l'industrie et des magnats de la bourse. Le cœur lui battait quand elle apercevait son maître en tenue d'Adam, les yeux fous et les joues pourpres, mains tendues vers une fraîche chair féminine; à vrai dire, dans ces cas-là, Else tremblait de jalousie; une sueur froide lui poissait le dos, mais elle devait se contenter de serrer les poings. Le lendemain matin, au moment où Toni l'appelait, lointain et insondable comme toujours, la torture recommençait pour la malheureuse Else. Elle se sauvait alors en courant pour interroger anxieusement son miroir. Comment Toni pouvait-il vivre ainsi jour après jour auprès d'elle sans avoir remarqué à quel point elle était belle... beaucoup plus belle que toutes ces filles nues qu'elle apercevait de la fente de son repaire.

Werner Ritter ne soupçonna pas, lui non plus, la présence de la jeune fille. Dès qu'il eut découvert son précieux butin, il sortit en hâte de la maison. Else attendit le démarrage nerveux de la voiture pour aller à son tour fouiller les cendres. Mais elle n'aperçut rien d'autre que du charbon de bois et les débris d'un mouchoir consumé. Perplexe et déçue, elle fit des yeux le tour de la pièce. Elle avala un cognac et se rendit compte alors qu'elle était enfermée. Mise sous scellés.

— Ça va être drôle! prononça-t-elle à haute voix, le cœur étreint d'une peur affreuse. — Elle prit le téléphone intérieur, et appela dans toutes les pièces jusqu'à ce que Toni Huilsmann lui répondît de l'atelier. — Je suis enfermée! pleurnicha-t-elle. Que faut-il que je fasse pour sortir d'ici, Monsieur?

— Où donc? — Huilsmann semblait à cent lieues de s'imaginer que sa petite bonne était à son tour victime de la police. — Qui est-ce qui vous a enfermée? Et d'ailleurs d'où téléphonez-vous?

— Je suis dans la grande salle, Monsieur.

— Où?

Else entendit le bond que fit son maître. Une chaise tomba en geignant sur le plancher.

— C'est ce policier qui m'a enfermée ici! Il est

revenu ce matin... il vient de découvrir quelque chose dans la cheminée... Maintenant, il est reparti. Je l'avais suivi... et je suis enfermée.

Plus le temps passait, plus l'anxiété d'Else grandissait : sa situation commençait à lui apparaître très critique.

Quant à Huilsmann, l'inquiétude de sa bonne le laissait parfaitement froid. Mais un détail par contre l'avait affolé.

— Il a emmené quelque chose, dites-vous? demanda-t-il très fort dans le téléphone.

— Oui, quelque chose qu'il a trouvé dans la cheminée.

— Qu'est-ce que c'est?

— Je ne sais pas. On aurait dit des petits bouts de papier. Il les a retirés des cendres avec de grandes précautions et posés sur une soucoupe de verre.

— Vous êtes sûre?

— Ben, puisque je l'ai vu de mes propres yeux, Monsieur!

— Vous êtes une brave fille, Else! conclut Huilsmann en raccrochant.

— Monsieur! Monsieur! hurla la pauvre fille en secouant inutilement le téléphone. Comment vais-je faire pour sortir d'ici? Je ne peux pas passer par la porte!

Elle eut beau faire, Monsieur ne répondait plus. Par contre, quelques secondes plus tard, le vrombissement d'un moteur emballé parvint jusqu'à sa prison.

— Je veux sortir d'ici! hurla-t-elle complètement affolée. Elle lança le téléphone contre le mur, ce qui ajouta une note supplémentaire au chaos de la pièce. Puis sans réfléchir, elle ouvrit la fenêtre, l'enjamba, et parvenue à grand-peine de l'autre côté, la referma tant bien que mal. Elle courut alors jusqu'à l'atelier vide.

— Salaud! gronda-t-elle folle de rage. Je suis à tes pieds et tu ne remarques même pas mon amour. Pourquoi suis-je assez stupide pour tomber amoureuse de toi! Quel être je suis! Je le sais bien, mais je n'y peux rien. Ce n'est pas ma faute si je suis orpheline et obligée de récurer tes saletés. Moi aussi, je préférerais me pomponner comme les bonnes femmes qui viennent ici se balader toutes nues en riant et se rouler sur les tapis en hurlant que le monde est violet et que des perles tombent des arbres comme des gouttes de rosée! Les idiotes! Elles n'en veulent qu'à ton fric, et toi, imbécile, tu te laisses prendre! Pour toi, au fond, je ne suis qu'un balai animé, un aspirateur parlant! Imbécile...

Elle releva la tête et, l'esprit libéré, elle abandonna l'atelier de son seigneur.

— Comment? Il a découvert des morceaux de papier buvard? s'écria Boltenstern affolé.

— Oui. Else l'a vu. Il les a retirés des cendres avec une pince à ongles.

— Dis donc, Toni, ça peut tourner en catastrophe! Tu n'as parlé à personne de ce qui s'était passé le 21, n'est-ce pas?

— Pour qui me prends-tu?

Huilsmann fumait sa cigarette comme un débutant; ses doigts nerveux ne cessaient de remuer. Quant à son ami, il avait dû dénouer sa cravate pour reprendre sa respiration.

— Pourtant, je n'arrive toujours pas à comprendre pourquoi Erlang s'est étranglé avec ce foulard...

— Ce n'est pas lui, répliqua Boltenstern d'une voix dure. Grâce à l'intervention de Konrad, nous avons réussi à maintenir la thèse du suicide et à faire clore le dossier. Le procureur général ne poursuivra pas l'enquête...

— Mais alors, c'est un meurtre! murmura Huilsmann.

— Oui.

— Qui a fait cela?

L'architecte écrasa sa cigarette avec dégoût.

— Hermann Schreibert.

— Tu es cinglé, Alf!

— Je sais, c'est ce que tout le monde me dit, et c'est pourquoi il faut que cette affaire reste strictement entre nous, Toni! Richard est mort et Hermann grièvement blessé... Toi et moi, nous sommes les seuls à être sortis indemnes de ce satané LSD. Alors, tu comprends qu'il faut nous tenir les coudes, envers et contre tout! Nous sommes maintenant sur un champ de bataille... J'ai vu Hermann étrangler Richard avec le foulard de soie...

— Quoi?...

D'un seul coup, le visage de Huilsmann s'était décomposé.

— Oui. Je n'avais pris qu'une demi-dose de LSD parce que je voulais observer vos réactions.

— Et... et moi... Qu'est-ce que j'ai fait? bégaya Huilsmann.

— Oh! On verra ça plus tard. Schreibert, lui... Il s'est transformé en véritable fauve... Il est allé au vestiaire, s'est emparé du foulard de Richard et le lui a noué autour du cou... Et moi, recroquevillé dans un fauteuil, paralysé par cette saleté de drogue, j'ai tout vu et je n'ai même pas pu intervenir pour l'empêcher d'aller jusqu'au bout. Je me suis contenté de crier, de hurler, de supplier... Mais à quoi bon?... Richard était mort déjà depuis longtemps, quand Schreibert a enfin lâché le foulard; il a continué à courir partout en criant : Dawaï! Dawaï! Tu ne m'attraperas pas, ha, ha!... C'était horrible! J'aurais préféré avaler une double dose de LSD pour perdre conscience complètement, crois-moi! Tu te rends compte... Assister à ce spectacle et ne pas même être capable de lever le petit doigt!

— Et maintenant? ajouta Toni au bout de quelques instants de silence.

— Maintenant, nous allons trouver Konrad Ritter. — Boltenstern s'approcha d'une glace et remit de l'ordre dans sa coiffure. — Il faut absolument qu'il arrive à faire entendre raison à son sacré fiston! Qu'est-ce qu'il veut aussi, celui-là? Le procureur général met un point final à l'enquête, et ce petit blanc-bec s'amuse à jouer les Sherlock Holmes de sa propre initiative! S'il veut devenir commissaire, un jour, il ferait mieux de s'occuper de choses sérieuses! Allons, mon vieux... Il va falloir convaincre Konrad Ritter et lui rappeler certains détails du passé... Ce n'est pas très drôle, comme perspective. Il peut bien faire quelque chose pour Hermann maintenant... Chacun son tour! — Boltenstern assena un violent coup de poing sur Huilsmann. — Mais, Toni, avant tout, pas un mot de tout cela à qui que ce soit, hein?

— Tu me prends donc pour le dernier des crétins?

— Non, mais on ne sait jamais ce que tu es capable de raconter quand une belle fille te tourne autour...

— Alf!...

— Tu sais, il est inutile que nous nous fassions des reproches mutuels. Nous sommes tous plus ou moins dégénérés, parce que l'après-guerre nous a définitivement gâchés. Nous représentons maintenant la classe gâtée, le haut du pavé de l'Allemagne, mais si on gratte un peu le vernis, on ne trouve que de la charogne! Nous ressemblons à des tomates bien rondes et bien rouges : quand on les ouvre, il en émane une odeur de pourri. Toi aussi! Toi aussi tu as tout vu, et pendant que Schreibert serrait le foulard autour du cou de Richard, tu frappais dans tes mains comme un joueur de tam-tam.

— C'est faux..., protesta Huilsmann. Tu mens. Je me souviens d'avoir vu une immense salle dans laquelle je courais...

Boltenstern lui coupa la parole :

— Entre ce dont on se souvient et ce qu'on a fait, il y a un monde. D'ailleurs, à ce moment-là, tu peux te croire en expédition au pôle nord et te mettre à poil! Tout est sens dessus dessous... N'en parlons plus, Hermann. Tirons un trait sur cette maudite soirée du 21 mai, et arrangeons-nous pour que le jeune Ritter en fasse autant. Le vieux major y réussira bien, va! Allons, du cran! Nous en avons vu d'autres, que diable!

Werner Ritter rentra chez lui, le moral au beau fixe. Pourtant, les laborantins avaient hoché la tête en le voyant arriver avec ses bouts de papier; ils les avaient étudiés immédiatement au microscope, pour finir par déclarer : Papier buvard!...

— Je n'ai pas besoin de vous pour le savoir! avait-il grogné. Je suis sûr que ce buvard détient un secret.

— Il est vierge. Pas la moindre trace d'encre...

— Il était humide, peut-être même trempé, car il n'a pas été consumé. Je veux savoir la nature de ce liquide.

— Bon Dieu! Vous autres, les criminalistes, qu'est-ce que vous n'exigez pas! rouspéta le chef du labo. — Il est vrai que c'était dimanche et qu'il était de service. — La nature d'un liquide qui a imprégné un bout de buvard à moitié calciné? Nous ne faisons pas de miracles, nous!

— Est-ce que vous pourriez vous mettre en rapport avec le professeur Ebbertz! insista Werner sans paraître le moins du monde impressionné par les protestations du chimiste, il connaissait la chanson!

— Vous n'allez tout de même pas déranger le grand patron pour quelques lambeaux de papier... — Le chimiste se pencha vers Ritter: — Vous êtes encore jeune! On sent en vous l'élan du jeune poulain! Vous vous démenez comme le shérif d'un western américain... Croyez-moi, il vaut souvent mieux n'être pas trop curieux!

— Merci du conseil, mais permettez-moi de n'en pas tenir compte. — Werner Ritter reprit possession de son trésor en le manipulant avec les précautions qu'on accorde au plus précieux des diamants. — Je voudrais que le professeur Ebbertz s'occupe personnellement de la chose et qu'il procède lui-même aux analyses. J'ai un pressentiment, monsieur, et je suis sûr de ne pas me tromper... Ce buvard était imprégné d'un produit hallucinogène!

— Morphine, cocaïne, opium, mescaline, dolantine,

préludine, on peut tout déceler ici; il n'y a rien de tout cela dans vos buvards.

— Eh bien, c'est qu'il s'agit d'un autre produit. Souhaitez bonne chance de ma part au professeur Ebbertz... Il s'attaque à un gros morceau...

Sans répondre, le chef du laboratoire enferma avec mille précautions le fameux butin dans un coffre-fort.

Et Werner Ritter était rentré chez lui, l'espoir au cœur. Non pas qu'il tenait absolument à mettre à jour un scandale sordide, mais son flair professionnel ne l'avait pas trompé : Werner Ritter était fasciné par son métier.

Il trouva son père dans un état d'excitation voisin de la grande colère à laquelle il se laissait aller seulement dans les occasions exceptionnelles. La télévision, les dépravations de la jeunesse allemande aux cheveux longs et aux pantalons étriqués, avaient le don de le mettre hors de lui.

— Ah! Te voilà, toi! grogna-t-il à l'adresse de son fils, sur un ton peu engageant. Il ne suffit pas que la politique vous donne la nausée... même chez moi maintenant, dans ma propre maison, je dois subir les ravages de la révolution!

— Allons père, que se passe-t-il donc?

Werner Ritter s'assit à une extrémité de la table, tandis que le commandant, d'un geste rageur, mettait fin aux élucubrations de la télévision.

— Le ministère public a fermé définitivement le dossier Erlang, car pour tout le monde, le cas est parfaitement clair!

— Ah! Voilà d'où souffle le vent! prononça Werner d'une voix enrouée.

— Alors, c'est bien vrai? Tu te permets de poursuivre l'enquête Erlang derrière mon dos?

— Qui t'a dit cela?

— Pas difficile à sentir! Tiens-tu donc à provoquer un scandale parmi nos amis, parmi les anciens combattants?

— L'un de ces amis a commis un meurtre, répliqua calmement Werner.

Son père sursauta :

— Je t'interdis...

Mais Werner lui coupa aussitôt la parole.

— Sur le foulard qui a étranglé Erlang, on a trouvé les empreintes digitales très nettes de Schreibert. Avant de t'entendre mettre en doute l'art de la dactyloscopie, permets-moi de te faire remarquer qu'autrefois, ton Allemagne idéale arrêtait également les meurtriers sur la foi d'empreintes digitales; ce n'est pas une découverte honteuse des démocrates et des pacifistes d'après-guerre.

— Comment oses-tu me parler sur ce ton? — Le commandant se dressa menaçant devant son fils. — Que signifie cette impertinence? C'est ainsi qu'on parle aux nazis...

— Oh père! Je t'en prie, laisse-moi parler comme je l'entends!

— Il n'y a pas de meurtrier! s'écria Ritter.

— Si! Il y en a un!

— Non! Nous étions cinq camarades; ensemble, nous avons vaincu la Sibérie, la taïga, la fièvre, la soif et la misère... Rien n'aurait pu nous séparer, rien, jusqu'à aujourd'hui. Et tu prétends que l'un d'entre nous est un criminel? Ce n'est pas Schreibert, poursuivit Konrad Ritter. Le pauvre type attend dans une clinique que quelqu'un ait le courage de lui apprendre l'avenir auquel il est promis. Il n'a plus de visage et il ne se souvient de rien. Toute sa vie, il traînera une tête de clown, les filles se sauveront à son approche, car il aura l'apparence de la mort! Et c'est ce malheureux que tu voudrais charger d'un crime honteux? Si tu n'étais pas mon fils... je te cracherais au visage.

— Père! gronda Werner. J'ai de la patience, mais tu dépasses les bornes.

— Tu n'as pas la moindre notion de ce qu'est la camaraderie. Le virus de la démocratie s'est infiltré en toi jusqu'à la moelle des os! En matière de politique, tu es le type même du paralytique.

— Et toi, qu'es-tu? Tu te crois toujours hier! Tu as oublié la marche du temps et les leçons de l'histoire passée ne t'ont rien appris! Tu verses des larmes de regret à la pensée de la « Grande Époque » de l'Allemagne... une époque qui a coûté cinquante-cinq millions de cadavres... Inutile de poursuivre cette discussion, père, nous ne pouvons pas nous comprendre.

— Tu as raison. — Konrad Ritter reprit sa place; son visage marqué par l'épuisement trahissait la foi dans son idéal et la déception causée par son fils. — Tu continues donc l'enquête Erlang?

— Oui.

— Bien, prononça-t-il d'une voix sourde, la voix d'un vieil homme fatigué. Il va falloir que je demande à Breuninghaus de bien vouloir faire la morale à mon propre fils. T'imagines-tu que cela m'amuse?

Werner garda le silence. Trente secondes plus tard, il avait quitté la pièce et la porte d'entrée claqua rageusement.

Le mercredi matin, le professeur Ebbertz mit fin aux recherches; il s'était chargé lui-même d'analyser les restes de papier buvard, et le résultat n'était pas particulièrement brillant.

Impossible de déceler la nature du liquide qui avait imprégné le papier; un seul détail paraissait certain : on put découvrir des traces d'acide tartrique, donc le buvard était entré en contact avec du vin ou du champagne. Pas la moindre trace de drogue hallucinogène.

Le procureur général fit venir Werner Ritter dans son bureau et, dès l'entrée du jeune homme, il lui lança un regard dur et perçant, puis il se replongea dans l'examen d'un dossier ouvert devant lui, pour bien montrer à son subalterne combien les hauts fonctionnaires sont occupés!

— Vous avez pris connaissance du rapport de laboratoire? interrogea le docteur Breuninghaus au bout de quelques minutes d'un silence pesant.

— Oui, monsieur le procureur général, répondit tranquillement Werner Ritter.

— Avez-vous quelque chose à y ajouter?

— Non.

— Voilà qui est étonnamment peu, en effet! Ne présumez pas trop de vos talents, jeune homme!

Le ton était suffisamment méprisant pour ne laisser place à aucun doute sur les intentions du chef.

Une sueur froide glaça la chemise de Werner. Devant lui, le procureur général s'était penché de nouveau sur le dossier, démonstration parfaite du degré d'estime qu'il accordait à un simple petit inspecteur obscur. Mais Werner n'était pas un type à se laisser marcher injustement sur les pieds, même par un haut fonctionnaire de la police judiciaire.

— Le rapport est laconique, je le reconnais, reprit-il d'une voix ferme. Mais il n'y a pas que cela. Tout d'abord, la manière dont le foulard était noué autour du cou de la victime. Impossible de se tuer soi-même de cette façon...

— Écoutez-moi, Ritter, interrompit brusquement Breuninghaus en refermant le dossier. Votre père est mon ami, et, qui plus est, un camarade de guerre. Il est vrai qu'il vous est impossible à vous de comprendre ce que cela signifie...

Werner Ritter leva les yeux au plafond. Voilà que ça recommence, pensa-t-il. Et même s'ils s'étaient entretués en Russie, quel rapport avec le meurtre que tous mettent leur point d'honneur à ignorer?

— Par égard pour votre père, j'évite d'emprunter un langage trop professionnel, Ritter. Je vous connais depuis votre adolescence; je vous ai même aidé une fois à résoudre un problème ardu de mathématiques...

— Je ne m'en souviens plus, monsieur le procureur général.

— Moi, si! Et vous voilà maintenant qui vous amusez à faire une montagne d'une taupinière! Vous ennuyez le professeur Ebbertz avec des bouts de papier buvard... Vous vous rendez compte? Notre ami Erlang est enterré et c'est maintenant à la veuve que doivent aller notre pitié et notre aide. Les camarades n'oublieront jamais Richard... mais vous, oubliez une fois pour toutes votre maudite théorie du crime! — Tout à coup, le procureur général adopta un ton et une attitude bon enfant.

— Avez-vous déjà été ivre, Werner?

— Bien sûr! Mais jamais au point de perdre le contrôle de mes actes!

— Vous voyez! Eh bien, dites-vous que nos amis ont passé une telle soirée d'orgie que les murs en tremblaient et que la terre en gémissait. Nous avons connu ça en Russie autrefois... Pendant trois jours, on est complètement absent! — Brusquement Breuninghaus se redressa et reprit l'allure d'un procureur général. — Nous enterrons la hache de guerre, Werner. Ne vous transformez pas en Don Quichotte, je vous en prie!

— A vos ordres, monsieur le procureur général. Werner eut du mal à prononcer ces paroles; il avait pleinement conscience de se mentir à lui-même.

— Vous arrêtez l'enquête.

— Oui.

— Vous me faites parvenir tout le dossier Erlang.

— Oui.

Le docteur Breuninghaus lui accorda un sourire cordial; le cœur serré, Werner Ritter quitta le bureau de son chef où une partie de son idéal professionel venait de tomber en miettes.

5

SEUL dans sa petite chambre, Schreibert essayait de sonder son univers ambiant à travers les fentes de l'épais pansement qui lui enserrait la tête. Un tube de caoutchouc perçait les bandages à l'endroit de la bouche pour permettre au malade de boire quelques gouttes de jus de fruit.

On avait été obligé de renvoyer Madeleine Saché chez elle, tant son attitude face au blessé manquait de dignité et de la tenue la plus élémentaire. D'ailleurs, cette mesure d'interdiction avait reçu d'emblée l'approbation entière de Schreibert; ce furent les premières paroles distinctes qu'il avait prononcées.

Le médecin-chef entra doucement dans la chambre et vint s'asseoir près de son patient. Les yeux bleus de Schreibert suivaient chacun de ses mouvements; à travers une troisième fente, on apercevait les lèvres tuméfiées mais encore vivantes. Par contre, on ne pouvait s'empêcher de frissonner en imaginant ce que cachait encore les gazes et les bandes.

— Comment vous sentez-vous? interrogea le médecin.

— Mal. Je suis tombé sur le visage, n'est-ce pas?

— Oui.

— C'est grave?

— Tout peut se réparer.

C'était une façon élégante d'éviter les précisions.

Schreibert se rassura. Jamais il ne lui vint à l'esprit qu'il passerait tout le reste de sa vie avec la figure inhumaine d'une « gueule cassée ».

L'après-midi de ce même jour, il reçut la visite de Boltenstern. Une bouteille de vin rouge — avec la permission du médecin-chef — et une tape amicale sur l'épaule renforcèrent encore l'optimisme de Hermann.

— C'est gentil de venir de me voir, Alf, dit le blessé en serrant les deux mains de son ami. Dis donc, ce LSD, quelle cochonnerie! Si j'avais su cela avant...

— En as-tu déjà parlé à quelqu'un? interrogea paisiblement Boltenstern.

Sans attendre la réponse, il déboucha la bouteille et en versa quelques gouttes dans le tuyau de caoutchouc. Avec une volupté de chat, Schreibert avala deux gorgées et ronronna de satisfaction.

— C'est du français, annonça immédiatement le connaisseur.

— Saint-Émilion 1959.

— Sacré Alf, tu es un ange... Qu'est-ce qu'il s'est passé au juste, ce soir-là? Je me souviens très vaguement qu'après m'être échappé de la taïga...

— Où étais-tu?

— J'étais transformé en vison errant à travers la taïga. Mais je te raconterai cela plus tard. — Les lèvres de Schreibert tremblaient. Malgré la pommade adoucissante, son visage lui semblait de feu. — J'ai vu les filles étendues sur le tapis; l'une d'elles avait les pieds au mur. Et je suis parti, car ma pauvre tête bourdonnait comme si elle servait de nid à un million de guêpes... Je me suis réveillé ici, dans ce lit.

— As-tu déjà reçu la visite de la brigade criminelle? interrogea Boltenstern avec une lenteur impitoyable.

— La brigade criminelle?... Non, pourquoi?

— Erlang est mort.

— Richard... — A travers le pansement, les yeux

de Schreibert flamboyainet. — Lui aussi, un accident d'auto...

— Non. Tué.

— Lui?

— Étranglé avec son propre foulard dans l'appartement de Toni... pendant cette soirée maudite.

— Mon Dieu! — Schreibert fit mine de se redresser, mais son corps désarticulé était prisonnier de plâtres multiples. — Alf, ce n'est pas possible! Richard...

— Nous l'avons enterré le 28 mai.

— Et... et... qui l'a..., bredouilla Schreibert.

— Toi! affirma Boltenstern.

— Non! hurla le malheureux. Non...

— C'est toi qui es allé chercher le foulard et qui a étranglé Richard... sans cesser de crier « Dawaï! Dawaï! ». J'ai tout vu, mais j'étais incapable de faire le moindre mouvement. Après, tu es parti.

— C'est faux... Je ne me souviens de rien... J'étais dans la taïga, un vison poursuivi par un chasseur... Ce n'est pas vrai, je n'ai tué personne! Ce n'est pas moi!

Sa voix se faisait plaintive comme celle d'un enfant. L'horreur de sa situation commençait à lui apparaître, et il ne pouvait que remuer sa tête bandée sur l'oreiller.

— Tu ne le *sais* pas, Hermann. — Boltenstern tenta de l'apaiser en posant sa main sur l'épaule de son ami. — Tu n'en avais pas conscience, car tu as fait cela sous l'effet du LSD. Si l'on en venait à une action en justice, tu serais déclaré irresponsable; mais, ne crains rien. Konrad Ritter a réussi à persuader Breuninghaus d'arrêter l'enquête. Suicide en état d'ivresse... Personne n'est au courant de cette histoire de LSD, Konrad non plus. C'est pourquoi je te parle d'une façon aussi directe, Hermann. Toi non plus, tu ne sais rien. Nous avons bu de l'alcool, nous nous sommes amusés avec les filles, c'est tout.

— Je n'ai pas tué Richard..., bégaya Schreibert. C'était mon meilleur ami. Nous étions comme deux frères. En Russie...

— Suffit avec la Russie! Hermann, il faut que nous nous mettions d'accord. Jamais nous n'avons entendu parler de LSD...

— Jamais! répéta docilement le blessé d'une voix à peine perceptible.

Et Boltenstern vit les yeux de son ami se remplir de larmes; les lèvres tuméfiées se remirent à saigner; il pleurait son ami Richard; il pleurait aussi de pitié sur lui-même et sur son destin incompréhensible.

Sans bruit, Boltenstern quitta la petite chambre blanche; sur la porte, un panneau dansait légèrement : « Défense d'entrer ». Schreibert le suivit des yeux; son cœur se gonfla lentement d'une haine implacable contre l'homme qui s'était fait l'instrument du destin en trempant dans son verre un morceau de buvard imbibé de LSD.

Dix minutes plus tard, le médecin dut lui administrer un calmant; Schreibert hurlait comme un chien perdu.

Un soir de juin, par un temps chaud et clair, Jutta Boltenstern et Werner Ritter se retrouvèrent dans la roseraie du parc Benrath. Les jeunes gens s'aimaient en secret depuis plusieurs mois et avaient décidé d'un commun accord de ne rien dire encore à leurs pères respectifs.

D'ailleurs Konrad Ritter vivait dans un autre monde et son fils le considérait comme le dernier descendant des adorateurs d'un fétiche inconsistant; leurs relations personnelles se limitaient au strict minimum. Quant à Jutta, si elle entourait son bonhomme de père comme une épouse attentive, elle se contentait de lui raconter ses petites aventures professionnelles ou de lui donner ses articles de journaux à lire et à critiquer. Jamais Boltenstern n'intervenait dans la vie privée de sa fille, ni dans ses pensées, encore moins dans son cœur.

Ce soir-là, Werner attendait déjà depuis un certain temps dans la roseraie lorsqu'il vit Jutta descendre précipitamment d'un taxi et courir jusqu'à lui, les joues rouges et le sourire aux lèvres. Elle venait de faire un reportage et devait retourner immédiatement à la rédaction afin que l'article puisse paraître dans la première édition du lendemain matin.

— Est-ce si important? interrogea Werner avec un soupçon de déception dans la voix. S'agit-il de la naissance de quadruplés, ou a-t-on découvert une pomme de terre géante de cinq livres?

— Tu parles exactement comme papa! — Jutta fit une grimace. — Tant pis, je vais trahir pour toi le secret professionnel : j'ai eu une interview avec le roi de la chaussure américaine, Mr Josuah Abram Rilley. Il loge au *Breitenbacher Hof.* Rilley a la réputation de fuir toute interview de la presse, mais à moi, il a accordé un entretien... Qu'en dis-tu?

— Oh, tu sais, cela ne m'étonne pas du tout! Il est normal que devant une jolie journaliste comme toi, les portes les plus récalcitrantes s'ouvrent!

Werner se mit à rire; puis il enlaça fougueusement la jolie journaliste.

— Tu es fou! s'écria-t-elle en lançant un regard apeuré autour d'elle. Devant tous ces gens!

— Il y a exactement quatorze personnes dans la roseraie, sept hommes et sept femmes. Deux par deux. Pas besoin d'être détective pour constater que ces sept couples sont tellement occupés d'eux-mêmes qu'ils n'ont même pas remarqué la présence d'un huitième couple enlacé...

— Bravo pour le style! Werner, si un jour nous nous marions... nous formerons un couple très curieux!

Werner posa son bras sur l'épaule de sa compagne et ils s'engagèrent lentement dans les allées de la roseraie, à la suite, d'ailleurs, des autres couples, enivrés inconsciemment par le parfum subtil des fleurs.

— Lummer m'a laissé entendre que je serai porté sur la liste des candidats aux fonctions de commissaire dès l'année prochaine, dit Ritter. Nous pourrons donc nous marier.

— Et moi, l'année prochaine, j'aurai terminé mon stage et je débuterai enfin comme journaliste accréditée.

Jutta demeura tout d'un coup sur place et, après avoir profondément réfléchi, elle leva un doigt menaçant :

— Combien gagnerons-nous alors? demanda-t-elle. Moi, vraisemblablement six cents marks. Et toi?

— Huit cent cinquante, je crois.

— Cela nous fera mille quatre cent cinquante marks. Avec ça, on peut déjà fonder une famille et tenir une maison.

— C'est bien mon avis!

Il lui prit les mains et y posa les lèvres, avec une tendresse dont il était à vrai dire peu coutumier.

— Qu'as-tu, chéri? demanda Jutta étonnée.

— J'ai peur...

— Peur? De quoi donc?

— De ton père.

Il s'écarta légèrement de la jeune fille et contempla la fontaine dont le murmure seul suffisait à apaiser les cœurs et à rafraîchir les esprits.

La façade du château Benrath brillamment illuminée transformait le petit univers de la roseraie en un monde enchanté où seuls auraient dû régner en maîtres souverains la beauté et l'amour.

Durant ces quelques minutes d'évasion, Werner eût été incapable de soutenir le regard interrogateur de Jutta. Encore moins de lui dévoiler la vérité, cette charge inhumaine qu'il traînait partout avec lui depuis trois jours comme un boulet de bagnard.

— Mon père sera très heureux, répondit lentement la jeune fille, mais on aurait dit qu'elle-même n'en était pas tellement convaincue.

— Je ne crois pas. — Werner lança un dernier regard suppliant aux gouttelettes dorées de la fontaine.

— Certains indices me forcent à reprendre l'enquête.

— A propos d'oncle Richard?

— Oui.

— Mais le procureur général...

— Il n'en sait encore rien, et je ne lui dirai rien d'ailleurs! Je ne tiens pas non plus à ce que de nouveau on me coupe l'herbe sous le pied! J'irai le trouver quand je pourrai lui présenter une preuve précise et concrète qu'il ne pourra plus détruire avec un simple discours sur la camaraderie et l'amitié.

— Et mon père... mon père...

Jutta n'en dit pas plus long. Elle serra un peu plus fort le bras de Werner.

— As-tu déjà entendu parler de LSD?

— Non.

— Moi non plus, jusqu'à ces jours derniers. Il y a une semaine, nous avons reçu un rapport, rédigé par les services centraux de la police judiciaire, dont voici le titre : « Expériences relatives à la drogue appelée LSD. » C'était une collection de rapports faits par les différentes brigades criminelles de France et d'Angleterre, qui décrivaient des scènes orgiaques, les fameuses LSD-parties... au cours desquelles les participants se transformaient complètement, vivaient dans un nouveau monde insensé et irréel, se changeaient en animaux ou en plantes, ou encore en princes des Incas, en corsaires, ou en chasseurs de fauves. L'un d'entre eux devint même empereur des Esquimaux et habitait un palais de glace au Groenland!

— C'est absurde! trancha Jutta. Absurde, mais, quand même, c'est intéressant!

— C'est en Suisse que fut découvert par hasard le LSD, dans les laboratoires des usines Sandoz, dirigées par un certain docteur Hofmann. Au cours d'une expérience, celui-ci aspira des vapeurs inodores et tomba dans une crise de schizophrénie aiguë... Cette crise marqua la naissance du LSD, nom donné à la plus dangereuse des drogues hallucinogènes. Depuis une semaine, je me suis procuré toute la littérature relative à ce LSD. De Suisse d'abord, des usines Sandoz elles-mêmes, de Scotland Yard, de Paris, de Rome et de Washington, du F.B.I... J'ai fouillé toute la bibliothèque de l'Académie de médecine. Les résultats sont effarants! On connaît le LSD depuis 1943! Depuis 1949, on sait de façon absolue, grâce à des essais pratiqués sur des personnes saines et sur de véritables schizophrènes, que le LSD est la drogue la plus néfaste qui soit, car elle a pour effet de changer radicalement la personnalité. Il suffit de cent microgrammes pour transformer l'individu le plus équilibré en un vrai dément, et cela pendant neuf heures. Supposons par exemple qu'on jette un kilo de cette drogue dans la réserve d'eau potable de Londres; plus de cinq millions de gens deviennent en quelques minutes cinq millions de fous, et leur folie dure vingt-quatre heures. Et qu'est-ce qu'un kilo de LSD? En Amérique, les étudiants en chimie fabriquent déjà du LSD dans des laboratoires de fortune installés dans des garages ou dans des caves! Tu vois, rien de plus simple que de transformer l'humanité en un troupeau de fous! Personne ne le sait encore, car on a jeté sur ces découvertes un voile de silence pour éviter de regarder en face une vérité aussi abominable. Les États-Unis comptent déjà plus de cent mille toxicomanes... On a enregistré des meurtres, des suicides, des crimes, dus aux hallucinations provoquées par le LSD... Personne n'est responsable car, au moment où il a agi, le coupable n'était plus lui-même, mais un « moi » totalement autre, et échappant à tout contrôle.

— Ce LSD ne parviendra jamais jusqu'en Allemagne! affirma Jutta.

— On le trouve déjà à Paris.

— Qu'importe! Pourquoi imiterions-nous les stupidités des étrangers.

— Ma pauvre petite, si tu savais combien l'homme peut être rapidement sursaturé d'un excès de bien-être!

C'est toujours pareil : strip-tease, lumière rouge et fillettes mineures... à la longue, cela devient lassant et monotone. Si jamais ce LSD parvient jusqu'à nous, tu vas voir la société allemande se jeter dessus avec un frémissement de volupté et, dans un hurlement goulu, elle se transformera en un bataillon de schizophrènes, uniquement parce que c'est enfin quelque chose de nouveau. La démence, nouveau jeu de société... « Ma petite Marion, retournons-nous ce soir au paradis violet? Hier, j'étais l'Oiseau de Paradis, et je me balançais sur des feuilles de cristal. Avant-hier,... ah! avant-hier!... j'étais une cocotte; devant moi, les messieurs faisaient la queue. Impossible de les faire tenir tranquilles... ha! ha...! Et toi? Tu étais une souris volante? Comme c'est drôle! Et la lune était devenue un fromage géant que tu as grignoté jusqu'à ce qu'il n'en reste plus qu'un quartier... Que c'est amusant! Marion chérie... Ce soir, à neuf heures chez Louise... Je suis impatient de savoir ce que je vais devenir...

— Ce ne sont là que visions ridicules, coupa Jutta. Je n'y crois pas.

— Aux États-Unis, on vend le LSD dans des morceaux de sucre solubles; en Angleterre et en France, on en imbibe des petits morceaux de papier buvard qu'il suffit ensuite de tremper dans les verres.

Werner Ritter passa une main lasse sur son front humide de transpiration. Les morceaux de papier buvard non consumés découverts dans la cheminée de Huilsmann... L'amnésie quasi totale des participants de cette soirée du 21 mai... Trois jours avant l'orgie, Boltenstern revenait d'un voyage mystérieux à Paris, à Paris où on trouvait le LSD imbibé dans du papier buvard.

Depuis trois jours, Werner avait connaissance de ces menus détails; il passait toutes ses nuits étendu sur son lit, sans arriver à trouver le sommeil, les yeux fixés sur le plafond. Une prière muette et inconsciente montait de son cœur : pourvu que ses soupçons ne deviennent pas vérité! Depuis trois jours, il avait peur pour Jutta, peur pour son amour.

— Viens, dit-il d'une voix rauque en la serrant contre lui. Tout cela est beaucoup trop sordide pour une soirée comme celle-ci. Je suis un idiot... Embrasse-moi, Jutta, et oublions ces détails qui ne devraient pas sortir de mon bureau!

Dans une étreinte passionnée, ils essayèrent effectivement de pénétrer dans l'univers des amoureux... lorsqu'une main lourde s'abattit sur l'épaule de Werner et le fit sursauter.

Près de lui se tenait le commandant Konrad Ritter.

— Voilà ce que j'appelle faire une enquête! Eh, mon vieux! Tâche de collectionner les indices qui mènent aux condamnations à perpétuité... de cette manière-là, j'entends!

— Père! Que fais-tu donc ici?

— Oncle Konrad... — Jutta serra les lèvres. — N'en parlez pas à papa, n'est-ce pas?

— Quelle confusion! — Konrad Ritter entraîna son fils et Jutta. Est-ce qu'un vieil homme n'a plus le droit de respirer l'air frais du soir, par hasard?

— A cette heure-ci? Dans la roseraie?

— J'aime le doux parfum des roses... — Ses yeux étincelaient de plaisir. — Je me promène paisiblement parmi les allées fleuries, et qui vois-je là, près de la fontaine, fort occupés ma foi d'eux-mêmes? Mon brave garçon de fils et la petite Jutta! Enfants, il y a combien de temps que ça dure?

— Cinq mois, père.

— Et Boltenstern n'en sait rien?

— Non. Je vous en prie, n'en parlez pas encore à papa. Nous voulons attendre encore jusqu'à l'année prochaine.

— Question finances?

— Oui.

— C'est ridicule. Ton père en a assez pour deux.

— Nous voulons être indépendants, père, intervint Werner. Tu connais mon point de vue.

— Vous n'êtes que des imbéciles, voilà... Tout de même, je suis reconnaissant au Ciel de t'avoir envoyé une épouse raisonnable. Jutta et Werner... Ah! Mes petits! Voilà exactement ce que mon cœur souhaitait depuis des années... Allons, il faut fêter cela! Buvons une bonne bouteille et ne disons pas un mot de notre secret à ce bon vieil Alf! A partir d'aujourd'hui, je suis votre complice.

Du coup, Jutta oublia complètement le roi de la chaussure américaine.

Ce même soir, les bras chargés d'un énorme bouquet de fleurs, Alf Boltenstern alla rendre visite à Pétra Erlang.

Un silence lourd pesait sur la villa. Depuis la mort de Richard Erlang, toute vie semblait s'être éteinte dans les pièces immenses; meubles et murs paraissaient enveloppés de ouate. Les usines étaient passées aux mains des sous-directeurs, eux-mêmes livrés au contrôle d'un conseil de juristes. Les usines Wohlhagen avaient perdu leur chef, mais il suffit d'une semaine pour se rendre compte que cette tête en fait n'était qu'un pion qu'on pouvait remplacer, à tout moment, par un autre, sans que le jeu en souffrît. Personne, bien entendu, n'exprima tout haut cette triste constatation. Le hall d'entrée des bureaux s'enrichit d'un immense portrait à l'huile du seigneur disparu, et chaque jour, une main pieuse renouvelait les fleurs... A cela se limita le souvenir impérissable du chef, dont on avait parlé le jour de l'enterrement.

Boltenstern rejoignit Pétra Erlang dans la véranda, une Pétra revêtue d'une robe noire, sobre de coupe, au décolleté pudique. Sa peau claire luisait à travers le voile noir des bas. Par contre, ses cheveux troublaient la vision de deuil qu'offrait la jeune femme, une toison blond or dans laquelle un rayon de soleil semblait s'être laissé prendre.

— Tu es gentil de venir me voir, Alf, dit-elle de sa voix douce et veloutée. Je suis tellement seule maintenant! — Elle s'appuya sur le dossier de son fauteuil, et caressa tendrement les fleurs étalées sur ses genoux. Boltenstern la contemplait comme si elle avait été la Vénus sortant de l'écume marine. — En fait, reprit-elle en fermant les yeux, j'ai toujours été seule, durant toutes ces années passées, mais je ne l'ai jamais autant ressenti que maintenant, depuis le départ de Richard... J'ai l'impression de vivre dans une crypte. Comme une princesse indienne qui doit suivre son mari dans la tombe...

— Il y a deux cents ans de cela, Pétra, murmura Boltenstern en se penchant vers elle pour déposer un très léger baiser sur le front pâle.

— Je me sens vieille de quatre cents ans!

— Alors que tu sembles tout juste sortie d'une toile de Botticelli.

— Quelles nouvelles m'apportes-tu, Alf? — Pétra se redressa; le regard de ses yeux bleus était perdu dans un rêve. — Si je ne t'avais pas eu depuis la mort de Richard...

— Tu sais bien que pour toi, je suis toujours là...

Il s'assit en face d'elle, sur un siège bas; une sorte d'intimité le liait à cette femme et un sentiment de fierté lui souleva l'âme, bien que rien ne pût le justifier.

— Je voudrais partir en voyage, dit Pétra en se plongeant dans la contemplation du jardin envahi par la nuit. Je voudrais partir très loin, oublier ces heures d'horreur, voir autre chose que des visages compatissants... Accepterais-tu de m'accompagner, Alf?

— Quand tu voudras... mais pas avant septembre.

— Ah?

— Il me reste encore bien des choses à régler, Pétra.

— Plus urgentes que moi?

— Oui.

Pendant un instant, elle le contempla d'un air à la fois étonné et fasciné. Jamais Richard n'avait adopté ce ton avec elle. Il avait toujours été d'un naturel assez nonchalant et avait supporté les caprices de Pétra avec une sorte d'apathie paisible, tandis que Boltenstern, lui, disait clairement sa façon de penser ; c'était un être fort et conscient de sa valeur, et jamais jusqu'à ce jour, elle ne s'en était rendu compte. Aujourd'hui, pour la première fois, elle le contemplait avec les yeux d'une femme mûrie par l'épreuve, d'une femme qui avait vécu pendant des années dans une cage dorée et qui avait droit, une fois par semaine, à une caresse... Un amour basé sur le calendrier. Un rendez-vous comme en contenait des centaines d'autres le carnet de Richard Erlang. Chaque samedi, après un bon dîner : aimer Pétra...

— Comme tu voudras, dit-elle avec lassitude.

— Oui. J'ai de bonnes raisons pour cela, Pétra. — Boltenstern se pencha vers elle; il posa sa main puissante sur le genou de la jeune femme, ce qui provoqua en elle une secousse électrique aussi agréable qu'inconnue. — Mais j'ai une autre idée. Nous allons monter à cheval, une heure chaque matin... Cela te fera du bien. Il n'y a rien de tel pour délivrer l'esprit de pensées obsédantes. Tu verras, cela agit comme par miracle.

— C'est une bonne idée, Alf... Qui nous accompagnera?

— Seulement Jutta, ma fille.

— C'est une gentille fille, tu sais, et qui ressemble étrangement à sa mère.

— Tu t'en souviens encore?

— Bien sûr. J'avais vingt et un ans lorsqu'elle est morte, et j'ai été profondément choquée de ce que tu m'aies demandée en mariage au bout de quelques mois seulement. Tu te rappelles?

— Oui. D'ailleurs, tu as épousé Richard peu de temps après.

— C'était la volonté de mon père. Et toi, tu me faisais l'effet d'un fauve. Oublier si rapidement sa femme pour en épouser une autre...

— N'en parlons plus, Pétra. Il y a onze ans de cela...

Elle garda le silence. Inutile d'ajouter un commentaire, cela aurait pu devenir scabreux. Boltenstern demeura auprès d'elle jusque vers minuit, et lorsqu'il traversa le jardin pour regagner sa voiture, Pétra l'accompagnait, suspendue à son bras. N'étaient-ils pas de bons vieux amis?

Deux semaines plus tard, on ôta les épais pansements de Hermann Schreibert. Heureusement, l'anesthésie le protégeait non seulement d'une douleur intolérable, mais aussi du spectacle des réactions des assistants et des infirmières au fur et à mesure du déroulement des bandages.

— Mon Dieu! murmura une jeune infirmière. C'est affreux... Si jamais il apprend la vérité...

— Nous devons la repousser jusqu'au moment où nous pourrons commencer les greffes. Je vais le préparer tout doucement.

Ce n'était plus un visage, c'était un horrible masque, rouge, balafré, rond comme une boule. Plus de relief, plus de creux ni de bosses. Un visage sans nez, sans menton, sans joues; on apercevait les os des maxillaires et des pommettes sous les cicatrices sanguinolentes. Rien ne demeurait plus de ce qui fut Hermann Schreibert.

On nettoya les plaies, on colla quelques Leucoplasts sur les blessures béantes, et on conduisit le blessé dans une pièce préparée à cet effet, débarrassée de tout ce qui aurait pu avoir le moindre reflet; même les fenêtres étaient opaques. Sur la porte, un écriteau : Attention — Danger de mort — Laboratoire de bactériologie.

Ce fut dans ce refuge qu'Hermann Schreibert

s'éveilla au bout de quelques heures, heureux de se voir délivré de son encombrant « turban », comme il se plaisait à appeler le pansement. Il passa une main prudente sur son visage, étonné du manque de relief, mais confiant quand même...

Jusqu'au jour où, dans tous les couloirs de la clinique, un hurlement affreux glaça le sang des vivants.

— Alf! hurlait le malheureux. Alf! Au secours! Mon visage! Il m'a volé mon visage! Au secours!

Le médecin-chef et une infirmière accoururent aussitôt; ils le découvrirent assis sur son lit, tenant en main une simple cuiller à soupe, la cuiller avec laquelle il venait de manger un pot de crème.

— Alf! continua-t-il à hurler, sans se rendre compte que le médecin-chef lui enlevait tout doucement la cuiller des mains. Boltenstern! Qu'il vienne ici, tout de suite! C'est lui qui m'a volé mon visage... Ma figure... C'est de sa faute... Je... je ne sais pas ce que je vais lui faire...

Il retomba sur le dos, la tête enfouie sous l'oreiller, secoué de tremblements, hurlant à la mort, comme un loup blessé dans la forêt solitaire de Sibérie.

Il fallut presque une heure pour arriver à joindre Alf Boltenstern par téléphone. Sitôt l'écouteur posé, il bondit dans sa voiture et fila vers la clinique.

Schreibert s'était un peu calmé. Malgré la profondeur du désespoir du blessé, le médecin-chef avait autorisé la visite de Boltenstern.

— Il veut vous parler en tête à tête. Mais s'il recommence à s'agiter, je vous en prie, sonnez. On ne sait jamais à quelles extrémités il pourrait se livrer!

Boltenstern approuva d'un signe de tête et s'approcha du lit d'où Schreibert, appuyé contre les oreillers, le regardait venir. Il fallut au visiteur une force de volonté peu commune pour réprimer toute expression d'effroi devant le spectacle hideux de cette tête sans visage. Seuls les yeux bleus, fixes et durs, appartenaient encore à Hermann Schreibert.

— Alors, vieux, dit-il d'un air jovial en souriant, me voilà une fois de plus près de toi...

— On t'a téléphoné? interrogea Schreibert.

Lorsqu'il parlait, ses lèvres tuméfiées s'ouvraient, découvrant une sorte de trou d'un rouge sombre d'où sortaient à grand-peine les mots, plus sifflés qu'articulés.

— Téléphoné? Non. Pourquoi? Je suis venu te rendre visite, comme les autres fois. — Il prit une chaise et s'approcha. — Tout est arrangé, Hermann; le jeune Ritter est hors de circuit, grâce à l'intervention énergique de Breuninghaus.

— Tu parles comme s'il ne s'était rien passé... Regarde-moi donc un peu!

— C'est ce que je n'arrête pas de faire, Hermann.

— ... Ma figure...

— Bah! Quelques cicatrices, quelques balafres... Dis donc, Hermann, tu ne vas tout de même pas te conduire comme une diva qui hurle en découvrant un petit bouton rouge sur sa fesse. Quelques opérations esthétiques remettront tout cela en place, et tu seras encore plus beau qu'avant. Ils arriveront même à te rajeunir, tu verras!

— Je t'en prie, Alf! bégaya le malheureux. Je le sais maintenant, je n'ai plus de visage. Je sais tout. Tu te souviens, en Sibérie, quand nous avons apporté des choux et des patates à l'infirmerie des blessés de la face? Nous nous sommes regardés en nous disant : Plutôt dix ans de Sibérie dans les mines de plomb que de perdre son propre visage... Et voilà qu'à présent, c'est mon tour. A présent, c'est moi qui ai perdu jusqu'à l'apparence d'un être humain. Mon visage, Alf? — Il se mit à hurler de nouveau. — Et c'est toi qui me l'a pris!

Derrière la porte, l'équipe des médecins se tenait aux aguets.

Boltenstern força Hermann à se recoucher. Il craignait par-dessus tout que, des profondeurs de son désespoir, Schreibert n'en vînt à trahir le secret de cette nuit maudite. Plus question de menaces, il fallait user cette fois de persuasion et de pitié.

— Tu parles comme un imbécile, Hermann, prononça-t-il lentement, comme s'il voulait à tout prix faire pénétrer ses paroles jusqu'au cerveau du blessé. Pour quelques malheureuses cicatrices! Alors que pour les étudiants, c'est un honneur! Rappelle-toi... Tu sais bien que deux grosses balafres sur les joues valent les meilleures lettres de recommandation... Allons, mon vieux, mieux vaut en rire!

Schreibert le regarda de ses yeux impressionnants de fixité.

— As-tu une glace sur toi? demanda-t-il tout bas.

— Non, Hermann.

— Pourquoi mens-tu, Alf? Je sais bien que tu en as toujours une dans ta poche. Donne-la moi.

— J'ai parlé avec le médecin-chef, reprit l'autre en désespoir de cause. Dans un mois, tu pourras sortir d'ici. Nous irons passer, tous les deux, deux semaines de vacances dans les Alpes bavaroises et, au mois d'août, nous irons ensemble au rassemblement de la compagnie. Un programme formidable, comme le prétend Konrad. Presque deux mille camarades se sont déjà inscrits. Ce sera une véritable foire avec baraques et manèges, grand-huit et trains fantômes. Le vieux général von Trettenheim prononcera un discours, et on fera bénir quatre drapeaux...

— Ta glace..., répéta Schreibert avec un calme menaçant.

— ... Et en hiver, nous aurons le temps de te refaire une beauté...

— Donne-moi ta glace! ordonna Schreibert.

Boltenstern hésita encore, puis finalement avec un haussement d'épaules, il tira de sa poche une petite glace ronde sertie dans un étui de cuir.

Schreibert se contempla pendant un temps infini. Il ne réagissait plus, il ne battait plus des mains... Pétrifié, il s'était enfoncé dans les oreillers et regardait ce qui restait de lui-même. Son cerveau bouillait. Une intolérable brûlure consumait lentement son cœur.

La cuiller à soupe l'avait épargné en ne lui offrant que le spectacle de contours indistincts, mais cela lui avait suffi pour deviner la vérité, et voilà que maintenant elle lui apparaissait toute nue, dans toute son horreur.

— Hermann, reprit Boltenstern à voix contenue en lui reprenant la glace des mains, tu verras, quand tout sera guéri, il n'y paraîtra plus...

— Ton maudit LSD... — Schreibert observa le plafond comme s'il pouvait espérer un refuge ou une solution à sa misère. — Je suis fichu... à cause de toi et de ta drogue diabolique...

On atteignait la phase critique; Boltenstern avait conscience de vivre les minutes les plus dangereuses et les plus décisives de son existence. Schreibert était en train d'abdiquer, de se résigner à son horrible destin... et dans cet état d'esprit, il n'hésiterait pas à clamer la vérité au monde entier et à l'accuser, lui, l'instrument de sa perte irrémédiable.

— Moi aussi, j'en ignorais les effets, Hermann. Vous avez tous réagi au LSD comme si vous étiez atteints de démence incurable. Qui aurait pu s'en douter?

— Toi!

— J'ai assisté une fois à une séance de LSD à Paris. Sous les ponts de la Seine... C'est tout.

Schreibert ferma les yeux.

— Je vais tout raconter à la police, reprit-il d'une voix sourde. Tout!

— Et pourquoi?

— Pour retrouver au moins ma paix intérieure. J'ai perdu mon visage; j'ai, paraît-il, étranglé Richard, mon meilleur ami; tout mon univers s'est effondré en l'espace de ces quelques heures; et dans la nouvelle existence qui s'ouvre à moi, je vais errer comme un gnome, avec une tête qui ressemble à un navet ratatiné...

— Hermann, supplia Boltenstern, sincèrement ému.

Dans deux ans maximum, il ne restera aucune trace de tes blessures. Le médecin-chef me l'a certifié; il m'a indiqué une clinique spécialisée, en Bavière, près de Obertsdorf. Et s'il le faut, nous irons jusqu'en Amérique!

— Et qui paiera les frais? — Les yeux de Schreibert demeuraient obstinément clos, mais deux traînées humides inondèrent ce qui avait été autrefois ses joues. — Mon atelier, mes mannequins, mes dessins, ma réputation dans le monde... Tout est détruit!

— Je m'occuperai de toi, Hermann. — Alf Boltenstern se pencha sur son malheureux ami. — Tu viendras chez moi et nous chercherons ensemble les meilleurs chirurgiens. Je mettrai un gérant dans tes ateliers et tes salons, en attendant ton retour, et tu retrouveras ton affaire en revenant... Pas besoin de te faire du souci, Hermann.

— Avec quoi vas-tu, toi, payer ces frais invraisemblables? — Il le regarda cette fois en face. — Alf, nous nous connaissons depuis longtemps déjà. Je sais que tu mènes une vie confortable et aisée, mais sans plus...

— Cela va changer, Hermann... Tu es le premier à apprendre la nouvelle : Pétra et moi, nous allons nous marier dès que son deuil aura pris fin...

Les yeux de Schreibert, cette fois, se firent très durs.

— Ah! Ah! fit-il. Toi et la femme de Richard Erlang...

— Nous nous connaissons depuis onze ans déjà... Ce n'est pas un secret!

— Oui. Et, à l'époque, c'est Richard qui a gagné la première manche. Au fait, pourquoi as-tu attendu onze ans?

Toute trace de pitié disparut du cœur de Boltenstern; il se raidit sur sa chaise et observa son ami — son ennemi, plutôt — d'un œil froid. Le regard d'un serpent prêt à piquer mortellement sa proie.

— Je te rappelle que c'est *toi* qui as tué Richard, prononça-t-il distinctement.

— ... Grâce au poison que tu m'avais fait avaler, *toi!*

— Qui pouvait prévoir un dénouement pareil?

— Tu n'as jamais pu souffrir Richard depuis son mariage avec Pétra. Et tu n'as jamais pu supporter que ce soit lui justement qui t'achète tes brevets, en fait, qui t'entretienne. Tu as toujours été jaloux de la réussite de Richard. Nous le savions tous... mais entre camarades, n'est-ce pas, on ne parle pas de ces choses-là.

— Il eût été préférable que tu n'aies rien dit aujourd'hui, répondit Boltenstern. Tu divagues, mon vieux. L'important, c'est que tu la boucles!

— Que fait Toni?

— Il est muet comme une carpe. Il n'a jamais entendu parler de LSD...

— Et les filles?

— Toni n'a jamais commandé de filles! Nous avons tous amené notre partenaire.

— C'est aussi ce que prétend Toni?

— Bien sûr.

— Et si moi, je dévoile toute la vérité... Le LSD, les putains de Düsseldorf...

— On ne te croira pas, Hermann.

— On doit pouvoir déceler le LSD dans mon corps...

— Détrompe-toi! On ne peut trouver de traces de LSD que dans l'urine... et encore, pendant deux jours, tout au plus. Après, il ne reste rien.

— Tu es bien informé, dis donc... Tu savais tout cela, hein?

— Non, c'est seulement après coup que je me suis renseigné. Après avoir été le témoin de tes réactions... de tes réactions criminelles...

Le mot terrible, redouté... Mais Schreibert avait surmonté la dépression. Il savait que gémissements et cris resteraient sans effet, et qu'il devait, coûte que coûte, accepter le destin dont l'avait gratifié Boltenstern.

— Je vais te tenir à la gorge pendant tout le restant de ta vie, Alf. Il va falloir que tu me traînes partout comme un boulet immonde. Je te tiens, oui je te tiens à deux mains !

— Je le sais, Hermann. — Il se leva. — Dans quelques semaines, tu verras tout sous un autre jour. Pour l'instant, ton système nerveux est à bout de résistance, mais attends un peu, et tu constateras toi-même que tu n'as même plus de complexe de culpabilité... à quoi bon d'ailleurs ? Nous avons tous pris du LSD, et chacun a réagi selon son tempérament... Sans doute ta réaction à toi a-t-elle été plus forte que celle des autres. Mais tu n'y peux rien. A quoi bon gémir ou accuser... Nous sommes des amis, nous en avons traversé de dures... A nous maintenant de supporter le choc et de nous tenir la main.

— C'est toi le coupable... Tu vas épouser Pétra et empocher une fortune de plusieurs millions de marks. Mais cela ne me rendra pas mon visage, à moi, tu comprends ?

— Écoute, Hermann, je déposerai un demi-million sur chacune de tes joues. D'accord ?

— Quand ?

— L'année prochaine, dès que j'aurai épousé Pétra. Une année, c'est vite passé !

Mais le blessé s'abstint de répondre. Un million pour un visage perdu, pensa-t-il. C'est une bonne affaire. Triste, sans doute... mais quand même !

— Quand reviendras-tu me voir ? demanda-t-il au moment où Boltenstern prit congé.

— Tous les deux jours, si tu veux.

— Ce serait gentil.

— Puis-je transmettre un message à Madeleine ?

— Oui. Qu'elle retourne à Paris. Je ne veux pas lui imposer la présence d'un affreux Martien dans son lit.

— Bravo, Hermann. Tu retrouves ton sens de l'humour. Allons, courage, vieux !

Schreibert suivit des yeux son ennemi qui quittait la chambre d'un pas ferme et sûr, l'incarnation de la victoire.

Je te tiens, pensa-t-il. Tu verras que mon visage va changer également le cours de ton existence, cher camarade Alf Boltenstern!

6

LE procureur général Breuninghaus fit une grimace éloquente, mais aucun argument ne pouvait éviter la confrontation : son collègue, le docteur Lummer — « Côtelette » pour les intimes — se présentait avec une telle collection d'articles et de rapports qu'il était impossible de l'éconduire.

Psychoses expérimentales...

Manuel de pharmaco-psychologie...

Un des rapports s'intitulait : « Description de crimes commis sous l'effet du LSD, et commentaires. »

— Qu'est-ce que c'est que ce fatras? demanda froidement le procureur général.

— Une bombe dans les annales de la criminologie... Voilà qui va soulever de nouveaux problèmes et de nouvelles discussions.

— Et qui a fait éclater cette bombe?

— Ritter.

— Il me semble pourtant que cet homme n'est qu'un assistant-commissaire, et non un artificier! Toujours cette affaire Erlang?

— Quand vous aurez pris connaissance des rapports, vous serez vous-même convaincu qu'il faut recommencer l'enquête.

— Vous en êtes sûr, docteur Lummer?

— Oui, monsieur le procureur général.

— Plus question de suicide?

— Cela m'étonnerait... Cette mystérieuse soirée s'éclaire d'un jour nouveau.

— Bien sûr... Rouge comme un bordel!

— Non... Violet comme l'univers créé par le LSD.

Le procureur évita de répondre. Il donna congé à son visiteur et, après avoir exhalé un profond soupir, il se plongea dans le dossier préparé par Werner Ritter.

Au bout d'un certain temps, il saisit le téléphone d'une main nerveuse et appela le commandant Ritter.

— Konrad... Ton fils est un génie dans le domaine de la jurisprudence... Mais il nous mène droit à une catastrophe. J'ai sous les yeux un rapport rédigé par lui qu'il m'est impossible de confier à la poussière bienveillante des archives. Connais-tu le LSD?

— N... non, répliqua Konrad Ritter à l'autre bout du fil. Est-ce une nouvelle société?

— Tu n'y es pas du tout! C'est une drogue démoniaque, un hallucinogène. Et il semblerait que nos amis en aient fait un usage plus que déraisonnable...

L'effroi du commandant Ritter lui fit lâcher le récepteur, ce qui mit fin prématurément à la communication téléphonique; mais ces quelques renseignements lui suffisaient. Il appela immédiatement Alf Boltenstern.

Dans les environs de Düsseldorf, parmi les collines recouvertes de forêts, se cache le refuge de la société des millionnaires. Impossible de soupçonner même la présence, à quelques kilomètres de cette cité industrielle inhumaine qu'est Düsseldorf, de ces innombrables cheminées d'où s'échappe sans relâche une fumée jaunâtre et nauséabonde, de ces milliers d'ouvriers harassés, de la proximité aussi de la Ruhr...

C'est là, dans cette oasis de silence, que se déroule la vie champêtre du Tout-Düsseldorf. Courts de tennis, clubs élégants, terrains de golf. Paradis sportif du cercle restreint d'initiés qui règne sur les mouvements de la Bourse. Il y a aussi le manège et les écuries, peuplés d'étalons splendides aux pedigrees imbattables. Occasions pour les amazones et les jeunes dieux de l'argent d'arborer pantalons noirs et jupes rouges. La chance terrestre sur le dos des chevaux, voilà le symbole de la réussite. La crise économique pâlit dans la mémoire; elle n'existe plus que pour les pauvres, pour les ouvriers qu'on est obligé, bien à contrecœur, de mettre en masse au chômage... Économie et sobriété, surproduction et excès de luxe, voilà des mots qui ne s'appliquent qu'à la populace...

Chacun possède sa chasse à courre et son yacht sur le Rhin (en été, on le fait transporter sur le lac Majeur ou sur la Côte d'Azur), son club de golf et son club hippique, une villa à la périphérie de la ville et une maison de campagne dans les Alpes bavaroises, sans oublier la charmante petite bicoque dans le Tessin, à moins que ce ne soit sur l'île d'Elbe ou aux Baléares. Et puis, on a tant de travail! La fête d'été chez le président-directeur général Freibach, la garden-party à la 1890 chez le baron von Rattzek, la partie de natation chez la comtesse Lechnitz qui — c'est du moins ce qu'on se murmure à l'oreille — en fait ne serait que « née Muller », et la soirée aux lampions organisée par le club de golf. Tant à faire... Où pourrait-on trouver encore le temps d'économiser ou de se restreindre? En vérité, impossible...

Boltenstern avait mis sa proposition à exécution. Tous les jours, il allait chercher Pétra Erlang et prenait avec elle la route du manège de Müllenberg.

Par une chaude journée de juin, Boltenstern et Pétra Erlang rencontrèrent Jutta par hasard dans la cour du manège, et tous trois se sentirent très gênés.

— Toi ici, papa? s'écria Jutta. A cette heure-ci?

— Et toi, Jutta? Je te renvoie la balle! Que fais-tu donc ici? Je te croyais à la rédaction ou en quête des dernières sensations!

— J'ai congé ce matin.

— Tiens, tiens! Et c'est grâce au hasard que moi, ton père, j'en suis informé?

Jutta salua cordialement Pétra Erlang, sans oublier de la complimenter sur l'élégance de son costume de cavalière. Elle admira la finesse de ses jambes, les jolis cheveux blonds qui formaient comme un casque lumineux autour du visage aux traits fins et réguliers.

— Quelle belle femme! murmura Jutta lorsque Pétra se fut éloignée vers les écuries. Mais comme elle est froide!

— Qu'est-ce que tu en sais, petite coquine!

— Moi aussi, je suis une femme, papa !

— Une petite oie, voilà ce que tu es!

— Elle a beaucoup changé. Autrefois, à l'époque où on l'appelait encore « tante Pétra », elle était différente. Plus gaie, peut-être, mais moins veloutée, et pourtant marmoréenne.

— La mort de son mari l'a profondément marquée... — Boltenstern jeta un coup d'œil vers l'écurie d'où Pétra sortait, accompagnée d'un magnifique étalon. Image parfaite de la richesse et de la beauté. Un noble cheval, une noble femme... Il exhala un profond soupir.

— Veux-tu venir te promener avec nous, chérie?

— Oui, si je ne craignais pas de vous gêner, papa...

— Petite folle! — Il la gratifia d'une grimace et d'une tape amicale sur la joue. Incroyable comme il se sentait jeune, ce matin-là, beaucoup plus jeune que onze ans plus tôt, lorsque le père de Pétra, le richissime propriétaire des usines Wohlhagen, l'avait éconduit.

Onze ans! Comme le temps passe vite! Et voilà que tout recommence comme autrefois : on monte à cheval, il fait chaud, les cheveux de Pétra étincellent dans les rayons du soleil.

— Je vais vous accompagner un petit bout de chemin, reprit Jutta, et ensuite, je vous laisserai.

— Ah! Un rendez-vous, sans doute...?

— Pourquoi pas? A vingt-trois ans, cela me paraît assez normal, papa!

— Tu me sembles bien insolente, ce matin!

On lui amena son cheval Vulkano, un superbe hongre

noir, qui se mit à piaffer et à hennir en reconnaissant son maître.

— Et... peut-on savoir qui est l'heureux élu?

— C'est encore trop tôt, papa. On n'a pas l'habitude non plus de dévoiler déjà à Pâques son cadeau de Noël, n'est-ce pas?

Boltenstern se mit à rire et rejoignit Pétra. Tout semblait lui sourire ce matin-là. Je vais présenter ma demande en mariage, se dit-il avec satisfaction, et le jeune cavalier inconnu fera aussi son entrée prochainement dans la famille... Une riche épouse, un gendre peu soucieux sans doute de poursuivre une enquête gênante contre son futur beau-père de peur de perdre la fille... Le destin ressemble à une vieille dame aveugle qu'il faut mener à travers les ruelles de la vie avec un soin tout particulier.

Pendant une demi-heure, ils chevauchèrent côte à côte à travers la forêt, sur les sentiers sablonneux des collines et de la vallée.

— Tu aurais dû te faire médecin des âmes! s'écria tout à coup Pétra Erlang. Ton idée de monter à cheval tous les matins est vraiment géniale, c'est une source miraculeuse de santé pour le cœur!

Jutta ralentit son cheval et brusquement obliqua dans un sentier de côté, sans prendre congé de ses compagnons. Son manège n'échappa pas aux yeux vigilants de son père qui profita de la solitude retrouvée pour se rapprocher de la cavalière.

— Il est temps de mettre les choses au point, Pétra! dit-il soudain.

Leurs jambes se frôlaient au rythme du trot ; noble comme seule peut l'être une reine, Pétra ne bronchait pas, tandis que la gorge de son compagnon se serrait lentement.

Le temps fait véritablement marche arrière! Onze années qui retournent au néant. Nous voilà de nouveau jeunes et amoureux... Et cette fois, rien ne vient plus mettre obstacle à notre amour.

— Pétra...

— Qu'as-tu donc de si sérieux à dire, Alf? prononça-t-elle en se tournant légèrement vers lui, et soudain Boltenstern prit conscience de la réflexion faite par Jutta une heure auparavant : cette femme est froide! Elle est belle comme une statue de marbre. Inutile de la mettre dans une pièce chauffée, elle demeurera toujours aussi froide.

Elle sait à quel point elle est belle... mais un iceberg glissant sur les eaux, sous la caresse du soleil, fascine également le spectateur émerveillé, à condition qu'il ne s'en approche pas trop...

— Tu n'as jamais aimé Richard, dit-il. Avoue-le, Pétra. C'est lui-même qui me l'a dit.

— C'est un mensonge! — Elle prononça ces quelques mots avec la fierté d'une reine attendant qu'on lui présente des excuses pour une peccadille. — J'ai au contraire beaucoup aimé Richard.

— Et lui?

— Je n'en sais rien. Depuis des années, il poursuivait son chemin seul. Un chemin qui le conduisait vers vous, ses bons amis, vers des orgies avec des filles payées pour vendre leurs charmes... Est-ce que tu as vraiment cru au secret de vos petites réceptions nocturnes? Comme la bêtise des hommes est insondable! Ils gouvernent le monde et se conduisent comme des gamins qui chipent des cerises chez le voisin. Toi, et Huilsmann, et Schreibert... Vous menez tous une vie stupide.

— Nous autres, nous sommes soit célibataires, soit veufs. Tandis que Richard, lui... Il avait la femme la plus fascinante qui soit!

Pétra Erlang se garda bien de relever ce compliment ambigu.

— As-tu l'intention de faire le procès de Richard, Alf? poursuivit-elle. Les morts ont droit à une certaine auréole de gloire... ne les en privons pas! C'était un être intelligent et bon...

Boltenstern lui saisit le bras; les deux chevaux s'immobilisèrent en piaffant d'impatience.

— Je t'aime, Pétra. Je ne suis plus un jeune coq capricieux. Je sais maintenant ce que je dis et ce que je fais.

— Écoute, Alf, il y a exactement un mois que Richard est mort...

— Je le sais bien. Je tiens seulement à ce que tu saches que je t'aime.

— Une année de deuil, cela peut devenir très long, tu sais.

— Il y a onze ans que je t'attends... Que peut représenter pour moi une douzième année?

Il la prit aux épaules et la serra contre lui sans qu'elle esquissât le moindre geste de défense. Son regard s'était fait doux comme la soie, mais Boltenstern ressentit presque physiquement la froideur absolue qui émanait d'elle. Cette constatation étrange l'effraya, et il serra les lèvres. Une seule chose comptait : ne pas abandonner la lutte avant d'avoir atteint le but visé!

— Crois-tu pouvoir m'aimer un jour Pétra? reprit-il d'une voix rauque.

— Tu me poseras cette question dans un an, Alf, répondit-elle. Je te donnerai alors une réponse... Le faire aujourd'hui, ce serait blesser le souvenir de Richard.

Elle le laissa se pencher vers elle et lui donner un léger baiser, mais sans y répondre elle-même. Aucune fibre de son corps ne vibra, et le regard de ses yeux bleus se perdit dans le lointain, comme si Boltenstern n'était qu'un fantôme irréel.

Ils ne tardèrent pas à rentrer aux écuries; mais tandis que Pétra allait prendre un café, son compagnon reprit au grand galop de Vulkano le chemin de la forêt.

Werner Ritter et Jutta Boltenstern se retrouvèrent comme prévu dans une petite clairière cachée; ils se précipitèrent dans les bras l'un de l'autre, et le premier moment d'émotion passé, ils se mirent à deviser sans l'ombre de romantisme.

— Mon père traîne dans le coin! Figure-toi que je l'ai rencontré par hasard près des écuries en compagnie de Pétra Erlang!

— En compagnie de Pétra Erlang? répéta Werner surpris.

Il offrit une cigarette à Jutta et, la main dans la main, ils s'enfoncèrent dans une allée, suivis du fidèle cheval habitué à ces rencontres champêtres.

— J'ai l'impression qu'il se trame là quelque chose... Tu t'imagines, Pétra, ma future belle-mère?... Cela me fait un drôle d'effet.

Werner ne dit rien. Il songeait à ses recherches sur le LSD et aux réactions diverses que le dossier avait provoquées : le procureur général lui avait donné carte blanche, à sa grande surprise; le docteur Lummer lui avait serré les deux mains; son père, le commandant en retraite, avait grogné contre lui, mais s'était quand même abstenu de tout discours sur l'esprit de corps et sur le caractère sacré de l'amitié... Apparemment, le LSD était à l'origine de tous ces revirements spectaculaires. « Soyez très, très prudent, avait dit plus tard le brave Lummer. Vous vous heurtez peut-être à un nid de guêpes, et vous n'ignorez pas à quel point les piqûres de guêpes peuvent être douloureuses! Même l'équité, dans certains cas, a des bornes à ne pas dépasser... »

Entre les hêtres se nichait une petite chaumière de garde forestier. Elle se composait d'une seule pièce et servait vraisemblablement de remise, car elle était parsemée de scies et d'outils divers, ainsi que de sacs contenant des graines pour les oiseaux, sans oublier une antique brouette à la roue cerclée de fer.

En découvrant cette hutte, peu de temps auparavant, Werner Ritter avait, pendant quelques secondes, donné congé à sa conscience professionnelle, et la maisonnette primitive s'était transformée en palais merveilleux où Werner et Jutta passaient des heures solitaires en se disant leur amour.

Ce jour-là aussi, ils gagnèrent la chaumière, attachèrent le fidèle cheval à une branche d'arbre, et s'assirent sur un gros tronc, devant la porte de la maisonnette.

— J'ai dévoilé un secret à papa, dit Jutta avec un clair éclat de rire. Je l'ai prévenu qu'à Noël prochain, je lui présenterai son futur gendre... Oh! Sois tranquille, je n'ai nommé personne. Je tiens à ce que cela reste la grande surprise. Je voudrais déjà voir ses yeux quand je t'amènerai dans le grand salon, devant lui : Et voici mon cadeau de Noël, grandeur nature!

Elle recommença à rire avec insouciance.

— Tu es douée pour la mise en scène, constata Werner, très sceptique, quant à lui, sur l'effet que produirait cette surprise.

Mais, que se passerait-il d'ici Noël! Dès que les derniers renseignements arriveraient de Londres, c'est-à-dire dans trois ou quatre jours au plus tard, on allait recommencer l'enquête. Interrogatoire d'Alf Boltenstern sur l'utilisation du LSD... En vérité, curieuse recommandation pour un futur gendre!

Ils restèrent près d'une heure assis l'un près de l'autre, perdus dans une contemplation réciproque d'eux-mêmes. Puis Jutta secoua la torpeur bienheureuse qui l'avait envahie.

— Il faut que je m'en aille maintenant. A midi, conférence du patron... J'ai tout juste le temps.

— Quand nous reverrons-nous?

— Demain soir? Si nous allions au cinéma?

— D'accord, chérie.

Un dernier baiser, sensiblement plus prolongé que les précédents, peut-être, puis Werner alla détacher le cheval. Au moment où Jutta s'installait sur la selle, un coup sec éclata, tout proche d'eux; un coup unique, mais qui suffit à rendre le cheval nerveux; il leva la tête, retroussa les naseaux, et sans qu'on eût pu le prévoir, il se cabra et rua de toute sa hauteur, ce qui jeta la cavalière sur le sol humide de boue et de feuilles mortes pourries.

— Quel est l'imbécile qui s'amuse ainsi à troubler la forêt? s'écria Werner en relevant Jutta.

Le cheval fit quelques pas hésitants à l'aveuglette, puis comme le calme persistait, il revint lentement vers la chaumière, la tête basse, comme s'il avait honte de son comportement absurde.

— Mon Dieu! s'écria Jutta en jetant un coup d'œil sur son accoutrement. Comme me voilà arrangée! — Pantalon et corsage étaient couverts de boue à laquelle quelques feuilles et quelques brindilles restaient agglutinées. — Adieu, ma conférence! Je ne peux tout de même pas rentrer dans cette tenue!

— Que vas-tu faire?

— Tout nettoyer et tout faire sécher. Allume un feu pendant que j'essaie de réparer les dégâts et, dans une heure, nous pourrons repartir.

Elle s'activa, en soutien-gorge et slip, ce qui, à vrai dire, surprit Werner, peu habitué aux exhibitions de sa fiancée.

— Tu devrais quand même avoir un peu honte, suggéra-t-il en posant sa main sur l'épaule nue de la jeune fille. Moi qui pensais épouser une fille sérieuse!

— Avec une chemise de nuit boutonnée depuis le menton jusqu'aux orteils?

— Exactement.

Ils se mirent à rire et se serrèrent un peu plus l'un contre l'autre. Mais brusquement, leur rire s'étouffa; la porte de la chaumière s'ouvrait. Un homme en tenue de cavalier, la cravache à la main, apparut sur le seuil.

— Ah! Ah! s'écria-t-il en faisant des yeux le tour de la pièce. J'ai l'impression d'être arrivé au bon moment!

— Papa! bégaya Jutta en reculant jusqu'à la cheminée. Ce n'est pas du tout ce que tu crois!

Boltenstern secoua la tête. Il avança vers le jeune homme, la cravache menaçante, comme s'il allait le frapper.

— C'est bien cela, je ne me trompe pas! Ma fille à moitié nue, seule avec un jeune homme dans une chaumière isolée, qui, en principe, devrait être fermée... Je ne veux rien entendre, hurla-t-il en s'apercevant que Jutta se préparait à riposter. — Pas un mot, Jutta! Par contre, c'est ce monsieur que j'aimerais entendre parler! Je vous en prie, monsieur Werner Ritter!

— Vous vous trompez vraiment, monsieur, dit Werner d'un air sombre en se mettant devant Jutta comme pour la protéger de la colère de son père. Je sais que les apparences sont contre nous, mais je vous garantis, monsieur Boltenstern, que votre fille...

— Je me fous de votre garantie! Comment, vous vous cachez dans une chaumière avec une fille nue et vous voulez encore me donner des garanties? Pour qui me prenez-vous? Jutta, habille-toi! En arrivant ici, j'ai bien vu ce jeune homme courir après toi comme un fauve en chaleur!...

— Monsieur! — Werner fit un pas en avant. — Pour l'honneur de Jutta...

Boltenstern fit une grimace d'horreur... La scène était parfaitement réussie, il était lui-même surpris de ses talents d'acteur. Les yeux fixes, les cheveux sur le front, la mine pâle et défaite, cette fierté paternelle blessée, l'illusion détruite de la pureté de sa propre fille...

Voilà mon triomphe, pensa-t-il. Pétra Erlang, ma femme, et ce Werner Ritter...

— L'honneur de Jutta? hurla-t-il. Et c'est vous qui osez encore parler d'honneur?

Il leva sa cravache en direction du jeune homme et la fit tourner autour de sa tête. Mais Jutta se précipita devant Werner, l'entoura de ses bras et le força à reculer hors de l'atteinte du fouet.

— Père! cria-t-elle d'une petite voix aiguë. Si jamais

tu le frappes... Si jamais... Je l'aime! Nous allons nous marier!... Père!

Un brusque silence pesa sur la chaumière, tellement dense, tellement opaque qu'ils eurent tous trois l'impression d'étouffer.

— Vous allez vous marier? reprit Boltenstern, une fois la première surprise passée.

La cravache retomba le long des bottes de cuir du cavalier.

— Oui, prononça Werner d'un ton neutre. Nous voulons nous marier.

— Dois-je considérer cette déclaration comme une demande en mariage? — La colère semblait peu à peu se dissiper, et Jutta commença à enfiler son corsage humide, en poussant un soupir de soulagement. — C'est bon, je vous attendrai chez moi dimanche matin, entre onze heures et midi. Je savais bien que le fils de mon ami et camarade de guerre était un homme d'honneur. Je vous prie d'excuser mon accès de colère, et je pense que vous n'aurez pas de difficulté à comprendre l'inquiétude toute paternelle provoquée par une situation aussi étrange qu'inattendue.

Boltenstern joignit à ses paroles un salut cérémonieux et raide qui mit le comble à l'embarras de Werner Ritter.

— Je serai chez vous dimanche à onze heures, confirma-t-il, la gorge serrée.

— Voudriez-vous avoir l'obligeance d'inviter votre père à cette petite cérémonie très importante pour nos deux familles? — Boltenstern observait Jutta du coin de l'œil : la jeune fille enfilait à présent son pantalon de cheval encore raide d'humidité. — Puis-je vous demander maintenant de nous laisser seuls, Werner?

Incroyable, songeait le jeune commissaire. Quel curieux monde que ce monde cérémonieux et guindé; décidément, jamais je ne pourrai m'y adapter...

Tsac-tsac... Talons joints... Formules ampoulées... Pourquoi ne pas parler naturellement de phénomènes parfaitement naturels?

Boltenstern attendit le départ de Werner, puis il se retourna vers sa fille.

— Déshabille-toi maintenant, chérie, dit-il de sa voix tendrement paternelle. Tes habits ne sont pas encore secs... Nous avons le temps.

Mais Jutta ne broncha pas, image de la résistance obstinée.

— Tu t'es conduit d'une manière impossible et odieuse, se contenta-t-elle de répondre durement.

Le père sursauta de surprise : jamais Jutta ne l'avait gratifié d'un ton aussi désagréable.

— Comment? C'est moi qui me suis comporté d'une manière impossible? Es-tu donc déjà si intimement liée avec Werner Ritter pour te permettre de te déshabiller devant lui sans honte?

— Nous ne sommes plus des enfants, voyons!

— J'ignorais qu'à partir d'un âge précis, la morale devenait une histoire pour petits enfants sages.

— A la plage, au bord des lacs ou à la piscine, partout, on se déshabille, et personne n'y trouve à redire!

— Il y a une différence entre se promener en maillot de bain et courir en soutien-gorge et slip dans une chaumière obscure et solitaire! — Boltenstern accorda un coup de cravache à la pauvre chaumière obscure et solitaire. — Allons, Jutta, déshabille-toi vite... Tu vas prendre froid et tu vas attraper la grippe.

Mais Jutta fit semblant de ne pas entendre. Ses yeux durs, presque méprisants, se posèrent derechef sur son père.

— Crois-tu vraiment que tu sois bien indiqué pour jouer le rôle du bon apôtre de la morale? Qu'est-ce que vous nous donnez comme exemple, vous autres, avec votre vie de débauche? Vous exigez de la jeunesse la rigidité extérieure et intérieure... Vous avez bonne mine! Et vous? Et vos fameuses parties?... Oh, je t'en prie, papa, n'essaie pas de protester! Je sais très bien ce qui se passe quand vous avez vos prétendues réunions professionnelles avec les anciens camarades! Je sais tout ce que vous fricotez derrière les épaisses tentures, sous la lumière tamisée... « Soutenir les centres vitaux », comme a dit une fois oncle Hermann... C'est ce que je l'ai entendu te dire une fois, par hasard... Quant à Toni Huilsmann... J'ai découvert dans son atelier — encore par hasard —un album de cuir que j'ai feuilleté... Il traînait sur le coffre-fort ouvert, à portée de la main de n'importe qui. Un album de photos... Je t'assure que ça m'a fait un drôle d'effet de voir pour la première fois mon propre père tout nu en compagnie de filles également toutes nues...

Boltenstern serra les lèvres. Cet abruti de Toni, pensa-t-il. Aujourd'hui même, je fonce chez lui pour exiger qu'il me donne cet album. Au fait, qui a bien pu prendre ces photos compromettantes? Est-ce que par hasard il n'aurait pas encastré des caméras automatiques dans son plafond étoilé? Cela lui ressemblerait bien, le salaud!

— Viens! Nous partons! dit-il tout haut.

— C'est tout ce que tu trouves à me répondre?

— Ai-je besoin de justifier mes actes devant ma fille? Tout ce que tu mérites, c'est une bonne paire de gifles!

— Voilà le fin mot de votre philosophie! Frapper! Peu importe que ce soit avec la main ou avec la cravache. Frapper... Croyez-vous que ce soit un bon principe d'éducation pour vos enfants? Les enfants suivent l'exemple de leurs parents... Si je me conduisais comme toi au cours de tes fameuses conférences professionnelles douteuses...

Un profond soupir, puis il fit trois pas en avant et frappa Jutta au visage avec tant de force que la jeune fille en perdit l'équilibre.

— Papa..., bredouilla-t-elle. Papa... Que fais-tu?

— Je fais ce qu'il ne m'était plus arrivé de faire depuis quatorze ou quinze ans, répondit-il péniblement. Que cela t'apprenne une fois pour toutes à te conduire convenablement. Tu n'es pas encore assez âgée pour pouvoir te permettre de manquer de respect à ton père! Et même quand tu auras quarante ans et que moi, je serai un vieillard tout blanc... Je suis et je reste ton père!

— Tu n'aurais pas dû faire cela, papa..., reprit Jutta à voix basse, en se passant une main dans les cheveux. C'est une grave faute de ta part, et tu le regretteras!

— Faut-il qu'à quarante-six ans, je supporte de me laisser traiter de porc par ma propre fille? hurla-t-il soudain.

Il sentait bien qu'il s'était laissé aller à agir avec impulsivité, alors que la situation nécessitait une tête absolument froide. L'album de photos de Toni... Voilà le danger... Qu'est-ce que Toni a bien pu photographier? Et depuis quand a-t-il mis au point cette machination diabolique? Pour quelles raisons? Et si jamais cet album tombait entre des mains étrangères... Il y a vraiment de quoi perdre la tête.

Et surtout la dernière question, la plus brûlante : Huilsmann avait-il filmé aussi la soirée du 21 mai? La LSD-party, le meurtre d'Erlang, le spectateur parfaitement lucide, assis dans son fauteuil sans faire un mouvement au milieu de l'enfer déchaîné des déments? Lui-même, Boltenstern, qui n'avait même pas esquissé le moindre geste lorsque Schreibert serrait le foulard blanc autour du cou de Richard, en poussant un hurlement de triomphe...

La caméra avait-elle été témoin de la scène?

Jutta enfila ses bottes, elle était prête. Elle examina son père dont le visage blême et vieux lui fit pitié.

— Oublions tout, papa, c'est trop laid, dit-elle soudain. Je voulais seulement te faire comprendre que je ne suis plus une petite oie, comme tu t'amuses encore à me traiter. J'ai de bons yeux, et je sais observer... même derrière ton dos. Malgré tout, tu peux être tranquille, je suis et je reste ta fille, bien que souvent, cette pensée m'ait été pénible... aujourd'hui par exemple, car ta petite fille aux tresses emmêlées est devenue une femme, papa...

Boltenstern hocha la tête :

— Partons, chérie, murmura-t-il.

— Encore une question, papa...

— Oui?

Il eut l'impression de passer à la torture; la nouvelle question posée par Jutta, il la connaissait d'avance.

— Pourquoi agissez-vous de cette façon? Pourquoi achetez-vous des filles? Quel plaisir trouvez-vous aux grosses femmes ivres des bars? Pourquoi débauchez-vous des fillettes qui pourraient être vos filles, et que vous rejetez comme des sacs de son, après avoir pris votre plaisir? Est-ce que cela fait partie des règles de votre haute société? Faites-vous aussi le compte de vos conquêtes, peut-être? Est-ce que la liberté des mœurs est proportionnelle à l'importance du compte en banque, ou bien la vie de tous les jours est-elle pour vous trop monotone? Est-ce la peur, la panique de vieillir et d'avoir manqué quelque chose que vous pouvez encore vous offrir artificiellement?

Jutta fit un pas vers son père, mais celui-ci se détourna et quitta la chaumière. Le brûlant soleil de juin l'éblouit et il fut obligé de fermer les yeux. Un vieil homme...

— Pourquoi ne me réponds-tu pas, papa? interrogea Jutta de la porte, avec un entêtement impitoyable.

Boltenstern rejoignit son cheval noir et lui caressa machinalement la croupe, tout en lançant un long regard à la colline boisée, inondée de soleil. Ma petite fille, songea-t-il douloureusement. Elle en a vu trop et elle a gardé le silence...

Son visage demeura de glace. Il eût été incapable de

répondre aux multiples questions de Jutta, qu'on aurait pu d'ailleurs résumer en une seule : Pourquoi êtes-vous devenus ces hommes-là?

Jutta avait-elle perdu toute estime pour lui? Ce jour marquait-il la rébellion d'une jeunesse déçue?... « Vous autres, les parents, vous êtes encore pires que nous... » Restait-il encore un espoir de réveiller en Jutta le sentiment que son père, malgré tout, demeurait le confident, le soutien, le protecteur? Y avait-il encore un chemin qui conduisait jusqu'à l'âme profondément blessée de la jeune fille?

Il passa une main lasse sur ses yeux, le geste d'un homme fatigué, gêné par l'ardeur du soleil.

— Tu vois, petite, nous sommes une génération perdue, dit-il enfin. A l'époque où nous aurions dû être des enfants, on nous a fait endosser l'uniforme. A l'âge d'homme, nous croupissions dans la boue russe; nos plus belles années, nous les avons passées en Sibérie et quand nous sommes rentrés, on nous a entraînés dans le tourbillon de la résurrection économique. L'argent, la considération, le miracle d'une nouvelle Allemagne resplendissante de gloire. Notre génération, tu vois, n'a jamais eu qu'à obéir aux ordres. On ne nous a jamais demandé notre avis, on nous a seulement commandés, tiraillés à gauche et à droite... Et soudain nous avons découvert le chemin de la liberté! Un rayon de soleil qui jusqu'alors ne nous avait jamais atteints. Nous pouvions faire ce que nous voulions; il n'y avait personne pour nous donner des ordres. Celui qui a de l'argent ressemble au Veau d'or : on danse autour de lui, on l'adore, on lui offre de l'encens et on lui sacrifie tout... Conscience, fidélité, morale et même la loi... Pourquoi nous, les éternels affamés, aurions-nous refusé cette manne régénératrice? — Il se pencha et caressa la crinière de Vulkano. — Voilà pourquoi nous sommes devenus tels que tu nous juges. Une liberté absorbée par tous les pores! Je reconnais que nous nageons avec délices dans ces eaux troubles et que nous n'avons jamais songé à la catastrophe qui pouvait s'ensuivre! — Il regarda sa fille dont les grands yeux semblaient perdus dans une vision mystique. — Cette explication te suffit-elle, Jutta?

— Vous me faites pitié, répondit-elle à voix basse. Malgré votre compte en banque, vous n'êtes que des pauvres gens.

— C'est pourquoi vous, les jeunes, vous devez avoir autre chose. Vous êtes encore des jeunes pousses que la tempête peut plier, mais non pas arracher... Tandis que nous nous sommes des vieux troncs prêts pour l'abattage. — Il attendit qu'elle fût installée sur sa selle, puis s'approcha d'elle et lui tendit la main. — Oublie la gifle, chérie.

Elle sourit péniblement.

— C'est déjà passé, papa.

— Je souhaite que tu sois heureuse avec Werner Ritter. C'est un chic garçon... Jutta, puis-je t'offrir quelque chose?

— Je n'ai qu'un désir, papa... Celui de pouvoir retrouver toute l'estime que j'avais pour mon père.

Ces simples mots percèrent le cœur de Boltenstern comme un fer rouge. Ils lui vaudraient bien une éternité de rédemption...

7

ALF et Huilsmann étaient assis face à face dans la grande salle qui avait servi de cadre au drame du 21 mai. Le regard du visiteur ne cessait d'errer dans tous les coins, à la recherche d'un objet caché, puis finit pas se tourner derechef vers le maître des lieux.

— Où se cachent les caméras? demanda-t-il d'une voix dure.

Huilsmann haussa les épaules :

— Quelles caméras?

— Celles avec lesquelles tu t'amuses à nous photographier depuis des mois, ou peut-être des années.

— Moi? Mais, Alf, tu es sûr de ne pas être ivre?

Boltenstern lui lança un regard méprisant.

— Quel salaud tu es quand même! Doublé d'un lâche... Dommage qu'on ne t'ait pas abandonné aux tanks russes à Meseritz...! Monsieur nous photographie avec les putains et collectionne ses images dans un album en cuir. Sale pourceau, va! — Il agrippa son ami par les revers du veston. — Où sont les photos? hurla-t-il. Tu me les donnes tout de suite, sinon je te casse les os un par un!

Un instant, Toni se laissa faire, apparemment réduit à l'impuissance, puis d'une détente il envoya un douloureux coup de pied au tibia de son adversaire. Boltenstern desserra son étreinte en poussant un hurlement et retomba dans un des fauteuils profonds. Toni alors se précipita vers la cheminée et ouvrit un petit coffret doré... Il exhiba un revolver en miniature, véritable jouet d'enfant ultra-sensible.

— Ah! Ah! ricana Boltenstern en se frottant la jambe. Le petit garçon possède un pétard! Tu ne trouves pas qu'un meurtre chez toi, ce soit suffisant?

— Tu es complètement ivre, Alf! Rentre chez toi.

— Où sont installées les caméras? Personne d'autre que moi n'est au courant, jusqu'ici. Mais si je préviens Ritter et les autres que tu t'amuses à prendre et à collectionner des photos pornographiques, Toni... ils te pendront, sois-en sûr! Ou ils te transformeront en chair à pâté!

Les yeux de Huilsmann lancèrent des éclairs. On voyait bien qu'il avait peur, et il se réfugia dans l'insolence, la bouée de sauvetage des lâches.

— C'est toi qu'ils transformeront en bouillie, si moi, je leur parle de ton maudit LSD! Car tu nous as menti, hein? Tu savais parfaitement qu'il pouvait en résulter une catastrophe, mais tu n'as rien dit! — Huilsmann laissa percer un mauvais sourire. — Le LSD n'est plus tellement inconnu, tu sais. J'ai parlé hier avec une dame de la société qui s'envoie cinquante microgrammes de drogue tous les samedis soirs pour pouvoir jouer le rôle de Messaline... Elle m'a montré des photos prises en Amérique... C'est là que je me suis vraiment rendu compte de ce que tu valais!

— Pourquoi as-tu pris ces photos?

— Qu'est-ce que tu veux, je suis un fanatique de la photo... C'est mon hobby, pour ainsi dire.

Boltenstern se versa un genièvre :

— Tu es un pauvre petit salaud minable, lança-t-il. Nous formions une équipe de cinq amis, mais il faut croire que cinq, c'est déjà trop... Donne-moi les photos ainsi que les négatifs...

— Et si je refuse? s'écria Huilsmann, à l'abri derrière son revolver. Ne me parle pas comme à un bébé, je t'en prie! De nous tous, c'est moi qui ai le mieux réussi, mis à part ce pauvre Richard. Je n'ai pas besoin de vous autres!

— Où pourrirais-tu maintenant, si nous t'avions abandonné à Meseritz?

— Ah! Meseritz! La paix, avec votre éternel Meseritz! Vous creviez tous de peur, et vous ne songiez qu'à vous sauver comme des lapins. Vous m'avez sauvé la vie... Faut-il que je sois votre esclave toute ma vie et que je vous baise les pieds? J'ai accordé à Konrad un crédit de vingt mille marks, sans intérêt. Schreibert a eu sa baraque pour un prix dérisoire. Quant à toi, je t'ai avancé en 1960 cinquante mille marks! Bien entendu, tu m'as remboursé... avec l'argent de Richard entre parenthèses... Oh! tu sais, je suis au courant de tous les détails, et j'estime que j'ai plus que remboursé mes dettes de guerre.

Boltenstern s'accorda un deuxième genièvre, puis en clopinant légèrement, il sortit.

— Où vas-tu? interrogea Huilsmann revolver en main.

— Chercher quelques bonbonnes d'essence pour mettre le feu à ton palais maudit!

Huilsmann se mit à rire :

— Enfin, je te retrouve, Alf! Pourquoi nous disputer? Nous sommes comme des jumeaux, et nous en savons trop les uns sur les autres... Allez, reviens. Je te garde à dîner. Il y a tout ce qu'il faut dans le frigo, et Else est partie en ville faire quelques achats supplémentaires.

Sidéré devant ce caméléon fait homme, Bolstenstern ne put s'empêcher de demander :

— Tu n'as donc pas d'âme, Toni?

— Est-ce que nous aurions atteint ce niveau si nous avions eu une âme? répliqua l'architecte en secouant gaiement la tête. L'âme, c'est un luxe que s'accordent seulement les ratés. Sais-tu ce que c'est que le scrupule, toi?

Boltenstern ne répondit plus, mais suivit l'autre dans la maison et se versa un troisième genièvre.

— Je mangerais bien un peu de poulet froid, dit-il, et si tu avais de l'eau gazeuse...

— Tout de suite... Du caviar, aussi?

— Ma foi... Puis-je te préparer un whisky, Toni?

— Volontiers, merci...

Boltenstern attendit que Toni eût disparu dans la cuisine; puis il tira de sa poche une sorte de morceau de sucre enrobé dans une feuille d'étain. Il le déplia avec prudence et dextérité et laissa tomber le sucre dans le verre de whisky destiné à Toni. Avec une cuiller d'argent à long manche, il remua le mélange jusqu'à ce que toute trace de sucre ait disparu, puis il y ajouta quelques gouttes de cherry.

Il venait juste de terminer son cocktail spécial lorsque Huilsmann revint de la cuisine, les bras chargés d'un plateau abondamment garni.

— Mon Dieu! J'ai une de ces soifs! s'écria-t-il en se précipitant directement sur le verre préparé pour lui. Cette dispute m'a littéralement déshydraté! — Il leva le verre et hocha la tête. — Curieuse couleur pour un whisky, Alf!

— J'y ai ajouté quelques gouttes de cherry.

— Dans le whisky? Barbare, va!

— Tu verras, c'est formidable. J'en ai bu une fois à Rome...

En trois gorgées, Toni vida son verre.

— C'est nouveau! commenta-t-il simplement. Légèrement sucré... Plutôt une mixture pour dames...

Au bout de vingt minutes, Boltenstern prit congé sans avoir reparlé des photos. Huilsmann se laissa même aller à l'embrasser; il se conduisait d'ailleurs de façon quelque peu infantile; sans doute sa rasade de whisky le rendait-il déjà euphorique. Il accompagna son ami sur le pas de la porte, lui chanta une chanson et agita son mouchoir en guise d'adieu comme si Boltenstern partait pour un long périple autour du monde.

Dix minutes plus tard, l'euphorie s'était transformée en une agitation frénétique. Les fleurs exotiques de l'atrium changèrent progressivement de couleur... le rouge orangé et le violet dominèrent, tandis que la lumière s'embrasait de mille feux comme si elle était le reflet de milliers de diamants taillés; le tapis devint une prairie sur laquelle, en l'espace de quelques secondes, des fleurs géantes se mirent à pousser, à tel point qu'elles crevèrent le plafond et servirent de guirlandes à la lune et aux étoiles.

La bouche ouverte, Huilsmann contemplait cet univers féerique; tout d'un coup, une étoile glissa le long de la tige d'une fleur et devint une jeune fille merveilleuse aux longs cheveux noirs flottants d'où s'échappait une musique douce comme le glissement des doigts sur une harpe; des petites roses jaune pâle semblaient nager autour du corps mince de la jeune fille; une lueur étrange émanait d'elle, comme si elle était de verre...

Elle était nue et translucide... Toni la vit s'approcher de lui, le cœur battant. Cet être de glace l'entoura de ses bras chauds, l'embrassa fougueusement, le déshabilla...

— Oh! bredouilla Huilsmann. Qui est-tu donc?

— Je suis la fille de Vénus, répondit-elle. N'as-tu pas vu d'où je suis descendue? Je suis venue le long d'une fleur pour te rejoindre...

Et ses mains veloutées caressaient le corps frémissant du malheureux qui poussait des gémissements de volupté, étreignait le corps nu de la déesse en contemplant les battements visibles de son cœur.

— Fille de Vénus, murmura-t-il. Ma bien-aimée...

Devant le portail en fer forgé, Boltenstern attendait, l'œil fixé sur sa montre. Au bout d'un quart d'heure, il retourna vers la villa dont il trouva la porte d'entrée grande ouverte. Avec la souplesse d'un chat, il se glissa dans le hall et se cacha dans un coin sombre du vestiaire.

Dans la grande armoire du hall, une planche malencontreuse craqua... Else retint son souffle. Elle avait assisté au spectacle complet, la dispute entre les amis, la réconciliation, le repas rapide, les adieux... Elle vit Huilsmann debout au milieu de la pièce, tournant en tout sens dans une sorte d'agitation fébrile, les bras étendus comme s'il se préparait à étreindre une femme.

Comme un félin, elle aussi, elle sortit de son repaire; après avoir mis de l'ordre dans sa coiffure et dans sa tenue, elle frappa légèrement sur la cloison qui séparait le living-room du hall d'entrée, le cœur battant.

— Monsieur..., dit-elle à la manière impersonnelle exigée par son maître. Je suis rentrée. Puis-je vous servir le dîner maintenant?

— O fille de Vénus, ma bien-aimée, reprit Huilsmann en se dirigeant à petits pas vers elle.

Ses yeux étincelaient d'une lueur anormale, sembla-t-il à la jeune fille inexpérimentée; le visage contracté de Toni luisait de sueur et battait la mesure tout en marchant à sa rencontre.

— Monsieur..., bégaya Else au comble de la confusion. Monsieur... si vous voulez encore attendre un peu...

— Ma bien-aimée..., répéta Huilsmann.

Il attira Else contre lui avec une telle brutalité qu'il fut impossible à la pauvre fille d'esquisser le moindre geste de défense lorsqu'elle se sentit écrasée contre lui.

— O fille de Vénus...

Il lui arracha ses vêtements, mais cette fois, plus morte que vive, elle se défendit... Elle frappa des mains et des pieds, griffa, mordit... En vain.

— Monsieur! hurla-t-elle affolée. Non! Non!...

Mais à quoi bon? Une force démoniaque s'était emparée de Huilsmann; il déchira les vêtements et le linge d'Else, puis emporta la malheureuse comme un vase précieux sans cesser de la serrer contre lui en gémissant, dans un accès de volupté :

— Mon aimée! Nous allons engendrer un nouveau soleil, un nouveau monde, le monde des êtres translucides comme toi...

Il emporta Else dans sa chambre à coucher et la jeta sur son lit.

— Un nouveau soleil! cria-t-il en la contemplant émerveillé. Un ciel de pourpre! Des feuilles de cristal et des fleurs de diamants! J'arrive, ne crains rien... Univers féerique, me voici, je demeure à jamais près de toi...

— Monsieur! hurla encore une fois Else en essayant une dernière fois d'échapper à l'étreinte démentielle des deux mains puissantes. Monsieur, bien sûr, je vous aime... Quand même, si vous vous conduisez comme un fou... Au secours! Au secours!

— Entends-tu chanter les nuages? — Huilsmann se jeta à son tour sur le lit, les bras étendus. — O fille de Vénus, je vois ton sang. Rouge... rouge comme l'amour éternel...

Boltenstern attendit que les cris perçants de la pauvre petite se soient transformés en gémissements inarticulés; lorsque la maison retrouva son silence, il quitta sa cachette sans plus prendre de précautions; dans le living-room, il examina minutieusement chaque pouce carré des murs; il sonda les coins et les recoins, fouilla les interstices des armoires, se glissa dans la cheminée, et après être grimpé sur une table, il chercha à percer également les secrets du plafond.

Pas trace de caméra ou d'appareil de photo. Si vraiment Toni en avait caché un quelque part dans cette pièce, il fallait reconnaître que le camouflage était parfaitement réussi.

Il comprit rapidement la vanité de ses reproches et gagna l'atelier de l'architecte; en passant devant la chambre à coucher, il entendit nettement les bruits accompagnant le combat acharné que se livraient deux êtres perdus... Il s'éloigna en accélérant le pas.

Dans un coin de l'atelier, il aperçut le coffre-fort dont lui avait parlé Jutta. Mais la porte était fermée; seule une charge de dynamite pourrait en venir à bout.

On ne peut pas avoir toujours la chance pour soi, se

dit-il avec philosophie en quittant l'atelier. Une sorte d'espérance restée ancrée au fond de lui, l'espérance imprécise que cette journée n'aurait tout de même pas été totalement inutile. Toni Huilsmann était un être faible, un jouisseur, prêt à se vendre pour une caresse et beaucoup de plaisir. Cette fois, il était la proie d'une hallucination particulièrement étrange due au LSD... Ce n'était plus un univers de cauchemar ni des images apocalyptiques qui le torturaient, mais un monde enchanté où l'amour régnait en maître souverain, un monde où il pouvait atteindre le bonheur suprême, un monde qu'il n'oublierait jamais plus.

Jamais plus... même quand l'effet de la drogue serait passé... Ce monde de bonheur inégalable, il ne pourrait plus s'en passer, il ne pourrait plus s'empêcher de chercher sans cesse à le faire revivre.

Esclave de la drogue...

Et conséquence inéluctable, la folie.

C'est cette espérance démoniaque que Boltenstern emporta dans son cœur en rentrant chez lui. On ne tarderait pas à savoir si Huilsmann pouvait survivre sans l'aide de sa dose de LSD. Qu'il devienne la proie du royaume violet, et Boltenstern pouvait dormir tranquille : il ne représenterait plus le moindre danger.

Ce ne fut que vers le matin que les visions enchantées commencèrent à retourner au néant. La fille de Vénus retrouva sa tige et reprit le chemin des étoiles...

Toni Huilsmann tomba sur les genoux; sa tête frappa contre la table de nuit. Une nausée immonde s'empara de lui... Son monde merveilleux lui fit l'effet d'un gigantesque crachoir.

Sur le lit, Else était étendue sans mouvement. Sans connaissance aussi. Son corps blanc parsemé de raies rougeâtres, de taches bleues, d'enflures violettes; çà et là, des traces de dents qui avaient pénétré dans sa chair... Image d'un corps livré à la torture.

A peine si elle respirait encore. L'ouragan était passé sur elle et l'avait abattue au passage.

Le lendemain, vers midi, Jutta alla chercher Werner Ritter à son bureau. Ils se retrouvèrent comme toujours avec une joie profonde, et pourtant, cette fois, une sorte de gêne s'installa immédiatement entre eux, comme s'ils avaient un poids sur la conscience.

— Est-ce que ton père est calmé? demanda Ritter lorsqu'ils furent assis l'un en face de l'autre dans un petit restaurant de la vieille ville. — Je n'aurais jamais pensé qu'il sache aussi bien jouer la comédie.

Jutta lui lança un regard effrayé.

— Jouer la comédie? répéta-t-elle. Papa était sincèrement épouvanté... Je me demande ce qui t'arrive, Werner... Qu'as-tu donc contre mon père?

— Chérie... Nous nageons en pleine boue...

Il remua le contenu de son assiette, sans y toucher. Il n'avait pas faim, et la nuit qu'il venait de passer n'était pas faite pour le remettre en état. Une fois de plus, une de ces nuits où le père et le fils Ritter s'étaient affrontés comme deux ennemis.

Après la scène pénible de la chaumière, Werner Ritter était rentré directement chez lui. Il trouva son père dans une rage folle, plongé dans la lecture d'une circulaire rédigée par lui-même et corrigée par le président de l'Association des anciens combattants... Inutile de préciser que ces corrections avaient soulevé l'indignation du commandant, particulièrement susceptible sur les questions de forme.

— Tu t'imagines un peu, Werner! lança-t-il à son fils. Comme si j'étais un petit garçon à l'école...

— Il faut que je me présente dimanche prochain entre onze heures et midi chez Alf Boltenstern pour lui demander la main de sa fille, père, coupa le jeune homme en s'appuyant d'un air lassé contre la bibliothèque. Konrad Ritter fut surpris de l'air sombre de son fils, car, en soi, cette nouvelle paraissait de prime abord réjouissante.

— Pourquoi « il faut »? répliqua-t-il, étonné de cette expression impérative.

— Parce que Boltenstern l'exige. Il nous a découverts, Jutta et moi, dans une situation dont il a refusé de comprendre le vrai sens, et il s'est montré menaçant.

— Ah! Ah! Vous avez recommencé vos bécotages ailleurs? Ou bien encore dans la roseraie du parc Benrath?

— Écoute, père, c'est sérieux. Je te raconterai les détails plus tard. Mais ce qui compte, c'est que dimanche tombe dans trois jours...

— Eh bien! Tu enfileras ton complet, tu achèteras un joli bouquet de fleurs et tu te rendras à ton rendez-vous, répliqua le vieux Ritter avec bonhomie. Il y a longtemps que, moi, je vous ai donné ma bénédiction, tu le sais bien.

— Non, père... — Werner évita le regard de son père. — Il faut que tu ailles, toi, chez Boltenstern, pour lui expliquer que je ne puis actuellement faire moi-même cette démarche.

— Diable! Qu'y a-t-il encore? Pourquoi ne peux-tu pas y aller toi-même. Tu aimes Jutta, oui ou non?

— Il faut attendre l'hiver... au moins. J'ai besoin de temps.

— Pourquoi donc? En ce qui me concerne, tu peux aussi bien te marier dès l'hiver, mais je ne vois pas le rapport en tout cas avec une simple demande en mariage.

Werner le regarda longuement, d'un air pensif :

— Je ne peux pas demander moi-même à devenir le gendre d'un homme contre lequel je poursuis une enquête...

Ce fut la goutte d'eau qui fit déborder le vase. Konrad Ritter bondit.

— Comment? Tu continues l'enquête? hurla-t-il. Contre Boltenstern? Tu es fou?

— Le ministère public m'a donné carte blanche.

— A cause de ce maudit LSD, n'est-ce pas?

— Oui.

— Tu ne crois tout de même pas que Boltenstern et les autres sont impliqués dans une histoire de drogue?

— Écoute, père, non seulement je le crois, mais je le sais!

Du coup, Konrad Ritter chiffonna sa circulaire d'un geste nerveux. Il faut empêcher cela à tout prix, se dit-il. Que se passerait-il si l'opinion publique s'en mêlait? La nouvelle aristocratie de la réussite, des officiers, des citoyens considérés, des porte-étendards... Ce serait le glas de l'honneur!

— Tu le sais? répéta-t-il.

— Il ne me manque plus que les preuves. Mais je suis sur une piste...

— Tu ne les obtiendras jamais! Tu te contenteras de tirer à blanc. Des preuves? As-tu une idée au moins de la catastrophe que tu es sur le point de déclencher?

— Il y a eu un mort!

— On l'a enterré avec tous les honneurs qui lui étaient dus... Et sa veuve commence déjà à oublier... C'est normal, c'est le cours de la vie. Laisse donc la vie faire son œuvre!

— Je suis au service de la justice, père!

— Mon Dieu, le voilà qui tombe à son tour dans le mélodrame... La justice, mon petit? Donne-moi donc un exemple précis de justice vraie! A Hambourg, un conducteur qui affiche un pour mille d'alcool sera condamné à six mois de prison et retrait de permis de conduire pendant un an, tandis qu'à Passau, on ne lui donnera que cent cinquante marks de contravention... Est-ce cela, la justice, Werner? Si l'on ne peut pas même la définir dans les petits détails!... A dix-sept ans, tu peux tuer vingt personnes, quel en sera le prix? Dix ans de maison de correction! C'est cela, la justice? Un cycliste sans feu arrière sera mené au tribunal; un petit comptable victime de sa passion maladive du jeu détourne provisoirement mille marks... On le condamne à deux ans de prison; tous les journaux en parlent... Le type est fichu. Par contre, suppose qu'un agent de police découvre un homme bien habillé occupé avec des petits jeunes dans les cabinets d'un bar; il l'emmène au poste, et là, il s'aperçoit avec épouvante que l'homosexuel en question n'est autre qu'un ministre; que se passe-t-il? Censure de la presse; le silence tombe sur l'affaire, le ministre ne tarde pas à donner sa démission pour raison de santé, et le tour est joué... La justice? Peux-tu me dire, à moi, ce qu'est la justice? Si moi, le vieux Konrad Ritter, petit citoyen inconnu, je gare ma voiture à un endroit interdit, je suis gratifié d'un papier bleu... Mais que ce soit, par exemple, le cardinal von Paderborn qui ait mal garé la sienne et qui, par inadvertance, bien sûr, ait eu une contravention... dès le lendemain, le commissaire de police lui-même se dérange pour venir excuser le zèle professionnel de son subalterne. Justice aussi? Mon pauvre Werner, en Allemagne, celui qui peut encore prononcer ce mot devrait au moins cracher dessus ensuite!

... Voilà comment commença cette malheureuse nuit. Le père et le fils se disputèrent jusqu'à une heure du matin. Finalement, le fossé qui les séparait devint si profond que le père rugit :

— Je vais m'arranger pour que tu te heurtes partout au mur du silence.

Ce à quoi le fils, hors de lui, répondit :

— Eh bien, moi, je réunirai suffisamment de dynamite pour le faire sauter, votre mur... même si toi aussi, tu es dessus!

Devant Jutta, dans le petit restaurant tranquille de la vieille ville, Werner Ritter entendait toujours ces paroles furieuses. Il savait ce que la jeune fille aurait à endurer durant les heures qui allaient suivre, mais il fallait qu'elle sorte victorieuse de cette épreuve d'horreur pour comprendre plus tard que la vie pouvait aussi être propre et belle.

— Es-tu libre, cet après-midi? demandat-il à brûle-pourpoint.

— Oui. On m'a demandé de réfléchir à un thème de

reportage, n'importe lequel, celui qui me tenterait... — Elle le regarda bien en face. — Werner, qu'as-tu? Je n'aime pas du tout ton air et ton attitude... Il va falloir que je te quitte.

— Je t'invite, dit-il sombrement.

— A déguster une glace au chocolat?

— Non. A visiter un hôpital psychiatrique.

— Merci bien! répliqua-t-elle en serrant les dents. Décidément, aujourd'hui, tu es impossible. Au revoir.

— Nous irons visiter l'hôpital psychiatrique. Le professeur Prager s'est décidé à me montrer quelques cas de drogués ainsi que les effets du LSD sur les schizophrènes, mais seulement pour que je puisse mener à bien mon enquête. Je te présenterai comme mon assistante.

— Pourquoi faut-il que je t'accompagnes?

— J'ai besoin de savoir si tu m'aimes... si tu m'aimes assez pour savoir supporter pour moi jusqu'à l'enfer, le cas échéant. J'ai besoin de savoir si je puis avoir confiance en toi.

La voix de Werner avait l'accent du désespoir.

— Et pour te prouver mon amour, il faut que je t'accompagne chez les fous?

— Oui. Tu comprendras tout quand nous en reviendrons.

Ils finirent par partir ensemble; à peine s'ils échangèrent quelques mots pendant le trajet. Peut-être sentaient-ils vaguement que leur amour allait être mis à très rude épreuve, alors qu'ils n'étaient pas même fiancés encore...

A cette même heure, Toni Huilsmann errait dans un quartier de Düsseldorf, un quartier peu recommandable, derrière la gare et vers le port; il lui arriva même de flâner dans les quartiers résidentiels, et partout où il passait, il klaxonnait furieusement, au risque de réveiller les dames qui commençaient à vivre dès la tombée de la nuit. On l'injuria, on le pourchassa, mais rien ne put le détourner de son but. Son visage blême et chiffonné jurait avec sa gaieté feinte.

— Eh! Ma jolie! Écoute-moi donc un peu! disait-il invariablement en pénétrant dans les chambres embaumées de parfum à bon marché et de sueur. Je m'en vais tout de même... Dis-moi, as-tu du LSD ici?

Mais personne n'en avait. Personne ne savait non plus où on pouvait s'en procurer. « A Londres », disait l'une. « A Paris », affirmait l'autre. « Tu vas devoir aller jusqu'à Hollywood, petit. »... Marlies fut la seule à pouvoir donner un renseignement plus précis, Marlies, la reine des putains de Düsseldorf, propriétaire d'une villa blanche, et dont le lit était garni d'une peau de renard argenté.

— J'ai un tuyau pour toi, Toni. Un de mes clients est ingénieur-chimiste. Si je le lui demande très tendrement...

— Je t'en prie, chérie... — Huilsmann glissa un billet de mille marks dans l'échancrure de sa chemise de nuit et embrassa les cheveux teints en blond. — C'est urgent, tu m'entends?

— Pourquoi? J'ai entendu dire que c'était une saleté.

— Il s'agit d'un pari. Quand reverras-tu ton fabricant de poisons?

— Passe-moi mon cahier de rendez-vous, Toni, dit-elle en se dressant sur un coude. Là, dans le tiroir.

Elle feuilleta l'album de cuir :

— Pas de veine, chéri... Il est parti en vacances avec sa famille. Il a des enfants d'âge scolaire, tu comprends? En ce moment, ils sont à Bochum. Après les vacances, il doit partir tout de suite à Bâle; il s'est inscrit chez moi pour le 17 septembre seulement.

— Merde! laissa échapper Huilsmann. Dans ce cas, il va falloir que j'aille à Paris. Merci, Marlies. Les mille marks, nous les laissons en compte, d'accord?

J'en trouverai, de ce maudit LSD, songea Toni Huilsmann, et j'en remplirai le verre de genièvre de Boltenstern, comme il l'a fait avec mon whisky... Tout comme moi, il le boira sans faire attention, et alors, mon vieux, on va voir comment tu réagis, à ton tour! Si tu cours à la rencontre du ciel ou de ta propre tête... Si tu violes les femmes comme un tigre affamé... ou si tu noues un foulard de soie blanche autour du cou de tes amis... Nous verrons, nous verrons... Tous, car je vais inviter tout le monde à la représentation, toute la haute société de Düsseldorf!

Toni se passa la main sur les yeux. Le désir de se venger lui empourprait le visage et lui faisait presque perdre le sens.

Et même s'il faut attendre le 17 septembre... J'ai le temps...

Il se trompait.

Il arriva trop tard.

L'hôpital psychiatrique s'étendait au milieu d'un grand parc boisé. A part les bâtiments administratifs, les laboratoires, et les salles principales, salles d'admission, de radiographie, d'opération, et de rééducation psycho-motrice, à première vue, on ne pouvait pas apercevoir les petites villas disséminées parmi les arbres du parc. On les avait construites très éloignées les unes des autres et elles étaient séparées par des jardins où le gazon se le disputait aux massifs de fleurs. Chaque maison représentait un monde à part, un monde fermé, le monde des schizophrènes, ou celui des maniaques et des déprimés, celui des idiots, ou encore celui des anormaux, mongoliens, crétins, hydrocéphales, séparés des autres par une haie cachant trois rangées de fils de fer barbelés, les alcooliques et les drogués. Un mur très haut entourait cet univers de souffrance, couvert à l'intérieur de plantes grimpantes et de rosiers, afin qu'on n'ait pas l'impression de se trouver en prison, mais dans une oasis de paix et de repos.

Ce fut le professeur Laurenz, un des patrons de l'hôpital, qui reçut Werner et Jutta dans son bureau.

Justement, un infirmier passait, accompagné d'un malade, un vrai gaillard aux cheveux blonds coupés en brosse; il arborait un sourire ingénu d'enfant satisfait. En passant devant Jutta, il commença à renifler et à grogner, ses yeux se firent étroits et méchants. L'infirmier — lui aussi un gaillard de l'espèce fort des halles— l'entraîna hors de la pièce, et à ce moment-là seulement, Jutta put constater qu'ils étaient tous deux enchaînés.

— C'est Robert Hickes, commenta le docteur Laurenz. Il a tué trois femmes. L'allure d'un taureau, mais le cerveau d'un enfant de quatre ans. Il a demandé à me voir pour se plaindre que son pudding manquait de sirop de framboise. — Le docteur sourit en offrant un siège à ses visiteurs ébahis. — Eh oui! Supposez que je n'aie pas prêté attention à ses réclamations, et dans dix minutes il ne resterait plus rien de ce qui meuble sa chambre. Tandis que maintenant, il est content, car je l'ai écouté pendant cinq minutes et je lui ai promis qu'à l'avenir, on veillerait à ce qu'il ait davantage de sirop de framboise. Ainsi nous sommes tranquilles.

Werner présenta Jutta comme son assistante, mais avant même qu'il ait pu poursuivre ses explications, le docteur lui coupa la parole.

— Je connais Mlle Boltenstern, dit-il, sans l'ombre d'une ironie d'ailleurs. Comme le monde est petit! Mon père fait partie du conseil d'administration des établissements Wohlhagen, et j'ai eu l'occasion, l'an dernier, au cours d'un bal donné au Park-Hôtel, de danser avec vous, Mademoiselle. Vous l'avez oublié, sans doute, et cela prouve seulement que j'ai fait bien peu d'impression sur vous...

— Oh! Docteur..., commença Jutta, à vrai dire très embarrassée.

— Allons, rassurez-vous, je ne suis pas du tout vexé. Tenons-nous-en à notre petit mensonge. Si jamais le directeur nous rencontre, je vous présenterai comme l'assistante de l'inspecteur Ritter, en mission spéciale,

Il faut le comprendre aussi... Par deux fois, il a fait visiter l'hôpital à des journalistes, il s'est donné la peine de fournir tous les renseignements techniques et médicaux. Et savez-vous ce qu'ont publié ces journaux? Un tissu d'absurdités destinées à faire venir l'eau à la bouche d'un public ignare et désœuvré. Grands titres : Un regard dans la fosse aux lions... etc.! Je vous passe les détails. Pas un soupçon d'objectivité, pas une ligne sur le destin tragique des pauvres malades... uniquement quelques détails susceptibles de donner la chair de poule! — Il regarda Jutta d'un air grave. — Avez-vous, vous aussi, l'intention d'écrire un article pour votre journal?

— Non!... Dailleurs, je ne tenais pas du tout à venir, mais c'est Werner qui a insisté. Est-ce que... est-ce que c'est si impressionnant, docteur? Sinon, laissez-moi plutôt attendre dans votre bureau. Je n'ai pas peur de voir un cadavre ou d'écrire un article sur un crime. Mais je tremble devant les fous!

— Vous voyez... Pourquoi cette terreur? Nos malades sont des êtres humains comme nous. Ils pensent, ils sentent, ils réagissent, ils vivent d'une autre façon que nous, et c'est là leur tragédie. Voilà ce que nous cherchons à guérir, dans la mesure de nos moyens. On devrait davantage les montrer aux gens normaux afin qu'ils connaissent leur bonheur et ne cherchent pas toujours à changer de planète au moyen de l'alcool ou de la drogue! — Le docteur Laurenz regarda sa montre. — C'est parfait. Les malades viennent de déjeuner, ils sont repus et satisfaits... Allons-y.

Après une courte promenade à travers un jardin très bien entretenu — par les malades légers, expliqua le docteur — ils arrivèrent en vue d'un bâtiment clair à deux étages qu'on aurait pu prendre pour un hôtel de station thermale. Autour du pavillon, sur la pelouse, des malades étendus sur des chaises longues, prenaient un bain de soleil, lisaient ou dormaient. Personne ne prêta attention aux trois visiteurs.

— Ce sont aussi des malades? interrogea Jutta à voix basse.

— Oui, des incurables.

— On croirait de braves citoyens en vacances...

— Un schizophrène est apparemment un être normal. Mais si l'un d'entre eux vous aborde en se présentant comme Bismarck, vous savez à qui vous avez affaire.

La chambre trente-deux resplendissait de soleil et de clarté. L'air y était lourd et surchauffé; on se serait cru dans un sauna. Assis dans un fauteuil, un homme emmitouflé dans un épais manteau de fourrure se frappait le corps de ses deux bras, comme quelqu'un qui cherche en vain à se réchauffer.

— Cette tempête de neige ne finira donc jamais! gémit-il en voyant entrer le docteur Laurenz. La moitié des tentes ont été enlevées comme des fétus de paille... Entendez-vous les plaintes des rennes? Que dois-je faire? Il faut bien attendre que la tornade se soit apaisée pour continuer...

— Puis-je faire les présentations? Roald Amundsen! Il approche de son but, le pôle Sud. Si le temps daigne s'améliorer, il y sera dans quatre jours...

— Dans neuf jours, cher ami! Il continuait à frissonner. — Croyez-vous que les rennes tiendront le coup?

— Bien sûr! Ils ont une résistance à toute épreuve, et la tempête de neige, c'est leur élément! — Le médecin prit un siège et s'assit en face de son malade; quant à Werner et Jutta, ils restèrent prudemment près de la porte, dans la crainte d'étouffer. La sueur leur coulait sur tout le corps.

— Quelle température fait-il? interrogea aimablement le docteur.

— Quarante au-dessous de zéro! — Il claquait des dents. — C'est une catastrophe... Si près du but! Mais j'y arriverai! Je serai le premier être humain à mettre le pied sur le pôle Sud!

— Le second cas, poursuivit le docteur un peu plus tard dans le corridor, est plus grave. Notre Amundsen est inoffensif. Il se contente d'être perpétuellement frigorifié. Nous ne pouvons aérer sa chambre que quand il va aux toilettes. Si jamais nous ouvrons sa fenêtre en sa présence, il se met à hurler comme un chien blessé et — ceci est remarquable — ses mains et ses pieds deviennent effectivement tout blancs, comme des membres gelés.

— Comment croyez-vous pouvoir guérir ce malade? demanda Jutta fortement impressionnée par Roald Amundsen

— Le guérir? On n'y songe même pas. Une seule fois, nous avons réussi à voir son vrai visage, nous avons réussi à percer une brèche dans sa démence, et nous avons fait émerger l'être normal... Le docteur Jörg Morgans — car c'est là son vrai nom — se retrouva ce qu'il était avant : un ingénieur-chimiste; il exigea qu'on le sortît de cet « hôtel » pour le conduire à son laboratoire; il accueillit gentiment sa femme et ses enfants, alla faire une promenade avec eux dans le jardin; puis ils prirent tous ensemble le café. Au bout de neuf heures, c'était fini : Amundsen recommença à frissonner de froid dans sa tente battue par la tempête, au pôle Sud. Depuis, il ne nous a jamais été possible de renouveler l'expérience bien que, toutes les semaines, nous lui fassions absorber une dose de LSD.

LSD... Enfin, on atteignait le but. Ils s'arrêtèrent devant la chambre quarante-neuf.

— Que pensez-vous du LSD, docteur? demanda Werner Ritter.

— En tant que médicament, il présente des qualités incontestables. En tant que drogue, nous ne pouvons nous baser que sur les rapports provenant des États-Unis ou de quelques autres pays et sur les observations de psychose expérimentale, en particulier celles qui viennent de la clinique psychiatrique de l'université de Göttingen. L'Allemagne ne connaît pas encore le LSD en tant que jeu de société... du moins on ne nous a pas encore livré de drogués au LSD.

— Soyez tranquille, cela va bientôt venir, docteur, ne put s'empêcher de répondre Werner d'une voix rauque. — Croyez-vous qu'on puisse commettre un meurtre, sous l'empire du LSD?

— Bien sûr. Aux États-Unis, il y a déjà eu plusieurs cas de cette espèce.

— Et un meurtre sur commande?

Le docteur Laurenz fit un geste d'ignorance.

— Voilà une question à laquelle personne jusqu'à présent n'est capable de donner une réponse. Meurtre commis sous l'empire de l'hypnose... On connaît cela. Mais que le LSD, à côté de ses propriétés schizophréniques favorise également la soumission de la volonté à celle d'un autre, cela, je l'ignore. Je n'ai encore rien trouvé ni rien lu qui l'affirme... Car il n'y a que dans la littérature que nous trouvons des références, actuellement. Rien non plus d'ailleurs ne permet de l'infirmer. On sait par contre que les drogués à la mescaline sont capables de tout!

La chambre quarante-neuf était installée d'une manière tout à fait normale. La propreté et l'ordre régnaient, mis à part toutefois la présence étrange d'une corde épaisse tendue d'un mur à l'autre; au milieu, on avait fait un énorme nœud, sans doute impossible à dénouer. Un homme mince, élancé, d'une élégance curieuse pour les lieux, examinait le nœud d'un œil critique; il s'en approchait, s'en éloignait, semblait mesurer minutieusement la distance; toutes les trois ou quatre minutes, il donnait un coup de sabre — il tenait en main un sabre de bois — sur le gros nœud, puis reculait en hochant la tête et se plongeait dans un réflexion profonde, le menton dans la main droite.

— Voici Alexandre le Grand, dit le docteur Laurenz, ce qui ne troubla point la méditation du soi-disant empereur. Depuis deux ans, il essaie de transpercer le deuxième nœud gordien, et n'arrive pas à comprendre pour quelle raison il n'y parvient pas... Nous avons tenté une expérience-choc, ajouta le médecin d'une voix basse, dans l'espoir que cela le guérirait; une fois, il frappa le nœud de son sabre de bois, et le nœud céda, tout comme dans *Siegfried*, à l'Opéra! Le résultat fut affreux. Il se mit à pleurer, délira, et tenta par quatre fois de se suicider. Ce fut seulement lorsque nous lui avons remis son nœud en place qu'il retrouva son équilibre... Si je puis m'exprimer ainsi...

— Pensez-vous arriver à le guérir?

— Non!

Le docteur Laurenz et ses invités quittèrent la chambre de l'empereur; derrière eux, Alexandre le Grand se parlait à lui-même..., en grec ancien. Werner Ritter l'écouta, pétrifié sur place.

— Mais oui, c'est du grec. Il le parle couramment. Comment? C'est une de ces énigmes qui nous laissent rêveurs et pantois. Il a commencé à parler le grec dès le début de sa folie, car, en fait, il est Alexandre, le roi des Grecs! Fissure minuscule dans le monde qui nous sépare du monde métaphysique, dont nous ne savons rien. C'est un mystère scientifiquement inexplicable. L'être humain me paraît toujours comparable à un iceberg... Nous ne voyons et ne connaissons que la partie visible, soit environ un cinquième. Le reste, les quatre cinquièmes, nous ne le voyons pas, ou parfois seulement une petite pointe, comme le grec de notre empereur.

— Comment est-il tombé malade?

— C'était un acteur connu. Sa démence a commencé à se manifester il y a deux ans, pendant qu'il tournait un film sur Alexandre le Grand. C'est la victime-type d'un abus de médicaments. Il y avait des années déjà qu'il ne pouvait jouer qu'après avoir absorbé une dose de plus en plus importante d'excitants. Voilà à quoi cela l'a mené...

La visite dura environ deux heures. Deux heures passées au milieu de l'enfer d'êtres humains souvent normaux en apparence, et pourtant totalement différents d'eux-mêmes. Comment est-ce possible qu'un être puisse se transformer jusqu'à devenir foncièrement autre? Question éternellement sans réponse...

Jutta gisait sur le siège avant, dans la petite voiture de Werner, blême, harassée, déprimée; roulée sur elle-même elle ne pouvait s'empêcher de frissonner d'horreur... Et pourtant, ce sont des êtres comme nous...

— Et pourquoi fallait-il absolument que je voie cet affreux spectacle?

Werner alluma posément une cigarette avant de répondre, et il évita aussi soigneusement que possible le regard de sa fiancée.

— Tu as observé les schizophrènes, dit-il lentement. Tu as vu à quel point leur univers est complètement changé. Eh bien, on peut aussi atteindre artificiellement à cette fissure de la personnalité .... en absorbant la dose ridiculement minime de quatre-vingts microgrammes de LSD...

Jutta lui lança un regard surpris. Où voulait-il en venir?

— Est-ce que tu m'aimes? demanda Werner d'une voix enrouée.

— Mais bien sûr, Werner. Tu le sais. Qu'y a-t-il donc?

— Tu vas avoir besoin de cet amour, Jutta, car il va te forcer à prendre une décision inconcevable pour un être humain...

Le cœur de Jutta se serra d'inquiétude :

— Dis-moi la vérité, Werner, murmura-t-elle enfin. Que s'est-il passé?

— Je soupçonne ton père et ses amis de prendre du LSD...

Puis il démarra en trombe, sans attendre sa réaction. Elle ne prononça d'ailleurs pas un mot, se contentant d'examiner attentivement ses mains jointes sur ses genoux. Le spectacle du chaos de la grande salle, Richard Erlang, étendu, mort, sur le tapis, Hermann Schreibert et son terrible accident d'auto, Toni Huilsmann en pyjama, apparition dantesque... et Alf Boltenstern son père, le seul qui, apparemment, se tirait indemne de l'orgie et qui avait eu la présence d'esprit d'appeler la police... Comme un film, la nuit du 21 mai défila devant ses yeux fixes.

— Et maintenant? demanda-t-elle enfin.

— Je ne sais pas, Jutta... Je ne sais vraiment pas. Une seule chose est certaine : je n'irai pas faire ma demande en mariage à ton père, dimanche prochain, comme je l'ai promis. Il faut auparavant que j'en finisse avec l'affaire Erlang.

— Je comprends... — Elle posa sa main sur le bras de Werner. — Werner, est-ce que... est-ce que c'est papa qui a fourni ce LSD aux autres?

— C'est justement ce que j'ignore encore. Chacun des quatre amis a pu l'apporter et le distribuer.

— Veux-tu que j'interroge mon père?

— Pour l'amour du Ciel, ne te mêle pas de cela!... Où veux-tu que je te dépose?

— Au journal.

Elle se recroquevilla, lasse à en mourir. Mon père, songeait-elle. Non..., ce n'est pas lui qui ferait une chose aussi abominable... Ce n'est pas possible. Il a beau avoir ses défauts, comme tout le monde... C'est quand même le meilleur des hommes.

Le dimanche suivant, Konrad Ritter se prépara à l'assaut. Il se sentait petit, rétréci, sans aucune assurance, pour affronter une sorte de nouveau patron à l'œil impitoyable. Après mûre réflexion, il se décida à faire usage du style militaire.

Une toilette minutieuse, un complet sombre impeccable, avec une cravate gris argent, quelques cigares dans la poche — les munitions —... il fit également devant la grande glace de l'armoire quelques essais de poses et de phrases théâtrales.

A onze heures précises, il se présenta chez Boltenstern. On l'introduisit dans le fumoir, mais — respectueux de sa propre consigne — il resta debout au garde-à-vous. Quand son ami entra, il joignit les talons et s'inclina cérémonieusement.

— Major! Toi? s'écria Boltenstern, un Boltenstern détendu et pimpant, bronzé par ses chevauchées matinales. Ne reste donc pas là, planté comme une souche. En fin de compte, le but de ta visite est plutôt réjouissant, n'est-ce pas? Un cognac, major?

— Cher camarade Boltenstern..., commença Konrad Ritter, ce qui fit se retourner son ami, l'air ahuri.

— Qu'est-ce qui t'arrrive?

— Je viens chez toi en tant que représentant de mon fils...

— Je le sais bien, pardi! Allons, major, laissons les phrases, buvons un cognac, et apprends-moi tout de suite la date du mariage.

Konrad Ritter était décontenancé; la gaieté de Boltenstern ne faisait pas partie du programme : elle gâchait toute sa mise en scène. Il s'attendait à un combat, et on faisait échange de caresses... Curieuse tactique.

— Camarade Boltenstern, la situation n'est pas aussi brillante que tu le crois..., reprit-il courageusement. Le but de ma visite, c'est tout d'abord de te donner quelques explications sur l'absence de mon fils Werner, et ensuite, pour te présenter ses excuses... Je ne suis pas venu te trouver pour demander ta fille en mariage pour mon fils...

— Quoi? coupa involontairement Boltenstern.

— Mais pour le contraire..., acheva-t-il avec un air lamentable.

— Ah! Ah! Boltenstern reposa d'un coup brusque la bouteille de cognac qu'il venait de tirer du bar, ce qui fit sursauter Ritter. Le premier coup de feu... Cette fois, la guerre était déclarée. — Ton fils serait-il un lâche?

L'injure frappa l'officier comme une gifle. Il n'était pas habitué à discuter sur ce ton avec ses amis, et il se maudit intérieurement d'avoir eu la faiblesse d'accepter la mission que lui avait confiée son fils.

— La conduite de mon fils est dictée par des raisons majeures, dit-il d'une voix ferme.

— La mienne aussi! Voir ma fille aux trois quarts nue entre les bras d'un homme... — La voix de Boltenstern s'enfla. — Il a eu de la chance ton fils, car sinon, je n'aurais pas hésité à lui cravacher le visage!

Konrad Ritter laissa tomber son masque de raideur. Après avoir jeté son chapeau noir sans façons sur l'un des fauteuils, il alla rechercher la bouteille de cognac et versa un verre plein qu'il but comme un remède miraculeux.

— Ah! C'est absurde! Tu sais bien que Werner et Jutta s'aiment, et nous, nous serions les plus heureux des pères s'ils se mariaient...

— Dis moi, major, pour quelle raison ton fils se dérobe-t-il? coupa grossièrement Boltenstern.

— Il recommence l'enquête... — Encore un verre du sensationnel Prince Hubert de Polignac, célèbre parmi tous les amis de Boltenstern.

— Il recommence l'enquête..., répéta le soi-disant père outragé en traînant sur ses mots — D'un air sombre, il se dirigea vers la fenêtre. — Contre qui?

— Contre vous tous. Pourquoi aussi avez-vous éprouvé le besoin de faire un tel cirque, bande d'idiots! A quoi bon cette danse de singes? Quand donc en aurez-vous assez de rouler des filles nues sur un tapis, comme des marmottes?

— A part cela, qu'est-ce que ton fils a encore dans le crâne?

Il n'avait même pas entendu les reproches véhéments de son ami, tant son esprit était absorbé par des problèmes beaucoup plus urgents, à son point de vue.

— Écoute, Alf, dis-moi franchement... Est-ce que vous n'auriez pas fait usage d'une drogue, le soir du drame?

— Tu es cinglé! C'est ce que prétend ton fils?

— C'est du moins ce qu'il soupçonne. — Ritter en était déjà à son quatrième cognac. Le Prince Hubert de Polignac semblait un secours efficace dans les difficultés. — Alf, tu peux me le dire à moi, n'est-ce pas? Tu sais bien que je suis ton ami, et que je vous aiderai autant qu'il m'est possible de le faire. J'ai déjà l'impression d'être le messager que se renvoient tour à tour Breuninghaus, Werner et toi... Dis-moi la vérité! Avez-vous absorbé une drogue quelconque?

— Non, je te dis! Demande aux autres, et tu verras!

— Aux autres? Autant poser la question à ma propre image, dans un miroir non magique... — Il essuya son front humide d'émotion. — Bon, pas de drogue, vraiment?

— Puisque je te répète que non! Fous-moi la paix à la fin! Et quelle drogue d'ailleurs? Où aurais-je pu la dénicher?

— Où ? Ce n'est pas sorcier. Mais quelle sorte de drogue... Une espèce de hachisch, je suppose, ou un truc du même genre... Attends, c'est une abréviation, j'ai entendu Werner la prononcer devant moi... MLS, ou quelque chose d'approchant. On pourrait presque confondre avec un nouveau parti politique...

Mais Boltenstern se sentait peu enclin à partager l'hilarité de son visiteur; les lèvres serrées, il enfonça les mains dans ses poches et serra les poings d'énervement.

Ainsi les deux camps ennemis dévoilaient leurs batteries. Werner Ritter les suivait à la trace, comme un bon chien de chasse, et Boltenstern avait l'impression déprimante que toute tentative de fuite serait vouée à l'échec; sans doute se montrerait-il plus diplomate en préparant dès l'instant sa défense... Peu importe qui avait mis Ritter sur la trace du LSD; l'important, c'était de savoir jusqu'où l'avait conduit son enquête.

— Je ne connais pas de drogue portant un nom aussi stupide, répliqua-t-il d'une voix forte. Par contre, je connais un jeune homme qui n'a pas craint d'approcher ma fille d'un peu trop près, et qui maintenant se dérobe avec un sens de l'honneur particulièrement édifiant! Le fils d'un officier! C'est une honte!

— Je sais, mais qu'y puis-je? — Konrad Ritter absorba son cinquième cognac; sa tête bourdonnait comme une légion de moustiques, tandis que, sous ses jambes, le monde semblait de plus en plus inconsistant. Il esquissa quelques pas en direction de Boltenstern tout en ayant l'impression de planer à dix centimètres au-dessus du sol. — Mais je n'en reste pas moins ton ami, Alf! Un ami pitoyable et profondément déçu, car je ne crois pas avoir mérité un pareil fils. Puis-je te donner un conseil?

— Je t'en prie...

— Pars. Va faire un voyage, n'importe où, vers le sud. Pars, quatre ou six semaines, et emmène Pétra avec toi...

— Pourquoi Pétra? s'empressa de demander Boltenstern.

— Tu l'aimes, n'est-ce pas?

— Que tu es bête!

— Idiot toi-même! Écoute, Alf, ne passe pas ton temps à nier tout ce que je te dis! On en parle partout. Au golf, au club hippique, au tennis. Personne n'ignore que l'union de Richard et Pétra n'avait qu'une valeur formelle. Il travaillait trop, et elle, elle était trop fière et trop froide. Ça ne pouvait être qu'un fiasco. Sais-tu ce qu'on fait avec les icebergs? On les fait sauter à la dynamite... et toi, tu en es capable! Alors? Mon idée est-elle tellement absurde? Pars donc avec elle, tout le monde comprendra, va! Ce qu'on ne comprendrait pas, par contre, c'est que tu ne l'épouses pas dès la fin de son deuil. En outre, la pauvre petite a besoin de repos.

Boltenstern s'assit; le menton sur ses mains jointes, il fixait la bouteille de cognac à moitié vide en soupesant le conseil de son naïf ami.

— Peut-être as-tu raison, finit-il par déclarer. — Konrad Ritter défilait au pas dans la pièce, l'esprit perdu dans les brumes de l'alcool. — Nous reparlerons plus tard de ton fils, major. En attendant, je lui interdis de revoir ma fille!

— Et moi, je lui interdis de revoir ta fille! s'écria Ritter. Mais... comment pouvons-nous les en empêcher? On ne peut pas les tenir en laisse, et ils sont majeurs!

— Je trouverai bien un moyen! — Boltenstern versa un dernier verre de cognac à son ami, le verre de la réconciliation et du traité de paix. — Surtout, major, que notre amitié n'ait pas à souffrir de la conduite de nos enfants. Nous en avons vu d'autres, hein?

Un peu plus tard, un taxi ramena un digne officier en retraite, complètement ivre. Étendu sur la banquette arrière, il chantait : *O du Schöööööner Westerwald...* et expliqua au chauffeur que l'ex-lieutenant Alf Boltenstern était le meilleur ami du monde.

— Un fameux gaillard! Et dire que mon fils, mon propre fils, vous entendez? se permet de lui manquer de respect! Avez-vous un fils, mon ami?

— Non...

— Heureux homme que vous êtes! Une fille peut-être?

— Non. Quatre fils.

Terrassé par ce coup du sort, Konrad Ritter ferma les yeux et s'endormit.

8

LES blessures de Hermann Schreibert finirent par se cicatriser, et le jour vint où l'hôpital dut le relâcher. Il devait maintenant s'adresser à une clinique spécialisée dans la chirurgie esthétique et les greffes.

— Nous vous avons trouvé une place dans la clinique du docteur Hellerau, lui dit un jour le médecin-chef. Le docteur Hellerau est actuellement le meilleur chirurgien esthétique en Allemagne.

— Où se trouve cette clinique?

— A Obertsdorf, en Haute-Bavière. C'est M. Boltenstern, votre ami, qui se charge de tous les frais.

Schreibert approuva d'un léger signe de tête. Le seul nom de Boltenstern lui donnait la nausée.

— Docteur, demanda-t-il brusquement, avez-vous déjà entendu parler du LSD?

— Non... Qu'est-ce que c'est?

— Je ne sais pas non plus. — Schreibert évita le regard surpris du médecin. — J'ai lu une fois un article dans le journal...

Curieux, songea-t-il. Personne ne connaît ce LSD, et personne ne paraît s'en soucier... A une époque où l'on connaît la bombe H, où l'on vit dans la hantise d'une nouvelle guerre mondiale, où l'on envoie des messagers sur la lune, on ne connaît même pas le vrai visage de Satan... Un Satan moderne, à la portée de tous, sous la forme d'un sucre inoffensif, ou aussi inconsistant qu'un petit morceau de papier, un Satan incolore, un monstre de quatre-vingts microgrammes...

Le LSD.

Il suffit de quelques grammes de LSD pour transformer toute une capitale en un asile psychiatrique.

Et personne ne semble le connaître!

Un certain jeudi, peu de temps après, Schreibert fut transporté à l'aéroport. Bien que l'avion pour Munich fût bondé, personne ne prêta attention à l'homme élégant qui cherchait sa place. Le fantôme à tête de clown avait fait place à un être humain normal... Il portait un masque de caoutchouc qui lui faisait un visage pâle, aux traits réguliers, légèrement figés, un masque tellement parfait qu'on ne le soupçonnait même pas. Par contre, pour boire, il devait utiliser une paille car ses lèvres aussi étaient en caoutchouc.

Le nouvel Hermann Schreibert s'envola vers Munich où une voiture l'attendait pour l'emmener immédiatement à Obertsdorf. On apercevait la clinique de très loin, sorte de manoir perché à mi-pente sur une colline boisée, et entouré d'un parc abritant des courts de tennis et un manège.

— Comme c'est bien situé! observa Schreibert en se penchant à l'extérieur.

— Il y a aussi une grande piscine dans le parc, mais on ne peut pas la voir d'ici, précisa le chauffeur.

— Et tous les occupants de ce château sont des êtres sans visage?

— Ils ont tous un visage... Vous allez voir, Monsieur... Vous ne trouverez que des êtres d'une très grande beauté.

Schreibert s'adossa à son siège; une étrange impression le submergea lorsque la voiture pénétra dans le parc, celle de changer d'univers. Son cœur battait comme celui d'un enfant au matin de son anniversaire.

Huilsmann décida de partir pour Paris; sa haine et sa volonté de vengeance lui tenaient compagnie et lui conféraient une énergie qu'il avait rarement manifestée dans son existence passée. Il ne parla à personne de ce voyage, ni à ses clients, ni même à Else, la Vénus déchue et délustrée. Depuis cette nuit atroce, une sorte d'amour haineux les enchaînait inexorablement. Au début, Huilsmann s'était attendu à chaque instant à voir s'enfuir la jeune fille; il ne l'eût point retenue! Mais elle resta sans savoir elle-même pourquoi. Ce n'était plus de l'amour... Son naïf amour avait succombé entre les bras déments de Toni. Et depuis, Else s'était transformée en une ombre impalpable, qui errait à travers l'immense villa; avec Toni, elle n'échangeait jamais une parole; elle se contentait de le servir comme une esclave invisible et toujours présente.

Toni Huilsmann s'envola pour Paris avec le premier avion du matin. Il loua une chambre dans un hôtel moyen à proximité de Notre-Dame et, après avoir déposé sa valise, il redescendit trouver le portier.

— Où puis-je trouver du LSD? demanda-t-il sans préambule, en déposant cinquante francs sur le comptoir.

— Je l'ignore, Monsieur, répondit le portier, mais je connais quelqu'un qui...

On lui donna une adresse... Vingt minutes plus tard, il se retrouva dans un atelier de peintre, en plein quartier Latin, en face d'une magnifique fille nue perchée sur un podium. Malheureusement peu soucieux de respecter tant de beauté, l'artiste avait esquissé sur sa toile un chaos de cercles, d'angles et de creux, et parsemé le chaos d'un amalgame d'yeux, de membres et de seins. C'était un homme encore jeune, aux cheveux longs, au visage blême et hâve, mangé par une barbe coupée en pointe. Sans prononcer une parole, il lut plusieurs fois de suite le papier que Toni Huilsmann lui avait tendu.

— Avez-vous mille francs sur vous? demanda-t-il

finalement. Après avoir déposé pinceaux et chiffons, il gagna une vieille commode nichée dans un coin de l'atelier et ouvrit un tiroir.

— Bien sûr! — Il ne put s'empêcher de jeter un regard un peu gourmand sur le modèle; inconsciente et indifférente à son entourage, la jeune fille croquait une pomme, les yeux vagues. — Mais n'est-ce pas exagérément cher?

— Pour ce prix-là, je vous en donne dix... — En disant ces mots, il referma le tiroir. — Je ne fais pas de marchandage; mes prix sont fixés une fois pour toutes.

Dix morceaux de sucre! Toni se passa la main dans les cheveux... Dix morceaux! C'est l'enfer tout entier que je vais emmener avec moi.

— J'achète tout! dit-il très haut. J'achète tout! répéta-t-il sans se rendre compte qu'il criait.

Le peintre l'examina d'un œil à la fois étonné et compréhensif. Il alla chercher les dix paquets enveloppés de papier d'étain et les emballa dans un simple sachet. D'une main fébrile, Huilsmann déposa dix billets de cent francs sur la table et s'empara du sachet.

— Quel est le degré de concentration d'un morceau? demanda-t-il en prenant délicatement le sachet par le haut, comme si le sucre risquait de fondre entre ses doigts.

— Cent microgrammes, monsieur.

— N'est-ce pas un peu fort? Je pensais que quatre-vingts...

— Quatre-vingts c'est la dose des débutants! Je pense que vous avez depuis longtemps dépassé ce stade... A moins que...

— Si! Si!

Huilsmann hocha la tête; la gorge serrée, c'était à peine s'il pouvait avaler sa salive.

— Vous pouvez avoir du quatre-vingts si vous voulez, bien sûr! Mais avec cent microgrammes, le violet est encore plus intense, et ça dure plus longtemps!

— C'est l'essentiel. Merci.

Il reprit l'avion de midi pour Düsseldorf. A la douane, personne ne pensa à lui demander ce que contenait le petit sachet blanc; une seule fois, en arrivant à Düsseldorf, un douanier le pria d'ouvrir son paquet; il renifla les sucres et en déballa même un.

— C'est du sucre?

— Oui. — Le cœur de Toni battait la chamade. — Souvenir d'un bar de Montmartre. Je fais collection de morceaux de sucre...

Le douanier daigna sourire avec indulgence. Pourquoi pas d'ailleurs? Pourquoi ne collectionnerait-il pas les morceaux de sucre, comme d'autres les boîtes de camembert?

En rentrant chez lui, il trouva Else occupée à arroser les fleurs de l'atrium.

— Me voilà! lui cria gaiement Huilsmann. Sa provision de LSD lui rendait un surcroît de force et de jeunesse.

Else l'observa attentivement, puis elle poursuivit son arrosage sans commentaire, et sans oublier d'ôter les feuilles fanées.

Huilsmann s'enferma dans son bureau jusqu'au soir. Les dix petits paquets emballés de papier d'étain formaient une tour brillante devant lui. Le coffre-fort ouvert attendait son trésor... un trésor qui n'avait jamais eu son égal, aux yeux du propriétaire.

Mais plus il contemplait sa tour d'étain, plus le doute s'insinuait en lui.

Était-ce vraiment du LSD?

Ou bien avait-il dépensé mille francs pour dix morceaux de sucre ordinaire?

Qui pouvait lui garantir que ces sucres contenaient bien la précieuse drogue?

Il en déballa un et le tourna entre ses doigts; il le flaira, l'examina attentivement à la lumière de la lampe de bureau, passa même prudemment la langue dessus...

De plus en plus énervé et inquiet, il bondit de son fauteuil et se mit à courir dans la pièce comme un lion en cage. Et si ce n'était rien d'autre que du simple sucre? se disait-il sans cesse. Si l'on m'avait trompé? Il n'y a qu'une solution, pour le savoir, il faut faire un essai... mais sur qui?

Pendant un instant, il pensa à la grosse chatte tigrée qui débarrassait la maison de la présence des souris et des rats. Mais à la réflexion, qui pouvait lui assurer que les chats réagissaient comme les êtres humains? Peut-être allait-il rester purement et simplement recroquevillé dans un coin pour s'endormir confortablement? On ne pouvait faire un essai valable que sur un être humain...

Le soir, pour son repas, Huilsmann réclama une bouteille de vin spécial, et Else se vit obligée de descendre à la cave pour satisfaire ce nouveau caprice. Elle en avait au moins pour un quart d'heure!... Sur la pointe des pieds, Toni Huilsmann se faufila jusqu'à la cuisine. Comme tous les soirs, il trouva un plateau préparé avec la théière, le pot à lait et le sucrier; Else avait ses petites habitudes... de même qu'elle mettait toujours deux morceaux de sucre dans son thé.

Huilsmann prit un des sucres drogués et le plaça bien en évidence sur le dessus du sucrier; automatiquement, ce serait celui-là que la malheureuse Else, inconsciente, saisirait en premier lieu... Puis il se hâta de reprendre sa place à table et attendit sa bouteille de vin.

Il était vingt et une heures douze lorsque Else retourna à la cuisine.

Il fallait compter vingt minutes avant que la drogue ne commençât à faire son effet, avait dit Boltenstern... Il expédia en vitesse la fin de son dîner, et, la bouteille de vin sous le bras, il alla s'enfermer dans sa chambre.

A vingt et une heures vingt-huit, on entendit un cliquetis en provenance de la cuisine, bruit de vaisselle cassée sur le carrelage; les verres suivirent, puis ce fut le tour des plats; un grondement ininterrompu parvenait jusqu'au maître, courageusement enfermé à double tour dans sa chambre.

Mon Dieu! songea Toni en vérifiant la fermeture des volets. Cent microgrammes! J'aurais dû me contenter de la moitié. Après tout, ce n'était qu'un test de contrôle...

Dans la cuisine, Else marchait à quatre pattes; son visage resplendissait d'une extase indicible.

Une nuit brûlante des tropiques; des géants nègres jouent du tam-tam; un temple brille à la lumière du clair de lune, un temple en forme de coquillage, tellement vaste que les nuages s'y engouffrent. Des prêtres vêtus de blanc soufflent dans des cors d'or. Vingt jeunes gens splendides, couverts de paillettes d'or, transportent dans une coquille de cristal une jeune fille nue en extase, et dont le corps mince s'agite au rythme de la musique. Soudain, des gouttes d'argent tombent de la lune, et les feuilles des arbres secouent la rosée qui les rafraîchit : une pluie de diamants et de paillettes d'argent recouvre la jeune fille nue, à présent debout sur sa coquille de cristal... Ce n'est plus une déesse, maintenant, c'est Else Lechenmaier elle-même... Au seuil du temple, apparaît Toni Huilsmann vêtu d'une aube blanche brodée d'or; il porte un flambeau dans chaque main, et allume tous les arbres ruisselants de diamants. Le temple resplendit dans un océan de flammes. Toni soulève Else de sa coquille et l'emmène jusqu'au temple à travers les flammes. Tout est violet autour de la jeune fille ravie; les orchidées s'inclinent à son passage et laissent échapper une mélodie de soupirs...

Bientôt deux poings impatients vinrent ébranler la porte de la chambre à coucher; Toni se contenta de hausser les épaules.

— Ouvre! hurlait Else Lechenmaier d'une voix aiguë en secouant la poignée. — Ouvre! Ouvre!

Elle se précipita tête baissée sur la porte, sans arrêt, tomba, se releva, recommença; elle mordit le bois et lécha la poignée...

Au bout d'une demi-heure, Huilsmann l'entendit s'éloigner; de nouveau un cliquetis de vaisselle cassée, quelque part au rez-de-chaussée; puis un silence fantomatique suivit ce déchaînement sauvage. Toni Huilsmann se déshabilla et, après avoir avalé deux comprimés de somnifère, il alla chercher un refuge dans son lit, la couverture rabattue sur la tête.

Jusqu'alors, il n'avait jamais été un héros. Quelle importance, d'ailleurs, pour un architecte millionnaire?

Huilsmann dormit jusqu'à midi; ce fut la sonnerie stridente et obsédante du téléphone qui l'éveilla.

— Allô! fit-il d'une voix noyée de sommeil.

— Ici, Werner Ritter, lui répondit une voix claire. Voilà déjà une heure que j'essaie de vous joindre, monsieur!

— Ah! Werner, mon vieux, que se passe-t-il? — Huilsmann se frotta les yeux et se gratta la tête, tentatives infantiles pour recouvrer ses esprits. — J'ai fait la grasse matinée avec l'aide de somnifères... Mais pourquoi Else ne vous a-t-elle pas dit que je dormais?

— Nous n'avons pas pu lui poser la question.

Pas la moindre trace d'agitation dans la voix paisible de Werner Ritter.

— Pourquoi cela? A moins qu'elle ne se soit absentée justement... Attendez, je vais l'appeler par le téléphone intérieur...

Avant qu'il ait pu esquisser un geste, la voix cinglante de son interlocuteur lui avait coupé son élan.

— Ne vous donnez pas cette peine. Mlle Else est ici.

— Ici? Où donc? — Du coup, il se sentit parfaitement lucide. Le LSD, pensa-t-il. Elle a remarqué quelque chose. Merde alors, dans quel pétrin me suis-je encore fourré? — Mais que fait-elle chez vous? reprit-il d'une voix qu'il voulut furieuse.

— Voudriez-vous venir nous rejoindre immédiatement? Au commissariat central de la brigade criminelle.

Un craquement dans l'écouteur. Toni Huilsmann eut la sensation très nette que sa journée serait très déplaisante.

Il tenta d'appeler Boltenstern, puis le major, à son secours; mais ni l'un ni l'autre ne répondirent, et c'est avec l'impression d'être un homme abandonné, contre qui tout le monde se liguait, qu'il gagna le commissariat central.

Werner Ritter n'était pas seul. Un peu en retrait, le docteur Lummer — le célèbre « Côtelette » — examinait quelques photos. Sans prendre la peine de formuler une entrée en matière, il se leva brusquement et présenta une des photos au visiteur.

— Connaissez-vous cette jeune fille?

— Mon Dieu..., bégaya Huilsmann en fixant l'image sans pouvoir en détacher les yeux. Ce n'est pas possible... Pourquoi?... Ça ne peut pas être vrai...

Les rives du Rhin au sud de Oberkassel. Un cadavre égaré au milieu des branches de saules pleureurs, vraisemblablement entraîné par le courant. Le cadavre d'une jeune fille au visage grimaçant; un corps à moitié nu et encore beau...

— Qui est-ce? demanda Werner Ritter d'un ton sec.

— Else Lechenmaier... ma domestique...

— Vous la reconnaissez, sans aucun doute possible?

Huilsmann hocha la tête :

— Oui... Oui...

— Depuis quand Else Lechenmaier a-t-elle quitté votre domicile?

— Je n'en sais rien; j'ignorais qu'elle était partie. Hier soir, elle était encore là, elle m'a préparé mon repas, m'a remonté du vin de la cave... Ensuite, je suis allé me coucher...

— Et vous n'avez rien entendu? Rien remarqué d'anormal?

— J'ai dormi jusqu'à ce que la sonnerie du téléphone me réveille.

Il ne pouvait détacher ses yeux de la collection de photographies étalées sur la petite table. Toujours Else, un corps blanc, souillé, et un visage criant d'épouvante.

— Quand... Quand..., bredouilla Toni; puis il se détourna et s'assit lourdement.

— C'est un bateau qui a découvert le cadavre ce matin vers neuf heures dans des buissons près de la rive. L'autopsie nous dira exactement l'heure et la cause de la mort.

— C'est horrible. — D'une main tremblante, il saisit la cigarette que lui présentait le docteur Lummer. — Comment est-ce possible?

— Nous le saurons bientôt.

Le regard de Werner Ritter s'égara sur la tête penchée de Toni Huilsmann, puis remonta vers son chef. Il songeait aux paroles prononcées par Lummer quelques instants avant l'arrivée de Huilsmann. « Cette mort ne cadre pas avec vos suppositions, Ritter! Vous partez à la chasse d'un nuage infime que le premier rayon de soleil dissipera! Laissez donc Boltenstern en paix. C'est un homme respectable. »

Lummer aurait-il raison?

La clef du mystère ne se trouverait-elle pas plutôt du côté de Toni Huilsmann?

Car, malgré toutes les recherches, on n'avait jamais pu savoir qui s'était caché dans la pièce fermée et scellée; le mystérieux visiteur n'avait pas eu besoin de faire sauter les plombs mais, par contre, il était reparti par la fenêtre, après avoir pris la peine de réduire le téléphone en miettes. Qui était-ce? Comment était-il rentré dans la pièce bouclée? Pourquoi avait-il lancé le téléphone contre le mur? Et avec qui avait-il parlé auparavant?

Jamais on n'arriverait à résoudre ces questions... Et voilà un nouveau cadavre. Touchant à Toni Huilsmann encore une fois!

Quelques minutes de silence suffirent à rendre l'atmosphère de la pièce irrespirable. Chacun des occupants sentait la pesanteur de ce silence, il en perdait le souffle; le sang bondissait dans les artères, affolé par l'oppression. Huilsmann fumait; avec une expression de totale indifférence, le docteur Lummer s'était plongé dans la contemplation des abominables photos, et il les remuait les unes à la suite des autres, afin de les placer de telle façon que le regard de Toni ne puisse pas les éviter. Werner Ritter feuilletait le rapport de la police d'Oberkassel. Le simple bruit de papier froissé faisait à Huilsmann l'effet de coups de fouet... ou de coups de pistolet.

— Y avait-il des causes lointaines au suicide de cette jeune fille?

Toni sursauta; sa pensée errait dans Paris. L'atelier du peintre, mille francs pour dix morceaux de sucre... Cent microgrammes de LSD par morceau. Sans doute, la dose était-elle falsifiée. Impossible qu'une dose aussi faible ait produit une réaction aussi extrême. Mais qui aurait pu le savoir?

— Vous dites? demanda-t-il enfin.

— Est-ce que Else souffrait de dépression?

— Non, je n'avais jamais rien remarqué de spécial.

— Ces derniers temps, n'était-elle pas triste, renfermée, différente des autres jours?

— Non. Au contraire. Elle paraissait très gaie. Hier, elle chantait encore en promenant son aspirateur.

— Vous voyez! intervint le docteur Lummer. Et la nuit suivante, elle se noie!... Quelles étaient vos rapports avec Mlle Lechenmaier? demanda-t-il brusquement.

Toni Huilsmann eut un choc.

— Que voulez-vous dire? répliqua-t-il d'une voix rauque.

— Étaient-ils normaux... ?

— Bien entendu! — il s'efforça de se montrer discrètement vexé d'une telle supposition. — Que voulez-vous dire au juste, Monsieur?

— Oh! Vous savez, il n'est pas rare que les rapports entre les célibataires et leurs bonnes soient... disons, étranges... Et les chagrins d'amour poussent souvent les jeunes filles à commettre des actes absurdes.

— Je suis désolé de vous contredire cette fois! Else Lechenmaier n'était rien d'autre que ma domestique. Croyez-vous que je manque de goût à ce point? J'ai suffisamment d'occasions d'entrer en contact avec les jeunes femmes de la meilleure société...

— Ce qui n'exclut pas l'attrait du pain quotidien!...

Le docteur Lummer lui lança un regard paternel.

— Après la poularde et les truffes, une bonne soupe aux choux... Voilà le vrai régal du connaisseur!

— Je n'ai jamais considéré l'amour sous l'angle culinaire! répondit durement Toni. Je ne suis pas un cannibale!

— On pourrait souvent le croire pourtant, quand on jette un coup d'œil derrière des tentures épaisses. Bien, passons... Else vous est donc toujours restée fidèle?

— Oui. Je vous ai déjà dit que hier soir, elle est allée me chercher une bouteille de vin à la cave... Je lui en ai même offert un verre... Huilsmann leva la main, car cette précision avait amené un sourire ironique sur le visage de Lummer. — Cela m'arrive parfois, voyez-vous! je ne veux pas qu'un de mes employés ait l'impression d'être un inférieur, parce que je le paie pour les services qu'il me rend. Un petit geste d'humanité suffit souvent à favoriser l'ambiance de travail.

— Voilà une sage conception de la vie en commun.

Huilsmann se demandait s'il devait prendre cette réflexion au pied de la lettre, ou comme un produit de l'ironie de son interlocuteur, lorsqu'on frappa à la porte. Une secrétaire tendit un papier que Werner Ritter s'empressa de saisir au passage. Il le parcourut des yeux et le résultat ne dut pas lui plaire, car une expression de déception se peignit sur son visage.

— Les premiers résultats de l'autopsie..., commenta-t-il brièvement.

Une sueur froide inonda le corps de Huilsmann; le sang se figea dans ses veines...

— Lisez donc tout haut, conseilla Lummer en tirant sur son cigare. Cela nous intéresse tous!

— J'ai demandé de commencer par une analyse chimique. — Werner Ritter n'avait même pas besoin de regarder le papier dont le contenu était nul. — Pas trace de LSD, ni dans l'urine ni dans le foie. Mort par asphyxie, due à la présence d'eau dans les poumons, donc nous pouvons affirmer que Else Lechenmaier est tombée vivante dans le fleuve. Un seul détail curieux : deux de ses incisives sont cassées...

— Voilà qui est nouveau! interrompit Huilsmann avant qu'on ne lui pose une question. La dernière fois que je l'ai vue, elles étaient encore intactes, sinon je m'en serais certainement aperçu!

« Else devant la porte de sa chambre à coucher; Else criant et frappant des deux poings; Else mordant à pleines dents dans le bois de la porte et dans la poignée; Else transformée en un fauve enfermé dans une cage...

Mon Dieu, si quelqu'un apprenait ces détails...

Werner Ritter observait Toni Huilsmann.L'architecte était nerveux, mais c'était compréhensible. Sinon, on ne pouvait rien trouver en lui qui ne correspondît à l'homme du monde, riche et considéré, arrivé au sommet de sa puissance.

— Dommage, reprit Werner Ritter de sa voix tranchante. Dommage que la science ne soit pas encore parvenue à l'échelon supérieur... Il nous aurait été peut-être possible de déceler la présence de LSD dans le corps, malgré la rapidité de résorption.

De nouveau, le sang qui se fige dans les veines, de nouveau ce froid qui étreint le cœur. Huilsmann écrasa sa cigarette sans rien perdre de son élégance et de sa réserve extérieure.

— Qu'est-ce que c'est que le LSD? interrogea-t-il

d'un air dégagé, ce qui fit sourire Werner Ritter. Quels comédiens merveilleux que ces acrobates du miracle économique! Quelle assurance, quelle force, rien que parce qu'ils se savent propriétaires d'un portefeuille bien bourré. Autant s'attaquer à une muraille de caoutchouc.

— C'est un produit chimique qui se forme dans les poumons quand un noyé n'est pas mort par asphyxie, mais était déjà mort avant d'être jeté à l'eau, répondit Ritter en adoptant à son tour un air dégagé.

Ce fut à cet instant-là que Huilsmann se trahit. Ses yeux révélèrent pendant une seconde un ahurissement infini. Ce n'est pas possible, songea-t-il durant cette seconde. Il essaie de me rouler... Le rideau retomba sur son visage.

— Je pense que nous allons nous en tenir là, dit le docteur Lummer. Puis-je me permettre de vous exprimer mes sincères condoléances, monsieur Huilsmann...

— Je vous remercie. — Il se leva et regarda Lummer droit dans les yeux. — Pourquoi, au fait? Je ne fais pas partie de la famille d'Else Lechenmaier.

— Oui, mais maintenant, vous n'avez plus de domestique! Par les temps qui courent, c'est presque une catastrophe pour vous. Mes condoléances... Je sais ce que c'est, moi qui cherche une femme de ménage depuis un an...

Huilsmann quitta le commissariat central, furieux de se sentir berné par ce docteur Lummer. On jouait avec lui comme un chat avec une souris... Mais il était prévenu maintenant. La police avait flairé la piste du LSD... Qui la lui avait indiquée?

Indécis, il alla s'asseoir sur la terrasse d'un café de la Königsallee et se commanda une double glace.

Que faire, se dit-il. Comment agir? Ce qu'il faut, c'est gagner du temps... Ne rien entreprendre, se taire, se conduire avec sérénité... L'herbe a besoin de temps pour pousser, et la mousse n'apparaît pas en une seule nuit... Mais ensuite, ce qu'elles recouvrent et cachent aux regards n'intéresse plus personne, car cela devient invisible... Donc gagner du temps, beaucoup de temps... Pourquoi ne partirais-je pas en vacances, au fond, vers Saint-Tropez par exemple, pour me reposer et retrouver des forces entre les bras de longues filles ardentes, dont les principes de morale ne reposent que sur le nombre de zéros inscrits au haut d'un chèque... La Dolce Vita. Qui eût pensé à une chose pareille en 1945, à Meseritz-sur-l'Obra? Jamais encore un peuple n'a perdu une guerre avec autant de pompe et d'éclat! Jamais l'Allemagne n'a compté autant de millionnaires que depuis la fin des hostilités! Jamais encore un peuple n'a vécu comme le peuple allemand, répugnant à force de satiété, bête à force d'arrogance, borné et brutal, lâche devant les conséquences, véritablement aveuglé par sa propre mégalomanie et par son désir de réaliser une démocratie mal comprise. Un colosse repu qui ne s'aperçoit pas qu'il a vidé toutes les auges, car elles sont toutes cachées sous son ventre!

Toni Huilsmann paya sa glace et retourna à son palais de verre et de marbre.

Saint-Tropez, songeait-il... Excellente idée.

Il ne se soucia pas davantage du cadavre d'Else Lechenmaier, et comme la jeune fille n'avait aucune parenté, on l'envoya à la faculté de médecine, où son arrivée fut saluée par un concert de cris et d'applaudissements. Un cadavre tout frais! C'était devenu une denrée rare, à une époque où la peine de mort n'existait plus, et où même les clochards pouvaient se payer le luxe d'un cercueil et d'un enterrement.

Ainsi, morte, Else Lechenmaier connut le triomphe que sa courte vie ne lui avait jamais offert...

Ce qui, pour Huilsmann, commençait à germer en tant que projet, Alf Boltenstern était en train de le réaliser pour sa part.

Il se souvint que Pétra Erlang avait émis le désir, peu de temps après la mort de Richard, de partir en voyage, pour essayer d'oublier dans un autre cadre, et pour, selon le dicton, donner au gazon le temps de recouvrir les ordures. D'ailleurs, mieux vaut fuir vers le soleil que de s'enterrer sous un voile de veuve; les médecins sont eux aussi bien d'accord pour affirmer qu'un corps nu qui s'ébat au soleil de la mer guérit plus sûrement une souffrance morale qu'un torrent de larmes versée devant la photo du cher disparu...

Boltenstern n'avait pas tenté une seconde fois d'entamer le sujet scabreux avec Pétra. L'avenir demeurait incertain, repoussé dans l'ombre, ce qui ne les avait pas empêchés de continuer leurs chevauchées matinales à travers la campagne boisée environnant Düsseldorf. On ne parla plus de Richard, mais tout de même, il semblait présent dans chacune de leurs rencontres. Maintenant qu'il était mort, tous le paraient d'une auréole de gloire qu'il n'avait sans doute pas connue aussi étincelante durant sa vie.

— Comme tu es laconique, Alf, remarqua Pétra Erlang au cours de leur promenade dominicale qui les avait amenés auprès de la chaumière forestière, ce même dimanche déjà marqué par la visite de Ritter. — Le silence de cette chaude journée d'été n'était troué que par le claquement sec et régulier d'une balle de tennis sur les raquettes. — As-tu des soucis? insista-t-elle, étonnée du silence farouche et inhabituel de son compagnon.

En même temps, avec la douceur qui la caractérisait, elle posa sa main sur le genou de Boltenstern.

— Oui, répondit-il en prenant la petite main fine et en la portant à ses lèvres. Oui, c'est Jutta qui me donne du souci.

— Jutta? C'est pourtant une gentille fille...

— J'oublie toujours qu'elle a déjà vingt-trois ans. Les parents ne voient pas grandir leurs enfants... Elle devait se fiancer ce matin...

— Elle devait...? — La voix de Pétra laissa percer

un effroi sincère. — Est-ce que... Vous avez eu un scandale dans la famille, Alf?

— Un scandale? Non! Le jeune homme... Werner Ritter, tu le connais bien... a envoyé son père pour repousser la date des fiançailles officielles.

— Et Konrad Ritter s'est prêté à cette manœuvre?

— Que voulais-tu qu'il fasse?... Pour des raisons stupides... Ce fut pour moi une pénible matinée, Pétra.

— Et Jutta? La pauvre fille...

— La pauvre fille donne raison à son fiancé; elle se place dans son camp, tu te rends compte! Pour la première fois de ma vie, je n'ai plus reconnu ma fille. Pour la première fois, en tout cas, je me suis rendu compte que ma fille m'avait échappé. Et cette constatation m'a bouleversé... — Il caressa la main froide de Pétra, toujours prisonnière de la sienne, d'un geste apparemment inconscient. — Alors, j'ai décidé de partir, de quitter pendant un certain temps cet endroit qui m'est particulièrement pénible actuellement, de changer d'air, de cadre, de voisins... Pouvoir contempler la campagne noyée de soleil, les palmiers et les roses, la mer d'un bleu intense et les voiles blanches qui se balancent avec élégance, des gens détendus et calmes, pour lesquels le temps qui passe ne se mesure ni en rendez-vous ni en marks, pour pouvoir vivre enfin un certain temps au gré de la nature, avec pour seuls maîtres le soleil ou la pluie, le vent et la mer. J'ai songé à Rhodes. A l'île des Roses, où on ignore ce que signifie le mot « siècle ». — Il lança à sa compagne un regard brûlant auquel elle répondit avec un rien d'irritation. — Que penses-tu de Rhodes, Pétra?

— Je connais Rhodes. J'y suis allée passer un mois avec Richard, il y a quatre ans...

— Je me demande bien où tu n'es pas allée avec Richard? — Boltenstern lâcha brutalement la main toujours froide de Pétra; c'était la première fois depuis très longtemps que le nom du défunt tombait entre eux. — Crois-tu que tu arriverais à découvrir une nouvelle Rhodes avec moi? Qu'a fait Richard là-bas?

— Il a dirigé trois grandes conférences et soudoyé la bonniche du premier étage, pendant que moi, je voguais sur la mer, toute seule, répondit amèrement Pétra. — Après Rhodes, nous avons repris l'avion pour Le Caire, où il y a eu, cette fois, six conférences et une liaison avec une Égyptienne qui vendait des foulards de soie dans un bazar. — Il lui passa la main sur les épaules en guise de consolation posthume; Mais Pétra sourit tristement : elle n'avait pas besoin d'être consolée, car elle n'éprouvait plus ni chagrin, ni jalousie. — C'était son genre. Les femmes tombaient sur lui comme des mouches, mais il n'acceptait jamais les offres les plus alléchantes. C'était la raison pour laquelle, dans la haute société, on le considérait un peu comme une sorte d'enfant prodige.

— Et malgré cela, tu l'as aimé?

— Oui.

Un « oui » modeste, mais ferme. Boltenstern se secoua; il se mit sur la pointe des pieds et, délicatement, ôta un brin d'herbe égaré parmi les cheveux d'or de sa compagne. Comme elle paraît jeune, pensa-t-il...

— Mais maintenant, Richard est mort! s'écria-t-il durement. Et nous, nous partons pour Rhodes. Nous seuls, Pétra. Je te jure que tu rapporteras de ton voyage d'autres souvenirs qu'il y a quatre ans...

Il rejoignirent les chevaux attachés à un arbre et profondément occupés à se raconter leurs soucis de chevaux, joue contre joue. Pétra en avant, ce qui donna à Boltenstern l'occasion d'admirer une fois de plus sa ligne, sa démarche, sa prestance. Quel animal, ce Richard, se dit-il. Avec une femme pareille, on peut sans aucune crainte partir à la conquête du monde! Il suffit de la traiter comme elle le désire au plus profond d'elle-même.

— Quand partons-nous, Alf? demanda-t-elle soudain.

— Dès demain, si tu es d'accord.

— Oui.

— Parfait. L'avion de Richard attend à Lohhausen. Un pilote de l'usine pourra nous emmener... — Il la regarda intensément, et pour la première fois Pétra détourna les yeux; sa froideur faisait place à un embarras très juvénile. — Je t'aime, chérie... Nous allons nous envoler vers le paradis.

Sans un mot, Pétra détourna son cheval et fonça vers la vallée, suivie à une distance respectueuse d'un Boltenstern encore émerveillé de son proche triomphe. Lorsqu'ils arrivèrent en vue des courts de tennis, ils donnèrent à tous les spectateurs l'impression de s'être disputés et de se tourner le dos.

Du côté de Jutta, Boltenstern ne rencontra aucune difficulté.

Le soir de ce même dimanche, elle rentra directement du journal pour découvrir son père submergé par les vêtements, les valises, les mouchoirs et les sacs en plastique.

— Tu fais tes bagages, papa? demanda-t-elle sans manifester de surprise. Où pars-tu cette fois?

— A Rhodes.

— Comme ça, tout d'un coup?

— Oui.

— As-tu trouvé tout ce dont tu as besoin?

— Oui. Merci.

— Ton étui à rasoir se trouve dans le premier tiroir de la commode.

— Merci.

— Tu es de mauvais poil, papa?

— Comment, de mauvais poil? Quel langage emploies-tu maintenant pour me parler? — Il posa ses chemises sur les pantalons pliés. — Votre génération me paraît posséder un vocabulaire assez peu choisi!

— Excuse-moi, j'ignorais que tu étais encore en pleine crise de foie.

Elle haussa les épaules et quitta la chambre.

Le lendemain matin, Boltenstern alla frapper à la porte de sa fille. Il lui était impossible de la quitter sur cet échange de paroles peu aimables.

— Que se passe-t-il, papa? cria Jutta de l'intérieur.

— Je pars, chérie.

Jutta ouvrit la porte; elle portait une chemise de nuit très courte qui lui donnait un air enfantin; ses yeux rouges et gonflés permettaient de supposer qu'elle avait passé la nuit à pleurer.

— Bon voyage, papa, murmura-t-elle. Quand... Quand rentres-tu?

— Peut-être dans un mois. — Boltenstern posa un baiser sur le front blanc levé vers lui. Est-ce que je peux véritablement l'abandonner ainsi, toute seule? pensa-t-il brusquement. Pauvre petite, c'est encore une enfant.

— Je pars avec Pétra Erlang, ajouta-t-il.

— Je sais.

— Comment le sais-tu?

— Il ne te serait jamais venu à l'idée tout seul de partir ainsi tout d'un coup pour Rhodes. — Jutta exhala un profond soupir puis tendit la main à son père. — Bonne chance, papa.

— Merci. — Il se mordit la lèvre; ce n'était pas un adieu apaisant; pas trace d'émotion, pas trace d'affection, pas trace de chaleur. — Si tu peux obtenir de ton patron quelques jours de congé... viens nous rejoindre. L'avion de l'usine pourra t'amener, je m'arrangerai avec le pilote.

— Peut-être, si c'est possible. Au revoir, papa.

— Au revoir.

Il lui donna un baiser et s'en alla.

Et chacun savait que cette scène n'était qu'une comédie mensongère. Le père ne serait pas du tout ravi de voir arriver la fille, et Jutta savait pertinemment que, pour rien au monde, elle n'irait à Rhodes.

Ainsi, leurs chemins s'écartaient de plus en plus.

9

Le docteur Hellerau, médecin-chef de la clinique Bergwald — ainsi appelait-on le manoir isolé dans la forêt bavaroise — reçut lui-même son nouveau patient, Hermann Schreibert.

Le bâtiment principal ressemblait davantage à un hôtel particulier qu'à une clinique. Des trophées de chasse et des Gobelins donnaient au grand hall d'entrée un air solennel; çà et là, des fauteuils club confortables incitaient au repos et au bavardage paisible; un grand escalier somptueux recouvert d'un tapis d'Orient conduisait aux étages. Mais derrière cette façade se cachait la clinique elle-même, avec ses murs blancs et ses parquets recouverts de lino luisant, ses salles d'opérations carrelées et ses laboratoires, toute la splendeur stérilisée d'un hôpital pour gens riches qui peut s'offrir le luxe d'un personnel nombreux et trié sur le volet.

Le bureau du docteur Hellerau donnait sur le parc et sur la piscine pavée de dalles bleues; le soleil entrait à flots, par trois grandes portes-fenêtres. De nombreuses chaises longues traînaient sur la pelouse; des hommes et des femmes en maillot ou en bikini flânaient ou nageaient, jouaient à la balle ou au volant. Paysage de vacances, ambiance de repos, calme et tranquille; tous ces gens, apparemment, semblaient, vus de loin, respirer la joie de vivre... Ne pouvant cacher sa surprise, Schreibert se tourna vers son hôte, un homme dans la force de l'âge, brun et aimable, qui sourit amicalement au nouveau venu et hocha la tête en signe d'assentiment, comme s'il avait saisi d'emblée la question muette de Schreibert.

— Oui, ce sont tous des blessés de la face... C'est la question que posent régulièrement tous les nouveaux arrivés. Bien entendu, on pense généralement que ces malheureux doivent ramper pour éviter de se laisser voir par le monde des gens normaux... Parlons franchement, monsieur Schreibert. C'est également le premier commandement de notre établissement : la franchise! Nous n'avons plus rien à cacher, sauf notre visage. Chacun le sait, et cela est valable pour tous; ainsi, nous arrivons à maintenir chez nous une ambiance très familiale. Regardez donc dehors : on nage, on joue ensemble; le soir, on danse, on flirte... Notre clinique a même marié trois couples...

Schreibert baissa les yeux; ses mains tremblaient légèrement.

— Mais mon visage à moi est tellement horrible à présent, dit-il tout bas d'un air lamentable. Ils vont tous se sauver à mon approche.

— Détrompez-vous! Personne ne se sauvera. — Le docteur Hellerau tendit la main à son patient, puis de ses doigts fins et expérimentés, il palpa les contours du masque de caoutchouc que portait encore Schreibert.

— Qui vous l'a fourni? demanda-t-il.

— Le docteur Laurenz... Est-ce qu'il n'est pas bien? ajouta-t-il déjà inquiet.

— Pour le voyage, si. Mais nous, nous sommes beaucoup plus difficiles. Venez, suivez-moi.

Le docteur Hellerau le précéda à travers quelques corridors et le fit entrer dans une pièce très longue et assez étroite, en forme de couloir. Il y faisait très clair, le soleil y entrait à flots. Avec un cri d'horreur, Schreibert fit quelques pas en arrière. Tout un bataillon de têtes au regards vides. Des têtes perchées sur des pieux de bois. Des têtes aux visages parfaits, aux traits réguliers, à l'expression presque vivante.

Le côté gauche était réservé aux femmes; en face d'elles, les hommes semblaient sourire à leurs compagnes. Certaines têtes poupines portaient des perruques dont les longs cheveux flottaient légèrement sous la caresse du courant d'air.

— Mon Dieu! bredouilla Schreibert en s'appuyant au mur. Tous ces visages...

Le docteur Hellerau sourit. Il s'approcha des rangées de têtes en faisant signe à son patient de le suivre; mais le malheureux se sentait incapable de faire un seul pas. Les lèvres tremblantes, il ne cessait de regarder chaque visage l'un après l'autre, toute cette vie artificielle faite de caoutchouc peint, toute cette beauté issue d'une cornue.

— Vous pouvez choisir vous-même le visage qui sera le vôtre à partir d'aujourd'hui... Songez toutefois que ce visage doit s'harmoniser avec votre type. Ainsi, par exemple, je vous déconseillerais de prime abord le type méditerranéen, de même que la barbiche en pointe.

Schreibert n'avait pas quitté l'abri du mur; les mains crispées, il ne pouvait détacher ses yeux de cette vision d'horreur.

— On croirait le musée macabre d'un bourreau..., dit-il d'une voix à peine perceptible. Collection de têtes de tous les guillotinés...

— A présent, je vous laisse seul, monsieur Schreibert, répondit paisiblement le docteur en lui envoyant un sourire d'encouragement. Chacun des nouveaux arrivants doit passer par cette épreuve... et surmonter le choc. Mais rassurez-vous, dès demain, vous n'y penserez plus. Ce soir, au dîner, que nous prenons tous ensemble dans la grande salle à manger, vous constaterez avec un soupir de soulagement que tous nos voisins ont choisi leur visage dans ce même musée, comme vous dites... Et ils sont heureux. Vous le serez aussi, vous verrez!

— Je vous en prie, docteur, ne partez pas..., bégaya le pauvre homme. Ne me laissez pas seul avec toutes ces têtes... Je vous en prie...

— Il est préférable pour vous d'être absolument seul pour choisir votre visage. — En disant ces mots, le docteur ouvrit une porte quasi invisible et Schreibert faillit pousser un hurlement et se sauver. — Derrière l'armoire aux perruques, il y a une grande glace... Vous avez tout loisir d'essayer votre visage. Pensez à ce qu'il était avant l'accident... et vous trouverez sans peine ce qui vous convient.

Hermann Schreibert se retrouva seul.

Cinquante-deux têtes masculines, vingt-trois têtes féminines le scrutaient attentivement. Collé au mur par une glu d'horreur et de désespoir, il les avait comptées dès l'entrée. Chacune de ces têtes semblait vivre avec tellement de vérité qu'il s'attendait sans cesse à les entendre parler ou rire, à les voir cligner des yeux ou tressaillir, bâiller ou éternuer. Un clair éclat de rire féminin n'allait-il pas trouer brusquement le silence du musée?

Il avait complètement perdu la notion du temps. Une éternité s'était écoulée quand enfin il se sentit le courage de faire quelques pas pour s'approcher des têtes. Soudain, une écluse se rompit en lui; un ouragan de fureur le terrassa, fureur aveugle et impuissante contre un destin infâme. Il se mit à gémir et à grogner, arracha son « masque de voyage » et promena ses doigts fébriles sur son pauvre visage défiguré; mais il ne sentit que cicatrices et bosselures, et la peau fragile comme un parchemin chiffonné. Puis il entama une danse effrénée entre les deux rangées de têtes montées sur des pieux, invectivant les visages souriants et impassibles qui semblaient le suivre des yeux, levant chaque fois le poing pour les frapper, ou les gifler;

il injuriait tout le monde, sans distinction de sexe, comme un dément en pleine crise.

— Je veux rester un être humain comme les autres, hurla-t-il. Je ne suis pas un masque. Je vis! Je suis vivant! Je ne suis pas une tête sur un bâton, à qui on a donné tout d'un coup un corps et des membres. Je suis Schreibert! Hermann Schreibert!

Il recommença sa ronde d'une tête à l'autre, et il hurlait sans cesse, invectivait les cinquante-deux messieurs et les vingt-trois dames.

— Schreibert... Schreibert... Schreibert... Schreibert...

Au bout d'une heure, épuisé, il s'assit sur un tabouret au milieu de ses victimes. Après cette crise de rage insensée, il se sentit soulagé, mais le désespoir l'envahit de nouveau. Il ne pouvait se dérober à son destin; il lui faudrait coûte que coûte accepter le masque de caoutchouc, tout comme les autres clients de la clinique Bergwald. Sans doute avaient-ils eu eux aussi un dégoût immonde devant cette exposition de têtes; mais ensuite, ils avaient bien fini par choisir leur futur visage, le visage avec lequel ils allaient vivre pendant des années, jusqu'à ce que leurs véritables traits aient repris forme sous les mains d'artiste du médecin. Au bout de combien d'années? De combien d'innombrables interventions chirurgicales? De quelle intensité de souffrance physique et morale?

Il se leva de son tabouret. Son cœur battait à coups réguliers et paisibles lorsqu'il commença à examiner les visages d'un œil critique. Il était habitué jusqu'alors à choisir ses cravates, ses chemises, ou un nouveau chapeau. Et voilà qu'à présent, il lui fallait choisir une tête sur un pieu...

Il allait et venait dans l'allée bordée de têtes, indécis. On se contente habituellement du visage qui naît et évolue avec soi, qui grandit, mûrit et vieillit au cours des années, parce qu'on ne peut le changer. Mais se choisir soi-même un visage avec lequel on devra continuer à vivre, constitue une tâche autrement ardue que Schreibert avait traitée à la légère et largement sous-estimée en commençant sa tournée.

Finalement, après avoir procédé par élimination, il parvint à ne garder que trois concurrents, mais n'osait pas encore faire le pas décisif : l'essayage devant le miroir. La sueur inondait la peau parcheminée de ses pommettes, et il se demanda comment il parvenait encore à transpirer. Puis il fit un effort et saisit un des masques... Quand il sentit entre ses doigts le morceau de caoutchouc flasque et informe, il poussa un cri sourd et lâcha tout avec dégoût.

Je n'y arriverai jamais, cria en lui la voix du désespoir. Je vais devenir fou ! Où est le docteur? Au secours ! Je deviens fou...

Et cette crise passa, comme la précédente.

Schreibert apporta les trois masques près de la glace. Il s'était depuis longtemps habitué au spectacle de son propre visage hideux, même s'il n'arrivait pas à comprendre encore qu'un être humain puisse perdre toute sa réalité en perdant sa figure.

L'un après l'autre, il essaya les trois masques. Sensation étrange que de se voir ainsi dans la glace un être totalement différent, inconnu, rajeuni...

Derrière lui, soudain, une porte claqua. Il venait juste de se décider pour le deuxième masque, un visage souriant, bon enfant, légèrement coquin, avec un nez droit et des lèvres pleines. Le visage d'un homme qui aime et sait vivre et qui apprécie le bon vin, d'un homme mûr et expérimenté... et cependant un visage uni, dépourvu de rides, d'une beauté plane, au-delà de l'humain.

— C'est celui-là que vous avez choisi? interrogea le docteur Hellerau derrière lui.

— Oui.

— Voilà qui me fait plaisir. Vous avez raison, ce type de visage convient à votre nature... J'ai étudié minutieusement quelques photos de vous. La plupart des blessés se précipitent sur les types séduisants, et il faut que je déploie toute ma diplomatie et ma force de persuasion pour les en dissuader, si cela ne convient pas à leur structure... — Les doigts experts du médecin se promenaient doucement sur le masque afin d'en effacer les derniers plis. — Regardez-moi faire, monsieur Schreibert. Il faudra vous habituer à étirer soigneusement le caoutchouc afin qu'il épouse exactement les contours du visage, comme la peau. Vous verrez... Vous arriverez même à le rendre expressif...

— Incroyable..., murmura Schreibert en contemplant son nouveau « moi ». Incroyable, docteur...

— C'est une découverte américaine. D'ailleurs, je crois qu'il n'y a que les Américains qui soient capables d'une telle finesse de mise au point. Nous, nous avons trop perdu de notre fraîcheur d'âme, sans laquelle il est impossible d'aboutir à un tel résultat. — Il alla se placer à côté de Schreibert, devant la glace. — Votre choix est-il définitif? demanda encore le médecin.

— Oui, docteur.

— Faites attention, pas question de changer d'avis ensuite. Un peu plus tard, avant le dîner, je vais vous présenter à vos futurs amis avec ce visage, et vous serez obligé de le garder jusqu'à ce que vous nous quittiez.

— Je suis décidé, docteur... Je n'ai jamais été d'une telle beauté! — Il se détourna de la glace et lança un coup d'œil d'adieu aux témoins inertes de sa démence. — Et les autres, comment sont-ils, eux?

— Ils sont tous beaux... Vous ne pouvez vous imaginer comme la joie de l'âme joue un grand rôle, surtout au moment des opérations que vous aurez à subir. Un être beau est forcément heureux.

— Voilà qui est encore loin de me concerner, docteur, murmura Schreibert.

— Ce n'est pas mon avis. — Le docteur Hellerau posa sur l'épaule de son patient un bras lourd et amical. — Vous n'avez pas la moindre idée, je parie, de la rapidité avec laquelle le bonheur surgit parfois...

Le dîner était servi dans la grande salle à manger, un banquet de quarante-neuf couverts. La clinique comptait à ce moment-là vingt et un messieurs et vingt-huit dames, et lorsque le gong sonna, Hermann Schreibert, debout devant la grande cheminée, vit arriver une armée de fantômes masqués, en smokings et robes de cocktails, devisant gaiement, apparemment insouciants. Le médecin fit les présentations; crispé, au garde-à-vous comme dans la cour d'une caserne, le dos raide, le nouveau venu baisa les mains des dames et prononça des paroles creuses. Il régnait là une atmosphère cultivée et mondaine; chacun racontait sa petite anecdote; on souriait, on riait même comme des enfants inconscients.

Brusquement Hermann Schreibert sentit son corps et son cœur se décontracter. Quelle différence, au fond, se dit-il, entre la société de la clinique et celle de Düsseldorf? C'est ici comme partout ailleurs, les mêmes conversations, le même vocabulaire, le même babillage creux, les mêmes questions, les mêmes problèmes.

Au fond, nous portons toujours un masque, seulement, nous ne le remarquons pas, le masque de la médiocrité qui recouvre des visages râpés par le bien-être, et c'est avec ce masque que nous dirigeons des usines et que nous papillonnons dans la haute société.

Rien d'étonnant à ce que la catastrophe nous laisse pantois : le masque arraché, il ne reste qu'un visage grimaçant, un visage clownesque, sans vie et sans expression, les débris d'un accident, les ruines de notre être raclé et détruit par les millions gagnés à la sueur des autres.

Et Hermann Schreibert respira profondément; il se sentait chez lui au milieu des êtres masqués qui l'entouraient; le regard observateur du docteur Hellerau était fixé sur lui; il lui sourit et trinqua avec son sauveteur.

Après le repas, on dansa en famille. Schreibert ne tarda pas à remarquer une beauté blonde, mince et splendide, aux longs cheveux d'or flottant sur les épaules; ce corps au moins, se dit-il, en connaisseur, n'est pas de caoutchouc. C'est un corps jeune, frais, souple, fait pour être caressé. Elle doit avoir autour de vingt-cinq ans... Il l'invita à danser.

Elle reposait entre ses bras presque irréelle à force de souplesse et de légèreté; la chaleur de son corps collé au sien l'enivrait; il sentait peu à peu s'évanouir toute inquiétude; une émotion indicible la remplaça, et il était heureux.

— Hermann Schreibert, se présenta-t-il au début du second disque. Je suis heureux de vous avoir rencontrée dès le premier soir de mon arrivée.

La jeune fille au visage de madone vénitienne sourit; un vrai sourire vivant et chaud... Étonné, il ne pouvait détacher ses yeux des lèvres de caoutchouc... Avec un peu d'habitude, on arrive même à rendre le masque expressif, avait dit le docteur Hellerau. En vérité... Devant lui souriait un visage vivant, fabriqué dans une cornue.

— Je m'appelle Corinna Colman, répondit-elle d'une voix claire, légèrement enfantine encore. Elle devait certainement être aussi jeune que le prétendait son masque. — Vous êtes un nouveau venu ici, et c'est la raison pour laquelle je vous pardonne d'emblée un compliment aussi banal. Nous savons tous à quoi nous en tenir les uns sur les autres. Dites-moi simplement : Vous me plaisez... ce qui met un point final au chapitre!

— Vous me plaisez! répéta-t-il docilement en souriant. Et pourtant, permettez-moi quand même d'ajouter que je considère cette rencontre comme un signe du destin, alors que la concurrence est grande ici, en qualité comme en quantité.

— Il y a déjà un an que j'habite cette clinique; je les connais tous... Venez, allons nous asseoir dans un coin et admirons la danse des ours...

C'était un twist. Corinna sourit, et Hermann Schreibert entendit tinter une clochettte d'argent... Imbécile, se dit-il. Comme un gamin à son premier amour. L'amour pour moi gît également sur la chaussée de Benrath, raclé par un tronc d'arbre.

— Qui êtes-vous? interrogea Corinna sans avoir lâché la main de son danseur.

— Je suis Schreibert, le couturier. Je possède un grand salon de mode à Düsseldorf.

Une réponse pour carte de visite.

— Et votre visage?

— Accident d'auto.

— Comme moi. Sur la route de Cannes. Un camion a écrasé de plein fouet ma petite voiture sport; le chauffeur était ivre.

— Et avant, que faisiez-vous?

— Rien. Je suis la fille d'un riche papa... C'est toute mon occupation. Il y a un an encore, les garçons prenaient leur tour pour venir me faire la cour... Et maintenant, plus personne ne vient me rendre visite... Pas même mon père! Il se contente de payer. Cela suffit d'ailleurs. Le passé ne me regarde plus; il n'y a que le présent, la minute présente qui compte. Nous tous ici, nous ne vivons que la minute présente. Que signifie l'avenir? L'avenir, pour nous, c'est un visage humain. Qui nous prouve qu'on arrivera à nous le rendre? Que vous pourrez un jour vous regarder dans la glace sans frémir d'horreur? Moi, je n'y crois pas... Ma peau avait le velouté d'une peau de pêche... du moins, c'est ce que disaient les messieurs. Et maintenant!...

— Votre peau est plus douce que le meilleur de mes velours, répondit Schreibert.

Sa main caressait doucement les bras nus de Corinna, ses épaules, son cou. Il n'atteignit pas la naissance du masque, car deux mains fermes le retinrent.

— Suffit! dit une voix dure sans l'ombre de nuance enfantine. Dansons, c'est encore préférable.

Durant la nuit, seul dans sa petite chambre, Schreibert arracha son masque et hurla devant la glace.

— Salaud! Je t'aurai, Alf Boltenstern... Tu as fait de moi un horrible clown, et je te le rendrai au centuple, crois-moi!...

Le lendemain, il faisait un temps splendide. Dès le petit déjeuner, Schreibert se précipita à la piscine. Il y rencontra Corinna en bikini rouge, une Corinna ardente, fascinante, envoûtante... le corps le plus harmonieux qu'il ait jamais vu depuis des années.

— Corinna, dit-il d'une voix rauque. Corinna, je sais que je suis un crétin, mais tant pis. Je vous aime...

La madone vénitienne lui offrit en retour un doux sourire de caoutchouc.

— Toute notre vie n'est-elle pas une sombre crétinerie, mon cher? dit-elle. Chambre neuf...

Elle plongea et se transforma instantanément en poisson rouge.

Schreibert regagna lentement la maison; il bouillait intérieurement.

Chambre neuf.

Une chambre située dans une aile qui donnait sur la forêt.

Sans frapper, il abaissa la poignée et entra.

Sur le lit inondé de soleil, Corinna reposait immobile, la tête légèrement tournée vers lui, les cheveux d'or épars... Une nymphe toute nue, à la peau argentée.

— Mon Dieu! bredouilla Schreibert pétrifié.

— J'aime le soleil! — Elle leva les bras. — Le soleil est fait pour mettre en valeur chaque parcelle de beauté... Je suis ivre de beauté... Suis-je belle?

— Merveilleusement belle...

Il se précipita sur elle et les bras argentés le retinrent prisonnier d'une étreinte éternelle.

— Nous nous aimons! dit-elle d'une voix dure. Mais seuls nos corps peuvent s'aimer, pas nos cœurs. Nous avons perdu notre nature d'êtres humains sensibles. Seuls les corps sont restés intacts... Comme le soleil joue sur tes muscles gonflés... Dis-moi que tu n'es qu'un corps, rien qu'un corps... Satan!... Dis-le moi!

Elle lui pétrissait le dos de coups de poing.

— Tais-toi..., murmura-t-il. Tais-toi, je t'en supplie... Laisse-moi renaître à la vie...

Dans la chambre inondée de soleil, le thermomètre marquait trente-sept degrés.

Werner Ritter était absent. Un voyage professionnel le forçait à parcourir l'Allemagne en tout sens en compagnie d'un criminel, auteur de cinq meurtres et qui lui racontait des histoires gauloises en donnant force détails sur « Emma la Rousse », sa compagne de plaisir au moment où l'on était venu l'arrêter. Une fois de plus, Werner songea que la part de responsabilité d'un criminel devait être assez minime; il avait certainement une lacune dans les circonvolutions du cerveau, il lui manquait le frein de la morale.

Jutta était seule pour quelques jours; elle en avait profité pour accepter un reportage intéressant dans la région de la Ruhr.

En arrivant à Essen, elle reçut un coup de téléphone de son collègue Harry Muck, du journal local, joyeux drille très estimé de la haute société, car il avait toujours en poche quelques adresses introuvables dans le Bottin.

— Mon lapin, dit-il familièrement à Jutta, aimerais-tu m'accompagner à une party?

— Bien sûr, répondit Jutta en riant.

— Mais c'est quelque chose d'un peu spécial, tu sais! Sept directeurs d'usines métallurgiques veulent faire plier quatre importateurs d'acier suédois... Je me suis déjà procuré les filles, et moi-même, il faut que j'amène une souris. Veux-tu pour une nuit jouer le rôle de souris? Ce sera drôle, tu verras comment on transforme une boule de neige immaculée en un tas de boue noirâtre.

— Si c'est sans danger pour l'âme et le corps..., répondit gaiement Jutta. Peux-tu me le garantir, Harry?

— A toi? Bien sûr... Je passe te prendre à vingt-trois heures.

Jutta se prépara en conséquence. Une robe de cocktail étroite et décolletée, modèle réalisé par Schreibert et que lui avait offert Boltenstern, à contrecœur, il est vrai, à cause du décolleté, pour son vingt et unième anniversaire. Elle crépa ses cheveux pour en faire une couronne; un maquillage prononcé, un coup de pinceau accentué sur les paupières, un rouge ardent sur les lèvres, et la pure Jutta se vit transformée en une caricature de la jeunesse.

En l'apercevant, le portier de l'hôtel ne put cacher sa consternation, tandis que Harry Muck en perdit le souffle.

— Chérie, lui dit-il en la faisant monter à grand-peine dans la voiture, car la robe étroite se prêtait mal à ce genre d'exercice. Chérie, te voilà devenue la putain parfaite! La perdition de notre bonne ville d'Essen! Il va falloir que je te tienne drôlement à l'œil sinon tu risquerais de faire dans la carrière des débuts par trop spectaculaires!

La party avait lieu dans le manoir d'un des directeurs dont la femme se brunissait au soleil des Baléares en compagnie des fils de pêcheurs. Les messieurs piaffaient déjà d'impatience lorsque Jutta et Harry firent leur entrée; ils étaient les premiers. Les dames se faisaient décidément fort attendre. Tout était encore correct; on buvait du champagne, en échangeant des banalités; les Suédois fixaient la porte d'entrée d'un regard concupiscent. Atmosphère guindée et banale.

— Si ça continue, murmura Jutta déçue à l'oreille de Harry, ce n'est pas drôle... On n'attend plus que le bâillement final...

— Attends donc autre chose, petite sotte. Dès que les filles vont arriver, un vent nouveau soufflera; alors tu verras les joyeuses frégates voguer vers le sud, toutes voiles déployées.

En effet, dix minutes plus tard, le décor avait changé. Des éclats de rire aigus perçaient la nuit, et les murmures des hommes occupés à la répartition dans un coin servaient de bruit de fond. Le maître de maison ne se contenta pas de procéder à la répartition des filles, d'ailleurs; il octroya à chacun une chambre, pour le cas où ces messieurs auraient brusquement envie d'observer un coin d'univers dans la position horizontale.

Jutta se coiffait dans le hall; elle se sentait gênée et éprouvait soudain une curieuse impression de trouble. Ce monde lui était totalement étranger. On venait de livrer une marchandise vivante; ici et là, il fallait réparer un tant soit peu l'emballage abîmé durant le transport; puis on allait sans doute sonner du gong, à la manière orientale, et la marchandise serait livrée...

— Tu es nouvelle ici? demanda une voix ordinaire derrière Jutta. Une fille rousse aux lèvres vulgaires lui souriait. — D'où viens-tu donc?

— De Düsseldorf...

— Oh! Bonne clientèle, hein? Qu'est-ce qu'ils peuvent casquer, et pour des choses complètement absurdes!... Je m'appelle Mary.

— Et moi, Jutta.

— Quelle allure ont-ils, les bonzes de ce soir?

— Ils paraissent raisonnables. Deux Suédois sont vraiment très gentils.

— Mince, Jutta, tu me fais rire... Quand ils laissent tomber leur pantalon, ils sont bien comme tous les autres! Pourvu qu'ils n'aient pas apporté eux aussi une saleté de truc comme tes compatriotes de Düsseldorf, une fois...

— Quel truc? interrogea Jutta d'une voix blanche.

— Un jour, on a été invitées à Düsseldorf... Quatre gros sacs pleins de fric, entre quarante et cinquante. A la place des plaisanteries habituelles, l'un d'eux nous a versé un truc dans les verres. Mon Dieu! Jutta... Tout d'un coup, j' me suis transformée en une monstrueuse orange et je voulais absolument qu'on m'épluche! Tu t'imagines! Et l'un des quatre types d'ailleurs a été tué... On m'a obligée à me taire, mais entre nous, quelle foutue soirée! On ne m'y reprendra pas de si tôt à avaler une nouvelle fois cette cochonnerie de LSD...

— Quatre hommes, tu dis? interrogea Jutta d'une petite voix déformée par la peur. Et... et l'un d'eux a été tué?...

— Oui. Mais viens retrouver les Suédois maintenant!

Mary la Rousse l'entraîna vers le salon obscur d'où fusaient rires et gloussements. Harry Muck l'attrapa au passage par la main et l'emmena au bar.

— Eh bien, fillette, que se passe-t-il? Tu es toute pâle...

— Veux-tu me faire un grand plaisir, Harry? murmura-t-elle.

— Très volontiers! — Il lui tendit un verre de White Lady. — La danse des hormones commence; on en a pour toute la nuit!

Mais Jutta n'écoutait pas les plaisanteries toujours un peu lestes de son collègue; elle regardait Mary, très occupée avec un gros Suédois.

— Peux-tu t'arranger pour que je passe une demi-heure seule avec Mary la Rousse? demanda Jutta.

— Pourquoi donc? — Harry paraissait sincèrement ahuri. — As-tu un reportage en vue : Le Petit chaperon rouge avale le Grand méchant loup...

— Ne pose pas de questions, Harry, je t'en prie...

— Il faut que je réfléchisse... — Il jeta un coup d'œil sur le chaos de coussins et de membres; les cravates gisaient par terre; et le reste sans doute n'allait pas tarder à suivre. — Quand?

— Le plus tôt possible.

— Le seul moyen, c'est de l'avoir par la galanterie... Attends, je vais essayer.

Comme pour se donner du cœur à l'ouvrage, il vida d'un trait son verre de whisky.

— Merci. Tu es un chic type.

Jutta alla s'installer dans un fauteuil caché à l'ombre, et d'où elle pouvait, sans être vue, observer les travaux d'approche de Harry Muck et de Mary la Rousse.

La minute de vérité approchait.

La fête battait son plein. Une des filles avait imaginé un strip-tease original. Elle se laissait volontiers déshabiller par les messieurs, à la manière habituelle, mais celui qui avait réussi à lui ôter une pièce devait ôter à son tour une des siennes. On ne tarda pas à s'apercevoir que Mimi portait trois soutiens-gorge et quatre slips... Elle était encore très convenablement parée, alors que les hommes gisaient déjà en costume d'Adam sur les divans, battant des mains et suant d'envie.

— C'est ignoble, murmura Jutta à Harry Muck qui était venu la rejoindre et observait la scène d'un œil indifférent, tout en protégeant sa compagne de la partie de strip-tease. — Est-ce toujours de cette manière-là que se passent les parties de ce genre?

— Écoute, poupée, ce n'est rien encore... — De la main, il envoya un baiser à Mary la Rousse. — Attends un peu, ce n'est que l'ouverture... Tu verras comment peuvent fondre les derniers vestiges de la moralité.

Jutta baissa la tête. Ce spectacle lui soulevait le cœur... Est-ce que papa se comportait lui aussi comme ces hommes? se demandait-elle, la gorge nouée. S'est-il amusé de cette façon-là durant cette horrible nuit du 21 mai? Comment pourrais-je avoir encore la moindre estime pour lui après cela?

Peu à peu, les Suédois paralysés par l'alcool s'étendaient sur les divans et se calmaient. Les Allemands, plus experts dans ce genre de plaisanterie, étaient couchés sur le tapis; ils s'amusaient à faire choir, en soufflant dessus, un verre de champagne juché sur le ventre proéminent de l'un d'entre eux.

Mary la Rousse put prendre quelques minutes de récréation. Elle vint s'asseoir au bar, tout près de Jutta.

— Comme tu es sage, dit-elle. Jusqu'ici, tu n'as encore rien fait, rien d'autre que boire. Et tu n'es même pas déshabillée? Qu'est-ce que tu attends au juste? Que l'un de ces porcs vienne s'incliner devant toi en disant : « Madame, permettez-moi de vous accompagner dans le corridor... » ...Pfui... Des porcs, je te dis, et rien d'autre. Allons, ne fais pas cette tête-là et viens te mêler à la bataille.

Jutta sourit; elle tendit son verre à Mary et s'efforça d'adopter un ton indifférent et ordinaire. Harry Muck s'était approché du tas d'Allemands étendus sur le tapis; le verre dansait toujours sur le ventre rebondi dont le propriétaire d'ailleurs ronflait avec volupté.

— Dis-moi, comment ça s'est passé, à Düsseldorf? Tu as drôlement excité ma curiosité. Ce LSD, qu'est-ce qu'il provoque?

— Tu deviens un être totalement différent... ou bien un animal... ou bien, comme moi, une orange. Et après, je me suis retrouvée sur une prairie; j'étais une souris, un chat s'est approché de moi, la langue pleine de chocolat; il m'a léchée, léchée, jusqu'à ce que je sois devenue une souris en chocolat. C'est bête, hein? Mais voilà ce qu'on éprouve avec cette saleté... Oui, et après, un de ces types est mort. Personne ne l'a tué..., mais il doit bien y avoir quand même un tueur, hein? D'ailleurs, il y a quelque chose de pas net dans cette histoire, car cinq jours plus tard, l'un d'eux nous a fait parvenir cinq cents marks par l'intermédiaire de Karin... Oh, tu sais, moi je m'en fiche, l'essentiel, c'est le fric. Je la boucle; car je n'ai rien vu, et le tour est joué.

— Dis-moi... Est-ce que l'un d'eux avait l'air d'un criminel?

— D'un criminel? Tu es cinglée? Ils ressemblent à

des P.D.G., et d'ailleurs, la plupart du temps, c'est ce qu'ils sont. Bouclés et sanglés toute la journée, et quand le soir tombe, ils éclatent...

— Et... et celui qui a apporté le LSD, comment était-il? interrogea encore Jutta d'une voix rauque.

— Élégant, petit. Un gentleman, quoi! Les tempes grises, un costume sur mesure, le type de l'acteur chercheur d'aventures. Il portait une sorte de nom étrange, un peu nordique, avec « Stern » au bout...

Papa!

Le cœur de Jutta fit un bond; sa bouche s'ouvrit comme si ses poumons se desséchaient; mais la crise ne dura que quelques secondes.

— Qu'est-ce que tu as donc? demanda Mary étonnée. Tu les connais ces types-là?

Jutta hocha la tête :

— Je ne me sens pas bien, dit-elle péniblement. J'ai mal partout depuis le début de la soirée. Je vais rentrer à la maison...

— Sans empocher un seul billet? T'es dingue, ma pauvre fille. Fais au moins semblant, les gars sont tellement pleins qu'ils ne remarquent plus rien. C'est une bonne affaire, tu sais...

Mary se frappa le front d'un air entendu, pleine de mépris pour cette « collègue » stupide, mais Jutta s'obstina.

— Je ne peux pas... Je rentre.

Mary haussa les épaules et alla rejoindre les autres. En marchant, elle balançait des fesses sans la moindre pudeur; elle engraissait d'ailleurs; pour elle, l'époque glorieuse allait bientôt prendre fin.

Personne ne remarqua le départ discret de Jutta et de Harry. Lola avait enfin réussi à faire tomber le verre de champagne de son perchoir, et d'après la règle du jeu, elle appartenait maintenant au gros. Mais le gros dormait; même en le secouant et en l'inondant d'eau gazeuse, il fut impossible de le réveiller.

— Suffit! cria quelqu'un. On va vendre Lola aux

enchères. Mise à prix deux cents marks! Je mets deux cent cinquante... Qui dit mieux?

— Emmène-moi, Harry, supplia Jutta. Reconduis-moi à Düsseldorf, si tu te sens encore le courage de faire un si long voyage en pleine nuit...

— Si tu le veux, je te conduis cette nuit même jusqu'à Rome!

— Non, non... Jusqu'à Düsseldorf, c'est suffisant!

Elle se cala au fond du siège avant de la voiture et fixa de ses yeux tristes le plafond rouillé par endroits. Bientôt, elle se mit à pleurer sans pouvoir se retenir, puis à sangloter, ce qui mit le comble à l'embarras de son compagnon.

Père, songeait-elle, père... Te voilà déchu de ta gloire, tombé de ton piédestal... Et moi, j'ai perdu tout ce qui me restait de mon enfance. Pour moi, tu n'es plus qu'un étranger. Et pourtant, je t'aime... Chacune de mes larmes m'éloigne un peu plus de toi. Cette nuit marquera le glas de mon enfance...

— C'était trop pour ton système nerveux, hein? demanda Harry au moment où ils pénétraient sur la bretelle d'entrée de l'autoroute.

Jutta fit un léger signe de tête. Oui, c'était trop, murmura-t-elle.

Ils n'échangèrent plus un mot jusqu'à Düsseldorf. Harry Muck était suffisamment perspicace pour se rendre compte qu'il n'avait pas à insister. Il déposa Jutta chez elle, lui serra cordialement la main et repartit immédiatement.

Soit dit entre parenthèses, les contrats de livraison furent signés le lendemain après-midi entre les Allemands et les Suédois, sans la moindre discussion. Un peu pâles, ces messieurs, sans doute, mais souriants; ils échangèrent de cordiales poignées de main. Et la secrétaire de direction dit avec un brin de pitié dans la voix : Comme ils ont mauvaise mine! Ils travaillent tant, qu'ils finiront par se ruiner complètement la santé! Si encore ceux qui critiquent sans cesse les grands directeurs s'en apercevaient!...

Il y a toujours eu et il y aura toujours des fabricants d'auréoles : c'est une des lois de la nature.

A Rhodes, Alf Boltenstern et Pétra Erlang s'installaient dans un des appartements de l'hôtel Odysseus. Un grand balcon prolongeait le living-room et permettait aux regards de se perdre dans la contemplation du jardin fleuri à souhait; au loin, la mer d'un bleu irréel s'étalait sous le soleil lumineux, dominée par les rochers blancs creusés de cavernes et de grottes. Quelque part sur cette île, le Colosse de Rhodes, une des sept merveilles du monde, avait reçu les hommages de l'Antiquité. Muets d'étonnement, les hommes adorèrent la statue du dieu Apollon haute de trente-cinq mètres, jusqu'à ce qu'en 224 avant J.-C., l'Olympe s'écroulât, et avec lui la statue. Le monde perdait une merveille, mais la beauté légendaire de l'île ne s'en trouva pas pour autant amputée. Au cours des siècles, Rhodes connut la gloire qu'on accorde volontiers à un petit coin de paradis béni des dieux, où le parfum des roses se le dispute à l'haleine salée de la mer, où la paix réconforte l'âme et rafraîchit les corps, où le bleu du ciel se reflète dans l'eau, dans une contemplation réciproque éternelle... jusqu'à la ruée du tourisme avec ses masses d'êtres anachroniques et de billets de banque; alors Rhodes connut la dégradation; sur les portes des boutiques, les panneaux succédèrent aux panneaux : *Man spricht Deutsch — English spoken...* et maintenant : *Deutsche Küche*! — Choucroute garnie — Bière de Munich — Attraction spéciale : Accordéon et bastringue...!

Et le soir, au moment où l'île s'enfonce doucement dans un crépuscule velouté, où les camélias et les œillets embaument les jardins ensommeillés, les touristes s'installent sur le môle et se mettent à hurler en chœur: « Pourquoi le Rhin est-il si beau? »... tout en frappant des mains pour marteler le rythme.

Rhodes... Une larme de joie tombée par hasard de l'œil d'un dieu... Elle a survécu à la chute de l'Olympe, elle survivra bien aussi sans doute à la tornade touristique.

Pétra Erlang ne réagit pas lorsqu'elle vit Alf demander un seul appartement au réceptionniste de l'Odysseus. Une fois chez eux, au numéro sept, elle s'assit sur le grand lit à deux places et se passa la main dans les cheveux.

— Comment dois-je me comporter à présent? Il se retourna vers l'être splendide, mais froid et cruel, qui lui faisait face comme un ennemi. Pour la première fois, il eut pitié de Richard Erlang, lui qui, pendant onze ans, avait vécu à côté de cette femme... Autant dire emprisonné derrière un mur de verre. Dix ans de torture, la contemplation de cette magnifique créature... mais rien que la contemplation. Le supplice de Tantale. Dix années auprès d'une statue de la Beauté, digne d'un musée, soustraite aux contacts humains par une grille invisible.

Mais pas avec moi, se dit Boltenstern en enfonçant les mains dans les poches de son pantalon. Il allait y avoir un combat, un duel, un corps à corps entre la fierté et le besoin de possession, entre la passion refoulée et l'instinct de conquête dépourvue de tout scrupule, entre la supériorité de la race et la puissance du mâle primitif.

Duel implacable dont la seule pensée réjouissait Boltenstern comme un général à la veille d'une offensive.

— Ce n'est pas à moi à te dicter ta conduite, Pétra, répondit-il lentement. Nous savons déjà que nous sommes de bons acteurs. Le fait d'offrir aux regards de notre entourage le spectacle d'un couple harmonieux ne gâchera pas nos vacances, je pense? Ce qui se passe ici entre ces quatre murs ne regarde que nous deux...

— Où vas-tu dormir?

— Là, dans le lit.

— Près de moi?

— As-tu peur?

Une lueur de sourire passa dans les yeux froids de Pétra :

— Je n'ai encore jamais eu peur, Alf.

— Je le sais.

— Tu es d'un cynisme fascinant.

Elle se leva et s'approcha du balcon. Arrivée près de lui, elle le regarda bien en face :

— Je ne t'aime pas... Comparé au génie de Richard, tu n'es qu'un raté. J'aime le génie, moi, j'aime ce qui sort de la moyenne, ce qui est extraordinaire, ce qui est unique. Tu n'es qu'un être médiocre... Tu as compris?

— Parfaitement. — Il lui sourit, mais son cœur frissonna. — Nous allons nous étendre dans le même lit, côte à côte, et pourtant nous resterons à jamais séparés par un précipice insondable.

— Comme tu parles bien, mon ami!

Elle revint vers la chambre et commença à s'installer, sans plus s'occuper de lui. Ses pieds nus résonnaient dans le crâne d'Alf Boltenstern; puis un froissement de vêtement et le jet de la douche... La porte de la salle de bains est restée ouverte... Il imaginait sans peine le corps de déesse inondé de perles scintillantes, à portée de sa main, et pourtant inaccessible. Elle va jouer ce petit jeu sadique pendant des semaines, jour et nuit, jusqu'à ce que je devienne fou, avec un art consommé de la perversité et un sourire de madone sur les lèvres.

Mais il ne broncha point. Les yeux fixés à l'horizon, il fit le vide en lui... Lorsqu'elle vint le rejoindre, au bout d'une éternité, mouillée et détendue, fragile dans son peignoir collé au corps, il daigna détourner la tête.

— Te voilà rafraîchie..., commença-t-il froidement. Veux-tu que j'appelle la coiffeuse de l'hôtel?

— Tu n'es qu'un salaud! siffla-t-elle d'une voix totalement différente, et dans un geste spectaculaire de provocation, elle laissa tomber le peignoir, offrant sa poitrine nue à la caresse du soleil.

Boltenstern s'approcha du téléphone intérieur :

— Chambre sept, je vous prie?... — Puis à Pétra :

— La coiffeuse arrive immédiatement... Tu es contente?

Sans répondre, elle s'enferma dans la salle de bains.

Cette fois, la guerre était déclarée.

Lorsque la coiffeuse arriva, Pétra était habillée; elle commença à jouer son rôle conjugal avec un naturel parfait.

— Oh! Chéri! J'ai oublié mon flacon de laque sur la tablette de la salle de bains. Voudrais-tu me l'apporter?

Et Boltenstern obéit en souriant.

L'air embaumait du parfum des roses, des œillets et des camélias.

Puis la nuit arriva.

Lorsque Alf Boltenstern vint rejoindre Pétra, la chambre n'était déjà plus éclairée que par le reflet de la lune; le murmure de la mer semblait si proche qu'on se serait cru sur les rochers blancs, au-dessus des flots.

Pétra ne fit pas un mouvement, pas même quand Boltenstern s'allongea à côté d'elle, en prenant bien soin de se faire tout petit, le plus loin possible. Pendant dix minutes, il resta ainsi étendu sur le dos, les yeux au plafond, la tête froide...

— Un mari digne de ce nom souhaite au moins une bonne nuit à son épouse...

Il sursauta. En tournant la tête sur le côté, il aperçut la lueur dorée des cheveux blonds de Pétra. Elle aussi s'était réfugiée à l'extrême bord du lit; entre eux s'étendait un espace vide, un large néant, le précipice profond dont Boltenstern avait parlé quelques heures auparavant.

— Je m'en voudrais de ne pas accompagner ce souhait d'un baiser, comme tout mari qui se respecte, répondit-il en s'efforçant de donner à sa voix un ton d'indifférence totale.

Pétra se tut; les poings serrés, les genoux relevés, elle bouillait intérieurement.

Au-dehors, le ressac ébranlait la nuit. Quelques promeneur attardés rentraient au bercail en chantant les beautés du Rhin... Un club de quilleurs allemands.

Contre toute attente, et tout à fait involontairement, Boltenstern s'endormit, bercé par le murmure caressant de la brise marine. Fatigué par le voyage, épuisé aussi par l'effort fourni pour répondre à la frigidité de Pétra par une attitude glaciale, bien qu'il ne voulût point se l'avouer...

Il s'éveilla en poussant un cri... Un poids énorme lui écrasait la poitrine; à peine s'il pouvait encore respirer... Il ouvrit les yeux, mais l'obscurité totale l'empêcha de voir quoi que ce soit. Ses mains alors caressèrent la peau nue et fraîche d'un corps qui rampait sur lui comme un serpent.

— Tu dors, fit une voix douce au-dessus de lui. Tu arrives vraiment à t'endormir quand je suis là, tout près de toi... Tu es ignoble... Monstrueusement ignoble... Ne suis-je donc pas une femme?... Sais-tu que j'aurais pu t'étrangler dans ton sommeil?... Te dire à quel point je te déteste...

— Pétra..., murmura-t-il.

Ses mains glissèrent le long du dos, puis elles se firent violentes et serrèrent la forme allongée sur lui, de toutes leurs forces.

— Tu me fais mal..., protesta-t-elle.

Elle essaya de se défendre, de reculer jusqu'au fond du lit; mais rien n'aurait pu la dégager de l'étau.

— C'est exactement ce que je veux... Te faire mal..., grogna-t-il. Je veux que tu cries!

— Jamais!

Elle lui donna des coups de tête, et il se mit à rire; puis il roula avec elle sur le lit; écartelée sous le poids de l'homme qui cette fois l'écrasait, elle ne pouvait que le fusiller de ses yeux flamboyants.

— Bonne nuit, madame Boltenstern! dit-il tout haut.

Elle poussa un cri, mais il avait appuyé ses lèvres sur les siennes, et le cri de délivrance de la femme se perdit dans la bouche de l'homme... Il l'aspira goulûment comme un poison bienfaisant...

Le lendemain matin, Boltenstern alla faire une promenade solitaire dans le jardin. Il était fier de sa victoire, de son triomphe unique dans les annales de Pétra. C'en était fait de la cuirasse frigide de la jeune femme, et lui, il en avait toujours eu l'intuition! Un volcan d'une ardeur insoupçonnable brûlait derrière ce masque, et il se demandait encore comment il n'avait pas été consumé par ce feu. Pauvre Richard! se disait-il. Tu avais beau être un génie, cette femme te faisait peur. Voilà pourquoi tu te réfugiais dans les bras des filles achetées à trois ou quatre cents marks; pour elles, tu étais le héros. Devant Pétra, tu n'étais qu'un nain impuissant. Et tu manquais de courage. Pour conquérir Pétra, il t'aurait fallu plus d'esprit et plus de brutalité... Elle ne voulait pas de toi en smoking la nuit, Richard, mais en chemise à manches retroussées...

Pétra ne tarda pas à arriver. Comme elle paraissait jeune et heureuse... Elle ne marchait pas, elle planait sur le sentier de gravier; tout son corps se balançait au rythme de ses longues jambes souples; le soleil jouait dans ses cheveux blonds lâchés sur son dos comme un voile d'or.

Boltenstern alla à sa rencontre; il lui entoura la taille de son bras musclé et lui donna un baiser. Souriants et détendus, ils se dirigèrent vers la terrasse ensoleillée où les attendait un petit déjeuner substantiel... Ils étaient jeunes et avaient une faim de loup!...

Deux jours plus tard, ils quittèrent l'hôtel Odysseus. Boltenstern avait réussi à louer une petite villa perchée sur les rochers, au milieu des vignobles laissés à l'abandon, solitaire et abandonnée. De là-haut, le regard se perdait sur les îles environnantes et sur la mer immense, jusqu'à l'horizon. Là où le ciel et l'eau ne faisaient plus qu'un.

— Voilà le paradis que nous cherchions! murmura Boltenstern en faisant avec Pétra, la main dans la main, le tour du propriétaire. C'est ici que je voudrais vivre et mourir!

Pétra le quitta bientôt et, au bout de deux minutes, il la vit revenir les bras étendus comme un oiseau nu au corps bronzé, véritable rayon d'or lâché par le soleil...

Il ne s'étonna pas; sans s'en apercevoir, de triomphateur, il était devenu esclave.

Jutta se réveillait après deux jours de solitude et de captivité.

Elle était anéantie; les révélations de Mary la Rousse sur les prétendues « séances de travail » du vendredi soir étaient trop claires pour pouvoir laisser place au moindre doute; c'était la fin de son enfance dorée, de sa belle illusion, de son insouciance; elle avait maintenant l'impression d'avoir enterré Alf Boltenstern, tout comme Richard Erlang, quelques semaines auparavant.

Elle s'était fait porter malade au journal et passait son temps assise dans une bergère, en contemplation muette devant le ciel gris et la pluie ininterrompue. Le temps s'était mis à l'unisson de son cœur.

Elle tenait en main une partie de la réponse au problème que se posait inlassablement Werner Ritter : que s'est-il passé au juste dans la nuit du 21 mai? Qui a tué Richard Erlang?...

Elle connaissait maintenant l'auteur de l'odieuse machination du LSD, sans aucun doute possible.

Plusieurs fois, le téléphone hurla dans la maison vide, mais Jutta n'avait plus le courage de faire un mouvement. Tous les soirs, la sonnette de la porte d'entrée suppliait... Elle savait bien qui attendait dehors, devant la porte obstinément close, sous la pluie, mais elle n'ouvrait pas. Et les nuits succédaient aux nuits, ces nuits longues, froides, solitaires, pendant lesquelles elle errait dans toute la maison comme un fantôme, incapable de trouver le sommeil réparateur. Et toujours, l'image d'Alf Boltenstern devant les yeux, cette image tant vénérée, brisée en miettes maintenant : Pourquoi as-tu fait cela? Ta vie ne te suffisait-elle pas? Qu'est-ce qu'il me reste à moi maintenant? Comment vais-je pouvoir te regarder, quand tu reviendras ici?

En outre, elle avait peur... peur de ce que son propre fiancé n'allait pas tarder à découvrir, peur de l'intuition du docteur Lummer, peur qu'un mot ne vînt un jour ou l'autre rompre le mur du silence... Le mot LSD, uni au nom de Boltenstern, tout comme Mary la Rousse l'avait fait ingénument en croyant parler à une collègue.

Pourtant, je suis et je reste sa fille, envers et contre tout! Si j'ai perdu pour lui toute estime, il me reste quand même l'amour naïf, l'amour filial tout simple. Il s'est toujours montré un père parfait à mon égard, en essayant de combler le vide causé par la disparition de maman. Peut-être même ai-je été le seul être qu'il ait aimé d'un amour pur et dont il était fier.

Au troisième jour de sa réclusion, Jutta appela Werner Ritter au téléphone. Un flot de questions la submergea auxquelles elle s'abstint de répondre.

— Viens chez moi, Werner. Ce soir, après dix heures. Je t'attendrai.

Werner arriva à dix heures et quelques minutes, les bras chargés de fleurs. La table était mise; un fumet appétissant de viande rôtie embaumait la salle à manger; dans un séau à glace, une bouteille de champagne attendait son heure, tandis que la radio émettait une mélodie langoureuse.

— Jutta... Où étais-tu durant ces trois jours? Je n'ai fait qu'appeler au téléphone, et j'étais presque mort d'inquiétude. Dis-moi, Jutta... Qu'as-tu fait?

— Ne me pose pas de questions, Werner, s'il te plaît, répondit-elle paisiblement en s'emparant des fleurs. Passons une bonne soirée, mais à la condition que tu ne me questionnes plus. Je n'oublie pas les points d'interrogation, j'y répondrai un jour, sois tranquille. Mais pas aujourd'hui... Pas ce soir... Pas cette nuit...

Ils dégustèrent leur petit festin d'amoureux et se mirent à danser étroitement enlacés. Pourtant une gêne imperceptible planait entre eux.

— Ton père est à Rhodes? interrogea Werner.

— Oui. Avec Pétra Erlang. Je suis toute seule à la maison...

Werner eut l'intuition d'un secret, et il serra plus étroitement Jutta contre lui, comme pour la protéger.

— Tu m'aimes? demanda-t-elle d'une voix claire.

— Pourquoi me poses-tu à ton tour cette question, Jutta?

— Quand allons-nous nous marier?

— Quand tu voudras... Dans trois semaines. Tout de suite, si c'était possible. J'ai vécu un enfer, pendant tes trois jours d'absence; je n'aurais jamais pensé que ce fût possible...

Ils étaient debout, enlacés, sur le seuil de la terrasse. Au-dehors, la pluie murmurait doucement dans les arbres et les buissons; le gazon se transformait lentement en marécage.

— Nous nous marierons dès le retour de papa, n'est-ce pas? insista-t-elle.

Il lui prit la main et la serra contre ses lèvres.

— Tu te souviens, Jutta, nous nous sommes juré de ne jamais sombrer dans le romantisme... Eh bien, c'est réussi!... Mon Dieu, Jutta, moi qui n'aurais jamais pu donner une définition de l'amour.

— Et maintenant, tu saurais?

— Non... Encore moins. C'est comme une douce agonie...

Vers minuit, Jutta sortit quelques minutes, et lorsqu'elle revint, sa longue chemise de nuit traînant jusqu'à terre lui donnait l'allure d'une statue transparente.

— Jutta..., commença Werner en se frottant les yeux.

— Viens, dit-elle gentiment. Viens et éteins la lumière.

— Jutta...

— Donne-moi la main et viens.

Il lui donna la main, et c'est elle qui le conduisit à travers l'obscurité jusqu'à sa chambre.

— Jutta, répéta-t-il dans un soupir.

Sous ses doigts, la chemise de nuit glissa et tomba par terre. Il ne voyait rien, il sentait seulement la peau frémissante sous sa caresse.

— Je veux enfin devenir adulte, murmura-t-elle. Enfin femme... Et nous nous marierons dans un mois...

C'était une fuite... une fuite devant l'image à jamais ternie de son père.

Le lendemain matin, le soleil brillait; le sol fumait : toute l'humidité des jours derniers s'évanouissait d'un seul coup. On était en été, la saison des moissons.

10

Une surprise attendait Hermann Schreibert dès le troisième jour qui suivit son entrée à la clinique Bergwald.

Corinna Colman ne parut pas au petit déjeuner, et il s'inquiéta. Seul le docteur Hellerau pouvait expliquer son absence. Schreibert se décida à lui demander prudemment si Corinna était malade.

— Oui, répondit Hellerau. Mlle Colman doit rester au lit. C'est un cas tragique, et je suis heureux que vous m'en parliez le premier, car cela m'évite de poser des questions délicates. — Le médecin regardait son patient avec gravité. — Corinna a fait une tentative de suicide...

— Mon Dieu! C'est affreux! Puis-je aller auprès d'elle, docteur?

— Non, répondit Hellerau d'un ton dur. Pourquoi cette nouvelle vous met-elle dans un tel état, monsieur?

— Mlle Colman et moi... nous nous entendions bien... Nous avons tout de suite sympathisé, dès le premier soir. — Il évita le regard du médecin et s'attacha à observer les cadres suspendus aux murs du bureau. — Comment... Que s'est-il passé, docteur?

— Elle a essayé de se pendre, à la fenêtre de sa chambre. A vrai dire, c'est déjà la douzième fois. Un record, n'est-ce pas? — Le docteur Hellerau s'inclina légèrement et posa amicalement sa main sur le genou de Schreibert. — Chaque fois que Corinna tombe amoureuse, elle fait ensuite une tentative de suicide. Nous sommes habitués... Soyez sincère, monsieur... Corinna est-elle tombée amoureuse de vous?

Schreibert se révéla un lâche; pour la première fois, il se réjouit de porter un masque qui cachait toutes ses réactions intérieures.

— Non, répondit-il d'une voix ferme. Quelques compliments, un échange de phrases sonores, quelques sourires, c'est tout. J'ai autre chose en tête, croyez-moi, docteur... Je ne me suis pas encore habitué à mon état d'être humain dépourvu d'apparence humaine...

Le docteur Hellerau lui donna congé, et Schreibert se réfugia dans le parc. Seul, être seul, enfin!

Corinna, songea-t-il avec chaleur. Il y a quelques heures encore, elle riait gaiement, puis comme un voleur, il s'était échappé de la chambre chaude et n'avait pu s'endormir. Je suis un homme heureux, s'était-il dit, étendu tout éveillé sur son lit jusqu'à l'aube. J'aime Corinna... Peu importe ce que sont devenus nos visages... Nos corps respirent, vivent, sont pleins de force et de puissance... Comme elle a raison d'affirmer que nous ne sommes plus que sensations corporelles...

Et voilà qu'elle se pend, à la poignée de sa fenêtre. Quelques minutes seulement peut-être après la dernière caresse...

Tout d'un coup, Hermann Schreibert leva les yeux, conscient d'une présence insistante. Un homme grand et fort lui faisait comprendre par signes, depuis la piscine, de rester à la lisière de la forêt. Il portait le masque d'un Nordique, un visage mince aux traits réguliers; seuls les cheveux blonds, sur la nuque, étaient vrais.

— Vous désirez? interrogea Schreibert.

Il connaissait cet homme pour l'avoir vu à chaque repas, toujours seul, près de la cheminée; mis à part le jour des présentations, il ne l'avait plus jamais salué depuis.

— Inutile de vous dire qui je suis, commença l'autre d'une voix étonnamment bourrue. Ce que vous êtes, vous, m'importe aussi très peu. Nous avons perdu notre « moi » et vivons ici comme des fourmis anonymes dans une fourmilière. Cela n'empêche pas que nous avons dans notre fourmilière notre code de l'honneur. Voudriez-vous me suivre, s'il vous plaît?

Complètement éberlué, Schreibert obéit au Nordique; l'un derrière l'autre, ils marchèrent en silence jusqu'à la lisière de la forêt et finirent pas s'immobiliser quand ils furent certains d'avoir échappé aux regards des autres.

— Vous avez une liaison avec Corinna, commença le Nordique à voix très haute.

Schreibert se contenta de hausser les épaules, mais les paumes de ses mains se couvrirent d'une sueur froide.

— Comment pouvez-vous?...

Mais il ne poursuivit pas sa phrase, car l'autre lui coupa net l'inspiration d'un geste brusque des deux mains.

— Ne vous engagez pas dans une défense mesquine. Savez-vous que Corinna couche avec tous les nouveaux arrivés?

— Monsieur! hurla Schreibert en serrant les poings. Dois-je vous montrer comment on défend l'honneur d'une femme?

— N'employons donc pas de mots ronflants! Pourquoi cela... Quand on n'a plus de visage, on se doit de vivre avec sincérité... Car il n'y a que le mensonge qui a besoin d'une mimique expressive... Nous en sommes tous dépourvus ici! Voyons donc les choses en face... Corinna aime la nouveauté; elle ne peut vivre sans assurance sur sa beauté. Et un jour, plus ou moins vite, elle en a assez et tente de mettre fin à une existence vaine et inutile. Je voudrais vous éviter des questions oiseuses; tous les hommes qui logent dans cette clinique ont couché avec elle! J'étais le dernier... Jusqu'à votre arrivée... Je vous ai observés tous deux; cette nuit même, je vous ai écoutés. Les mots qu'elle vous a dits, ce sont les mêmes qu'elle répète à chaque homme qui passe dans son lit, qu'elle m'a dits à moi aussi. Mais cette fois, il y a une différence essentielle : c'est que moi, je l'aime... Je lui pardonne ses amours passées, mais je ne tolérerai pas que vous soyez mon remplaçant. Vous saisissez?

Schreibert examina les alentours. Ils étaient seuls dans la forêt, loin de tous. Le désir de tuer cet homme lui souleva le cœur.

— Il me semble que la seule personne capable de porter un tel jugement est Corinna elle-même... Et si c'était moi qu'elle aimait à présent?

— Impossible! Pourquoi aurait-elle essayé de se pendre? Il n'y a qu'avec moi qu'elle s'est sentie détendue et heureuse, et qu'elle a renoncé à sa traditionnelle tentative de suicide. Avec moi, elle recommençait à vivre, à croire à la vie et à la beauté... Et puis, vous êtes arrivé... J'ai assisté impuissant au réveil du fauve; je l'ai vue frémir, trembler à votre approche... Mais je peux empêcher que ce petit jeu se poursuive.

— Et par quel moyen voulez-vous l'empêcher? interrogea Schreibert.

Je vais le jeter à terre et l'assommer, se dit-il, et ensuite l'étrangler; et je lui enlèverai son masque et le lui fourrerai dans la bouche pour qu'il s'étouffe avec son propre visage.

— Nous allons nous battre en duel...

— Bien... Au sabre ou au pistolet?

— Sabres et pistolets sont les armes des gens normaux, reprit le Nordique en se passant la main dans les cheveux. Nos seules armes à nous, ce sont nos visages. Le plus laid de nous deux gardera Corinna; car ici, plus on est détruit, plus on a droit à une compensation. C'est Corinna elle-même qui décidera...

Une sueur froide glissa dans le dos de Schreibert...

— Vous êtes fou?...

— Vous refusez? Dans ce cas, Corinna m'appartient, et croyez-moi, je saurai la défendre chèrement!

— Jamais je n'ôterai mon masque! Et vous non plus!

— Pour avoir le corps de Corinna, je suis prêt à tout, et même à me défigurer encore plus pour être sûr de gagner!

— Et elle... Que va-t-elle en penser? Jamais elle n'acceptera de jouer l'arbitre dans ce duel insensé!

— Comme vous connaissez mal votre bien-aimée! Je lui ai proposé moi-même ce duel bien avant que vous n'alliez la rejoindre, et cette idée l'a remplie de joie. N'avez-vous pas encore sondé le cerveau de Corinna? — Le Nordique se dirigea lentement vers la piscine. — Dans deux ou trois jours, elle sera de nouveau sur pied, les douze expériences précédentes l'ont prouvé... Êtes-vous d'accord pour le duel?

— Oui! hurla Schreibert. Même si c'est l'action la plus absurde qui soit!

— Vous faites erreur, répondit l'autre en lui tendant la main, comme s'ils se disaient adieu pour longtemps. Nous vivons ici dans un enfer... car nous sommes nous-mêmes l'enfer... Et pour conquérir un ange, il nous faut des moyens démoniaques.

Quatre jours passèrent.

Corinna recommençait à nager, en bikini blanc cette fois, elfe bronzé au royaume de Satan.

— C'est l'heure, murmura le Nordique en frôlant son ennemi. Dans une demi-heure à la lisière de la forêt.

Désespéré et éperdu, Schreibert jeta un regard vers la forêt : Corinna était déjà arrivée sur le lieu du duel; elle lui faisait signe gaiement de la rejoindre. A quelques pas, sombre, tête baissée, le Nordique méditait.

— Je suis heureuse que vous vous battiez pour moi, dit Corinna avec son air d'enfant gâtée. Je suis parfaitement capable d'apprécier la laideur, car il me suffit pour cela de me regarder dans la glace.

Schreibert la dévisagea; sa beauté de caoutchouc resplendissait; ses lèvres artificielles souriaient délicatement.

— Allons, monsieur, prononça le Nordique en saisissant des deux mains le bord de son masque. Je compte... Trois... Deux...

Schreibert regarda encore Corinna.

— ... Un...

Je t'aime, Corinna. Ne me repousse pas en voyant mon visage... Souviens-toi comme nous avons été heureux...

— ... Zéro...

Corinna s'inclina, comme si elle se penchait sur la rampe de sa loge au théâtre, ou sur le bord de l'arène où le taureau allait être mis à mort sous ses yeux.

— ... Allez!...

Schreibert tourna la tête vers son adversaire...

Il tira son masque d'un coup sec et regarda de nouveau Corinna. Me voilà! semblaient supplier ses yeux exorbités. Me voilà tel que je suis maintenant! Une face lunaire... Tu es contente, hein? Eh bien! Tu ne pousses pas un cri d'horreur?

Mais Corinna demeura impassible; elle battit des mains comme on applaudit le ridicule d'un clown; elle secoua ses longs cheveux blonds, redressa la tête, le buste, offrit aux deux malheureux le spectacle intolérable de sa beauté inexprimable.

— Quelle laideur merveilleuse, s'écria-t-elle, et sa voix vibrait d'une émotion contenue; on sentait son être frémir d'un plaisir sadique. — Venez... Exposez-vous tous deux aux rayons du soleil pour qu'on vous voie mieux... Je tiens à me montrer parfaitement juste dans mon arbitrage.

Schreibert baissa la tête, tandis que, lentement, le

Nordique sortait du refuge procuré par l'ombre des arbres.

Inutile de prononcer le jugement avec des mots : un seul coup d'œil sur chacun des adversaires suffisait. Schreibert avait perdu le duel, lamentablement perdu; face au Nordique, il pouvait se réjouir de son état. Il en ressentit d'ailleurs une joie profonde, spontanée, totalement indépendante de toute contingence.

On ne pouvait même plus parler de forme humaine : le Nordique avait vraiment tout perdu; son visage n'était plus qu'un chaos de cratères, de boursouflures, de raccords; à la place du nez, un trou; à la place de la bouche, un trou; plus trace d'oreilles. Un paysage, cette fois, martien.

— N'est-il pas merveilleusement laid? répéta Corinna au comble de l'extase, apparemment. Danse, mon clown chéri! Tourne, Bajazzo!

Et elle applaudissait d'avance en riant.

Le Nordique riait aussi. Schreibert détourna la tête; lui-même, la gueule cassée classique, il sentait monter en lui un gazouillis de nausée à la vue de son adversaire.

L'autre se redressa, fier, triomphant, tel un César après sa victoire sur Vercingétorix.

— Monsieur, prononça-t-il d'une voix claire — et on se demandait vraiment comment la voix pouvait sortir d'un tel chaos, monsieur, vous constaterez vous-même, n'est-ce pas, que c'est moi le vainqueur de notre duel... Conduisez-vous à présent comme un gentleman. Acceptez votre défaite avec dignité et laissez-nous tranquilles. Avant de nous séparer, j'aimerais que vous confirmiez vous-même ma victoire en présence de l'enjeu de notre combat.

— Vous êtes effectivement le plus laid de nous deux, confirma docilement Schreibert d'une voix rauque.

— Vous venez donc de renoncer officiellement à Corinna. — Le Nordique ajusta son masque sans manifester la moindre émotion. — Je vous préviens que si vous avez le malheur d'approcher Corinna de trop près, je vous traiterai comme un vulgaire filou.

Schreibert n'avait pas encore remis son masque; il n'éprouvait plus de honte à se savoir observé, car il avait conscience à présent de sa supériorité.

— Qu'est-ce que tu penses de cette stupide comédie, Corinna?... Ce duel, l'étalage de notre laideur, ce marchandage de ton amour, comme si ce n'était rien d'autre qu'un produit à vendre aux enchères. Si nous avons perdu notre visage, du moins nous reste-t-il encore un cœur et la faculté d'éprouver des sentiments... Et moi, Corinna, je t'aime...

— Oh! Faites-nous grâce une fois pour toutes de vos discours démodés et de votre romantisme de petite fille! protesta le Nordique exaspéré en posant un bras possessif sur les épaules de Corinna. — Il est bien entendu que Corinna est un produit à vendre aux enchères. Son corps, tout au moins. N'avez-vous pas encore compris que nous vivions dans un monde où les systèmes classiques n'ont pas cours? Nous sommes prisonniers de murs infranchissables à l'intérieur desquels se limite notre monde avec son régime et sa législation propres... Ce qui se passe au-dehors ne nous concerne plus! Regardez autour de vous... Qu'est-ce qu'il nous manque? Nous avons tout pour être parfaitement heureux dans une paix idyllique. Que viendraient faire ici les principes de la morale courante? Nous nous accouplons comme les moineaux, tout naturellement, selon notre instinct.

— Non! protesta Schreibert. Pas moi. Je veux retourner dans le monde des vivants, je ne veux pas vivre ici avec un masque, comme un mort-vivant. Je ne me suis pas encore résigné, comme vous tous.

— Viens, chérie, il est complètement cinglé... — Le mépris éclatait presque sous le masque de caoutchouc du Nordique. — Tu vois, tu as offert ton corps à un misérable. Viens, laissons-le seul... C'est un traître méprisable, il n'est pas digne de toi... Demandez donc votre transfert au docteur Hellerau... Vous êtes gênant pour nous ici... Vous êtes trop beau...

Schreibert attendit que le couple eût rejoint la piscine, puis il alla s'enfermer dans sa chambre. Il était bien décidé à ne pas renoncer aussi aisément à Corinna, bien que parfaitement conscient du danger qu'il courrait s'il continuait à s'occuper d'elle. L'hostilité manifestée par le Nordique pouvait devenir mortelle; elle se plaçait au-dessus de toute règle de bienséance et de morale. Et le niveau de désespoir absolu atteint par son ennemi le rendait d'autant plus dangereux, car il n'avait plus rien à perdre... Mais pour Schreibert, il s'agissait de tout autre chose. Durant ces quelques jours de félicité, il s'était souvent demandé si outre ses innombrables blessures, son accident d'auto ne lui avait pas dérangé le cerveau. Plusieurs fois, il s'était surpris en train de dialoguer avec son double : Non, tu n'es pas fou... Tu aimes Corinna d'un amour vrai!...

Pourquoi? Corinna apportait un parfum différent à l'homme à succès pour qui, jusqu'alors, les femmes jouaient à peu de chose près le même rôle qu'un bon dessert ou un savoureux cigare, et l'amour un mot réservé aux adolescents boutonneux et aux romantiques désargentés. Pour la première fois, il aspirait de toutes ses forces à la serrer contre lui, bien qu'il la connût déjà depuis plusieurs jours.

Il fit des projets d'avenir... Le salon de mode... Le visage de Corinna pouvait peut-être se réparer, tout comme le sien... Ils se marieraient...

Pendant deux jours, Hermann Schreibert s'enferma dans sa chambre, ne descendant que le minimum de temps nécessaire pour prendre ses repas seul, dans un coin, le regard rivé sur son assiette. Le docteur Hellerau l'observait sans en avoir l'air, mais il gardait le silence. Il prit entre-temps quelques empreintes du visage de son patient, puis il commença à le remodeler avec de l'argile très fine, comme un sculpteur.

— Cela vous plaît-il, demanda-t-il enfin à Schreibert quand son chef-d'œuvre fut terminé.

Mais Schreibert haussa les épaules.

— Docteur, vous allez vous donner un mal fou pour moi, mais, pour être sincère, je vous assure que je me moque éperdument de ce que je serai plus tard.

— Bien entendu, je n'arriverai pas à reconstituer intégralement votre visage, mais il y aura tout de même une certaine ressemblance. — Avant de recouvrir d'un linge humide la tête d'argile, représentant le futur Schreibert, le médecin ajusta encore un peu le nez, partie la plus délicate du travail. — Vous aimez Corinna? interrogea-t-il brusquement.

Schreibert sursauta; il ne s'attendait pas à une question aussi brutale.

— Oui... Est-ce que cela vous surprend?

— Corinna est un papillon... Elle aime la variété; elle cherche toujours à butiner de nouvelles fleurs...

— Elle est désespérée, docteur!

— Pourquoi donc?

— Une telle merveille de beauté... et un visage détruit.

Le docteur ne répondit pas; il regardait Schreibert avec un rien de pitié dans les yeux, puis il se tourna vers la fenêtre.

— Voulez-vous voir Corinna sans son masque? demanda-t-il tout à coup.

— Mon Dieu, docteur... Non, pour rien au monde! Laissez-moi donc garder l'illusion de la madone vénitienne.

— Et pourtant, vous devriez voir son visage... Peut-être seriez-vous guéri de votre amour!

— Et même si elle est abominable... Je ne veux pas le savoir. Je l'aime comme elle est. — Il s'approcha de la fenêtre à son tour et aperçut Corinna debout près de la piscine, les bras levés vers le soleil, les cheveux fous. — Je n'ai encore jamais vu une fille aussi belle, murmura Schreibert.

Le médecin s'enfermait dans son silence; son visage frémissait comme s'il essayait de contenir une émotion grandissante. Étonné, Schreibert l'examina de côté, et une pensée abjecte s'insinua en lui, Hellerau n'était-il pas lui aussi amoureux de sa cliente? Ne faisait-il pas partie lui aussi de la cohorte des douze amants de Corinna? Ses paroles n'étaient-elles pas dictées par la jalousie plutôt que par la charité?

Hermann Schreibert pouvait réfléchir tout à son aise à ces problèmes; il passait tout son temps à son observatoire, suivant des yeux le manège sadique de Corinna à l'égard de son ombre, le Nordique. Certes, il avait gagné le duel, mais elle lui faisait payer cher sa victoire! Transformé en esclave, il la suivait partout, lui brossant les cheveux ou lui essuyant les pieds, portant ses affaires, courant pour obéir à une lubie; mais la nuit, elle lui refusait l'entrée de sa chambre...

Le troisième jour, le hasard voulut qu'en sortant de chez lui pour aller trouver une infirmière, Schreibert se heurtât à Corinna. Ils étaient seuls dans le corridor, et ils s'examinèrent longuement à travers leurs masques.

— Corinna..., commença Schreibert. Corinna...

— Pourquoi ne fais-tu rien? dit-elle. Serais-tu un lâche?

— Qu'est-ce que tu veux que je fasse?

— Est-ce que je sais, moi? Sois le plus fort, dompte-le, tue-le!

— Si au moins j'étais sûr que tu m'aimes...

— Mais oui, je t'aime... Quelle idée de poser une telle question? — Elle s'approcha de lui et, à la stupeur de Schreibert, posa sa tête blonde sur l'épaule qui s'offrait; puis sans dire un mot, elle s'enfuit en courant.

Ce fut l'instant décisif. Schreibert rentra dans sa chambre et écrivit une lettre courte, brutale, le seul style que Alf Boltenstern pût comprendre et qui eût prise sur lui.

« J'attends incessamment ta visite à la clinique Bergwald. Apporte-moi par la même occasion trois petits papiers buvards! Je ne veux même pas supposer que tu refuseras, car tu sais qu'il est facile de passer un coup de téléphone à Werner Ritter. J'ai besoin de ces trois papiers buvards avec la dose la plus concentrée qui soit.

Hermann. »

La lettre fut envoyée directement par la poste de Düsseldorf à Rhodes où elle ne parvint que huit jours après son expédition. Plus de huit jours sans aucune nouvelle, pendant lesquels Schreibert fulminait, imaginant les projets de vengeance les plus extravagants; mais au fond, il était totalement impuissant, et il le savait.

Entre-temps, Schreibert reçut quand même une visite, non pas celle qu'il attendait, mais celle de Konrad Ritter, soucieux de prendre des nouvelles de son ami et surtout de savoir s'il pouvait bénéficier de quelques jours de liberté à la fin du mois d'août, pour assister au grand rassemblement de Nuremberg.

Lorsqu'on lui annonça la visite de Ritter, Hermann Schreibert sourit devant sa glace, tout en ajustant avec grand soin son masque. Puis il descendit lentement le grand escalier. De loin, il aperçut Ritter assis près de la cheminée, son éternelle cigarette à la bouche.

Ritter jeta un coup d'œil au nouveau venu, puis se replongea dans sa méditation.

— Bonjour, dit Schreibert en s'approchant, tandis que Ritter se contentait d'un léger signe de tête, montrant clairement qu'il ne tenait pas à engager la conversation avec un inconnu. — Vous cherchez quelqu'un?

— J'attends quelqu'un, rectifia Ritter.

— M. Schreibert, sans doute?

— Oui, précisément.

— Eh bien, dans ce cas, major, laisse tomber la veste et ouvre tes yeux tout grands!

Konrad Ritter poussa un cri de stupéfaction; la cigarette tomba et fit un petit trou brun dans le tapis.

— Toi... Pardon, vous... Merde alors... Tu es complètement changé, Hermann! bredouilla-t-il. Je pensais que tu avais la gueule... Excuse-moi, je suis bouleversé... Tu es très bien, mais tout à fait différent... C'est impossible!

— Le caoutchouc, major! expliqua paisiblement Schreibert.

— Hein? Du caoutchouc? — Il leva la main et palpa le visage lisse de son ami. — En effet, c'est bien un masque. D'un naturel à s'y méprendre! Qu'est-ce qu'on ne fait pas aujourd'hui... J'en suis tout retourné. Est-ce que tu resteras toujours comme ça? Et les autres, ils le savent?

— Non... Où est Alf?

— Parti en voyage. A Rhodes.

— Ah bon!

— Pourquoi?

— Je lui ai écrit une lettre.

— Son courrier doit le suivre là-bas.

— Tu es sûr?

— Tu connais bien Alf! Il prépare un voyage comme un maréchal des logis organise le ravitaillement d'une armée... — Ritter ne pouvait détacher ses yeux du nouveau visage de son ami. — Je suis venu pour te prévenir que tout est prêt pour le rassemblement. Ça va être formidable, mon vieux! Le général von Sachsfeldt fera le discours d'inauguration, et moi, je fonderai le « Groupement des Jeunes ». Il faut aussi songer à éveiller dans le cœur des enfants le sentiment de la reconnaissance envers les aînés et l'amour de la patrie! Si tu savais comment le peuple réagit, Hermann! C'est à vous donner envie de vomir... Il n'y a pourtant que les peuples forts qui durent éternellement!

— Hourra! approuva Schreibert sans cacher son

ironie. Dis-moi, major, c'est tout ce que vous avez comme soucis, vous autres?

Ritter jeta sa cigarette d'un air consterné.

— Eh oui, je sais bien, Hermann, que toi, tu as d'autres soucis. Tous, nous te comprenons, va, et nous t'aiderons autant que nous le pourrons... Les camarades vont en faire une tête, quand ils te verront... car tu viendras à Nuremberg, n'est-ce pas?

— Oui! s'écria-t-il sèchement, bien que jusqu'alors, il s'était obstinément refusé à servir de numéro de cirque à ce fameux rassemblement.

Et pourtant il se décida brusquement. Il n'aurait plus l'occasion de rencontrer Alf Boltenstern avant la fin août; mais à Nuremberg, devant tout le monde, il pourrait poser officiellement ses conditions : une dose suffisante de LSD pour neutraliser le Nordique, et un nouveau visage pour Corinna Colman, sa future épouse.

— Viens, reprit gentiment Schreibert. Allons nous promener, et raconte-moi ce que deviennent les autres. Comment va ton fils?

— Il roucoule... Il tourne autour de Jutta Boltenstern.

— Et Toni?

— Complètement cinglé, comme toujours. Depuis que Else, sa bonne, s'est jetée dans le Rhin, il est obligé de distribuer des cartons d'entrée aux femmes qui se succèdent chez lui; il ne s'y reconnaît plus!

Ils se mirent à rire; la gêne des premières minutes s'était envolée. Ritter recommença sa diatribe sur le peuple allemand... « Ce peuple imbattable qui n'a jamais perdu une guerre; ce n'était que... », mais Schreibert ne l'écoutait pas. Il observait Corinna, étendue dans l'herbe en plein soleil. A quelques mètres d'elle, nonchalamment adossé à un arbre, le Nordique montait la garde.

Schreibert sentit monter en lui une nouvelle envie de tuer.

Toni Huilsmann perdait complètement la tête. Le suicide d'Else Lechenmaier, dont il était en fin de compte responsable, le toucha plus qu'il ne voulut se l'avouer au début. Non pas qu'il considérât Else autrement que comme la victime malheureuse d'une expérience — après tout, n'était-elle pas à son service? — mais il devait s'avouer que les réactions provoquées par le LSD l'impressionnaient de plus en plus.

Il essaya d'endormir ses idées noires par une consommation effrénée de beauté féminine. Pendant une ou deux semaines, le palais ressembla à une ruche; les odeurs mixtes d'alcool et de parfum pénétrèrent murs et meubles et s'imprégnèrent jusque dans les tentures et les tapis. Puis, une nuit, le maître de maison se leva d'un bond en hurlant; il était saturé jusqu'à la nausée.

— Tout le monde dehors! Ouste! Je ne veux plus voir personne ici...

Trois jours et trois nuits de cafard, de solitude et d'oisiveté l'amenèrent à conclure que l'existence n'était qu'une corvée insipide pour ceux qui avaient obtenu tout ce qu'ils désiraient. Même le commerce des femmes l'écœurait : c'était toujours la même chose, toujours les mêmes gestes, toujours les mêmes réactions. Et que restait-il aux pauvres types qui étaient saturés de tout, sinon les femmes : leur univers se limitait à leur matelas... Constatation déprimante qui provoqua chez Toni Huilsmann une véritable panique.

Peu à peu s'accrut en lui le désir de l'autre monde, le monde entrevu seulement mais qui avait gardé pour lui un attrait magique, le monde merveilleux où les arbres portaient des feuilles d'argent, où le ciel se parait de toutes les couleurs, depuis le vert le plus tendre jusqu'au violet le plus intense, où la pomme savait parler et le pigeon avait une tête humaine, où les souris s'asseyaient au bord de la route et où les pèlerins chantaient des extraits de *Tannhaüser* en défilant... Un monde féerique situé par-delà la connaissance, loin de la raison... Un monde réservé à quelques élus...

Trois heures durant, il monta la garde devant son trésor, les neuf petits paquets parisiens, enveloppés dans du papier d'étain, la clef du royaume enchanté.

Le soir, il ferma soigneusement portes et volets et débarrassa la pièce de tous les objets lourds et dangereux; puis il installa tous les coussins autour de la grande cheminée et il alla chercher une grande glace qu'il plaça devant la cheminée, au centre du demi-cercle formé par les coussins; pour terminer la mise en scène, il se versa un verre de champagne.

Avant d'y laisser tomber le sucre empoisonné, il se regarda dans la glace... spectacle déprimant que celui de cet homme au visage pâle et aux yeux caves, assis par terre entouré de coussins, la caricature d'un être humain...

— Non, dit-il à son image. Il faut avoir un peu de courage pour résister à la tentation! Un demi-sucre, cela suffira...

Il observa attentivement son verre : dire que je tiens le monde fantastique prisonnier dans mon verre, pensa-t-il, et il se mit à trembler comme un vrai morphinomane. D'un geste saccadé, il saisit le verre et le vida d'un trait.

Puis il se regarda de nouveau dans la glace. Ses yeux allaient-ils s'agrandir? Sa bouche ne se tordait-elle pas déjà? Et la tête? On croirait qu'elle oscillait doucement... Un jeu nouveau, enfin...

Il commença à perdre l'équilibre, se pencha en avant pour contrôler son image de plus près. Quelle pâleur! De grands yeux l'examinaient comme s'ils voulaient dire : Toni Huilsmann, que veux-tu faire de moi?...

Et brusquement, la glace disparut, l'image aussi. Huilsmann franchit le seuil du palais violet.

Il était étendu sur le dos, les jambes tendues vers l'avant; ses bras remuaient comme s'il nageait et semblaient planer dans les airs.

Comme la réalité était loin!

Un ballon évolue dans le ciel avec élégance, et le ciel est formé de dalles jaunes et rouges, éclairées par autant de petits soleils en forme de têtes féminines. Le gros ballon qui plane au milieu des dalles n'est autre que la tête de Toni Huilsmann; il chante, et tous les soleils lui répondent en gazouillant comme une légion d'hirondelles avant le grand départ vers les régions chaudes du Sud, en automne.

Une ville. Des maisons peintes, de petits elfes multicolores; des maisons vertes, rouges, orange, des maisons scintillantes, comme si tous les murs étaient de verre. Le ballon évolue à travers les rues et jette un coup d'œil dans toutes les chambres.

Mais elles sont vides; personne n'y habite; on n'y voit qu'un amalgame de membres détachés : un bras, une jambe, dix petits doigts déparés, un genou, une oreille, deux nez, une poitrine, ils vivent tous et le saluent au passage. Bonjour, les amis! Voici venue l'ère de Vénus! Dehors! Allez, levez-vous et dehors!

Les membres épars sortent des maisons, se fixent des ailes et suivent le ballon... Le ballon et sa suite finissent par atterrir sur une prairie brodée d'argent; ils entament une danse et grandissent, grandissent, prennent forme et deviennent des êtres humains, hommes et femmes, qui se précipitent les uns sur les autres et emplissent le ciel dallé de leurs cris rauques...

Toni Huilsmann était étendu devant sa grande glace, au milieu de ses remparts de coussins, recroquevillé sur lui-même : tout son corps tremblait. Son visage inondé de sueur resplendissait d'une volupté extatique; ses lèvres frémissaient en murmurant des mots inarticulés.

Le pays enchanté... Enfin, il l'avait atteint!

A partir de cette soirée, Toni Huilsmann se transforma. Le monde ordinaire avait perdu tout attrait pour lui; c'était un monde terne, creux, désert, un monde froid.

Il se laissa entraîner par le pouvoir diabolique du LSD. La démence artificielle devint son pain quotidien; entre-temps, il se sentait malheureux.

Brusquement, il se décida à partir en voyage vers la Côte d'Azur. Saint-Tropez. Dans ses bagages, il cacha une partie de son trésor : cinq morceaux de sucre au LSD.

Un dernier hommage à son image dans la glace avant de partir puis il lui donna un coup de pied...

Ce fut un fou qui s'envola vers Saint-Tropez; mais personne ne le savait, et on ne pouvait pas s'en apercevoir... Toni Huilsmann moins que les autres.

A Rhodes, les jours succédaient aux jours avec une lenteur désespérante; par contre les nuits n'en passaient que plus vite. Alf Boltenstern était devenu l'esclave parfait, celui qui n'avait aucun droit, celui qu'on appelait, qu'on chassait, qu'on violait ou qu'on foulait aux pieds selon l'humeur du moment.

Quant à Pétra Erlang, elle aussi se transformait au rythme du temps, sous les yeux ahuris de son esclave. Pendant la journée, la maîtresse froide et intransigeante, pleine de dignité, ne supportait aucune résistance, la véritable « sale vache » qui exigeait une obéissance aveugle et immédiate à ses moindres caprices, et cela durait tant que la lumière du soleil brillait sur Rhodes... Le soir venu, elle se décomposait morceau par morceau, et il ne restait plus, la nuit, qu'un corps brûlant, insatiable, dont la brûlure consumait Boltenstern et minait toutes ses forces vitales.

Durant ces vacances insulaires, Boltenstern commença à plaindre sincèrement Richard Erlang. Comment avait-il pu supporter pendant une éternité de dix ans cette splendide sorcière? Pendant dix ans, il avait enduré les caprices et les humeurs de Madame; pendant dix ans, il avait subi un véritable martyre sans en rien laisser transparaître, même auprès de ses amis, et d'ailleurs, pas un d'entre eux ne l'aurait cru, car chacun l'enviait... l'enviait justement à cause de cette jeune femme magnifique, des millions et des usines qu'il avait trouvés dans sa corbeille de mariage, de la considération dont il jouissait. Combien il avait payé cher toute cette fortune! Boltenstern avait maintenant tous les atouts en main pour comprendre pourquoi Erlang traitait sa femme comme un objet précieux destiné à décorer son manoir, pourquoi il allait chercher refuge auprès de filles simples et féminines, qui n'avaient d'autres prétentions que de se laisser malmener, voire mordre, au besoin, à prix fixe.

Alf Boltenstern se rendit bien compte à quel point il devenait lui-même un pantin actionné par Pétra, mais il n'essaya pas de se défendre. Jusqu'au mariage, songeait-il, je ferai tout ce qu'elle voudra afin de lui laisser l'illusion d'avoir conquis un nouvel esclave. Mais la cérémonie terminée, ma belle sorcière, ton réveil sera plutôt amer... Je te détruirai lentement, systématiquement...

Toutes les nuits et tous les jours, les mêmes petits jeux se répétaient; il devenait l'Arlequin qui dansait au son de la flûte de Pétra et faisait le clown sur commande. Pétra d'ailleurs était infatigable; la répétition insensée des mêmes scènes ne semblait pas la troubler le moins du monde.

Toute nue, elle évoluait à travers le jardin et les vignobles, nymphe bronzée et scintillante; elle prenait ses repas toute nue aussi, du moins les repas préparés par Boltenstern, car c'était lui qui devait s'occuper de la cuisine, faire le service, débarrasser la table, laver la vaisselle; son pensum terminé, il était autorisé à s'asseoir sous la pergola, à son tour, et à contempler Pétra offerte aux rayons du soleil comme une amante divine.

Une fois, elle vint à table en bikini...

— Tu es malade? interrogea Boltenstern surpris.

— Pourquoi?

— Tu t'es habillée.

— J'en avais envie, voilà tout!

Ce jour-là, tout de même, il fit une tentative pour imposer sa propre volonté. Tandis que Pétra buvait lentement un verre de vin, il rentra et se déshabilla. Lorsqu'il revint, Pétra l'examina en fronçant les sourcils, puis, d'un geste dégoûté, elle cracha le vin qu'elle avait en bouche.

— Tu me gâches ce vin merveilleux! dit-elle durement. Que signifie cette fantaisie?

— Quoi donc?

— Cette tenue!...

Son visage hautain demeurait froid et impassible comme un marbre brun; et pourtant, il en émanait une sorte de douceur que seul Satan pouvait adopter en personne, en tant que masque.

— Tu cours bien toute la journée toute nue! dit-il en s'asseyant à table.

— Oui, mais moi, je suis belle! — Elle se détourna comme si elle ne pouvait supporter la vue de la nudité de Boltenstern. — Regarde-toi, va devant la glace... Te trouves-tu beau avec ton ventre naissant, tes fesses molles de graisse, tes poils grisonnants, tes mollets de coq... Dieu, que tu es laid! Pourquoi viens-tu me troubler par ce spectacle hideux?

Il ne dit rien. On devrait l'étrangler, pensa-t-il. Ou la précipiter du haut des rochers dans la mer. Mais il n'en fit rien... Il rentra docilement à la maison, revêtit un slip de bain et une chemise blanche.

Et la journée se passa comme les précédentes.

— Alf! Va me chercher un verre d'eau!

— Alf! Apporte-moi une orange!

— Alf! Porte ma chaise longue à l'ombre!

— Non! Au soleil!

— Non! A l'ombre!

— Sur la terrasse...

Et Alf courait comme un boy pour servir aveuglément ce corps inaccessible comme celui d'un dauphin, tant que le soleil brillait.

Une fois encore, il essaya de s'imposer par la force. Il la renversa sur l'herbe et se jeta sur elle comme un fauve. Elle se transforma instantanément en une hyène féroce, le mordit et le battit; elle le frappa au visage, et le sang gicla de son nez; elle lui donna un coup de pied au bas-ventre, ce qui le fit hurler comme un loup blessé de la taïga, et il roula sur le côté, paralysé.

— Cochon! dit-elle tranquillement, en essuyant avec une touffe d'herbe le sang qui lui souillait les mains.

Puis elle s'éloigna, dédaigneuse et irréelle... Boltenstern se recroquevilla et se jura une nouvelle fois de la tuer.

Et la nuit revint... Il s'enferma dans une chambre inoccupée. Alors, elle poussa des cris, puis alla chercher une hache et démolit la porte.

— Lâche! murmura-t-elle entre ses bras. Tu voulais me fuir? C'est impossible! Qui peut fuir devant moi?

— Personne, bougonna-t-il. Je pensais que j'étais un monstre de laideur?

— Tu es l'homme le plus merveilleux du monde!

— J'ai un ventre, de la graisse, des mollets de coq...

— Tu es beau... beau..., bredouilla-t-elle d'une voix geignarde.

Et elle se colla à lui, l'embrassa, le réchauffa, et Boltenstern répondit à ce jeu dévorant, en se maudissant lui-même.

C'est une sorcière, ne cessait-il de se dire. Dommage que le Moyen Age soit passé! On l'aurait brûlée, et c'est moi qui aurais mis le feu à son bûcher!

Une fois pourtant, il réussit à se venger.

Ils avaient entrepris une promenade dans la montagne, idée stupide de Pétra, bien entendu. Rien que des rochers nus que le soleil caressait sans relâche; pas une seule habitation, pas un coin d'ombre. Boltenstern avait l'impression de monter directement vers le soleil... Pétra le précédait, sans trace de fatigue, ce qui surprenait son compagnon épuisé d'avance par les débordements nocturnes. Cette femme était un miracle vivant, et c'était cela au fond qui fascinait Boltenstern. Un miracle de beauté, d'endurance, de force et de sadisme démoniaque. Adversaire dont la défaite devait signifier pour le vainqueur plus que la conquête de l'univers!

Au bout de deux heures d'escalade sur les rochers nus et brûlants, Pétra Erlang s'immobilisa; devant eux, la falaise tombait à pic dans la mer... Au-dessous d'eux, on entendait les vagues se jeter avec fureur sur les rochers pointus ou frapper la falaise de toutes leurs forces; l'écume bondissait presque jusqu'à eux. Boltenstern jeta un regard vers les profondeurs, puis il fit en vitesse quelques pas en arrière, affolé soudain à la pensée que Pétra se tenait debout derrière lui. Elle ne prononça pas un mot mais son visage s'illumina d'un sourire de madone. A son tour, elle alla se placer en bordure de la falaise et tournant le dos à la mer, elle contempla Boltenstern, la tête légèrement inclinée sur le côté.

— Alors? interrogea-t-elle d'une voix claire.

— Quoi, alors? dit-il en haussant les épaules.

— Pourquoi ne me précipites-tu pas dans la mer? Tu y as bien songé pourtant...

— Non! cria-t-il.

— Pourquoi mentir? Tu ne serais pas un homme si tu n'y avais pas songé!

— Pourquoi te jetterais-je à l'eau, Pétra?

— Parce que tu me détestes, comme tu détestais Richard.

— Laisse donc Richard dormir en paix...

Il avait du mal à respirer; ses mains étaient mouillées de transpiration; il songeait à la mer mugissante, aux écueils cachés par les embruns. Ils étaient seuls. Pas de témoin. Le crime parfait... Il lui suffirait de rentrer en ville en courant et en hurlant, et de raconter l'horrible accident...

— Pendant dix ans, j'ai méconnu Richard... parce que je ne te connaissais pas! Avance, Pétra!

— Pourquoi? Tu n'as jamais eu de chance, jusqu'à présent. Même moi, tu me supportes avec une patience inhumaine! La vie est cruelle à ton égard, Alf Boltenstern. Chaque fois que tu crois toucher enfin une étoile, elle fond entre tes doigts. Qu'as-tu l'intention de faire de moi?

— Je vais t'épouser.

— Tu ne seras qu'un pantin entre mes mains! Je ne supporte aucune autre volonté que la mienne.

— Nous arriverons bien à nous adapter l'un à l'autre, Pétra.

— Qu'est-ce que tu ne ferais pas pour quelques millions, n'est-ce pas, Alf? Jusqu'à devenir mon esclave! Ne me regarde donc pas comme si j'étais un chien galeux... N'ai-je pas percé tes vœux secrets? Il n'y a pas un homme qui soit capable de m'aimer sincèrement. Je me connais. Je suis sadique... J'éprouve une joie invraisemblable à torturer, et, la nuit venue, à me transformer en une louve dévorante, qui broie sa victime et s'enivre du sang qu'elle a versé.

Pétra Erlang souriait...

— Et Richard a supporté cela pendant dix ans!

— Non! Au bout de deux ans, il m'a arrachée du lit, jetée contre le mur, et il m'a battue jusqu'à ce que je tombe sans connaissance. A partir de ce moment-là, il ne m'a plus prêté la moindre attention. C'était un homme! Un vrai homme!

Je comprends, songea-t-il. Il l'avait épousée, et avec elle, les usines et les millions. C'était l'essentiel. Le reste ne l'intéressait pas. Attends, diablesse, que je te prenne à mon tour dans mes filets. Une vingtaine de petits buvards au LSD et tu vas directement à l'asile psychiatrique... Que penses-tu de cette perspective?...

— Partons d'ici, Pétra... Il va y avoir un orage.

Dans cette région, le ciel se couvre en quelques minutes. Viens.

— Alors vraiment, tu ne me jettes pas à l'eau?

Elle se dressait sur la pointe des pieds comme si elle avait l'intention de s'y jeter elle-même.

— Non! hurla Boltenstern. Reviens! Grands dieux, Pétra, tu sais bien que je t'aime!

Il se détourna et entreprit la descente.

Comme il l'avait prévu, de gros nuages noirs cachèrent le soleil en l'espace de quelques secondes; les éclairs se succédèrent et l'écho du tonnerre se répercutant dans les rochers; on avait l'impression que toute la montagne craquait à l'intérieur et allait s'effondrer. Il commença à pleuvoir, de grosses gouttes qui rebondissaient sur la peau comme des milliers de petites balles dures. Boltenstern courut vers un refuge; derrière lui, il entendait les appels éperdus de Pétra, mais il n'en tint pas compte. Il ne l'attendit pas; d'ailleurs, aveuglé par la pluie battante, il ne la voyait même pas, perdue au milieu des épais nuages noirs, qui les enveloppaient de toutes parts. L'air sentait le soufre... C'est le sabbat des sorcières, songea Alf Boltenstern ivre de haine. Le diable lui-même va venir la prendre entre ses griffes...

Il se cacha dans une caverne et sourit méchamment en entendant les hurlements de Pétra à travers les nuages et les coups de tonnerre. Adossé au rocher, il ne fit pas un mouvement, même quand il la vit passer, trempée des pieds à la tête, les cheveux gluants de pluie et la robe collée au corps, véritable spectacle de la peur incarnée.

— Alf! criait-elle. Alf! Au secours! Alf! Au secours!

Trois mètres au-dessous de lui, il la vit se recroqueviller sous un rocher en surplomb, comme un chat mouillé... Elle gisait sans mouvement, toujours battue par la pluie impitoyable. Les éclairs ne cessaient d'illuminer cette scène dantesque et le tonnerre déchirait la montagne.

Boltenstern éprouva une joie sans mélange à la voir souffrir à son tour. Le spectacle de sa peur le réchauffa comme un verre de bon vin rouge, chambré à point. Un éclair brilla tout près, suivi immédiatement d'un éclatement sinistre; la terre trembla, et il entendit les hurlements redoublés de la sorcière.

— Alf! Viens à mon secours! Alf! Où es-tu? Je t'aime! Pardonne-moi! Alf! Je t'en supplie, ne me laisse pas toute seule!

Il l'entendit mais ne broncha point; un sourire détendit son visage. Autour de lui, les éléments se déchaînaient. Il s'étendit sur la pierre froide et continua à sourire pour lui seul.

Que la peur te décompose, sorcière, pensa-t-il triomphant. Appelle-moi, mais appelle-moi donc encore! Chaque cri de peur que tu pousses est pour moi comme une mélodie voluptueuse!

Il la tenait, sa vengeance, enfin!

Mais en fait, ce n'était rien d'autre que la confirmation officielle de son impuissance, puisqu'il avait besoin de l'aide du ciel pour se venger à bon compte.

11

L'EXISTENCE de Jutta Boltenstern et de Werner Ritter s'était enrichie d'une paix intérieure merveilleuse, inconnue d'eux jusqu'alors. Ils ressemblaient à deux torrents sauvages, qui, réunis en un fleuve majestueux, s'écoulaient paisiblement vers la mer... c'est-à-dire vers l'amour et le mariage. Depuis cette nuit passée dans le chalet abandonné par son propriétaire, au cours de laquelle Jutta avait quitté le dernier refuge de son enfance, Werner Ritter avait endossé le rôle viril de seigneur et protecteur de sa future jeune femme; il se sentait si profondément lié à Jutta que chacune de ses actions et de ses pensées était précédée d'une question devenue pour lui essentielle : Est-ce qu'elle en sera heureuse?

Le lendemain de cette nuit mémorable, Werner avait avoué la vérité à son père, ce qui n'avait pas tellement surpris le major, car il avait bien remarqué que son fils n'était pas rentré de la nuit, bien qu'il ne fût pas de service.

— Pas d'indiscrétion, mon petit, dit-il en coupant court aux explications que voulait lui donner Werner. J'ai cherché à faire de toi un homme d'honneur et j'ose espérer que tu t'es conduit comme tel!

— Dès le retour d'Alf Boltenstern, nous nous marierons, Jutta et moi...

— Ah! Ah! C'était bien cela!

Réflexion à vrai dire assez peu chevaleresque qui fit sourire Werner.

— Oui, père, c'était cela.

— Eh bien, mon ami, avoue qu'il y aurait de quoi hurler!

— Hurler? Pourquoi donc?

— Parce que tu me traites comme un imbécile. D'abord, tu veux épouser Jutta, ensuite, tu ne veux plus, et c'est moi qui suis chargé d'aller annoncer cette nouvelle au père et qui me fais agonir d'injures, bien sûr! Et à peine est-il parti que tu vas avec Jutta... euh, enfin... bref... et puis finalement tu veux de nouveau l'épouser! Quelle jeunesse irrésolue nous avons donc maintenant! Mais en fin de compte, je suis très content de la tournure que prennent les événements.

Voilà qui, pour Konrad Ritter, mettait fin à la discussion. Mais un autre sujet lui pesait sur le cœur, un sujet qui risquait d'amener le trouble dans la famille, et dans les projets familiaux.

— Que devient ton enquête, Werner? demanda-t-il sur un ton qu'il aurait voulu désinvolte.

— Elle est au point mort, père... On n'attend plus de nouvelles informations.

— Dieu merci! soupira Ritter avec soulagement. Ça n'aurait vraiment pas été chic de ta part de continuer une enquête dirigée contre l'un de nos camarades. Contre Boltenstern surtout, car c'est un homme d'honneur, et c'est ton futur beau-père.

— Cela ne constituerait pas un obstacle, père.

— Ah non, Werner, tu ne vas pas recommencer! — Les joues de Konrad Ritter devinrent toutes rouges, signe certain chez lui d'une émotion intense ou d'une vive colère. — Et ce fameux LSD, qu'est-ce que c'est, en définitive?

— Une saloperie. Quand on connaît les réactions et les suites de cette drogue, je t'assure qu'il y a de quoi vous donner la chair de poule. Un seul remède : une interdiction officielle de l'État sous forme de loi.

Mais combien de temps va-t-il falloir encore attendre jusqu'à ce que les cerveaux lents des fonctionnaires aient pris une décision...

Le chef de la rédaction ne cessait de faire des compliments à Jutta sur la qualité de son travail.

— Eh bien, mademoiselle! Que se passe-t-il? Vos articles se sont améliorés de cent pour cent! Humour, pointes, logique, vous avez vraiment le ton qui convient aux moments voulus... Dites-moi, entre nous... ne seriez-vous pas amoureuse?

— Si, répondit Jutta en riant gaiement.

— Eh! Voilà qui explique tout! Un collègue?

— Non. Un inspecteur de la police judiciaire.

— A votre santé... Journalisme et police... Mademoiselle, je vous prie d'agréer mes félicitations; vous avez du courage!

Un soir, Werner apporta une corbeille mystérieusement close chez Jutta Boltenstern, où il avait été invité à dîner.

— Tu vas assister maintenant aux expériences que nous avons faites ce matin au labo. — En disant ces mots, il ouvrit délicatement le couvercle de la corbeille; à l'intérieur, un chat gris dormait paisiblement. Dans un carton soigneusement fermé, on entendait des grattements. — Je te présente Murmel, le chat du docteur Blei... Personne ne sait d'ailleurs pourquoi il s'appelle ainsi. Dans le carton, il y a une petite souris blanche appelée Flöckchen... La plus petite souris blanche que possède le labo. Et maintenant, fait attention à ce qui va se passer!

Werner sortit Murmel de sa corbeille et le posa sur le sol. C'était un brave petit chat docile; il demeura sagement assis sur le tapis et explora les alentours de ses yeux verts curieux.

— Mes côtelettes vont brûler! protesta Jutta en bonne maîtresse de maison. — Pourquoi ne pas attendre après le dîner? Que va faire ce chat ici?

— Attends, Jutta, tu vas assister à un miracle biologique. Va ôter tes côtelettes du feu.

En revenant de la cuisine, Jutta aperçut la petite souris blanche également sur le tapis. Elle recula de quelques pas.

— Tu es fou? s'écria-t-elle. Tiens-tu absolument à ce que je voie un gros chat déchirer une petite souris?

— Tu vas voir... — D'une de ses poches, il tira un petit paquet enveloppé dans du papier d'étain, le déballa et en garda seulement quelques miettes dans la paume de sa main; puis il appela Murmel, et le chat vint lécher le sucre avec gourmandise. Jutta eut un soupçon.

— Werner, qu'est-ce que c'est? Que fais-tu?...

— C'est du sucre au LSD, que nous venons de recevoir d'Angleterre. De Scotland Yard, plus précisément. Et maintenant, regarde bien les réactions de Murmel et de Flockchen.

Au bout de cinq minutes environ, les yeux du chat se rétrécirent comme s'il était ébloui. Avec prudence, Werner fit avancer la petite souris.

— Attention! prononça Werner d'une voix rauque. Regarde Murmel!

Le chat se recroquevillait... et reculait au fur et à mesure que Flöckchen approchait. La souris se mit à courir, ce qui provoqua la panique chez son adversaire et un lamentable miaulement.

— Regarde, murmura Jutta. Murmel se sauve sous le divan. Le chat qui fuit à la vue d'une petite souris minuscule... Il a peur...

— Voilà les réactions de Murmel après avoir ingurgité du LSD. Il ne voit plus Flöckchen telle qu'elle est réellement, mais d'une taille monstrueuse, et il a peur que cette souris-mammouth ne le dévore. — Werner Ritter rattrapa la petite souris blanche et l'enferma dans son carton; il ne s'occupa plus de Murmel caché sous le divan et tremblant de peur. — Voilà comment le LSD change la nature de l'être.

Les fauves deviennent lâches, les lâches se transforment en lions. Imagine à présent les réactions d'un être humain au LSD? Ce qu'un être normal peut devenir sous l'effet de quatre-vingts microgrammes de cette drogue?... Nous touchons ici un domaine absolument inconnu; et les problèmes soulevés par ce LSD dépassent de loin les connaissances et le pouvoir de la science criminaliste.

Jutta comprit parfaitement ce que Werner voulait dire.

L'orgie nocturne du 21 mai chez Toni Huilsmann.

La mort de Richard Erlang... Richard étranglé avec un foulard de soie serré autour du cou.

Elle pensa à Mary la Rousse, témoin oculaire de cette orgie, et dont le témoignage fournirait à Werner Ritter l'ultime solution à l'énigme. Mary la Rousse, témoin dangereux par son bavardage inconsidéré.

Le lendemain, Jutta passa à l'action.

Elle alla à Dortmund et se renseigna partout jusqu'à ce qu'on lui indique l'adresse de Mary la Rousse.

— Ah! Voici notre reine du trottoir! s'écria Mary en apercevant Jutta sur le seuil de sa porte. — Elle fumait, étendue sur son lit à moitié nue. Mary avait pris l'habitude de refuser la clientèle du matin... Le travail de nuit lui suffisait amplement. — Qu'est-ce que tu veux, poupée? T'as besoin de fric. Ici, dans la région, il n'y a plus rien de libre!

— As-tu envie d'aller faire un petit voyage? demanda Jutta en s'asseyant familièrement sur le bord du lit. — Loin, très loin... pendant quelques semaines?...

— Tu as bu, hein?

— Je voudrais que tu vides les lieux! insista durement Jutta. Et je voudrais que tu la boucles une fois pour toutes, sur cette histoire de Düsseldorf et de LSD, tu te souviens?

— Oh! Oh! Ça chauffe, hein? Ça te touche de près, ces gros mecs aux ventres croulants de graisse... — Elle riait à gorge déployée. — Combien as-tu à m'offrir?

— Voici trois mille marks! Cela suffit. Telle que je te connais, tu feras encore un bon petit bénéfice là-dessus!

— Et comment!... Où dois-je aller, ma belle? Jusqu'à Rio? Dans ce cas, trois mille marks, c'est un peu juste...

— Je m'en fiche! — Jutta se releva; il lui était pénible de devoir adopter le seul style que Mary puisse comprendre. — Mais je te préviens... Si jamais j'apprends que tu n'es pas partie!... Tu sais ce qui t'attend...

— Compris. — Mary reprit brusquement son sérieux. Elle n'avait pas oublié l'épisode du printemps précédent, où une de ses collègues avait reçu un verre d'acide chlorhydrique dans la figure. On n'avait pas encore découvert l'auteur de l'attentat. — Bon, d'accord, je pars. Quand?

— Aujourd'hui même.

— Non, impossible avant demain. Cette nuit, j'ai un client qui paie un tarif spécial. Un pervers. Il ne fait rien... Il se contente de me regarder... Bref trois cents marks pour ça, c'est bien payé, hein?

— Bon, demain alors. Demain soir, je viendrai voir...

— Parole d'honneur! prononça gravement Mary la Rousse.

Et il n'y avait pas de quoi rire, car la parole d'honneur d'une putain a souvent plus de valeur que le serment d'un honnête homme.

Le lendemain matin, Mary s'envola vers le sud, vers le pays de ses rêves, la Côte d'Azur, et plus précisément, Saint-Tropez, car elle avait lu dans une revue que c'était là le lieu de rendez-vous des vedettes de cinéma, des play-boys, et des riches messieurs.

A Saint-Tropez, l'arrivée de Mary la Rousse fit l'effet d'une tornade de neige pourpre. En l'espace de quatre heures, elle avait réussi à se faire connaître dans le port; au bout de six heures, son carnet de rendez-vous contenait déjà douze adresses et neuf commandes fermes.

— Mince alors! l'or pousse entre les pavés ici! dit-elle tout haut en se parlant à elle-même. C'est ici qu'il faut planter sa tente!

Le soir, elle rencontra Toni Huilsmann. Toni buvait un Pernod, au bar *Carminchel*, et quand quelqu'un lui frappa sur l'épaule, il sursauta. Cette visite lui porta un coup fatal.

— Eh! Eh! Vieil empoisonneur! Toi aussi, tu cherches un refuge à Saint-Tropez? Comment vont les copains?

Toni pâlit, si toutefois cela lui était encore possible. Dès le premier coup d'œil, il reconnut Mary, et il sentit d'instinct le danger que cette rencontre imprévue représentait pour lui, danger qu'il ne pourrait éluder que par la force.

Sa fuite à Saint-Tropez aboutissait dans une ruelle sombre où l'attendait la peur immonde qui réveille en l'homme le fauve somnolent et le transforme en un monstre dévorant.

Mary la Rousse était heureuse. Jusqu'alors, sa vie misérable s'était écoulée entre les cheminées des houillères de la Ruhr, mis à part quelques excursions à Düsseldorf et un voyage à Paris, dont elle ne ramena que des souvenirs très limités à sa profession. Elle n'avait même pas réussi à se faire entretenir à temps plein par un gros industriel sur le retour.

A Saint-Tropez, elle se rendit vite compte que même dans ce pays si bien pourvu, chacun avait sa chance de percer, à condition d'avoir quelque chose à offrir. Et Mary — ce n'est plus un secret — avait beaucoup à offrir. Sa rencontre avec ce bon vieux Toni Huilsmann lui parut un sourire du Ciel... et une bonne référence à utiliser au besoin, dans le travail.

— Tu es content? demanda-t-elle en s'installant sans façon sur un tabouret à côté de lui.

— Et comment! fit-il en absorbant une bonne gorgée de Pernod. Tu parles! Tu peux aller au diable!

— Incognito, hein? reprit-elle en clignant de l'œil. Ne t'en fais pas, mon vieux, je ne te trahirai pas. J'ai l'impression de vivre un roman irréel : hier encore, je traînais dans des rues sales et encombrées, et aujourd'hui, je flâne sur le quai, et sais-tu qui m'a dévisagée avec une effronterie de cannibale? Rossa! Rossa lui-même, tu sais bien, le chanteur! Je n'aurais jamais osé même rêver d'une telle chance...

Les émotions spirituelles de Mary la Rousse intéressaient très peu Toni Huilsmann; il connaissait la mentalité de cette fille et savait bien qu'elle ne tarderait pas à lui faire les gros yeux en tendant une main menaçante.

— Où loges-tu? demanda-t-il en finissant son Pernod.

— Dans une pension, sur le quai. Une petite chambre qui pue le poisson. Avec ce que j'ai en poche, je ne peux pas me permettre de faire la roue! Mais maintenant, tu es là, et je suppose que tu me procureras une chambre convenable.

— Par quel hasard te trouves-tu à Saint-Tropez?

Mary la Rousse se rappela juste à temps les quelques mots échangés avec Jutta, et son visage se figea.

— Celui qui pose des questions en sait trop! dit-elle durement. Je suis ici, ça suffit, non? Je n'ai même pas encore eu le temps de défaire mes valises, et mon carnet de rendez-vous est déjà plein! Mais je préfère encore un type comme toi! à une seule condition, c'est que tu ranges ton foutu LSD... En as-tu apporté?

— Non! affirma Huilsmann d'une voix rauque.

— Dieu merci!... Au fait, es-tu au courant?... La brigade criminelle nous a interrogées, à cause de cette party chez toi. Bien sûr, aucune d'entre nous n'y a assisté, c'est clair! Ça a dû faire un beau chahut... C'est vrai que quelqu'un a été tué?

Le cœur de Huilsmann s'arrêta de battre. Il regarda

autour de lui et entraîna rapidement la bavarde hors du *Carminchel*.

— La ferme! dit-il grossièrement lorsqu'ils se retrouvèrent sur le trottoir noyé dans des émanations de poisson, de mazout et de boue séchée. — Tu n'as rien vu!

— C'est quand même curieux! Vous nous prenez donc tous pour des idiotes? Et pourquoi? Parce que, au lieu de travailler avec nos cerveaux, nous travaillons avec nos fesses? Il s'est passé chez toi une scène de cochonnerie, et je ne vois vraiment pas pour quelle raison on s'abstiendrait d'en tirer du fric?

— Du fric...? Qu'est-ce que tu veux dire?

— Tu es bien millionnaire, n'est-ce pas?

— Des blagues!

— C'est ce qu'ils disent tous quand on les tape. Si tu me refiles dix mille marks — c'est le capital minimal pour s'installer à Saint-Tropez — j'arriverai sans doute à tout oublier. — Elle inclinait légèrement la tête, et le vent jouait dans ses cheveux. — Je veux rester ici... La moindre poignée de main vaut déjà son pesant d'or!

Toni Huilsmann ne répondit pas. Il était beaucoup trop plongé dans ses propres pensées pour s'intéresser aux projets d'avenir de Mary la Rousse. Effrayé à la pensée que la police poursuivait l'enquête en secret et que Mary et ses compagnes en savaient plus que Boltenstern ne le soupçonnait ou du moins ne l'avouait, il ne tarda pas à se rendre compte en outre qu'il allait se trouver dans l'obligation de payer le silence de Mary, sans doute pendant toute sa vie.

— Viens, dit-il brièvement. Allons chercher tes bagages! Cette nuit, tu restes chez moi, et demain, nous te chercherons une chambre décente.

— Et les dix mille marks?

— On réglera ça en même temps.

Le visage rond de Mary s'épanouit de plaisir. C'est ainsi qu'on devient riche, pensa-t-elle éblouie devant sa propre diplomatie. Tant de temps perdu à Dortmund avec ces gros pleins de soupe qui soufflent au premier effort sur le coup de minuit, pleurnichent en racontant que leur épouse ne les comprend pas...

Mary passa une nuit idyllique, sa première nuit à Saint-Tropez... Elle ne se rendit même pas compte que Huilsmann était sorti de nouveau un peu plus tard.

Toni se sentait très calme. La panique provoquée par sa rencontre imprévue avec Mary s'était envolée comme par magie : il savait parfaitement ce qu'il lui restait à faire; la manière de mener à bien son projet lui posait encore des problèmes, car il fallait agir vite et sans laisser de traces. Et au fond de lui-même, il se sentait tourmenté par sa conscience. Des scrupules l'agitaient, mais, malgré tout, il ne pouvait reculer. Il n'avait rien de commun avec un Boltenstern, froid calculateur, ni avec Richard Erlang, intelligence incarnée; il ne possédait ni la naïveté désarmante de Schreibert ni la foi de Konrad Ritter. Lui, il était l'artiste, hésitant et capricieux, incapable de tirer et d'endosser les conséquences de ses actes; il préférait faire un détour plutôt que de passer à l'offensive; il regardait sur le côté pour être sûr de ne rien voir; il mentait au lieu de donner son avis. Il aimait pardessus tout une existence dépourvue de soucis; son dieu, c'était le plaisir, à condition de ne rien devoir donner de lui en échange.

Et voilà que le destin avait choisi ce lâche pour en faire un bourreau.

Il erra à travers les rues étroites et la nuit bruyante de Saint-Tropez, les sourcils froncés, une éternelle cigarette entre les lèvres. Brusquement, il se trouva devant la porte d'une église. Fasciné par ce coup du hasard, il sentit monter en lui un ardent besoin d'entrer. A pas lents, tel le publicain de la Bible, il s'approcha d'un grand Christ posé sur un socle de pierre. Quatre bougies brûlaient devant la statue de bois et animaient d'une vie presque réelle, cette figure mangée par le temps et les vers.

Son regard s'attachait au Christ souffrant; il n'aurait pu prétendre, en cet instant, que son âme fût en paix. Une sorte de révolte monta en lui, et le sang afflua à son visage défait. — Je ne crois pas en Dieu, prononça-t-il tout haut, et il sursauta au son de sa propre voix que l'écho répétait inlassablement dans l'église vide. — Et en toi non plus! ajouta-t-il en frappant de l'index le pied du Christ. — Tu vois, je suis franc, je ne suis pas ici pour chercher du secours ou quêter un conseil! Mais je peux tout te raconter tu ne m'interrompras pas et je n'entendrai pas de sermons stupides et moralisateurs; tu ne seras pas effrayé de mes aveux, et pourtant, tu me regardes comme si tu vivais vraiment.

La libération se faisait lentement; sous le regard indulgent du Christ, Huilsmann sentait son cœur battre contre ses côtes; une force agressive pénétrait en lui, le mouton peureux se métamorphosait en tigre.

— Qui suis-je? continua-t-il à haute voix. Ceci n'est pas une confession, n'est-ce pas, simplement une observation objective. J'ai eu de la chance dans la vie; j'ai rencontré des tas d'imbéciles suffisamment riches pour me confier la construction de leurs palais, matérialisation, pour la postérité, de la folie des grandeurs qui les rongeait. Et je suis devenu riche à mon tour. Je les ai trompés tant que je pouvais; factures truquées, pourcentages auprès de tous les fournisseurs... Je ne leur faisais grâce de rien! Mais ce n'est pas un crime, n'est-ce pas, Fils de Dieu? C'est tout simplement le sens des affaires qui fait partie intégrante du relèvement économique! Et ces imbéciles payaient avec le sourire, s'installaient dans leurs palais de glace et y vivaient comme des maharajahs!

Il dut s'interrompre pour relever une bougie vacillante; puis, il regarda de nouveau le visage du Christ, dont le regard l'impressionna par sa gravité.

— Moi aussi, je mène le même genre d'existence... Je peux m'offrir tout ce que je veux... Depuis un whisky de vingt ans jusqu'aux filles de vingt ans! Et cela aussi, c'est normal... Quand on dispose d'une certaine fortune, on finit par ne plus rien désirer, et le monde se transforme en un bazar monstre; toute la marchandise est exposée et triée sur les comptoirs; les écus tintent dans les caisses. L'existence a perdu tout secret, toute illusion... On se promène dans ce bazar, et on s'aperçoit bientôt avec horreur que l'offre est toujours identique, quels que soient le comptoir, la marque, la spécialité. A force d'uniformité, on finit par avoir la nausée, et on se réfugie dans la sénilité ou l'infantilisme, l'arrogance, l'insolence ou la mégalomanie, l'érotisme ou le désespoir. Tel est l'homme... L'homme qui a été créé, paraît-il, à l'image et à la ressemblance de Dieu!

Huilsmann reprit son souffle. La lueur des bougies jouait sur les rides du visage du Crucifié; l'ombre dessinait un sourire de compassion... Il leva les deux mains comme pour chasser une vision terrifiante et se mit à aller et venir, les mains au dos, devant le crucifix de bois.

— Je suis venu pour te dire que j'allais tuer un être humain!

Il lança cette fois un long regard sur le Christ; mais les yeux vitreux ne le regardaient plus; il n'y avait plus qu'un visage figé de statue avec le regard d'un mort. Cette réaction ne surprit pas Huilsmann; il y trouva une sorte de délivrance et un renouveau de forces.

— Il faut que je tue, voilà ce que je voulais te prouver. Je ne suis qu'un lâche et un jouisseur, tu comprends?... Je me connais parfaitement; je ne crains pas mon image, je ne cherche pas à me fuir moi-même! Oh non! Je sais que je ne suis qu'un être minable atteint d'une forme de démence que la société appelle la peur devant l'existence ou la voracité. Il y en a des centaines de mille comme moi, seulement, ils ne le savent pas, eux! Faut-il que je sacrifie cette vie que j'aime à la morale? Que j'accepte de devenir la victime d'un misérable chantage? Que j'aille me présenter à la police? Que je me transforme? Pourquoi? Qu'est-ce que j'y gagnerais... Puisque je ne suis qu'un lâche, ne l'oublie pas... Maintenant dis-moi, toi qui sais tout, paraît-il : y a-t-il une autre solution que de tuer l'être qui risque de troubler ma lâcheté?

Il frappa sur le bois de la croix, puis il serra les poings dans un brusque accès de colère.

— Eh bien, parle! Dis quelque chose! Non, pas tes éternelles rengaines : Tu dois aimer ton prochain comme toi-même... Pardonne et tu seras pardonné... Tu ne tueras point... Qu'est-ce que cela signifie? Et qui en tient compte? Le monde dépense des milliards et des milliards tous les ans pour fabriquer des engins destinés à tuer le « prochain »! Je pensais qu'on trouvait dans la Bible la réponse à toutes les questions... Alors, où est la réponse? Vous avez sans doute pensé à tout... sauf à la volonté de vivre d'un lâche!

Il se tut. Le Christ en croix était noirci par le temps, dévoré par les vers, une longue fissure balafrait sa joue gauche; à sa main droite, il manquait trois doigts. Et le regard passait par-dessus Huilsmann pour se perdre dans le lointain, dans l'infini. — Merci, reprit Huilsmann à voix basse. J'avais besoin de m'épancher. Même un pauvre rat comme moi a parfois certains élans, tu vois! Tu ne peux pas t'imaginer comme je me sens rafraîchi à présent... et je te plains d'être obligé d'entendre des horreurs pareilles. Mais c'est ton rôle, puisque tu es Dieu!

Huilsmann quitta la petite église de Saint-Tropez à pas rapides. Il ne vit pas la silhouette du moine qui se détachait de l'ombre et allait s'agenouiller aux pieds du Christ, le visage marqué par l'horreur de ce monologue. Le moine pria jusqu'au petit matin.

Toni Huilsmann regagna directement sa chambre. Mary la Rousse était étendue sur le lit, complètement nue, et son visage à la bouche entrouverte ne tressaillit même pas quand son compagnon vint la rejoindre.

Il y a des situations dans la vie qui forcent l'homme à reconnaître et à admettre son échec, à se réfugier dans la résignation.

Pétra Erlang en était arrivée à ce stade. Depuis son arrivée à Rhodes et cette fureur d'aimer qui l'avait jetée comme une tigresse sur Boltenstern, elle avait en vain essayé de réagir. L'orage apocalyptique, sa solitude dans les montagnes au milieu du déchaînement des éléments, la peur immonde qui la faisait crier et appeler au secours, lui prouvèrent qu'il était insensé de fuir la vérité.

Dès le dernier éclair, lorsque le tonnerre se fit de plus en plus lointain, Boltenstern se décida à sortir de son abri, parfaitement sec, souriant. Il jeta un coup d'œil joyeux sur le tas de chiffons gisant par terre, tremblant et trempé.

— En voilà un orage! dit-il avec une impertinence non dissimulée. Un orage comme il ne s'en produit qu'une fois par siècle sur Rhodes. Une chance que nous ayons pu en être les témoins, hein?

Pétra Erlang ne bougea point; roulée en boule sur le sol trempé, elle lui lança un regard brûlant de haine.

— Où étais-tu? demanda-t-elle d'une toute petite voix.

— Juste à côté de toi, dans un abri profond et bien sec.

— Tu ne m'as pas entendue crier?

Ses lèvres tremblaient.

— Si, répondit-il avec indifférence.

— Tu as entendu? Tout entendu ce que j'ai hurlé?

Ces mots marquaient le début de la capitulation.

— Oui, j'ai tout entendu.

— Pourquoi n'es-tu pas venu me rejoindre?

— Parce que je me serais mouillé... J'ai toujours éprouvé une aversion maladive pour les vêtements humides.

Il lui tendit les deux mains et la releva brutalement. Sur la mer, le soleil brillait de nouveau; quelques nuages légers flânaient, encore derniers témoins de la tornade. La terre s'évaporait lentement; un parfum envoûtant de nature s'élevait dans l'air purifié.

— Déshabille-toi! ordonna-t-il.

— Ici?... Pourquoi?

— Tu ne peux pas garder ces vêtements trempés.

— Ils sècheront vite sur moi.

— C'est malsain. — Il la regarda froidement. — Déshabille-toi!

— Et si quelqu'un arrive?

— Il n'y a que trois cents mètres jusque chez nous, et personne ne viendra à cette heure-ci... Je *veux* que tu te déshabilles! Ce n'est pas mon genre d'arracher moi-même les vêtements d'une femme...

Elle obéit et, pour la première fois, eut honte de sa nudité. Pendant des jours et des jours, elle avait couru comme un lutin sous la caresse du soleil, inaccessible pour lui, et avait éprouvé un plaisir sans mélange à le voir la suivre comme un chien galeux. Cette fois, elle marchait devant lui, nue, sous la caresse du soleil, mais le cœur étreint cette fois d'une angoisse indicible, ses vêtements mouillés roulés en boule sous son bras. Et il la suivait, en vainqueur. En admirateur de sa beauté aussi.

Pétra marchait, tête baissée. Elle ne prononça pas un mot, consciente de sa défaite absolue. Elle craignait l'instant où ils mettraient le pied chez eux.

En apercevant le toit de leur chalet, elle s'immobilisa et laissa Boltenstern la devancer; c'est lui qui ouvrit la grille rouillée et qui, le premier, foula le gazon aux couleurs éclatantes, après la pluie.

Puis il s'adossa au petit mur d'enclos et examina sa compagne hésitante et craintive. Pétra passa la grille, ses vêtements plus étroitement serrés contre elle, comme si elle pouvait s'y cramponner avec plus de sûreté. On aurait dit Ève chassée du Paradis terrestre et entrant au Pays de la Connaissance.

Boltenstern attendit jusqu'à ce qu'elle fût arrivée devant lui. Avec un sourire diabolique, il lui arracha son paquet de vêtements et le jeta dans l'herbe humide. Puis il attira Pétra contre lui, avec la même force brutale et muette contre laquelle les coups de poing et de griffes se révélaient une défense impuissante. Il la souleva de terre et la jeta dans l'herbe; puis lui-même se précipita sur elle et l'immobilisa complètement... L'herbe sentait la mousse et la lavande.

Victoire absolue pour Boltenstern...

Ils n'en parlèrent plus jamais entre eux, non plus d'ailleurs que de l'orage. Mais les jours et les nuits, à partir de ce moment-là, se ressemblèrent, brûlants et infinis comme le ciel au-dessus de l'île et de la mer.

Et Pétra Erlang découvrit en elle un sentiment totalement inconnu jusqu'alors : heureuse et comblée en la présence de Boltenstern, elle se sentait décontenancée et vide quand il n'était pas auprès d'elle. Sa défaite totale, l'échec de sa nature sadique et dominatrice prenaient un aspect positif, et elle s'étonna elle-même du bonheur qu'elle éprouvait à être domptée et protégée par l'homme qu'elle avait tant haï.

Ce n'était pas tout. Il lui arrivait également des crises étranges, dont elle ne fit jamais mention. La nuit seulement, quand son compagnon dormait, ou qu'il faisait semblant de dormir, elle se relevait sans bruit et allait s'examiner attentivement devant la glace.

Est-ce que je deviens folle? se disait-elle alors. Ce n'est pas possible! Je n'ai pas la tête d'une femme à l'esprit dérangé... Je pense logiquement... Elle s'efforçait alors de lire la vérité dans ses yeux. Son cœur se crispait d'angoisse...

Ces crises se renouvelaient très souvent, la nuit, le

matin, parfois aussi, brusquement, en plein jour. Elles ne duraient pas longtemps; un simple éblouissement, rien de plus. Le ciel se couvrait de nuages violets, les arbres scintillaient comme de l'argent, tandis que le gazon était de verre et que le soleil ressemblait à un immense quartier d'orange. Un chant mélodieux s'élevait de la mer.

Le mirage durait quelques secondes; la plupart du temps, elle se transformait elle-même pendant ces quelques instants en une statue rigide et admirait les images splendides de cet étrange univers, mais, avec la même soudaineté, tout se disloquait, comme si quelqu'un avait secoué un kaléidoscope et détruit la merveille. L'herbe retrouvait sa nature, le ciel sa couleur, le soleil sa forme et la mer sa propre mélodie. Et Pétra enfonçait son poing dans sa bouche et se mordait les doigts pour ne pas exprimer tout haut la détresse intime d'un être placé en face de sa propre destruction.

C'est la folie, pensa-t-elle. Le monde se transforme, la mer chante et le soleil se décompose comme une orange... La crise passée, elle rejoignait Boltenstern d'un air qu'elle voulait naturel, mais il sentait son besoin de protection et sa peur.

Pour réaliser ses projets à long terme, il suffisait à Boltenstern de quelques microgrammes de LSD, et c'était la désintégration systématique de la personnalité de Pétra Erlang. Qu'elle boive un verre d'eau minérale, ou le soir, un verre de vin rouge sur la terrasse... Chaque fois, une dose minime de drogue engendrait pour quelques secondes le mirage violet et la peur. Son âme se décomposait à petit feu, et peu à peu la psychose s'infiltrait dans toutes les fibres de son être.

Dans un an, quand il l'aurait épousée et serait devenu le propriétaire des Établissements Wohlhagen, cette psychose la conduirait inexorablement à l'hôpital des schizophrènes.

Un jour, tout à fait à l'improviste, Jutta Boltenstern débarqua à Rhodes; elle se trouva brusquement nez à nez avec la nymphe de l'île, et cette rencontre bouleversa les deux femmes. Il n'était plus nécessaire d'essayer de percer le secret des relations entre Boltenstern et Pétra... Le cœur de Jutta se serra.

— Ton père sera bien heureux de te voir à table ce soir, car il ne s'y attend pas le moins du monde, affirma Pétra, la première minute de honte passée. Pourquoi n'as-tu pas téléphoné?

— Je voulais faire une surprise à papa...

— Eh bien! Tu as réussi! — Pétra sourit d'un air gêné devant le silence de la jeune fille. — Oui, Jutta..., ajouta-t-elle lentement. Tu n'es plus une enfant... et chaque être perdu dans son univers restreint...

— Pourquoi éprouves-tu le besoin de t'excuser, coupa Jutta en évitant de regarder la nudité de Pétra. — C'est ma faute, j'aurais vraiment dû téléphoner avant de venir. Au moins en arrivant au village.

— Oui, sûrement... Maintenant, c'est trop tard.

— Est-ce que... Est-ce que papa court aussi toute la journée dans cette tenue? demanda Jutta avec embarras. Tu ferais mieux d'aller le prévenir de mon arrivée; je n'aimerais pas du tout le voir comme cela, tout nu...

Pétra Erlang sourit. Impossible de discerner la signification de ce sourire.

— Ton père est un gentleman, répondit-elle. En outre, il a un peu honte de son ventre...

Jutta se tut; mais la tension imperceptible qui régnait dans ce paradis ne lui échappa pas. Suffit-il de deux êtres pour créer l'enfer? se demanda-t-elle, effrayée.

L'arrivée de Jutta fit plaisir à Boltenstern; il lui sauta au cou et déboucha une bonne bouteille de vin.

— Alors, que devient Düsseldorf? interrogea-t-il en enveloppant Jutta d'un regard tendre. Avec tact, Pétra les avait laissés seuls. Ici, nous sommes complètement perdus. J'ai l'impression d'être le Père Adam.

— D'ailleurs, c'est Ève qui m'a reçue, murmura Jutta.

— Ton vieux papa te cause des surprises, n'est-ce pas, Jutta?... Ah! ma petite fille, un jour viendra où je te raconterai une foule d'histoires. Le temps passe si vite... Je ne peux pas m'habituer à te considérer déjà comme une adulte, toi, la petite fille qui me tenait par la main en suçant un bonbon... Les années passent, et bientôt, il est trop tard... Tu vois, pour moi, il est temps de penser un peu à mon propre bonheur. Je ne suis pas encore un vieillard chenu...

— Pourquoi essaies-tu de t'excuser, papa? — Elle caressa la joue bronzée de son père. — Tu vas épouser Pétra?

— Oui.

— Je suis contente que tu aies trouvé le chemin du bonheur... C'est aussi pour parler mariage que je suis venue jusqu'ici. Werner et moi...

— Ah! — Un coup d'épingle en plein cœur. Le temps travaille pour moi, décidément, pensa-t-il, et j'ai bien fait de partir pour laisser le champ libre. — A-t-il enfin le courage...

— C'est moi qui ai eu le courage, papa... — Curieuse expression; brusquement, Boltenstern en comprit la signification cachée, et il en souffrit affreusement. Cette fois, lui, le père, était définitivement laissé de côté; un autre homme lui avait pris son enfant. Il se sentit abandonné, rejeté, trahi. Seul.

— Tu as l'âge de savoir ce que tu fais, ma chérie... Mais, c'était tellement urgent?

— Oui, papa... Bien des choses ont changé d'aspect depuis.

Il n'interrogea pas davantage; mieux vaut laisser parfois le silence débrouiller les écheveaux du cœur. Il but son vin et renifla une bonne odeur de viande grillée.

— Quand avez-vous l'intention de vous marier? finit-il par demander.

Et la tension qui était née entre eux le soir du 21 mai, devant le cadavre de Richard Erlang, se dissipa brusquement.

— A Noël. Et toi?

— Dès que le deuil de Pétra aura pris fin... à cause de la société, tu comprends. Je sais, c'est suranné et ridicule quand on pense à la façon dont Pétra et moi nous vivons ici. Mais il faut bien tenir compte des exigences sociales... Allons, nous reparlerons de tout cela demain. Je suis très heureux que tu sois là et Pétra aussi, je le sais.

Pétra Erlang était debout devant la fenêtre de la cuisine, immobile, figée. Elle fixait d'un œil exorbité les vignobles sauvages et les rosiers grimpants.

Le ciel devenait violet.

Les roses scintillaient comme du cristal.

L'herbe chantait comme une armée de grillons.

Les raisins avaient des visages brillants...

Au loin, la mélodie douce de la mer berçait l'univers.

Mon Dieu! se dit-elle, la bouche grande ouverte. Je deviens folle! Je deviens folle!

Et le monde enchanté, une fois de plus, se disloqua. La nuit descendit des montagnes; devant elle, dans la poêle, les biftecks grésillaient doucement, tandis que les voix de Boltenstern et de Jutta parvenaient jusqu'à elle.

Je ... deviens... folle...

Elle s'affaissa sur une chaise et se mit à pleurer, la tête sur son bras replié.

Werner Ritter arriva au commissariat central au bon moment. Bien que chef de la brigade criminelle, le docteur Lummer s'était lancé dans une grande offensive réservée, en fait, à la brigade des mœurs. Avec tout le matériel disponible, voitures, radio, motocyclistes et cordons de police, il dirigea une rafle-éclair, et fit ramasser tout le public nocturne de la ville, tout ce qu'on pouvait trouver la nuit au coin des rues, sur les bancs et dans les toilettes publiques. Et c'est ainsi qu'en arrivant, Werner aperçut un curieux rassemblement d'individus aux cheveux longs et aux visages blêmes, garçons et filles dont le signe de ralliement semblait être la saleté. Il y avait là environ quatre-vingt-dix énergumènes révoltés contre une arrestation injustifiée et un traitement indigne d'eux, contre l'interdiction de fumer aussi; plusieurs d'entre eux s'étaient étendus sans façon sur le plancher du couloir et se préparaient à faire la grève sur le tas.

— Que se passe-t-il ici? interrogea Werner en se demandant comment il allait enjamber cet amoncellement de corps.

— Je vous présente l'Espoir et l'Avenir de l'Allemagne! répondit Lummer sur un ton acerbe. Il avait une terrible envie de tirer un de ses cigares, car il émanait de la jeunesse allemande ici réunie une odeur abominable de sueur, de saleté et de cloaque, odeur qui, d'ailleurs, représentait leur arme défensive la plus efficace et le symbole de leur révolte.

— Ils puent comme des boucs! grogna Werner tout en se défendant contre un agresseur furieux parce qu'on ne le laissait pas aller aux toilettes et menaçant de se soulager au milieu de la salle. Pourquoi les a-t-on amenés là?

— Les « mœurs » sont sur une piste terrible, Ritter...

Et Lummer entraîna son jeune assistant dans son bureau. Il s'empressa alors de satisfaire au plus vite son envie refoulée, et alluma un de ses fameux cigares qui lui permettaient de mieux supporter son entourage. Un jour qu'il avait été obligé d'assister à l'exhumation d'un cadavre, il s'était mis à fumer cette sorte de cigare très fort, pour éviter d'avoir à respirer les miasmes du corps en décomposition; et depuis, il en avait gardé l'habitude; c'était devenu pour ainsi dire son emblème.

— Les « mœurs » ont déniché dans une boîte de la vieille ville sept couples assis par terre, en proie à une hallucination collective. Ils attendent à côté, dans la chambre 176. Interrogés par les agents, ils ont raconté une histoire rocambolesque de vol dans la stratosphère, de visites sur les autres planètes, d'un lac dans lequel se baignaient des éléphants d'or...

Un léger tremblement agita Werner Ritter; sa bouche eut un rictus.

— Le LSD, murmura-t-il.

— Je savais bien que cette nouvelle vous ferait plaisir. Je pense en effet qu'il s'agit de LSD, de mescaline ou de psilocybine... nous n'avons pas encore réussi à analyser la drogue. Toujours est-il que nos toubibs et nos chimistes sont transformés en fauves. Six d'entre eux se sont déjà mis au travail avec acharnement, et apparemment, tout porte à croire que nous nous trouvons bien en face du LSD. Attendons les résultats des expertises, mais si c'est positif, les « mœurs » nous refilent toute la clientèle.

Ils attendirent une heure, en fumant et en téléphonant de temps en temps aux labos. Entre-temps, les couples enfermés dans la chambre 176 étaient passés aux aveux. Ils avaient acheté leur dose de LSD dans le jardin public, à un inconnu.

— Eh bien! Nous y voilà! s'écria le docteur Lummer. Düsseldorf est contaminée à son tour. Vous allez voir ce qui va se passer maintenant. J'en frémis d'avance... Le moindre petit crime sera transformé en comédie. « Je délirais, monsieur le commissaire. Je ne me souviens de rien!... » Ça va faire du joli, Ritter!

Vers onze heures du soir, deux agents de police amenèrent un grand garçon maigre dans le bureau de Lummer. Ses cheveux frisés tombaient jusque sur ses épaules; il portait un pantalon de lin bleu ciel étriqué, une chemise à carreaux, un veston de ski et il exhalait une odeur accentuée de vermouth. Les commissures des lèvres relevées en une moue méprisante, il jeta un regard rapide sur Lummer et Ritter et lança un rot énergique en guise de protestation.

— A ta santé! fit Lummer gaiement. Sans doute sais-tu aussi péter, mon vieux! Tu n'arriveras jamais à puer aussi fort qu'un cadavre pourrissant... Et mon cigare me protège... Ne te gêne pas, soulage-toi tout à ton aise!

Le beatnik regarda autour de lui. Les agents étaient sortis, et il se trouvait seul dans le bureau en face du docteur Lummer et de Werner Ritter, constatation qui le remplit de malaise. Ces deux-là se comportaient aussi très différemment des autres à son égard, et l'évocation du cadavre pourrissant lui parut fort désagréable.

— Je proteste! finit-il par dire.

— Je m'y attendais. Je te comprends d'ailleurs, car la loi autorise n'importe qui à protester contre un traitement injuste. J'accepte donc tes protestations. Ensuite?

— Qu'est-ce que vous me voulez? Je suis en train de pisser bien tranquillement contre un arbre, dans le jardin public, quand un flic s'amène et m'embarque. N'a-t-on plus le droit de pisser en Allemagne?

— En ce qui me concerne, je ne vois aucun inconvénient à ce que tu te transformes en cascade. — Sous la table, Lummer donna un léger coup de pied à Ritter. — Mais, dis-moi, tu parais ignorer totalement où tu te trouves?

— Au commissariat central.

— Mais ici, dans cette pièce...

— Je pensais que c'était la section des mœurs...

— Non, mon ami. C'est la brigade criminelle.

Le garçon pâlit. D'un geste très féminin, il écarta les boucles qui lui tombaient sur les yeux.

— Et en quoi est-ce que ça me regarde? Il doit y avoir une erreur! Je m'appelle Bernd Haskow. Mon père est un des directeurs de Rheinrohr... — Il regarda les deux hommes tour à tour, et subitement, il prit peur. — Qu'est-ce que vous me voulez à la fin? La brigade criminelle, c'est une erreur.

— Est-ce que ton père sait que tu te balades en clochard dans le jardin public, la nuit?

— Mon père est toujours absent. En ce moment, il est au Canada pour six semaines.

— Et ta mère?

— Mes parents sont divorcés.

— Et pourquoi joues-tu au beatnik?

— Parce que cette existence bourgeoise me donne envie de vomir!

— Les révoltés du miracle économique...

Werner Ritter se pencha légèrement :

— Je me fous éperdument de tes opinions sur l'existence, dit-il durement. La seule chose qui m'intéresse, c'est que tu vends du LSD...

— Non! cria Bernd Haskow. C'est faux!

— Ne fais pas l'andouille. Dans la chambre 176, il y a sept couples qui ont absorbé du LSD; un des types est même en train d'y passer... Voilà la raison pour laquelle toi, tu es ici, à la section des meutres. C'est toi qui as vendu le LSD. A cinquante marks le buvard!

— Ils ont menti, hurla Bernd Haskow. Ils n'ont payé que vingt-cinq marks.

— Merci, sourit Ritter.

Le visage du beatnik s'empourpra. Lummer se pencha vers son collègue.

— C'est un succès rapide... mais illégal. Il est interdit de poser des questions-pièges. Si le père lui fournit un bon avocat, il vous coupe l'herbe sous le pied!

— Donne-moi les buvards qui te restent, reprit Ritter en se levant. Bernd Haskow recula jusqu'à la porte, et Ritter le suivit en hochant la tête. — Écoute, mon vieux, ne joue pas au plus fin. Je peux te faire mettre à poil et te faire examiner par un médecin sur toutes les coutures! Nous trouvons toujours ce que nous voulons trouver. Surtout quand nous sommes certains que ce que nous cherchons se trouve là, à portée de la main. Allons, Bernd... — Ritter lui tendit la main. — Ne fais pas l'âne...

Le beatnik hésita encore une seconde, puis il se déchaussa; entre les semelles de ses chaussures, bien à l'abri des regards indiscrets, quatre petits buvards enveloppés de papier d'étain apparurent. Il les posa sur la table.

— Quelle concentration? insista Ritter.

— Cent microgrammes.

— D'où viennent-ils?

— D'Angleterre. — Bernd avait repris ses esprits. — Qu'est-ce que vous me voulez, répéta-t-il pour la troisième fois. Le LSD ne fait pas partie des stupéfiants interdits par la loi. Je ne suis pas coupable. Pour la loi, il n'y a aucune différence entre vendre des noix ou vendre du LSD!

Werner Ritter se détourna. Voilà l'obstacle insurmontable. Quand un meurtre survenait, sous l'effet du LSD, on en était encore à invoquer l'irresponsabilité. C'était plutôt l'impuissance de la justice qu'il aurait fallu taxer de culpabilité.

— Je veux un avocat, reprit le beatnik. Téléphonez à maître Lechenrat, l'avocat de mon père... Je ne prononcerai plus un mot en dehors de sa présence.

Lummer cligna des yeux devant la question muette de Ritter.

— Tu peux partir, dit-il paternellement. N'oublie pas de donner ton identité en passant devant le guichet et retourne pisser à ton aise sur les arbres du jardin public!

Ritter ouvrit la porte; les deux agents emmenèrent Haskow; dans le corridor, dix-sept beatniks assis par terre sommeillaient vaguement comme des singes sortant d'un marécage.

— Vous ne paraissez pas satisfait, Ritter? remarqua Lummer quand Werner déballa un des petits paquets brillants.

Le cœur de Ritter pesait lourd comme un sac de farine; il soupira :

— C'est vrai, je devrais être content, murmura-t-il, puisque je tiens enfin une preuve...

Il pensait aux restes de papier calciné découverts dans la cheminée refroidie de Toni Huilsmann.

Le dernier maillon de la chaîne.

Une chaîne qui enfermait Alf Boltenstern, le père de Jutta.

Lummer sembla deviner le cours des pensées de son subalterne. D'un geste presque tendre, il lui passa le bras sur les épaules.

— Ritter, vous êtes fonctionnaire de la police judiciaire, représentant de la loi, et chargé de la protection de l'humanité...

— Je ne l'oublierai jamais, répondit Ritter d'une voix rauque. C'était justement ce que je venais de me dire à moi-même.

Jamais il n'avait passé une nuit aussi accablante que celle-là.

12

LE cœur de Schreibert se serrait au spectacle de son ennemi, le vainqueur du duel de la laideur, sans cesse couché aux pieds de sa proie. Quoi qu'elle fasse, où qu'elle se trouve, Corinna Colman était toujours accompagnée du grand Nordique; il lui tenait la main, embrassait le creux de son épaule et, caché par les arbres de la forêt, il lui caressait même parfois la poitrine. De la fenêtre de sa chambre, Hermann Schreibert avait surpris plusieurs fois le manège.

Depuis le duel, ils n'avaient plus échangé un mot. Schreibert s'était retiré dans un coin de la salle à manger, le plus loin possible de Corinna. En outre, il avait commencé un flirt avec une dame aux cheveux noirs et au sourire triste..., ou plutôt, au masque triste. Elle lui avoua ses trente-deux ans, sa situation de femme seule, divorcée à la suite de son accident, car son mari avait eu un excellent avocat, et séparée de ses deux enfants. Mais elle ne recevait jamais de visite et accepta avec joie l'amitié de Schreibert.

Une nuit, il s'éveilla en poussant un cri; un corps chaud se glissait dans son lit, et deux pieds froids cherchaient refuge sur son ventre. Il faisait un noir d'encre, et lorsqu'il voulut allumer la lampe de chevet, une main douce le retint.

— Pas de lumière, murmura une voix bien connue.

— Corinna...

Son cœur se mit à battre.

— Tu voulais l'autre femme, n'est-ce pas? Mais je ne le permettrai pas. Je t'aime, moi...

— J'ai perdu le duel, et c'est toi qui as choisi le blond. Si jamais il apprend ta présence ici, il va y avoir un scandale.

— Tu as peur, chéri?

— Je n'ai jamais peur! — Schreibert étreignit le corps mince et bronzé de Corinna avec une joie indescriptible. — J'étais malade tant je me faisais de souci pour toi. Tu représentes pour moi comme une seconde vie... Le sais-tu?

— Ne parle pas, chéri. Chaque mot nous vole du temps... et le temps est contre nous.

Ils s'abandonnèrent à leur volupté réciproque, dans une atmosphère de jasmin et de pêche, les parfums de Corinna.

— Veux-tu que nous nous mariions?

Elle secoua la tête, sans refuser toutefois; ce n'était pas le moment de parler avenir, voilà tout.

— Chéri, ne faisons pas de projets... Vivons la minute présente. Cela suffit.

Le lendemain, vers midi, un incendie se déclencha dans la clinique Bergwald.

Lorsque le docteur Hellerau voulut pénétrer dans la chambre de Hermann Schreibert, en compagnie de deux infirmières, une bouffée de fumée âcre les prit à la gorge. Le lit se consumait.

Dans le lit, sous la couverture fumante, Schreibert, ne faisait plus le moindre mouvement.

— Il a fumé au lit! s'écria une des deux infirmières en ramassant une cigarette à moitié consumée.

Il fallut une heure de respiration artificielle pour réanimer Schreibert. Il passa d'ailleurs directement de l'évanouissement au sommeil le plus profond, mais il était sauvé. Le soir même, il fut suffisamment remis pour pouvoir bavarder avec le docteur Hellerau.

— Il était temps, vous savez. C'est la première fois

qu'une chose pareille se passe dans la clinique. Avez-vous vu quelqu'un entrer dans votre chambre?

— Non, je dormais... Que s'est-il passé au juste?

— Quelqu'un a tenté de vous tuer... de la manière la plus simple et la plus sûre. Le crime parfait. Un inconnu entre chez vous, vous donne un coup sec sur la tempe — tâtez là, vous avez une bosse — allume une cigarette et la dépose sur le lit... On ne remarque rien jusqu'à ce que la chambre soit en flammes ou que la fumée passe sous la porte. C'est ce qui s'est produit... Théoriquement, vous devriez être mort...

— Merci, fit Schreibert paisiblement.

— Avez-vous un soupçon?

Le malade garda le silence, les yeux fixés au plafond. Hellerau se leva.

— Il n'est pas question de jouer la comédie, monsieur. Je sais aussi bien que vous que nous n'avons aucune preuve, mais un soupçon justifié. Il ne vous reste que deux alternatives : ou bien vous quittez la clinique, ou bien vous restez, et un jour ou l'autre, le meurtrier réussira son coup, si vous ne vous décidez pas à abandonner Corinna Colman.

— N'est-il pas possible de mettre cet homme à la porte?

— Pour quel motif? Avons-nous une preuve?

Schreibert secoua la tête.

— J'aime Corinna, dit-il tout bas... Bon, docteur, d'accord, je quitte la clinique. Mais seulement à la condition que je puisse emmener Corinna avec moi.

— N'oubliez pas qu'elle porte un masque, remarqua le docteur d'une voix oppressée.

— Ce que cache ce masque ne m'intéresse nullement...

Le docteur Hellerau s'approcha de la fenêtre. La nuit s'emparait des montagnes; on entendait vaguement les cloches du village. C'était un soir de fête; le dîner devait être servi, en bas, et Corinna allait se demander pourquoi la table de Schreibert restait inoccupée.

— Permettez-moi de vous donner un conseil, reprit le docteur au bout d'un certain temps. Otez le masque de Corinna... Ce sera votre salut...

— Jamais! bégaya Schreibert. Jamais. Pour moi, elle est un ange.

— Et pourtant, il le faut! affirma encore le médecin.

Puis il s'en alla.

Lui enlever son masque, pensa Schreibert en contemplant le coucher du soleil. Autant me tuer moi-même...

Werner Ritter débarqua à son tour à l'improviste sur l'île de Rhodes. Il ne s'était pas annoncé, car sa visite ne donnerait pas lieu à des réjouissances familiales, il le craignait fort.

La grille d'entrée était ouverte. Pétra et Jutta étaient parties à Cremasti, charmant petit village côtier, où on trouvait des objets authentiques datant de l'époque grecque antique. Jutta avait manifesté l'intention de rapporter à Werner une poterie ou une statuette, et Pétra lui avait offert de l'accompagner.

En approchant de la maison, il entendit le bruit d'une hache sur des billots de bois.

Comme s'il sentait peser sur lui le regard du nouvel arrivé, Alf Boltenstern se retourna et, la hache à la main, ouvrit de grands yeux en reconnaissant son visiteur.

— Eh bien! En voilà une surprise! fit-il — abandonnant hache et billots, il alla à la rencontre de Werner. — J'ai l'impression que toute la famille s'est donné le mot pour arriver ici par surprise. D'abord Jutta, et ensuite, toi! Sois le bienvenu au Paradis terrestre. Jutta sait-elle que tu es ici?... Bien sûr, elle ne peut pas le savoir... Comme elle va être heureuse! Es-tu en congé? — Boltenstern lui tendit les deux mains. — Je suis très heureux que vous vous aimiez, Werner.

Werner Ritter se laissa embrasser, mais ne put répondre à la chaleur de son futur beau-père. Il avait l'air triste et fatigué; ses yeux cernés faisaient peine à voir.

— Non, je ne suis pas en congé, dit-il gravement. Et je suis très content que nous soyons seuls ici... Pouvons-nous nous asseoir?

— Bien sûr, mon vieux! Fatigué par le voyage, hein? Je vais te chercher une de ces bouteilles capables de ranimer un mort!

— Non, je vous en prie!

Boltenstern le regarda d'un air étrange. Toute cordialité s'évanouit comme par enchantement.

— Que se passe-t-il? interrogea-t-il durement.

Werner Ritter fouilla dans sa poche et posa sur la table un petit morceau de papier brillant. Du papier d'étain.

Un calme glacial figea Boltenstern.

Ritter déplia le papier d'emballage; un buvard rosâtre apparut... Le visage de Boltenstern était impassible, comme une statue de pierre.

— Monsieur, commença Werner en évitant de regarder son interlocuteur. Est-ce que vous connaissez ces petits morceaux de papier?

Avec un calme parfait, Boltenstern se pencha sur la table comme s'il était myope; il prit délicatement le buvard rose entre ses doigts et l'examina de plus près; enfin il répondit à la question de Werner Ritter :

— Non!

Werner ne put s'empêcher d'admirer le sang-froid de cet homme. Il réenveloppa son trésor dans la feuille d'étain.

— Vous ne savez vraiment pas ce que c'est?

— Vous posez des questions absurdes, Werner. Bien sûr, je sais ce que c'est que du buvard, j'en ai assez gaspillé sur les bancs de l'école... — Boltenstern s'adossa tranquillement au mur. Il ne craignait pas un retour intempestif de Jutta et de Pétra, car elles avaient projeté de ne rentrer qu'à la nuit, en taxi.

— En fait, je n'ai jamais vu des morceaux de buvard enveloppés dans une feuille d'étain! — Il observait Werner Ritter et se sentait parfaitement maître de lui; pendant toute sa vie, il avait été obligé de dominer ses expressions et de refouler ses instincts et ses désirs. Il n'allait pas se laisser avoir par un petit garçon comme Werner Ritter...

— Ce buvard a subi une préparation chimique, reprit Werner sur son ton officiel.

— Naturellement! — Boltenstern sourit d'un air moqueur. — Sinon ce ne serait pas du buvard, mais du papier ordinaire.

Le visage de Werner blêmit; souvent l'ironie blesse plus que les coups.

— Ce papier contient du LSD! Cent microgrammes! reprit-il d'une voix rauque.

— Ah! C'est intéressant! — Sur la table de pierre, il restait une petite tache d'humidité là où Werner avait posé le buvard. — Si je lèche cette tache, j'entendrai chanter les anges, n'est-ce pas?

— Vous connaissez le LSD? interrogea Werner en essayant d'oublier l'ironie mordante de son interlocuteur.

— J'ai lu un article dernièrement dans une revue américaine. Avec photos à l'appui. Un jeu de société absurde. Oh! Ce n'est certainement qu'un caprice de snobisme comme les danses du ventre et des fesses. On fait beaucoup trop d'histoires pour peu de chose!

— Le LSD est à la base de suicides et de meurtres.

— Il y avait aussi des meurtres avant l'apparition du LSD. Les stupéfiants jouent un rôle important dans les annales judiciaires. Crimes commis sous l'emprise du haschisch ou de la mescaline, passivité du fumeur d'opium...

— Vous semblez bien informé sur ce chapitre, monsieur Boltenstern?

— Grâce aux revues américaines.

Il souriait poliment, mais les commissures de ses lèvres trahissaient le tigre prêt à bondir.

— Les rapports faits par les Américains sont toujours d'une précision extrême.

— Nous avons trouvé un buvard semblable à celui-ci et imprégné de LSD dans la cheminée de Toni Huilsmann! lâcha Ritter.

S'il s'attendait à une réaction quelconque de la part de l'autre, il en fut pour ses frais. Mais, par contre, le cerveau de Boltenstern travaillait fiévreusement. Possible que l'humidité les ait empêchés en effet de se consumer entièrement; mais il était certainement impossible de déceler encore la présence de LSD, au bout de tant d'heures. Werner n'avait dû trouver que quelques restes séchés et calcinés... Un calme étrange envahit Boltenstern; il se sentait libéré, car il savait maintenant qu'il n'y avait pas de preuves dans le camp ennemi.

— Tiens! Tiens! fit-il. Chez Toni?

— Dans la cheminée! Nous avons trouvé ces buvards à moitié consumés dans la cheminée de Toni Huilsmann, après la soirée au cours de laquelle Richard Erlang a été victime d'un accident... Je m'exprime avec beaucoup de prudence, comme vous pouvez le constater, bien que je sois absolument certain que cet accident était un meurtre. L'un d'entre vous a apporté du LSD et ce qui s'est passé ensuite reste le secret des participants... Nous avons réussi à mettre la main, au cours d'une rafle à Düsseldorf, sur une mine de buvards au LSD, et c'est ce qui nous replonge une nouvelle fois dans le cas Erlang...

— Ah! — Boltenstern fronça les sourcils; tout son visage exprimait l'amour-propre blessé. — Autrement dit : l'un de nous quatre est le meurtrier de Richard Erlang?

— Oui!

— En avez-vous déjà parlé avec votre père?

— Je ne sais pas quel rapport mon père pourrait avoir avec cette affaire...

— Il est le seul à qui l'on puisse conseiller de vous flanquer une bonne paire de gifles!

— Monsieur! s'écria Werner.

Cette fois, c'était la déclaration de guerre. Une haine implacable leur servait de troisième larron. — J'arriverai à prouver que Richard Erlang a été tué dans la nuit du 21 mai.

— Pour un gendre, vous avez une curieuse façon de vous exprimer, je trouve.

— Mon amour pour Jutta n'a rien à voir avec le droit et la loi.

— Et qu'en pense ma fille?

— Elle va devoir faire face à un affreux dilemme, mais je suis sûr qu'elle agira avec droiture.

— Nous pourrions peut-être lui poser la question ce soir?

— Non. Je reprends l'avion dans deux heures. C'est une chance que Jutta soit justement absente... J'avais peur de me trouver en face d'elle. Je pense qu'il serait préférable pour tous qu'elle ignore même ma visite.

— D'accord. Si je puis ménager ma fille, je ne demande pas mieux que de vous suivre. Nous allons avoir d'étranges relations beau-père-gendre, Werner! Vous m'avez soupçonné, blessé, et accusé de meurtre... Attendez-vous à ce que je prenne ma revanche.

— Huit personnes ont assisté à cette soirée chez Toni Huilsmann. — En prononçant ces mots, Werner observait attentivement les yeux froids de Boltenstern et, tout d'un coup, il eut l'intuition de se trouver en face du seul homme qui pouvait expliquer la mort de Richard Erlang. — L'une d'elles a été tuée... mais cette chaîne de sept personnes a certainement un maillon défaillant. Je le trouverai! Impossible que parmi sept personnes, il ne se trouve au moins un individu plus faible!

Werner Ritter quitta la maison, sans que Alf Boltenstern lui ait tendu la main et l'ait reconduit. Ennemis déclarés, ils n'avaient plus besoin de jouer la comédie de la politesse mondaine.

Pour Boltenstern, il ne faisait pas de doute que le maillon défaillant de la chaîne dont avait parlé Ritter n'était autre que Toni Huilsmann. Pas d'inquiétude à avoir pour Hermann Schreibert... On avait relevé ses empreintes digitales sur le foulard (ce que jusqu'à présent, on avait expliqué en disant qu'il avait débarrassé lui-même Erlang de ses vêtements, au début de la soirée), et c'était lui aussi qui avait étranglé Richard, même s'il ne s'en souvenait plus. Puis, l'accident d'auto... Werner Ritter n'en tirerait certainement rien. Mais Huilsmann représentait un danger autrement grand! C'était un faible, un mou, un peureux, et Werner Ritter n'aurait aucune peine à le faire tomber dans le piège, avec son bluff des buvards roses.

Boltenstern demanda une communication téléphonique avec Düsseldorf.

Il lui fallut attendre deux heures pour apprendre que le numéro demandé ne répondait pas.

— Essayez toutes les heures! s'écria-t-il, affolé. Oui, même dans la nuit! *Il faut* que je parle à mon correspondant aujourd'hui même!

Une course contre la montre s'engageait.

Heureusement que Jutta et Pétra étaient absentes; cela lui permettait au moins de tisser sa toile en toute sécurité. Il se renseigna à l'aéroport pour savoir par quel avion un certain Werner Ritter était rentré en Allemagne... et apprit avec un soupir de soulagement que l'avion du soir était déjà parti. Cela lui donnait une nuit et une matinée de répit. Il allait transformer Werner Ritter en un Don Quichotte moderne.

Boltenstern était content; il lui restait maintenant à parler avec Toni. Le mieux serait sans doute de l'envoyer à l'étranger. Pourquoi pas à Rhodes? Oui, c'était une idée géniale.

Il faisait déjà nuit noire lorsque Jutta et Pétra revinrent de leur excursion. Jutta rapportait un buste de jeune homme garanti authentique, au visage classique et aux traits fins et nobles. Boltenstern la complimenta sur son choix et ne manqua pas d'assurer que Werner serait ravi du cadeau.

Mais il se montra, ce soir-là, inquiet et taciturne.

— J'attends un coup de téléphone d'Allemagne, dit-il bientôt sur un ton tellement sec et distant que les deux jeunes femmes se le tinrent pour dit.

Ni l'une ni l'autre ne se risqua à poser une question, et elles ne tardèrent pas à regagner leur chambre. Quant à Boltenstern, il s'installa près du téléphone et se mit à lire. De temps en temps, il appelait le central de Rhodes : Düsseldorf ne répondait toujours pas.

A trois heures du matin, il fit changer le numéro d'appel et cette fois, il obtint immédiatement la communication.

Konrad Ritter sursauta dans son lit lorsque la sonnerie vint interrompre son rêve.

— Ici, Ritter! hurla-t-il. Qui peut bien téléphoner à une heure pareille?

— Ici, Alf, major...

— Ivre, encore une fois? Regarde un peu ta montre!

— Je n'ai besoin que d'un renseignement, major.

— A trois heures du matin?

— Où est Toni? Depuis des heures, j'essaie en vain de lui téléphoner.

— Toni est sur la Côte d'Azur. A Saint-Tropez, je crois.

— Ton fils est au courant?

— Oui.

— Merde! Il faut que tu m'aides, major. Sais-tu où est ton fils?

— Lui aussi, il est en voyage. A Berlin, à une réunion, m'a-t-il dit.

Boltenstern éclata de rire :

— Berlin, c'est Rhodes, et la réunion, c'était moi! Ton fils est venu me rendre visite aujourd'hui pour essayer de me piéger! Avec un bout de buvard plein de LSD...

Ritter se tut. Il savait à quel point Boltenstern était affolé, car son coup de téléphone ressemblait étrangement à un appel au secours désespéré.

— Je ne peux plus t'aider, Alf! répondit enfin Ritter. Si mon fils présente des preuves irréfutables, même Breuninghaus ne pourra plus les ignorer. Mince, alors, qu'est-ce qui vous a permis de jouer à des trucs pareils?

— Inutile de gémir, major. Il faut absolument que je tienne Toni sous mon aile. C'est le seul qui puisse devenir dangereux.

— Il est à Saint-Tropez.

— Et Hermann?

— Toujours à la clinique Bergwald.

— Si tu pouvais parler encore avec Breuninghaus, major...

— Cela ne servirait à rien, Alf... Mon Dieu, mais c'était un accident! Je me demande bien pourquoi vous en faites tous un tel mystère! D'accord, il y a le LSD, mais avouez-le, voilà tout... Il n'empêche que c'était un accident, et qu'on peut régler l'affaire avec beaucoup de discrétion. D'ailleurs, qui est-ce qui parle encore de Richard Erlang? Vous avez été les victimes d'un médicament inconnu dont vous ignoriez les effets... Qui vous le reprochera? Tout au plus si l'on peut vous taxer de légèreté... Si tu le présentes de cette façon, mon fils pourra bien accumuler preuves sur preuves... Il n'en reste pas moins que, en ce qui vous concerne, ce LSD n'a jamais été rien d'autre qu'un dessert empoisonné puisque vous êtes tous tombés malades!

Boltenstern raccrocha, tandis que Ritter se glissait en grognant dans son lit. Le lendemain matin, les vacances à Rhodes se terminaient brusquement.

— Nous prenons l'avion dans une heure pour l'Allemagne, annonça Boltenstern, il faut que je rentre... Une affaire très importante et très urgente.

Ni Jutta, ni Pétra Erlang ne posèrent de questions. Elles avaient toutes les deux remarqué le changement survenu dans l'humeur et le comportement de Boltenstern.

Les sarcastiques prétendent que le destin possède une nature sadique, car il n'agit pas avec logique, mais avec perversité. Ainsi, le grand Socrate, l'ami de l'humanité, fut obligé d'avaler sur commande une boisson empoisonnée. Frédéric Barberousse se noya bêtement dans le fleuve Saleph alors qu'il se préparait à reprendre le tombeau du Christ aux païens; le poète Kleist qui prônait un amour infini pour la liberté, s'est suicidé; Lénine, le père de la révolution russe, fut atteint de paralysie. Les Beatles font une carrière fulgurante, tandis que, à part les professionnels, personne n'a jamais entendu parler de Semmelweiss, l'homme qui a sauvé une légion de mères en découvrant le remède contre la fièvre puerpérale.

Avec Alf Boltenstern, le destin semblait jouer à colin-maillard. Ce fut lui sans doute qui poussa Werner Ritter à rendre visite en premier lieu à Hermann Schreibert — et non, comme on aurait pu s'y attendre, à Toni Huilsmann. Et ce fut lui aussi qui inspira à Sigmund Hollwag, président-directeur-général de l'Union des aciéries rhénanes, l'idée de donner une grande fête champêtre dans les environs de Duisbourg, juste avant la débandade des vacances.

Une fête étrange, en vérité, car Hollwag fit construire une tente immense qu'il tendit d'un ciel de velours bleu et garnit de tables surchargées et de candélabres de prix. Toute la haute société des environs avait été conviée.

Coïncidence pour le moins regrettable, le matin de

ce jour, les journaux publièrent une interview que Hollwag avait donnée quelques jours auparavant. Le grand directeur se lamentait sur les difficultés de l'économie actuelle et l'impossibilité pour l'Allemagne de faire face à la concurrence étrangère sur le marché de l'acier; il accusait l'incompétence du gouvernement de Bonn et annonçait que dès l'automne suivant, il faudrait vraisemblablement licencier six mille ouvriers et raccourcir la semaine de travail, si rien ne venait redresser la situation critique de la Ruhr.

Il ne manqua pas de curieux, ce soir-là, pour jeter un coup d'œil à travers les interstices de la tente, et aller bavarder innocemment avec le bataillon de chauffeurs en livrée attablés dans une tente séparée; quelques journalistes, dont le traitement mensuel représentait en moyenne la moitié de la valeur d'une robe portée par les dames, durent à leur bonne étoile de pouvoir jeter de temps en temps un coup d'œil à l'intérieur de la tente; ils se mirent à faire des calculs et eurent la surprise de constater que tout ce qui traînait là en bijoux, robes et fourrures, ajouté aux traitements de ces messieurs des différents conseils d'administration suffirait à faire vivre pendant un an les six mille ouvriers menacés de chômage.

Boltenstern, le commandant Ritter, le procureur général Breuninghaus, dont la femme était née von Raggitz, Pétra Erlang et tous les amis des clubs d'équitation, de tennis, de golf et de yacht, se retrouvèrent sous la tente. Les conversations allaient bon train. On parlait caviar, courses de yachts, festivals divers, Bayreuth et Salzburg, une Vénus noire, un Karajan en smoking à carreaux, quatre heures de Munich à Cologne avec ma nouvelle sport, les distractions prévues pendant les vacances imminentes...

Boltenstern abandonna Pétra Erlang aux papotages des dames, qui justement comparaient leurs doléances respectives sur le sujet inépuisable des difficultés domestiques. Puis il chercha le maître de maison et réussit à l'attirer dans un coin à peu près calme.

— C'est un peu fort! fit Hollwag consterné, après que Boltenstern lui eut expliqué ses ennuis. Voilà bien les petits fonctionnaires! Ils veulent absolument percer et n'hésitent pas à piétiner leurs voisins pour arriver à leurs fins! Laissez-moi faire, Alf, je vais vous arranger cela. Nous avons ici, parmi nos invités, le chef de cabinet du ministre de l'Intérieur, le docteur Hollermann, avec qui je m'entends très bien. Nous nous tutoyons même! A nous deux, nous vous tirerons de là, soyez tranquille... Et à part cela, tout va bien?

Boltenstern poussa un soupir de soulagement.

— Oui. Merci beaucoup.

— La rumeur publique murmure que vous allez épouser la veuve de Richard Erlang...

— Nous attendons l'année prochaine, répondit-il en souriant poliment.

— Permettez-moi de vous présenter dès aujourd'hui mes félicitations. Les établissements Wohlhagen sont solides. Pas de risque de crise, il y a des commandes pour plusieurs années d'avance.

— Ils utilisent mes brevets, glissa Boltenstern.

— Alf, nous devrions prendre rendez-vous pour parler de tout cela tout à notre aise.

— Très volontiers.

Dans un coin retiré de la tente, au milieu du brouhaha des verres, des voix et du twist, l'avenir du petit fonctionnaire gênant, Werner Ritter, se régla en quelques phrases. Celui qui ne peut s'empêcher de hurler et à qui on n'arrive pas à faire entendre raison, on l'envoie dans une forêt ou dans le désert, là où il peut crier tant qu'il le désire, sans gêner qui que ce soit.

Ce soir-là, Werner Ritter reçut le titre et les fonctions de commissaire, avec l'autorisation d'organiser son secteur comme il l'entendait. On l'envoya à Emmerich, un trou perdu à la frontière hollandaise.

Vers deux heures du matin, Boltenstern prit congé de ses hôtes.

— Tout est arrangé, lui glissa Hollwag en lui serrant chaleureusement la main. Ne vous faites plus de soucis. L'ordre vient toujours à bout de la résistance la plus opiniâtre. Venez donc me voir un de ces jours...

C'est avec la conscience d'avoir remporté une victoire décisive que Boltenstern reprit la route de Düsseldorf.

Il avait le Destin dans son camp.

A la clinique Bergwald, Schreibert refusa de recevoir Werner Ritter. Le docteur Hellerau était navré.

— Si vous aviez un pouvoir officiel, monsieur, lui dit-il, je me permettrais d'intervenir... Mais si vous voulez avoir une conversation strictement privée avec M. Schreibert, je me vois obligé de respecter la volonté de mon client.

Werner Ritter rentra à Düsseldorf avec l'intention de s'envoler dès que possible pour Saint-Tropez. Mais il arrivait trop tard. Le docteur Lummer le reçut avec une mine déconfite et lui tendit une lettre.

— En route pour Emmerich, mon cher! dit-il en voyant Ritter pâlir et s'asseoir lourdement. Avec une nomination de commissaire... Vous pouvez vous marier, maintenant...

— C'est une voie de garage, murmura Werner. Je n'aurais jamais pensé que Boltenstern avait le bras aussi long.

— Emmerich est une jolie petite ville, calme et bien-pensante. Vous allez avoir le temps de taquiner l'échiquier et de vous préparer à concourir pour le prochain championnat. Votre prédécesseur s'est, paraît-il, construit un immense circuit de train électrique; cela occupait ses heures creuses...

Werner Ritter replia la lettre et la mit en poche. D'une main tremblante, il alluma une cigarette.

— Dois-je engager une action de protestation contre cette mutation? demanda-t-il. Quel conseil me donnez-vous, docteur Lummer? C'est vous qui m'avez formé dans le métier... Pouvez-vous m'aider cette fois encore?

— Acceptez votre nomination, mon petit, et partez pour Emmerich. Je vais poursuivre votre enquête sur le LSD avec beaucoup de discrétion, et je vous tiendrai régulièrement au courant de mes découvertes.

Werner jeta un regard de reconnaissance à son chef. C'était la première fois qu'il fallait lui remonter le moral, et Lummer avait d'instinct trouvé les mots justes.

— Alors, vous ne croyez pas, comme les autres, que je divague?

Le chef hocha la tête d'un air grave.

— Je sais, dit-il, que la mort d'Erlang est un crime. Mais à quoi cela m'avance-t-il de le savoir... si je ne peux pas le prouver. Nous nous heurterons toujours à un mur de caoutchouc, et chaque fois que nous nous jetterons dessus, nous rebondirons... Partez tranquillement à Emmerich. Je m'occupe du reste.

La vie offre parfois des occasions uniques, comme si elle nous tendait la main; il suffit d'avoir l'œil aux aguets pour savoir la saisir au bon moment.

Toni Huilsmann loua un bateau à moteur et après être allé cueillir Mary la Rousse sur un rocher, il l'emmena au large sous un soleil bienveillant.

Mary rêvait tout éveillée; il lui semblait vivre un conte de fées. Tous ses désirs péniblement refoulés se réalisaient d'un seul coup : Saint-Tropez, la mer, un bateau à moteur, des nouvelles robes, un appartement — du moins, si elle ne l'avait pas encore, Toni le lui avait-il promis — des hommes entre les mains desquels l'argent coulait à flots, une existence paradisiaque où le désir primait la pensée, et l'instinct la raison. Tant de surprises que Mary en venait à négliger les détails.

Elle était étendue derrière Toni, sur un matelas pneumatique, ses cheveux d'or dansant au vent, et elle riait chaque fois qu'une gerbe d'eau salée venait l'inonder. Le soleil lui semblait avoir été créé pour elle toute seule. Son corps nu se détendait sous la caresse bienveillante de la nature.

Huilsmann faisait bondir son bateau; une écume scintillante giclait derrière lui. Bientôt, les côtes de France perdirent leurs contours et se confondirent avec la ligne d'horizon. Il fit halte et se tourna vers sa compagne.

Ils étaient seuls, à une telle distance de la terre ferme, que Toni eut une inspiration tentatrice, dont il se sentit très fier.

— Contente? demanda-t-il à Mary.

— Oh, mon amour! C'est merveilleux... Zut alors, quand je pense à la vie dans la Ruhr, là-bas! On n'a pas la moindre idée des beautés de l'existence... Tu parles, quelle différence!

Elle se laissa glisser à l'intérieur, noua un bandeau autour de ses cheveux roux et mit une main prudente à l'eau. Huilsmann la contemplait fixement; il constata que son corps était beau; mais le lendemain, vraisemblablement, il aurait perdu une bonne partie de ses charmes... Il le regrettait, d'ailleurs, car son âme d'artiste était très sensible à l'esthétique; il souffrait d'avance de la destruction de cette beauté, destruction qu'il allait provoquer, sans le moindre scrupule. A son tour, il mit la main dans l'eau.

— Comme elle est bonne! s'exclama-t-il.

— Je voudrais nager, s'écria immédiatement Mary. A moins qu'il n'y ait des requins ici!

— Allons donc! Sais-tu nager?

— Hum... Pas tout à fait comme un poisson! — Elle s'assit sur le bord du bateau. — Je plonge, je fais trois fois le tour du bateau en nageant et tu me repêches, hein?

— D'accord, répondit-il d'une voix rauque. Vas-y, l'eau est si bonne...

La voilà, la main tendue par le destin. Il la reconnut et la serra de toutes ses forces.

Mary se laissa glisser dans l'eau; ses cheveux rouges faisaient comme une tache de sang sur l'eau.

— L'eau picote la peau, Toni! Comme si tu nageais dans de l'eau gazeuse...

— C'est le sel, répliqua-t-il.

Il attendit qu'elle se fût éloignée de quelques brasses, remit le moteur en route et fonça à toute allure.

— Toni! hurla Mary en levant les bras. Toni! Que fais-tu?

Il jeta un coup d'œil en arrière. Une tache rouge sur l'eau, comme du sang, et le visage blême, les yeux exorbités, les bras qui essayaient d'étreindre les vagues... Et une bouche grande ouverte qui hurlait, mais dont les mots se perdaient dans le ronflement du moteur.

Huilsmann se détourna. Le dernier soupçon d'humanité s'envolait, englouti par les flots impitoyables.

— Au secours! hurla Mary en émergeant. Au secours! Mon Dieu...

Elle avalait de l'eau, toussait, perdait la tête... Un ultime regard aux seuls témoins de son agonie, le ciel bleu, le soleil brillant...

Puis elle ferma les yeux. Quelques petits cris encore, mais ce n'était déjà plus que le pépiement d'un oiseau affolé, le dernier soupir d'une âme remplie d'horreur.

Rien n'est plus affreux que de se voir mourir à petit feu.

Quatre jours plus tard, des pêcheurs recueillirent entre les rochers, près du cap Camarat, le corps d'une fille rousse, doucement balancé par les vagues, un corps gonflé, informe, horrible. Personne ne le connaissait et personne ne le réclama. On l'enterra tout simplement dans le petit cimetière d'un village le plus proche. La femme du sacristain planta une croix de bois sur sa tombe. Un article parut dans le journal, mais personne n'y fit attention : Saint-Tropez était loin, et quand on jouait dans l'eau, il fallait compter sur la possibilité d'un accident.

Quant à Toni Huilsmann, il se rendit compte qu'il n'était pas du bois dont on fait un criminel; il lui manquait la faculté d'oublier. Il commença à se fuir lui-même, tel un nouveau Caïn, n'osant plus se regarder dans la glace; il ne pouvait plus se raser, car il ne pouvait pas supporter le regard de ses propres yeux qui semblaient l'accuser : tu es un criminel, tu as tué une innocente.

C'était le commencement de la déchéance. Pendant le jour, il se réfugiait dans les criques désertes et passait son temps à contempler la mer bleue... Partout il lui semblait voir les cheveux rouges de Mary flotter au gré des vagues... Quand le soir tombait sur Saint-Tropez, que les yachts s'illuminaient et que le port s'animait, il se glissait dans sa chambre, s'étendait sur son lit et buvait un verre de champagne dans lequel il avait fait dissoudre un morceau de sucre au LSD.

Cinquante microgrammes.

La dose d'un débutant prudent.

C'était pour lui le seul moyen de fuir la vision obsédante de la tache de sang sur la mer bleue et l'horreur du cri désespéré de Mary qui retentissait à chaque minute à son oreille. L'univers violet était devenu son seul refuge.

Le jour où l'on retrouva le corps de Mary et où la radio publia son signalement, Toni doubla la dose.

Le monde enchanté l'accueillit comme un prince... Le lendemain en s'éveillant, vers midi, il dut s'avouer avec horreur qu'il ne pouvait plus vivre sans LSD...

Pour lui, la réalité était devenue l'enfer, et l'enfer de la drogue, le paradis : il avait signé un pacte avec Satan.

Le sixième jour, il fut pris de panique. Ses provisions s'épuisaient. Plus que deux morceaux de sucre : en diminuant la dose de moitié, cela ne lui faisait plus que quatre jours d'oubli.

Il quitta Saint-Tropez le jour même — le jour de l'enterrement de Mary, et s'envola pour Paris, à la recherche du peintre.

L'atelier était vide; la concierge lui apprit que le locataire avait été mis à la porte, car il ne payait pas son loyer : tout son argent passait en alcool ou en drogue.

Toni retourna à l'hôtel où on lui avait communiqué l'adresse du peintre. Mais l'aimable portier d'antan s'était mué en un dogue; il ne se souvenait plus de rien, ni de la première visite de Toni, ni de l'adresse du peintre et d'ailleurs il n'avait pas la moindre idée de ce que pouvait être ce fameux LSD...

— C'est invraisemblable! hurla Huilsmann. Ici même, devant ce comptoir...

Deux domestiques le reconduisirent à la porte.

Cette nuit-là, il avala un sucre entier, et le lendemain, en s'éveillant, il contempla avec effarement l'unique petit paquet enveloppé de papier d'étain. Encore un jour, et l'abominable réalité le prendrait à la gorge...

Comme un fauve affamé, Toni hanta tous les ponts de la Seine, les coins à clochards, les ruelles à beatniks. Partout, il demandait du LSD, et partout on le recevait avec de grands yeux vides : *No, monsieur, je ne compras pas!*

Un seul finit par lui apprendre le secret de l'énigme. C'était un Allemand venu chercher à Paris le paradis de la liberté, et il pensait l'avoir découvert sous les ponts de la Seine.

— C'est à cause de l'Interpol, monsieur, lui dit-il. Depuis quelques jours, il déploie une grande activité. Quand un étranger comme vous s'approche, on se méfie et on fait la bête...

Huilsmann lui donna vingt francs pour prix de sa franchise et quitta Paris.

Il n'y avait plus qu'un être au monde capable de le sauver : Boltenstern.

Frissonnant et épuisé, il se recroquevilla dans un coin du compartiment. Il avait peur... Plus qu'un morceau de sucre. Plus que deux nuits de rêve. Et ensuite, il retrouverait la voix de Mary et les cheveux rouges flottant sur la mer bleue.

Le monde se brisait sur lui.

Ce fut un homme réduit à l'état de loque qui rentra à Düsseldorf. Il se précipita sur le téléphone.

— Arrive tout de suite! ordonna-t-il, puis il raccrocha.

Et Boltenstern arriva immédiatement.

13

TOUTE la police d'Emmerich était sur pied pour accueillir le nouveau patron. On leur avait dit que le commissaire Ritter ressemblait à un dogue méchant qui risquait à l'occasion de mordre, et qu'on l'avait muté à Emmerich pour qu'il réveille la petite station endormie, tâche à vrai dire peu aisée, car il ne se passait strictement rien à Emmerich; le menu fretin lui-même était réduit au strict minimum : un vol sans importance dans une boutique, un original qui se déculottait dans le parc, deux amoureux trop tendrement enlacés sur un banc... Rien de très excitant.

Werner Ritter avait fait des adieux très rapides à Düsseldorf. Il y avait peu d'amis. On disait, au commissariat central, qu'il avait buté sur l'affaire Erlang parce qu'il avait voulu ménager son futur beau-père. Ritter n'avait pas démenti cette rumeur, non plus que le docteur Lummer, car il comptait sur elle pour endormir les méfiances et lui faciliter la poursuite secrète de l'enquête.

Dès son arrivée à Emmerich, Werner Ritter conquit tous ses subordonnés par sa cordialité. Plus trace du « dogue méchant » prévu au programme. Il étudia les dossiers en cours, et se fit mettre au courant des activités du commissariat par les différents chefs de service.

Le troisième jour, il recevait déjà une visite.

Jutta.

Werner avait pris pension dans un hôtel en attendant d'avoir trouvé un petit appartement.

— Comme tu es gentille de venir rendre visite à l'exilé que je suis! dit-il d'un ton amer en embrassant Jutta sur les deux joues dans le hall de l'hôtel, ce qui ne tarda pas à faire le tour de la ville. — Que m'apportes-tu de Düsseldorf?

— Moi...

Et Werner déclara qu'elle avait effectivement apporté ce qu'il y avait de mieux.

Ils montèrent bras dessus bras dessous, sous les regards ironiques des petits provinciaux d'Emmerich.

— J'ai beaucoup réfléchi, Werner, commença Jutta en allumant une cigarette. Le fossé entre toi et mon père est plus profond que jamais, et papa exige que je me sépare de toi. Officiellement même. Il en a déjà parlé à ton père...

Werner n'eut pas de mal à imaginer la scène. Mais pourquoi s'occupaient-ils tous d'une affaire qui regardait strictement Jutta et lui-même? L'heure de la décision avait sonné...

— Qu'allons-nous faire? interrogea-t-il tristement.

— Nous marier! affirma Jutta.

— Contre le gré de tous?

— Ne sommes-nous pas des adultes, Werner? C'est nous qui dirigeons notre vie, et nous la dirigeons comme nous voulons, autrement que l'ont fait nos parents, en tout cas.

— Sais-tu ce que représente pour toi cette décision?

— Oui, je sais, murmura-t-elle.

— Tu connais l'alternative : ton père... ou moi.

— Pourquoi suis-je venue, Werner, à ton avis?

— Les mois qui vont suivre seront durs, Jutta.

Elle chercha le secours de la main forte :

— Vous parlez tous par énigmes. Dis-moi la vérité,

Werner : que se passe-t-il avec mon père? Est-il vraiment... un salaud?

Werner hésita. Que lui répondre? On ne peut tout de même la mettre en face de toute la vérité.

Jutta sentit son hésitation; elle lui serra plus fortement les deux mains :

— Ne cherche pas de dérivatif, Werner; dis-moi toute la vérité. Je t'en prie...

Comment apprendre à une jeune fille que son père est un criminel?

— Je n'ai pas encore de preuves..., commença-t-il.

— Quelles preuves?

— Pour cette nuit du 21 mai...

— La mort d'oncle Richard?

— Oui.

— Ce n'est donc pas un suicide?

— Non.

— Un meurtre?

— Oui.

— Mon père?...

— En est l'instigateur, l'homme qui, grâce au LSD, a pu diriger les autres comme des marionnettes. Sans doute est-ce Schreibert qui a noué le foulard autour du cou de Richard Erlang, mais c'est Boltenstern qui lui en a donné l'ordre.

Jutta garda le silence ; elle scruta le visage de Werner.

— Est-ce là... toute la vérité?

— Quelle valeur peut avoir la vérité s'il n'y a pas de preuves? Pour *moi*, c'est la vérité... Ce que les autres en pensent... Tu vois bien où l'on m'a enterré!

— Et comment arriveras-tu à trouver ces preuves?

— Je n'en sais rien encore. Mais un jour viendra où je les aurai. Il me suffit de savoir que, au cours de cette soirée fatidique, on a fait usage de LSD. Avec cela, je démolirai tous les obstacles... Voilà, Jutta, maintenant, tu sais tout. Il n'est plus possible que ton père et moi, nous retrouvions des relations normales.

Notre amour ne change rien au fait que je poursuis un criminel et que je veux l'avoir! Or ce criminel est ton père... et je sais combien tu l'aimes. Je comprendrais fort bien que tu me quittes ce soir pour ne plus jamais me revoir...

— Peut-être, mais je ne te quitterai pas, murmura-t-elle. Je suis venue au contraire pour ne plus jamais te quitter, Werner.

— Tu vas perdre ton père pour toujours, Jutta.

— Je le sais. C'est ma souffrance, et il n'y a que moi qui puisse la supporter. Je suis toute seule... — Brusquement elle s'effondra sur l'épaule de Werner et éclata en sanglots : — Mais tu verras, j'y arriverai...

Le lendemain, Alf Boltenstern reçut une lettre anonyme, dont le texte se composait de mots découpés dans un journal; elle portait le timbre de Düsseldorf.

« Partez en Amérique du Sud. Le mieux pour vous serait de choisir le Brésil. Il est encore temps de vous sauver. Songez que vous avez encore vingt ou trente années à vivre, et réfléchissez froidement à votre situation précaire. »

Boltenstern relut plusieurs fois la lettre. Qui avait bien pu écrire ces mots? Il fallait que ce fût Ritter, Schreibert ou Huilsmann, car personne d'autre n'était au courant des détails de sa « situation précaire ».

Or, il avait bavardé avec Ritter la veille; impossible que le major fût l'auteur de ce papier. Toni Huilsmann? Il était à moitié fou; il ne pouvait plus vivre autrement que sous l'empire du LSD. Schreibert? Mais comment aurait-il pu poster cette lettre à Düsseldorf?

Il téléphona à la clinique pour demander si Schreibert y était encore, sans indiquer son nom, bien entendu, et le portier lui répondit par l'affirmative.

Ou bien, Schreibert aurait-il chargé quelqu'un de

cette mission? Représenterait-il en fin de compte un plus grand danger que Toni?

Boltenstern renonça à élucider ces divers problèmes. Le train de nuit l'emmena à Obertsdorf où il s'arrangerait pour avoir un entretien avec Hermann Schreibert. Il lui fallait en avoir le cœur net, car rien n'est plus déprimant que d'ignorer l'identité de son ennemi ou la direction d'où vient le danger.

La clinique Bergwald était devenue la scène d'une comédie atroce pour Schreibert. Depuis le début d'incendie qui avait failli lui coûter la vie, il évitait tout contact avec Corinna; il évitait même de la regarder. Ses journées se passaient à lire, isolé sous son parasol, et à observer son ennemi. Le Nordique, d'ailleurs, ne l'intéressait que lorsqu'il était lui aussi seul, loin de Corinna, livré à lui-même ; alors Schreibert sentait la vie renaître en lui, et il se glissait dans son sillage.

Il attendait son heure.

Et son heure arriva, tout à fait imprévue. Un après-midi, Schreibert revenait des salles de massage situées au sous-sol ; au moment où il voulut pénétrer dans l'ascenseur, la porte s'ouvrit de l'intérieur et le Nordique fit un geste pour sortir...

Schreibert n'hésita pas une seconde. Il le repoussa, bondit à son tour dans l'ascenseur et appuya sur un bouton; mais, entre deux étages, il stoppa l'ascenseur.

— Vous êtes cinglé? interrogea placidement le Nordique.

— Je ne suis pas encore un cadavre asphyxié dans un lit en flammes! précisa Schreibert d'un ton sec. Et si vous voulez encore une information d'importance : j'étais champion de boxe de mon régiment, dans le temps, et comme vous le savez, si on perd un peu la main, on ne désapprend pas. Je suis heureux que l'occasion me soit donnée de vous le prouver.

Un magistral coup de poing dans l'estomac plia le

Nordique en deux; un direct au menton le colla contre la paroi de l'ascenseur. Dans une frénésie de vengeance, Schreibert lui arracha son masque et frappa le visage monstrueux jusqu'à ce qu'il fût de nouveau réduit en une bouillie sanglante. Puis il alla tranquillement se changer et descendit pour dîner avec les autres, parfaitement détendu.

Peu après, deux infirmiers découvrirent le blessé inanimé dans l'ascenseur. Ils le portèrent dans sa chambre et appelèrent le docteur Hellerau. Après un examen minutieux, on constata qu'il n'y avait rien de grave. Le docteur ordonna un repos complet de huit jours.

La nuit suivante, Hermann reçut la visite de Corinna.

— Mon courageux chevalier, murmura-t-elle en collant contre lui son corps souple. Tu l'as réduit en miettes... Dis-moi, le tuerais-tu si je le voulais?

Mais Schreibert restait de pierre sous la caresse passionnée de Corinna. Il sentait la pression du corps sur le sien mais n'éprouvait pas le sentiment habituel de joie profonde. Il faut que je me décide, songeait-il. Il le faut, sinon je deviendrai fou. J'aime cette femme, et si je vois que son visage est aussi détruit que le mien, je l'aimerai encore plus. Alors, je saurai que nous sommes faits l'un pour l'autre...

— Corinna, murmura-t-il.

— Mon chevalier...

Il l'étreignit; il lui caressa le dos en remontant lentement vers la nuque et elle se contractait de plaisir sous ses mains, comme une chatte voluptueuse. Bientôt, il laissa ses doigts errer dans les cheveux blonds et sentit brusquement les bords du masque.

Un soupir lui déchira la poitrine. D'un coup sec, il ôta le masque du visage de Corinna.

Un cri strident; son corps se détendit et se détourna de lui ; elle plaqua son visage contre l'oreiller qu'elle maintint fermement à deux mains.

Schreibert alluma la lumière et la regarda. Un calme

merveilleux lui emplissait le cœur; même son corps avait cessé pour quelques minutes de réagir à la présence du corps parfait étendu à ses côtés. Les cheveux blonds cachaient la tête et l'oreiller.

— Retourne-toi! prononça-t-il d'une voix enrouée. Corinna, regarde-moi!

Elle ne bougea point. La tête toujours enfouie dans son oreiller, elle se contenta de recroqueviller imperceptiblement la jambe droite, comme un chat qui se prépare à sauter.

Et effectivement, avec une énergie insoupçonnable, elle bondit, aveuglée par l'oreiller qu'elle n'avait toujours pas lâché. Trois pas lui suffirent pour atteindre la porte, mais elle ne réussit pas à l'ouvrir; furieuse de se voir contrariée, elle la bourra de coups de pied.

— Elle est fermée à clef, dit-il en la voyant se retourner enfin vers lui, toujours à l'abri de son oreiller. — Par mesure de précaution, il alla se placer devant la fenêtre, unique issue de secours. — Ote cet oreiller, Corinna, je t'en prie. — Mais elle hocha la tête. Des cris étouffés lui parvinrent, qu'il ne comprit point. — Tu n'es pas chic, reprit-il, étonné lui-même de sa propre patience. Nous, nous avons été obligés d'ôter nos masques devant toi... et toi, maintenant, pourquoi refuses-tu de me montrer ton visage? Qu'est-ce que nous avons encore à cacher? Nous nous aimons... Nous nous devons la sincérité la plus absolue. Viens, Corinna, regarde-moi...

Mais elle ne bougea pas. En entendant le pas de Schreibert s'approcher d'elle, elle leva les épaules comme si elle frissonnait.

Il mit la clef dans la serrure, mais ne la tourna pas. Sa main légère caressa les cheveux dorés ébouriffés.

— Quand j'aurai vu ton visage, murmura-t-il tendrement, tu pourras partir, si tu le veux. Je t'ouvrirai la porte... Mais je sais que je te retrouverai. Mon Dieu, tu sais bien que je t'aime...

Corinna ne broncha pas.

— Je t'en prie..., répéta-t-il d'un air suppliant.

Il attendit une minute. Muets comme deux statues, ils se faisaient face, et Schreibert eut soudain la tentation de porter Corinna sur le lit ; après avoir éteint l'électricité, ils auraient pu terminer cette nuit comme les précédentes... Pourquoi faut-il absolument que je voie son visage, au fond? pensa-t-il. Son corps me suffit...

Ce ne fut qu'une tentation à laquelle il ne céda pas. Fortifié par la lutte intérieure, il se décida enfin à employer la force.

Des deux mains, il saisit l'oreiller et le tira par le bas. Corinna apparemment s'attendait à cette manœuvre, car sa tête suivit la courbe de l'oreiller et, en même temps, elle lui lança un violent coup de pied sur le tibia ; mais un pied nu fait plus de bruit que de mal. Elle essaya alors un coup bas, sans y parvenir. Schreibert, cette fois, y mit toute sa force. Il attendit le moment propice pour la repousser contre la porte, puis il saisit Corinna à bras le corps et la coucha par terre, sans desserrer son étreinte. C'était la fin. Elle était prisonnière et ne pouvait plus se défendre. Ce fut un jeu pour le vainqueur de desserrer les bras minces.

— Non! hurla-t-elle. Non!

Elle se détendit, les bras toujours prisonniers de la poigne solide de son adversaire, dans la position paralysée du vaincu... seconde ultime pendant laquelle Corinna Colman perdit toute sa réalité.

Schreibert s'assit sur le corps bronzé et trempé de sueur et regarda sa victime.

Il n'arrivait pas à comprendre. Impossible de croire à ce qu'il voyait. Ce devait être une erreur.

Il ferma les yeux et les rouvrit... puis il se passa la main sur le visage, pour se persuader qu'il ne rêvait pas.

Un visage parfait...

Pas trace de cicatrices, de rides, de blessures. Tout y

était, parfaitement à sa place. Il ne manquait rien. Un visage jeune et plein de santé, écœurant de beauté, un visage dont le spectacle lui était insupportable.

De grands yeux bleus le contemplaient, remplis d'angoisse. Ses lèvres rondes et rouges s'entrouvrirent. Elle avait tout, des cils et des sourcils, un petit nez mignon, un front droit, des oreilles minuscules. Le visage qui correspondait à la perfection de son corps.

Il se releva, en proie à un accès de fureur.

— Je vais te tuer, bégaya-t-il. Mon Dieu... Je sens que je vais te tuer... Ton visage intact... normal... Tu n'es pas laide comme nous tous... Je vais te tuer, Corinna...

Il se laissa tomber sur le lit, bras écartés, et se mit à sangloter. « Cette fois, je vais mourir. Je ne supporterai pas ce nouveau coup. »

Corinna se releva d'un bond et, après avoir jeté l'oreiller sur le lit, elle tourna la clef et quitta la chambre, sans un mot, sans même un regard.

Dans le couloir, elle se heurta au docteur Hellerau. Personne n'aurait pu dire depuis combien de temps il faisait le guet. Sans même avoir l'air gêné de sa nudité, Corinna haussa les épaules et rentra dans sa chambre. Le médecin la suivit des yeux et exhala un long soupir. Puis il pénétra chez Schreibert.

Le malheureux gisait toujours sur son lit. Les bras étendus comme un crucifié, et il respirait avec peine ; le départ de Corinna était passé inaperçu, aussi lorsque Hellerau se pencha sur lui, il sursauta et se redressa en poussant un cri. De Corinna, il ne restait plus que le masque chiffonné.

— Pourquoi ai-je fait cela? dit-il. Pourquoi? C'est pire qu'un suicide...

— C'était nécessaire. — Le médecin s'assit au bord du lit et recoucha soigneusement son malade; celui-ci se laissa faire comme un enfant. — Vous n'aurez pas de mal à le comprendre. Sans doute, pas encore cette nuit, mais demain matin, certainement. Le choc est rude... mais il vaux mieux cela que de vous laisser détruire à petit feu, grignoter par Corinna et un amour insensé. Elle ne vous aurait jamais épousé ; elle n'aurait jamais quitté la clinique avec vous; elle vous aurait trompé avec le premier venu. Corinna Colman est une créature sans âme... Un corps, uniquement soumis à des fonctions physiologiques. Voulez-vous que je vous raconte l'histoire de Corinna?

— Non! — Schreibert se cacha les yeux. — Je vous en prie, docteur, laissez-moi seul maintenant.

— C'est exactement ce que je ne ferai pour rien au monde. Préparez-vous à supporter ma compagnie jusqu'à demain matin. Je sais de quoi est capable un homme dans votre situation...

— Occupez-vous plutôt de Corinna! Elle va encore faire une bêtise.

— Non, rassurez-vous. Une infirmière l'attendait dans sa chambre et lui a fait immédiatement une piqûre ; pendant vingt-quatre heures, Corinna Colman dormira du sommeil de l'innocence. Et après, elle recommencera à vivre comme avant. N'oubliez pas qu'elle n'est qu'un corps! — Le docteur alla chercher une bouteille de cognac et il en offrit un verre au malade. — Corinna Colman, reprit-il sur le ton du narrateur, est la fille d'un riche industriel français.

— Je sais... Jusque-là au moins, elle ne m'a pas menti.

— Elle a été élevée dans une atmosphère de grand luxe... Un château au bord de la Loire, un grand parc, une écurie, un court de tennis, bateau à voile et bateau à moteur sur la Côte d'Azur, piscine, surprise-parties... Une princesse de l'aristocratie financière. Jusqu'à l'âge de dix-sept ans, elle fit ses études en partie chez elle, avec un précepteur, en partie dans un internat en Allemagne, car sa mère est allemande. C'était une bonne élève... Peu avant le bac, on la renvoya chez elle, et on convoqua son père, Roger Colman... Quand il revint d'Allemagne, il était décomposé. La conduite de Corinna s'était transformée du tout au tout, et de manière inexplicable. On suppose qu'elle a été violée... Elle n'en parle pas, mais c'est l'avis de tous les médecins appelés en consultation qui l'ont examinée. A partir de ce moment-là, elle perdit toute notion de droit, de morale et de conscience. Elle devint un corps, et tout lui était bon pour entretenir son corps. A l'internat, tous y passèrent, depuis le vieux concierge jusqu'au jardinier, depuis le professeur de mathématiques — qui pourtant résista très longtemps, et finit par succomber lui aussi — jusqu'au petit apprenti maçon qui réparait le mur d'enceinte. Les hommes se glissaient la nuit autour de l'internat, et Corinna les recevait à tour de rôle dans un massif touffu...

— Taisez-vous, docteur... Je ne veux plus rien entendre!

— Elle revint donc au château et ne tarda pas à débaucher le cuisinier. Alors son père la boucla. Il la traita comme une prisonnière et lui porta lui-même ses repas; il lui parla aussi, essaya de la raisonner, de réveiller sa conscience, il supplia, pleura, menaça. A quoi bon? La psychose sexuelle de Corinna se transformait lentement en démence, mais personne ne s'en doutait. Comme j'étais un ami d'enfance de Mme Colman, on m'appela au secours. En plus de ma spécialisation en chirurgie esthétique, j'avais fait des recherches sur les hormones, et je pensais arriver à calmer Corinna au moyen d'injections d'androgène — ce sont les hormones mâles. J'ai vécu trois mois au château pour traiter Corinna... Elle ne guérit pas, mais au bout de trois jours, j'étais devenu son amant, et je le suis resté pendant trois mois...

— Docteur, supplia Schreibert. Pourquoi me racontez-vous cela?...

— Il n'y a que la vérité qui soit capable d'opérer une guérison. — Le docteur se versa un deuxième verre de cognac. — Au bout de trois mois, il fallut se rendre à l'évidence. Corinna était devenue un fauve insatiable, et moi, j'étais à bout de forces, rongé par le remords, esclave de ses mains douces et impitoyables. Je me suis décidé à tout avouer à Roger Colman, en m'attendant à un drame; mais Colman était un homme froid et raisonnable, un calculateur imbattable. Sa fille représentait son seul échec. Comme il savait que la partie était perdue, il tira un trait et fit le bilan. C'est avec son argent que j'ai construit ici la clinique Bergwald pour les blessés de la face; puis il m'envoya en Amérique étudier les méthodes chirurgicales les plus osées; c'est là que j'ai mis au point ces masques de caoutchouc qui me valurent un succès double : succès dans le domaine psychique car les blessés reprenaient goût à la vie avec une beauté artificielle et provisoire et oubliaient toutes les tortures morales causées par leur blessure, succès chirurgical, car j'avais tout le temps de poursuivre les interminables opérations; certaines durent cinq ans ou plus; les plus longues et les plus délicates concernent les lèvres.

Le médecin se versa encore un cognac. Il était plus ému qu'il n'en laissait paraître.

— Pour Roger Colman, la clinique Bergwald était avant tout un asile luxueux pour sa fille. Elle s'amusa à porter elle aussi un masque de caoutchouc, à jouer la blessée, et à s'occuper uniquement et sans le moindre scrupule de la seule chose qui l'intéressait dans l'existence, son corps. Peu lui importait que les hommes qu'elle s'offrait n'aient plus de visage; pour elle, l'être humain ne commençait qu'au nombril...

— Docteur, par pitié...

Mais Hellerau ignora encore cette interruption; implacable, il poursuivit son récit :

— De temps en temps, il se passait quelque chose d'étrange... Corinna tombait réellement amoureuse... Ce fut pour moi une expérience passionnante que d'observer à ces moments-là les sursauts de son âme déchirée, qui aboutissaient immanquablement à une tentative de suicide... tant elle était écœurée d'elle-même. C'est ce qui s'est produit dès votre arrivée. Ensuite, il y a eu ce duel de la laideur, et j'ai su que l'ancienne Corinna vivait toujours, la petite peste sans cœur, le volcan de perversité, la démence de la jouissance sexuelle absurde. C'est la raison pour laquelle je vous ai conseillé de lui ôter son masque, afin de vous préserver d'un bagne à perpétuité : vous avez cru qu'elle était d'une laideur repoussante... et vous étiez prêt à la supporter ainsi...

— Oui, fit Schreibert d'une voix à peine perceptible. Oui, c'est vrai docteur.

— Mais elle est en fait d'une beauté presque irréelle. Et c'était cela que vous deviez contempler à tout prix! Il fallait que vous soyez convaincu de n'être qu'une balle avec laquelle elle jouait.. comme nous tous d'ailleurs, elle-même n'est d'ailleurs qu'un objet, et rien de plus.

Jusqu'au matin, Schreibert demeura étendu sur son lit, tout éveillé, sans faire un mouvement. Le docteur Hellerau était parti depuis longtemps.

Dans les corridors, la vie reprenait ses droits. Un jour nouveau se levait...

Hermann Schreibert tâtonna à côté de lui; le masque de Corinna traînait encore sur son lit; il le prit et le contempla... C'était tout ce qui lui restait d'une Corinna adorée. Il eut bien du mal à déchirer le masque, mais en en contemplant près de lui les lambeaux, il se sentit délivré.

Il venait de détruire à jamais une illusion...

Le lendemain, Alf Boltenstern se présenta à la clinique. Schreibert le reçut immédiatement.

— Est-ce toi qui m'as écrit une lettre? interrogea d'emblée le visiteur, sans s'attarder aux banalités d'usage.

— Oui, fit Schreibert.

— Alors, il faudrait que je parte en Amérique du Sud, à ton avis?

— Quelle idée! Qui t'a dit cela?

— Toi! Ta lettre!

— Je t'ai écrit pendant ton séjour à Rhodes, car j'ignorais ton départ.

— Oui, celle-là, je l'aie reçue en rentrant à Düsseldorf. Mais la suivante...

— Je ne t'ai écrit qu'une fois.

Boltenstern le scruta du regard puis il tira un papier de sa poche et le montra à Schreibert.

— Tu ne me croïs tout de même pas capable d'écrire, de telles absurdités! s'écria Schreibert. Ce que j'ai à dire, je le dis directement. Je n'ai pas besoin de découpures de journal et d'anonymat... Mais je suis content que tu sois venu... Je veux partir d'ici! Tout de suite!

— Pourquoi donc? Il n'existe pas de meilleure clinique?

— Je veux partir! répéta-t-il avec entêtement. Le reste, ce sont mes affaires privées.

— Ah! Ah! Une femme, alors...

— Oui!

Boltenstern secoua la tête :

— Je ne peux quand même pas t'envoyer à travers le monde entier... Demain en France... et de nouveau une histoire de femme. Et ensuite, l'Italie: deux femmes, cette fois... Puis l'Amérique... Hermann, c'est impossible!

— Ce n'est pas moi qui me suis arrangé comme je suis, hein? répliqua-t-il à voix basse, sur un ton menaçant que Boltenstern n'eut pas de mal à saisir. — Il y a quelques jours, Werner Ritter est venu ici. Je ne l'ai pas reçu... Mais il est possible que je perde le contrôle de mes nerfs et que je fasse tout de même appel à lui.

— C'est ce que j'appellerais du chantage emmitouflé de coton stérilisé!

— Je veux partir d'ici! — Schreibert s'approcha de la fenêtre, il aperçut Corinna Colman étendue près de la piscine. Il ne put d'ailleurs la reconnaître qu'à son corps, car son nouveau masque méditerranéen tranchait sur ses ses cheveux blonds et la transformait totalement. Quatre hommes tournaient autour d'elle; son rire clair parvenait jusqu'à la chambre de Schreibert. — Il faut que je parte d'ici, Alf! Je ne peux pas te garantir la solidité de mon système nerveux. Tu sais bien que ma vie est étroitement enchaînée à la tienne maintenant.

— Bien... Il faut que je me renseigne, répondit Alf. Il paraît que Bologne possède une excellente clinique esthétique. Que penserais-tu de Bologne?

— Je m'en fous... Je veux partir d'ici! — Il se détourna de la fenêtre et son regard tomba sur la lettre anonyme abandonnée sur la table. — Qui peut bien avoir écrit cette saleté?

— Je n'en sais rien, répondit Boltenstern avec sincérité.

— Toni?

— Non certainement pas.

— Alors, il y a sûrement quelqu'un qui connaît le secret de la nuit du 21 mai... C'est une damnée situation pour toi, Alf! A ta place, je ne pourrais plus dormir tranquille.

Boltenstern ne répondit pas. Il était bien du même avis, mais c'est un aveu qu'on ne fait pas facilement.

Les surprises succédèrent aux surprises.

Tout d'abord, Jutta.

— Je t'ai menti, papa, lui dit-elle un soir. Ce n'était pas à Hambourg que j'étais l'autre jour pour un reportage, mais à Emmerich, chez Werner.

Boltenstern ne réagit pas; ses yeux durcirent au point que Jutta avait de la peine à reconnaître son père.

— Et pourquoi cet aveu? demanda-t-il.

— Parce qu'il faut bien prendre une décision...

— Je suis heureux que tu veuilles bien me faire part de ta décision, répliqua froidement Boltenstern. Ces derniers temps j'avais l'impression que si tu te souvenais parfaitement de tes vingt-trois ans et de ta liberté, par contre tu oubliais complètement que j'étais ton père et donc que j'étais en partie responsable de ta vie. Ne crois surtout pas que l'évolution de la vie des enfants dès qu'ils sont majeurs devienne indifférente aux parents!

— Je le sais, papa!

— Très bien. A quoi ressemble Emmerich? Je ne connais pas ce coin.

Jutta observa son père; cette froide maîtrise de soi, ce sarcasme, cet air ironique la blessaient d'autant plus qu'elle savait ce qui se cachait derrière. Elle avait du mal à admettre que ce père tant aimé et tant admiré lui avait menti systématiquement tout au long de son existence, qu'il avait mené une double vie dont le secret restait strictement gardé par quelques amis — les frères d'armes! — ceux-là mêmes qu'elle appelait « Oncle ».

— Je suis allée chez Werner, précisa-t-elle d'un ton ferme.

— Je le sais, tu me l'as déjà dit.

— Il peut se marier maintenant, puisqu'il est commissaire.

— Parfait! Mais pas avec toi...

— Au contraire, seulement avec moi, père!

Il releva la tête; c'était la première fois qu'elle l'appelait père, et dans cette expression, il n'y avait pas l'ombre de tendresse.

— Je ne le permettrai pas! affirma-t-il calmement.

— Je suis désolée de devoir encore une fois te rappeler que j'ai vingt-trois ans.

— C'est vrai, je ne peux pas t'en empêcher. Voilà onze ans, j'ai perdu ta mère; aujourd'hui, je vais te perdre...

— Ah! Je t'en prie, père, pas ce ton. N'essaie pas de me faire plier en utilisant la pitié ou le souvenir de maman. J'aime Werner, et Werner m'aime; c'est un homme droit et sérieux, le fils de ton meilleur ami... Pourrais-je jamais trouver son pareil?

— Dans des circonstances normales, non. Mais justement, nous ne vivons pas des circonstances normales.

— Qu'as-tu contre Werner? dis-le moi franchement.

— Je ne peux pas accepter un gendre qui poursuit une enquête contre son propre beau-père. C'est une absurdité, et tout le monde me donne raison.

Voilà le problème posé! Jutta retint sa respiration. C'était la première fois qu'elle pouvait parler, en tête à tête avec son père, de cette nuit du 21 mai. Seule, et sans la gêne qu'elle éprouvait encore quelques jours auparavant.

— Werner ne fait que son devoir, dit-elle. Ou bien, crois-tu qu'il se trompe?

Boltenstern regarda sa fille. Il sentait aussi venir la minute de vérité.

— Je ne comprends pas ta question.

— Bien, père. Alors, je vais m'exprimer plus clairement. Ce sont des questions qui sont très importantes pour moi, pour mon avenir. Je te prie de les prendre au sérieux!

— Vas-y...

— Que s'est-il passé le 21 mai?

— Nous nous sommes réunis, quelques amis intimes, pour passer une soirée agréable.

— Avec des femmes?

— Oui.

— Des putains?

— Oui. C'est Toni qui s'en est chargé.

— La soirée s'est-elle transformée en orgie?

— Question absurde. Nous nous sommes amusés, c'est tout... Hermann a trouvé l'expression la plus adéquate pour définir cette soirée : quelques fruits sauvages en guise de dessert!

— Comment Richard Erlang est-il mort?

— Si nous le savions! Brusquement, nous l'avons

vu mort au milieu de nous. Étranglé avec son propre foulard. J'ai immédiatement averti la police. Tu te souviens bien... puisque tu es venue aussi, toi, avec Werner Ritter.

— Personne ne serait capable de s'étrangler soi-même!

— Richard avait beaucoup bu...

— Ce n'était pas une raison pour se suicider.

— Chacun réagit selon sa nature, ma petite fille. Comment pourrais-je te donner la solution de cette énigme puisque je l'ignore moi-même.

— Avez-vous absorbé une drogue quelconque, père?

— Non!

Il répondit sans hésitation, et il regardait même Jutta de ses yeux froids, si bien qu'elle perdit un peu de son assurance.

— Tu connais la mescaline? poursuivit-elle.

— Oui. J'ai déjà lu des articles là-dessus.

— Et le LSD?

— Aussi. En Amérique, c'est devenu une mode pour étudiants, pour gens riches et désœuvrés et pour beatniks.

— Est-ce que vous avez pris du LSD le 21 mai, père?

Boltenstern s'était préparé depuis longtemps à cette question directe. Il se renversa sur son dossier et une ombre tragique passa sur son visage.

— Me crois-tu capable de cela, Jutta?

— Je t'en prie, ne me pose pas de questions de ce genre, bredouilla-t-elle.

— Tu sais bien que j'éprouve une répulsion physique pour tout ce qui est drogue... Écoute, le 21 mai, tout s'est passé tout à fait normalement, bien que l'atmosphère ait été un peu turbulente. — Il écrasa sa cigarette dans le grand cendrier d'agate. — Contente, fillette?

— Oui...

Mais l'expression de ses yeux démentait sa réponse. Arrivée dans sa chambre, elle éclata en sanglots. Elle savait que son père lui avait menti, et il n'avait pas hésité à rappeler le souvenir de sa mère pour renforcer son mensonge.

L'état de Toni Huilsmann empirait de jour en jour. Son travail s'en ressentait; ses constructions devenaient véritablement les élucubrations d'un cerveau dérangé.

Un jour, il appela Boltenstern par téléphone.

Nouvelle période critique : sa provision de LSD s'épuisait de nouveau. Il tremblait dans son palais vide et froid, face à un monde aux couleurs normales et hostiles.

— Je n'en ai plus! affirma Boltenstern en arrivant. Arrange-toi pour répartir tes doses raisonnablement.

— Tu mens! J'ai vu chez toi toute une provision de petits paquets enveloppés dans des feuilles d'étain.

— Viens perquisitionner chez moi, je t'en prie...

Huilsmann tremblait; ses yeux fiévreux semblaient supplier son ami.

— Un seul, Alf. Encore un...

— Je t'assure que je n'en ai plus un seul! Et je ne sais pas où en trouver!

— Tu mens... Il n'y a que toi justement qui connaisse le tuyau.

Boltenstern observa Toni. En deux mois, il était tombé au dernier degré de la déchéance. Méconnaissable avec ses yeux hagards et ses joues pâles, il semblait la folie incarnée.

— Attends un peu, Alf, je crois que je vais arriver à te rafraîchir la mémoire.

Il l'entraîna dans une petite pièce contiguë à son atelier, dont les volets étaient fermés; un écran argenté recouvrait un des murs. Huilsmann se plaça derrière un projecteur.

— C'est ici que je projette toujours quelques films à mes futurs clients pour décrocher les commandes. Je leur présente certaines de mes réalisations... Veux-tu que je t'en passe un petit métrage?

— Si cela te fait plaisir, répondit Boltenstern avec indifférence. Mais ce sera sans doute la première représentation qui ne sera pas suivie de commande.

— Qui sait?...

L'écran s'illumina. Boltenstern attendait avec curiosité ce qui allait suivre. Il est à moitié fou, songea-t-il, autant ne pas le contredire. Après quoi je lui ferai mille compliments et il sera heureux. Son côté narcissique sera comblé...

Sur l'écran, une construction toute en longueur apparut, où verre et travertin se disputaient la palme. Un palais de rêve.

Boltenstern releva la tête intrigué :

— Mais, Toni, c'est ta propre maison!

— Oui. — La voix de l'opérateur était rauque. — Attends la suite.

Changement d'image. Un intérieur.

La grande pièce avec la cheminée, les plantes exotiques, le plafond étoilé. Prise de vue au téléobjectif, qui embrassait toute la pièce.

Sur le tapis, quatre hommes assis et autour d'eux, quatre filles à moitié nues.

Mary la Rousse aux seins rebondis.

Schreibert en caleçon.

Erlang avec la blonde.

Boltenstern avec la brune.

Huilsmann servait les gâteaux.

Changement de tableau. Une nouvelle scène, un peu plus tard.

Boltenstern trempe un morceau de papier dans chacun des verres, les autres l'entourent. On voit Schreibert gesticuler, Erlang embrasser sans conviction sa partenaire.

— Salaud! gronda Boltenstern en sautant sur ses pieds. — Sa chaise alla heurter bruyamment le mur. — Salaud! Tu as filmé toute la soirée. Tu as *tout* filmé?

— Oui, tout, répondit gentiment Toni. Tu veux voir la suite? Mary transformée en orange, Schreibert en vison russe bondissant d'arbre en arbre, et moi, courant comme un fou, le long de portes hermétiques, à la recherche des toilettes...

La séance se poursuivit.

Les premiers effets du LSD. Richard Erlang était assis, la bouche grande ouverte, sur un coussin marocain et semblait pousser des cris. Mary roulait sur le tapis comme un ballon. Schreibert courait à l'aveuglette, puis il s'arrêtait devant Erlang et commençait à danser sur un pied.

— Maintenant, fais bien attention à la suite, Alf, conseilla Toni. Tu vas au vestiaire et, après avoir enfilé des gants, tu rapportes le foulard de Richard; tu le mets de force dans les mains de Hermann et tu lui montres le cou de Richard. Hermann se penche... Attention... et toi, tu quittes ton appui contre la cheminée, et tu retournes dans le hall...

En un bond, Boltenstern sauta sur le projecteur et le lança contre le mur où il éclata. Le film se déroula sur le plancher comme un serpent géant. Huilsmann alluma l'électricité, et offrit à Boltenstern le spectacle d'un sourire à la fois calme, ironique et méchant. Il aurait dû avoir peur logiquement... mais il se savait le plus fort.

— Ce n'était qu'une copie! prononça-t-il. L'original est déposé dans un coffre en banque. J'ai donné à mon avocat l'ordre d'aller le chercher — au cas où je mourrais de mort subite et violente — et de le présenter à la police.

— Salaud! bredouilla Boltenstern, brusquement inondé d'une sueur gluante. On devrait vraiment te battre à mort, comme un rat répugnant.

— Le film, Alf, n'oublie pas le film! — Huilsmann jouissait de sa victoire. Le grand Boltenstern, ce génie d'intelligence et de perfidie, gisait à ses pieds, impuissant et désarmé. — Dommage que tu n'aies pas vu la fin. La mort d'Erlang entre les mains de Schreibert... Je t'assure que même le meilleur acteur ne pourrait l'imiter. On ne meurt vraiment qu'une fois de cette façon-là...

Boltenstern s'était calmé. Il ne se faisait aucune illusion sur la précarité de sa situation, enchaînée à présent au silence de Toni Huilsmann.

— Qu'est-ce que tu exiges?

— Du LSD!

— Cela va demander quelques jours. On n'en trouve pas à Düsseldorf!

— Bien. Tu n'en as vraiment plus chez toi?

— Crois-tu que je te mentirais, acculé comme je le suis?

— Non... Je peux attendre trois jours au maximum. Pas un de plus!

— Quelles sont tes intentions pour l'avenir, Toni? Veux-tu nous perdre tous?

— Tant que je suis en vie, personne ne verra ce film. Si je viens à mourir de mort naturelle, mon avocat détruira la pellicule sans la montrer. Mais si je meurs de mort...

— Je sais!

Boltenstern retourna dans la grande pièce suivi de Toni, son chien fidèle.

— Veux-tu que je t'apporte un drink?

— Oui. Du poison!

Huilsmann sourit et alla au bar.

— Nous n'en restons pas moins amis, Alf! dit-il en lui présentant une coupe de champagne. Tant que tu me procures du LSD, rien ne sera changé. Je te ferais remarquer, d'ailleurs, que c'est grâce à toi que j'ai été initié à cet univers merveilleux!

Peu de temps après, Boltenstern quitta le palais du fou. Un train de nuit le déposa à Munich, où un beatnik, sur la Leopoldstrasse, se déclara prêt à lui vendre une adresse contre cinq cents marks. L'adresse était juste : c'était celle d'un étudiant en chimie qui fabriquait lui-même le LSD dans un vieux garage désaffecté. D'ailleurs, n'importe qui pouvait le fabriquer, il suffisait d'en connaître la recette.

Boltenstern rentra à Düsseldorf avec cinquante petits paquets contenant de la poudre. Pour l'étudiant en chimie, cette affaire représentait une année de logement et de nourriture.

— De la poudre? s'étonna Huilsmann en ouvrant un des paquets d'un air méfiant.

— On peut obtenir le LSD en liquide, en poudre ou en comprimé; sous n'importe quelle forme, il se dissout dans n'importe quelle boisson sans laisser de traces.

— Tu es sûr de ton tuyau?

— J'ai payé trois mille marks...

Huilsmann tira de sa poche un paquet de billets de cent marks :

— Tiens, les bons comptes font les bons amis... Prends trois mille marks.

Puis il saisit les petits paquets et alla les porter dans son coffre, comme s'il s'agissait d'un trésor précieux. Un seul paquet resta sur la table... la ration de la nuit suivante.

— Quel est le taux de concentration? demanda-t-il encore avant le départ de Boltenstern.

— Cent microgrammes.

Cette nuit-là, Toni Huilsmann pénétra à la fois au paradis et dans les enfers. Il s'engageait sur le chemin de la schizophrénie pathologique.

Boltenstern lui avait menti sur un point. La poudre contenait deux cent cinquante microgrammes de LSD, dose suffisante pour voir tomber une à une toutes les étoiles du firmament.

14

DOUZE jours exactement avant le grand rassemblement de Nuremberg, le *Niederrheinischen Tagesnachrichten* publia un article qui souleva une grande émotion dans le public.

Hollwag, des Aciéries rhénanes, appela immédiatement Boltenstern au téléphone, et, sur une autre ligne, le docteur Breuninghaus, le procureur général, se mit en communication avec Konrad Ritter.

Le titre de l'article paraissait bien inoffensif : « Anatomie d'un masque ».

Mais il excita la curiosité, car le journaliste lançait ni plus ni moins une accusation contre le ministère public et la société, coupables de masquer un crime commis dans leur entourage.

On nommait même les personnages :

Le mort : Richard Erlang.

Les témoins : Huilsmann, Schreibert, Boltenstern.

Les acteurs secondaires : Jutta Boltenstern et Pétra Erlang, Werner Ritter, le commandant en retraite Konrad Ritter, le procureur général Breuninghaus.

Et en dernière ligne, la question cruciale : Comment payer le camouflage d'un crime? Somme d'argent ou vieille fraternité d'armes?

L'article était signé : Harry Muck.

Le scandale n'allait pas tarder à recouvrir Düsseldorf d'un gros nuage noir, car le signataire de cet article paraîssait fort bien informé.

— Qu'allons-nous faire? demanda Hollwag à Boltenstern. Nous ne pouvons tout de même pas avaler cela sans réagir! D'autant plus qu'il y a une mention au bas de l'article : « A suivre »... Je vais commencer par attaquer le journal, ou plutôt par ruiner le propriétaire : suppression de toute la publicité et de toutes les petites annonces! Vous allez voir comme ils vont tous demander grâce là-bas!

— Non, ne faites pas cela, je vous en prie, répondit Boltenstern d'une voix lasse. Je vais parler en tête à tête avec ce Harry Muck. Tout se paie... Je lui ai déjà téléphoné... Nous avons rendez-vous ce soir au *Malkasten*. Je suis sûr que la mention « à suivre » se révélera une faute de typographie.

Mais il se trompait, car le deuxième article courait déjà sur les rotatives, pour l'édition du matin.

Lorsque Boltenstern pénétra au *Malkasten*, Harry Muck l'attendait déjà en face d'une bière. Quelques tables plus loin, caché par son journal, le docteur Lummer soupirait d'impatience.

Harry Muck se leva, puis se rassit, et Boltenstern vint le rejoindre immédiatement. Il s'inclina aimablement et se présenta.

— Monsieur Harry Muck, n'est-ce pas? interrogea-t-il d'un air dégagé et jovial. Je suis heureux de faire votre connaissance.

Harry Muck se tut; il scrutait Boltenstern du regard, car il le voyait ce soir-là pour la première fois. Et celui qui faisait face à Alf Boltenstern ne pouvait s'empêcher d'être impressionné par son allure élégante et son assurance, et il en ressentait une sorte de gêne; voire un complexe d'infériorité difficile à surmonter.

— Permettez-moi de vous considérer comme mon invité... Voulez-vous boire avec moi un bon vin du Rhin?

— Merci, j'ai déjà une bière...

Harry Muck secoua son embarras. C'est mon ennemi, songea-t-il. Nous ne sommes pas ici pour bavarder comme deux copains, mais pour nous casser la gueule mutuellement. Non pas avec un marteau ou un tisonnier... Un Boltenstern dispose d'autres atouts... Avec de l'argent, il est tellement facile de détruire proprement un gêneur!

— Bon, restons-en à la bonne bière allemande. Cela convient mieux d'ailleurs à une discussion entre hommes. — Il se cala contre le dossier de sa chaise; derrière lui, le docteur Lummer se redressait également, l'oreille aux aguets. — Comment me connaissez-vous?

— Je ne vous connais pas, monsieur, répondit Harry Muck en souriant à son tour. C'est-à-dire... Je ne vous connais pas personnellement, mais j'ai beaucoup entendu parler de vous. Comme inventeur, comme membre actif de la société de Düsseldorf, comme vainqueur de concours hippiques, et que sais-je encore.

— Ce « que sais-je encore » m'intéresse tout particulièrement. Vous avez écrit un article sur l'affaire Erlang, bien que ce ne soit pas le moins du monde « une affaire ». C'est par votre intermédiaire que le public en sera informé; mais il n'entendra qu'un son de cloche. Je connais parfaitement les usages du journalisme pour les vivre de près, car ma fille est une de vos collègues. On brasse des mots, on bâtit des romans, on ajoute de l'assaisonnement, au besoin, si le plat est trop fade, afin de distraire le lecteur pendant son petit déjeuner du matin. Mais tout cela ressemble à une bulle de savon bigarrée. Un instituteur maltraite des élèves!... Et si l'on étudie un peu plus à fond l'histoire, on s'aperçoit qu'il s'agit uniquement d'une gifle donnée à un marmot insupportable! — Les yeux froids de Boltenstern s'attachèrent à Harry Muck. — Mais la mort tragique de mon ami Richard Erlang n'est pas de ces banalités dont s'amusent les journalistes. Je me sens, pour deux raisons, le devoir de mettre un terme à votre course aux sensations : tout d'abord en mémoire de mon frère d'armes et de mon meilleur ami dont je tiens à protéger la réputation, et ensuite, en tant que gardien des intérêts de sa veuve, victime d'une crise de nerfs due à votre zèle professionnel.

Harry Muck ne pouvait s'empêcher d'admirer l'élégance de ce discours, agrémenté d'un arrière-goût d'émotion propre à faire monter les larmes aux yeux.

— Toute médaille a son revers...

— Remarque très pertinente, fit Boltenstern avec un sourire moqueur. Auriez-vous étudié la philosophie par hasard?

Muck se mordit les lèvres.

— Un costume se compose de l'étoffe, de la doublure et des accessoires. On ne voit que l'élégance de la coupe... mais moi, j'aime regarder ce qui se passe entre le tissu et la doublure...

— Ah! Vous avez été tailleur, sans doute?

— Non, anatomiste. J'ai fait de la dissection. Mon premier article n'était que le coup de bistouri dans l'épiderme... Les articles suivants démasqueront une couche après l'autre, jusqu'à ce qu'on parvienne au noyau central de la maladie pour pouvoir ensuite procéder à l'opération chirurgicale proprement dite.

— Cela ne vous paraît pas un peu présomptueux, monsieur? Vous disséquez pour trouver une bulle de savon sans consistance.

— Je sais ce que je trouverai, répondit Muck avec assurance.

Boltenstern releva les sourcils :

— Vous paraissez bien informé, remarqua-t-il sur un ton désinvolte, mais en fait, il avait peur.

— Oui, je tiens mes renseignements de source sûre.

— De qui?

— Vous attendez-vous vraiment à ce que je réponde à cette question?

Boltenstern ne doutait pas une seconde de la sincérité

de Harry Muck. Le journaliste représentait certes un grand danger, mais qu'était-ce en comparaison du personnage inconnu qui tirait les ficelles dans l'ombre? Toni Huilsman? Hermann Schreibert? Ou peut-être même Ritter, profondément blessé dans sa fierté paternelle?

— Combien gagnez-vous avec ces articles? demanda t-il brusquement.

Muck tressaillit. Tout se passait exactement comme le docteur Lummer l'avait prévu : Il va essayer de vous acheter...

— On en vit...

— Vous pourriez vivre mieux... Je vous donne dix fois la somme qu'on vous a offerte, si vous consentez à ranger une fois pour toutes dans un tiroir vos informations — qui, entre nous soit dit, sont faciles à réfuter ; mais dans l'intérêt de mon ami défunt et de sa veuve, je ne veux pas engager de procès contre vous et votre journal. La famille Erlang a suffisamment souffert déjà... Vos articles ne sont destinés qu'à la publicité, dans une semaine, plus personne n'en parlera. Avec la somme que je vous offre, vous pourrez vivre pendant une année à l'abri de tout souci matériel.

— Que cherchez-vous à cacher? rétorqua Muck, mais il ne parvint pas à chasser le sourire de Boltenstern.

— Rien! dit-il aimablement.

— J'ai entendu parler d'une party au LSD...

— Stupide!

— Je vais vous la raconter par le menu...

— J'admire la puissance de votre imagination... Pourquoi voulez-vous absolument la guerre ouverte? Je dispose de tous les moyens pour vous coller un procès en diffamation auquel vous ne survivrez pas, et votre journal aura à payer des dommages et intérêts qui le mèneront tout droit à la ruine. Je pense que vous me croyez quand je vous affirme que je dispose des moyens nécessaires pour avoir toujours le dernier mot... devant le public et devant les tribunaux.

— C'est même le seul point sur lequel je vous croie sans réticence.

La voix de Muck s'enrouait. Mon Dieu, pensait-il, la guerre est déclarée, une guerre impitoyable où je suis tout seul, livré à la rapacité de ce monstre. Si jamais Jutta ne m'a pas dit toute la vérité, je suis fichu...

— Vous réfléchirez encore, n'est-ce pas? La vie est courte, et il est dommage de la gâcher avec des procès.

— Le prochain article est déjà sous les rotatives, lança Harry Muck après avoir jeté un regard sur sa montre.

— Et que contient-il?

— Pour en rester à la comparaison du costume : après avoir décousu la doublure, j'ôte les rembourrages. Épaule gauche. Les frères d'armes de Meseritz-sur-l'Obra, la captivité en Sibérie, le retour, l'ascension sociale et, en guise de conclusion : le combat muet et acharné de Boltenstern et de Richard Erlang pour la conquête de Pétra Wohlhagen et de ses millions. Vainqueur du duel : Richard Erlang.

Brusquement, Boltenstern se leva :

— Ce sera la plus grosse absurdité de toute votre carrière, monsieur Muck. Arrêtez l'article au passage!

— Impossible. L'édition du matin est sous presse.

— Votre patron va vous jeter sur le trottoir avec un coup de pied, pas plus tard que demain midi, vous verrez!

— Je ne crois pas. Mon patron n'est pas tellement sportif pour se livrer à de telles exhibitions!

— Votre informateur est un menteur!

— On s'en rendra compte quand vous aurez lancé votre procès à sensation.

— Vous en prenez donc le risque?

— Oui!

Boltenstern haussa les épaules; après avoir déposé sur la table un billet de cinq marks pour sa bière, il quitta le *Malkasten* sans ajouter un mot.

C'est Schreibert, pensa-t-il en arpentant lentement

les allées du jardin public. Ce ne peut être que lui. Toni est hors de circuit... Son LSD l'emmène de planète en planète... Ritter ne s'est jamais occupé de nos vies privées. Il n'y a que Schreibert qui soit au courant des péripéties du mariage de Pétra Wohlhagen... Ce fut effectivement un échec que je n'ai jamais pu surmonter, tant que Richard vivait, et Schreibert le sait...

Boltenstern rentra chez lui en proie à une inquiétude croissante. Il appela immédiatement le tout-puissant Hollwag.

— Nous ne pouvons plus stopper le prochain article, mais je vous garantis qu'il n'y aura pas de numéro trois. Ne vous faites pas de souci, Alf! On vous connaît. Qui tiendra compte des élucubrations d'un petit journaliste obscur?

Au *Malkasten*, le docteur Lummer put enfin rejoindre Harry Muck après s'être assuré que le danger était écarté.

— Il est nerveux! affirma le docteur Lummer avec satisfaction. Je l'ai bien observé. Il est très nerveux.

— Ce n'est pas mon impression. — Harry Muck se sentait épuisé; il connaissait la puissance des gros industriels. — Il était plein d'assurance!

— Vous n'avez regardé que ses yeux, Muck, mais moi, j'ai bien observé ses mains. Il n'a pas arrêté de jouer avec sa bague... Demain il sera encore plus nerveux! Il n'y a rien de plus destructif que d'ignorer l'identité de son ennemi.

Avant de rejoindre le docteur Lummer dans son salon bleu, Pétra Erlang le fit attendre une heure. Elle portait une robe de soie noire et blanche et offrait l'image parfaite de la veuve éplorée. Le personnel avait d'ailleurs remarqué avec émotion que Pétra baissait toujours la tête en passant devant le grand portrait de son mari, dans le hall, et la relevait ensuite : elle saluait son mort.

Cette mise en scène ne fit aucune impression sur Lummer. Il savait que Pétra Erlang n'avait pas vécu comme une digne veuve grecque, à Rhodes, et il ne se sentait pas enclin à participer à la comédie macabre.

Elle lui tendit une main fine et froide, mais sa politesse se limita à ce geste simple. Lummer se s'était pas attendu à ce qu'elle le priât de s'asseoir.

— La visite de la police est toujours désagréable, dit-elle sèchement. Cela ne doit pas vous atteindre personnellement... De quoi s'agit-il? Est-ce important?

— Ce n'est qu'une formalité madame! — Le docteur Lummer se réjouissait d'avance à la pensée de la bombe prête à exploser au milieu de ce décor faussement paisible. — Je voudrais seulement obtenir de vous l'autorisation de procéder à l'exhumation de Richard Erlang afin de permettre une nouvelle expertise médicale.

A la grande admiration de Lummer, Pétra Erlang supporta le choc avec dignité. Mais son visage s'empourpra peu à peu.

— Non! répliqua-t-elle d'une voix ferme. Pourquoi? Il est temps que Richard trouve enfin le repos. Cet article dans la presse, toute cette boue qui retombe sur moi... Ce serait plutôt là que la police devrait intervenir, pour la protection des citoyens.

— C'est justement la raison pour laquelle nous voulons procéder à cette exhumation. Nous cherchons à prouver que toutes ces accusations n'ont aucun fondement. La réputation de la justice est mise en cause aussi! Jusqu'à présent, on a pu agir dans l'ombre, mais, cette fois, l'opinion publique est alertée. Le ministre de la Justice réclame des explications et un rapport. Il n'y a rien de pire que de voir la fonction publique livrée en pâture à la presse. C'est pourquoi...

— Je ne donne pas mon autorisation, coupa Pétra durement. Vos arguments sont bien minces! Je veux que mon mari dorme en paix. N'a-t-on aucun respect du repos d'un mort et du chagrin de sa veuve? Non, je ne le permettrai pas.

Le docteur Lummer sourit. Il tira de sa poche une feuille de papier qu'il déplia et tendit à Pétra.

— A la demande du ministère et du juge nouvellement chargé de cette affaire, l'exhumation est fixée à demain matin... — Il posa la feuille sur la table. — Vous constaterez que l'enquête a été reprise.

— Je vais déposer plainte immédiatement!

— Il n'y a aucun recours possible contre une action ordonnée par le ministère.

— C'est ce que mes avocats vont se charger d'étudier...

— Je suis navré, madame... — Il s'inclina. — Je n'étais rien d'autre que le porteur du message.

Dès que la porte d'entrée eut claqué, Pétra se jeta sur le téléphone.

— Alf! Ils vont exhumer Richard! s'écria-t-elle avec hystérie. Est-ce que vous me cachez quelque chose? Pourquoi le ministère public s'occupe-t-il de tout cela? Richard n'est-il pas mort de mort naturelle? Ne s'est-il pas suicidé? Est-ce que vous racontez tous des mensonges, sur cette nuit du 21 mai?

— Ne t'affole pas, chérie! — Sa voix calme et profonde apaisait comme une pommade sur une plaie béante.

— A quand est fixée l'exhumation?

— A demain matin.

— Ils ne font que leur devoir, chérie. Cela peut d'ailleurs arrêter une fois pour toutes l'intervention de cette feuille de chou!

— C'est ce que me disait aussi le docteur Lummer...

— Tu vois!... Nous nous retrouvons, comme prévu, après déjeuner, au golf, n'est-ce pas? Il est honteux de troubler le repos de Richard, mais peut-on s'attendre à un sentiment de piété de la part de l'appareil officiel?

Pétra raccrocha, à moitié rassurée seulement.

Boltenstern songeait, assis sur la terrasse : Il est

temps de leur livrer une petite parcelle de vérité, afin de sortir de cette tornade sans trop de dégâts.

Il lui fallut une heure pour obtenir la communication avec le docteur Breuninghaus.

— Venez demain après-midi, vers seize heures, dit celui-ci sur un ton brusque. Je ne peux malheureusement pas vous recevoir plus tôt.

Boltenstern accepta le rendez-vous.

A seize heures, l'autopsie de Richard sera terminée depuis longtemps. Si l'on découvrait quelque chose, il serait encore temps de rappeler à Breuninghaus certains épisodes de la captivité en Sibérie; et si l'on ne trouvait rien, à dix-sept heures, on quittait le procureur général avec une auréole; après cela, ce sera un jeu de liquider certains gêneurs tels que Harry Muck, Werner Ritter et le docteur Lummer.

Boltenstern retourna dans son bureau et se mit en devoir de relire les quelques lignes relatives à la manière de déceler la présence de LSD dans le corps... Pendant douze heures seulement, le LSD est décelable dans l'urine et dans l'air exhalé par les poumons. Par contre, s'il est enrichi de particules radio-actives, on le retrouve longtemps plus tard dans les intestins...

Autrement dit, impossible de trouver dans le corps le LSD à l'état pur, — et c'était ainsi que Richard Erlang l'avait absorbé — car il se détruit trop rapidement. Il se perd dans le néant...

Rassuré, Boltenstern remit son livre sur l'étagère.

Le lendemain matin, à six heures, un petit groupe d'hommes habillés légèrement pénétrait dans le cimetière et suivait en silence les allées tranquilles.

Erich Saritzki, le fossoyeur, attendait déjà devant la tombe béante de Richard Erlang; il était de mauvaise humeur... L'État ne lui payait pas d'heures supplémentaires et il ne recevait pas non plus d'indemnités pour ses quatre heures de sommeil perdues. Il contempla d'un œil morne la petite procession qui s'approchait lentement et solennellement comme s'il s'était agi d'un véritable enterrement. Il y avait aussi deux agents de police, victimes comme lui de l'État, chargés d'écarter les curieux. On n'en attendait pas tellement, à cette heure matinale, mais le règlement l'exigeait !

Le professeur Landeros, le médecin légiste — le docteur Boller — le docteur Lummer, le procureur de la République, le docteur Fleigel, et Waldemar Sepplich, l'assistant anatomiste, s'arrêtèrent auprès de la tombe et jetèrent un long regard sur le cercueil de chêne. Tout à côté, Saritzki avait posé une table faite de quatre madriers et d'une planche.

On fit un signe au fossoyeur et on attendit. Non pas par piété, mais parce qu'il fallait laisser à Waldemar Sepplich le temps de déballer ses ustensiles. Quelques boîtes de zinc, quelques sacs en plastique épais, des gants de caoutchouc, un bistouri, des cuillers, des pinces, des ciseaux, et une sorte d'écumoire.

Tandis que le professeur Landeros et le médecin légiste enfilaient des tabliers de caoutchouc, les deux agents, le fossoyeur et l'assistant s'approchèrent de la tombe et mirent les cordes en place pour remonter le cercueil. Le docteur Lummer alluma un cigare ; il savait ce qui allait suivre...

— Ho-hisse ! entendit-on. Attention, il penche d'un côté... Ça va... Ho-hisse !

Lentement, le cercueil de Richard Erlang remonta vers la surface. Il ne paraissait pas changé du tout, mises à part quelques taches d'humidité ici et là.

— On voit bien l'avantage d'un cercueil de bonne qualité, lança Lummer dans le silence oppressant. Si les écrous veulent bien y mettre à leur tour un peu de bonne volonté...

Saritzki essuya d'un revers de manche la sueur qui inondait son visage. Le soleil était là, lui aussi, au rendez-vous. Il allait faire très chaud. Une exhumation et une autopsie en pleine chaleur de l'été représentaient tout le contraire d'une partie de plaisir!

Le déboulonnage ne prit pas beaucoup de temps, le temps pour Saritzki de soupirer quatre fois, pour le professeur Landeros de se coiffer d'un chapeau de paille, pour le docteur Lummer de tirer avec énergie sur son cigare.

— Ça y est! lança le fossoyeur en brandissant le dernier boulon. Puis-je ouvrir?

— Je vous en prie, répondit le procureur de la République d'une voix sourde, et il alluma une cigarette. Seuls les médecins, habitués sans doute, semblaient supporter stoïquement la scène macabre.

Saritzki et Sepplich soulevèrent le couvercle et le posèrent par terre, à côté. Une bouffée d'air nauséabond fit reculer le docteur Lummer; les agents se retirèrent aussi; ni le règlement ni leur service n'exigeaient qu'ils respirassent ces horribles effluves.

Bien calé entre des coussins, Richard Erlang gisait au fond de la caisse, dans un smoking noir étrangement propre. Son visage bleuâtre commençait à se déformer, mais on le reconnaissait aisément.

Waldemar Sepplich se mit au travail. Il fit une entaille dans le veston, puis dans la chemise blanche, écarta tout ce qui le gênait et mit la poitrine du mort à nu. On aperçut une longue cicatrice allant de la clavicule au pubis, et recousue sans précaution.

— Hé! Hé! fit le professeur Landeros en s'adressant à Fleigel et à Lummer. On a déjà pratiqué une fois l'autopsie!

— N'oublions pas, messieurs, répondit Lummer en se protégeant derrière un écran de fumée, n'oublions pas ce dont nous avons parlé hier. Il s'agit de relever la présence de LSD dans le corps du défunt. A la première autopsie, nous n'avons pas fait de recherches dans ce sens, car nous ignorions alors ce que nous avons appris depuis. Il y a deux mois, nous ne cherchions que la cause de la mort, et nous l'avons trouvée : strangulation.

— Eh bien! Recommençons! dit le médecin légiste.

Le professeur Landeros ôta les fils et rouvrit le corps, aidé par les doigts habiles de Waldemar Sepplich; les bords de la plaie lui glissaient pourtant sans cesse entre les pinces, comme s'ils étaient recouverts de glu.

— Ça alors, c'est le comble! s'exclama le professeur Landeros après avoir jeté un coup d'œil à l'intérieur. Il n'y a plus rien! Cet homme est complètement vide!

Le docteur Lummer surmonta sa répulsion et s'approcha. C'était vrai. Après la première autopsie, on avait enlevé les entrailles et les organes internes, le cœur, les poumons, l'estomac, le foie, la rate, les intestins et la vessie. L'intestin, le foie et la vessie surtout étaient importants, et Lummer ne pouvait se consoler de leur absence. Mais depuis deux mois qu'ils traînaient aux laboratoires d'autopsie, il ne devait pas en rester grand-chose.

— Le cerveau, messieurs... risqua le docteur Fleigel. Puisque le LSD est un poison, il doit bien en rester des traces dans le cerveau...

— Non! On n'en retrouve absolument rien dans le cerveau, répliqua durement le professeur Landeros. C'est inouï! Quel rapport vais-je devoir présenter maintenant?... L'exhumation a permis de constater que le corps était vide... — Il ôta ses gants de caoutchouc. — La seule chose qu'on puisse voir nettement, ce sont les traces de strangulation. Pas question de LSD!

— Merde! lança Lummer. Je n'ai encore jamais vu la police judiciaire subir une telle série d'échecs!

Le soleil devenait très chaud; une légion de guêpes et de moustiques attirés par l'odeur pénétrante tournait en rond autour du corps béant.

— Qu'on le recouse! cria le professeur Landeros en tournant le dos au cercueil. J'ai l'impression qu'on s'est moqué de nous!

Le médecin légiste s'éloigna aussi, sans commentaire. Il était fonctionnaire et se sentait responsable des erreurs commises par la fonction publique. Le docteur Fleigel était écarlate et Lummer fumait sans arrêt. Saritzki, par contre, ricanait; il n'avait jamais, tout au long de sa carrière de fossoyeur, assisté à une exhumation aussi surprenante.

La procession s'éloigna en direction inverse. En arrivant près de la grille du cimetière, le procureur de la République murmura à son collègue, le docteur Lummer :

— Vous pouvez enterrer le cas, à présent...

Les médecins marchaient devant, à une allure saccadée; ils étaient furieux.

— Pourriez-vous retarder votre rapport de vingt-quatre heures? demanda-t-il. Vingt-quatre heures me suffisent. En dehors de notre cercle restreint, personne n'est au courant de ce que nous avons fait ce matin. Boltenstern non plus... Je ne sais s'il tiendra le coup vingt-quatre heures!

— Je vois que Boltenstern est devenu votre bête noire, docteur! Bien. D'accord, je n'enverrai mon rapport au procureur général qu'après-demain. En même temps que les rapports médicaux. Nous ne les aurons pas avant ce délai, de toute façon.

— Merci...

Saritzki dut travailler jusque vers huit heures pour remettre en ordre la tombe de Richard Erlang. Il en était aux derniers coups de râteau lorsqu'il aperçut une dame enveloppée de voiles épais qui le regardait à travers les broussailles. Dès qu'elle se vit surprise, elle s'enfuit.

— Ce qu'ils peuvent être curieux, tout de même! grogna tout haut Saritzki. Ils se cachent même sous des voiles pour regarder par le trou des serrures!

Pétra Erlang quitta le cimetière par une porte dérobée. Personne ne l'aperçut. Il était encore relativement tôt... Le premier enterrement avait lieu à neuf heures seulement.

A seize heures précises, Alf Boltenstern se fît annoncer chez le docteur Breuninghaus. Il lui fallut attendre dans l'antichambre, car on le prévint que le procureur général était occupé. En réalité, il buvait une tasse de thé en contemplant toute une série de photos pornographiques dont se servait un photographe pour faire du chantage. Mais il fallait bien prouver au visiteur qu'on était débordé de travail, dans les bureaux poussiéreux de la justice.

— Mon cher Boltenstern, dit-il un peu plus tard, vous en faites des histoires!

Breuninghaus insista sur le solennel « vous » bien que, pendant six ans, ils se soient tutoyés en Sibérie.

— Moi? — Boltenstern sourit poliment. — Vos services sont complètement cinglés! J'ai appris par Mme Erlang qu'on recommençait l'enquête pour la troisième fois! Pour trouver quoi au juste? Ce matin, on a exhumé notre ami Richard... Je trouve cela révoltant!

— Pour moi, toute cette affaire est extrêmement désagréable, répondit Breuninghaus en tendant un cigare à son visiteur. Deux fois, j'ai réussi à stopper les expertises parce que je les trouvais absurdes, et je n'ai pas changé d'avis aujourd'hui. Erlang est la victime de sa faiblesse de caractère, pour parler avec élégance. Le major Ritter m'a tout raconté... Les femmes, le plafond étoilé, les filles... Bon, passons. Nous sommes tous au seuil de l'âge critique, et je comprends fort bien qu'on ait besoin d'un remontant de temps à autre... Mais cette série d'articles dans le journal — qui a fait bondir le ministre, entre parenthèses — nous a obligés à reprendre des indices que pour ma part je continue à considérer comme sans consistance aucune.

— Quels indices? interrogea Boltenstern, bien qu'il connût parfaitement la réponse.

— Le LSD... Ici aussi, d'ailleurs, il n'y a aucune accusation à porter, puisque le LSD ne fait pas partie de la liste des drogues prohibées. Seulement, la thèse du suicide de Richard s'en trouverait quelque peu modifiée. Car si Richard est la victime d'un homme en proie à une ivresse orgiaque, due à une drogue, ça change tout.

— Comment cela?

— Paragraphe 330 du code pénal... En bref, si quelqu'un se livre à un acte prohibé par la loi sous l'empire d'un stupéfiant, il est passible de prison ou d'amende en argent. C'est clair, mon cher!... Alors, est-ce que, oui ou non, vous avez absorbé du LSD cette nuit-là?

— Est-ce un interrogatoire?

— Non, simplement une question entre camarades.

— Oui.

— Quoi, oui?

— Oui, nous avons pris du LSD...

— Oh! Espèce d'andouille! — Breuninghaus lâcha son cigare dans le cendrier. — Ritter est-il au courant?

— Oui et non. Il s'en doute.

— Où as-tu pêché cette saleté?

— Je l'ai rapportée de Paris. J'en ai acheté sous les ponts de la Seine.

— Mais tu n'en connaissais pas les effets?

Breuninghaus revenait tout d'un coup au tutoiement. L'instinct de la camaraderie reprenait le dessus.

— Non, murmura Boltenstern. Je savais seulement qu'on pouvait faire de beaux rêves. Ce qui s'est passé le 21 mai a été épouvantable! Richard qui se suicide... Comprends-tu maintenant pourquoi nous avons tout essayé pour éviter de rendre ce détail public? Le scandale déjà produit par la publicité faite autour des soirées à putains... et le LSD en plus?... Non, ce n'était pas possible! — Boltenstern poussa un long soupir qui fit pitié à Breuninghaus. — Maintenant, tu sais tout, toi. Et je me sens soulagé.

— Moi aussi... Demain, je vais parler d'homme à homme avec le représentant du ministre. Je suis presque sûr que tout ce cirque retombera dans le silence, et cette fois, pour toujours. Si tu veux, je peux te ménager un entretien avec lui. Avoue tout. D'après la loi, il n'y a pas de quoi fouetter un chat dans tout cela... Les filles? Ce n'était pas du proxénétisme puisque vous n'en faisiez pas commerce. Quelques fruits sauvages... Tu sais, les juristes sont eux aussi des êtres à hormones...

Au bout d'une heure, Boltenstern quitta son ami, sans être tout a fait rassuré, pourtant. Il n'avait rien appris sur l'exhumation, et il ne connaissait pas encore le nom de l'informateur de Harry Muck. Il avait interrogé Jutta et accusé ouvertement Werner Ritter, pour voir sa réaction; la jeune fille s'était révoltée et lui avait juré que Werner ne s'occupait plus de l'affaire. Puis elle était partie à Emmerich.

Qui, alors?

Hermann Schreibert?

Il décida de donner immédiatement une réponse à ce point d'interrogation.

La vie à la clinique Bergwald devenait intolérable pour Schreibert. Depuis qu'il connaissait l'horrible vérité, il se calfeutrait dans sa chambre; il y prenait même ses repas. Une inquiétude permanente l'empêchait de s'accrocher à quoi que ce soit, livres, correspondance, télévision. Il passait des heures à sa fenêtre, et son cœur battait de détresse quand il apercevait Corinna Colman entourée des rayons du soleil.

— Je n'ai jamais connu la passion jusqu'à présent, expliqua-t-il un jour au docteur Hellerau qui venait souvent lui rendre visite. Je croyais à l'amour, à l'émotion érotique, à l'extase sexuelle. Mon Dieu! Ce n'était rien à côté de ce que j'éprouve à la vue de Corinna. J'aime cette femme, docteur, malgré tous ses travers! Je ne peux pas l'oublier!...

— M. Boltenstern a téléphoné hier, lui dit le médecin ce jour-là. Il va venir vous chercher pour vous conduire dans une clinique de Turin. Je crois que c'est la meilleure solution pour tous.

— Et Corinna? Allez-vous lui annoncer mon départ?

— Quand vous serez parti, oui, bien sûr.

— Comment va-t-elle réagir?

— Puisque votre chambre devient libre, nous allons avoir un nouveau pensionnaire. Vingt-six ans, négociant en automobiles de Munich. Accident d'auto, comme tout le monde. 1,83 m, sportif, élégant... Vous n'avez pas la moindre chance de subsister dans le souvenir de Corinna.

— Vous êtes cruel, docteur. C'est mon âme que vous piétinez, cette fois; je crois pourtant que mon visage suffit.

— Il vous faut vivre avec la vérité. Dans votre cas, il n'y a que la vérité qui puisse vous guérir.

— Et si je ne veux pas guérir? Si je vous supplie de me laisser emmener Corinna à Turin? Combien de temps faut-il encore compter jusqu'à ce que mon visage soit rétabli?

— Euh... Trois ans, quatre peut-être. Cela dépend de vous aussi. Il est difficile de prévoir, car chaque être réagit différemment.

— Quatre ans! — Il tourna la tête vers la fenêtre, mais Corinna n'était pas dans le parc. — Tout ce qu'elle pourrait m'apporter durant ces quatre années! Elle serait mon ange gardien... Docteur?

— Ou votre démon... De toute façon, Corinna ne peut quitter la clinique. J'en suis responsable devant son père. Ne suppliez plus, monsieur Schreibert, c'est inutile!

Bientôt Boltenstern vint chercher son ami. Deux infirmières apportaient les valises; il ne restait plus à Schreibert qu'à prendre congé du docteur.

— Tu en as pour longtemps? interrogea Boltenstern. Je tiens à atteindre l'Italie ce soir.

— Une demi-heure, Alf. — Sa voix tremblait. Il ne se rendait compte qu'au moment de partir à quel point il s'était intégré dans le petit univers des masques de caoutchouc. Il avait peur du changement, peur de Turin et de ce qui l'attendait là-bas. Une vie sans Corinna... Il entra chez Hellerau, son masque à la main.

— Voici mon visage de rêve, docteur, murmura-t-il. Je voudrais vous remercier, mais je ne peux pas. Adieu.

— Nous nous reverrons, Schreibert. — Il lui tendit la main. — Et quand nous nous retrouverons, vous pourrez me remercier.

Le médecin se détourna et alla remettre le masque sur son socle de bois. Les yeux exorbités de Schreibert fixèrent le visage sans vie.

— Voilà ce que je suis devenu... O mon Dieu! Et cela, en une seule nuit! Je ne crois plus que ce soit encore réparable...

Il quitta la pièce brusquement, comme s'il fuyait Hellerau. Dans le couloir, il ne put s'empêcher de jeter un coup d'œil par la fenêtre.

Corinna était dans le parc.

Elle revenait du tennis et jouait avec sa raquette. Schreibert appuya la tête sur la vitre et pleura. Corinna...

Il finit par s'arracher à sa contemplation douloureuse et rejoignit Boltenstern.

— Partons! dit-il durement.

Il ne jeta même plus un regard sur le manoir d'Obertsdorf où il laissait une partie de lui-même.

Au bout de quelques kilomètres, Boltenstern glissa la voiture dans un parking. Sans dire un mot, il saisit un journal, le déplia et le présenta à son compagnon sidéré.

— Pourquoi as-tu laissé écrire ces horreurs? demanda-t-il avec un calme menaçant. N'essaie pas de mentir. Je sais que tu es l'informateur! Si j'osais, je te tirerais de la voiture et je te jetterais dans le précipice!

Schreibert était effaré. Il lui fallut un certain temps

pour comprendre; alors ses yeux parcoururent l'article marqué au rouge.

— Eh bien! ça, c'est le comble...

— Pourquoi as-tu..., recommença Boltenstern, mais Schreibert l'interrompit brutalement en lui jetant le journal à la tête.

Son visage ravagé tremblait, car il n'avait pas encore remis son masque de voyage.

— Tu ne crois tout de même pas que c'est moi...

— Qui est au courant des détails, sinon toi?

— Toni...

— Toni est malade, très malade. Il a d'autres soucis que de jouer l'informateur pour une telle feuille de chou. Le seul qui a le temps et qui s'ennuie assez pour laisser percer sa rage, c'est toi!

Ils se regardèrent et se turent. Méfiance et haine emplissaient leurs yeux.

— A quoi cela me servirait-il de faire publier de tels articles? demanda finalement Schreibert.

— Que sais-je? Une simple envie de te venger! Ne m'accuses-tu pas d'être la cause de ton accident d'auto et de tes blessures?

— Si nous n'avions pas avalé ton fichu LSD, ce soir-là... Si tu ne l'avais pas apporté... Si...

— Si... si... si... C'est facile de se lamenter après coup! Exactement comme les vieilles commères! Quand je vous ai parlé du LSD, vous êtes tous devenus toqués. Qui aurait pu prévoir les suites? Qui aurait pu supposer que tu étranglerais Richard avec un foulard...

— Tais-toi, hurla Schreibert, en bourrant de coups de poing le dos de son voisin. Je ne suis au courant de rien.

— Mais c'est quand même toi qui l'as fait!

— Personne le ne sait! Nous étions tous inconscients...

— Moi, j'ai tout vu, Hermann!

— Mais toi, tu as intérêt à te taire.

Boltenstern baissa la tête et replia le journal. Si l'on y réfléchit logiquement, Schreibert ne peut pas être l'instigateur de ces articles. Ce serait vraiment pour lui se mettre le couteau sur la gorge; il n'est pas masochiste de nature...

— Il y a un autre témoin...

— Qui? demanda Schreibert en tremblant.

— La lentille d'une caméra automatique installée quelque part par Toni dans sa grande salle.

— Non... non, c'est impossible.

— Toni m'a passé lui-même le film. J'étais comme paralysé. On y voit tout, dans les moindres détails. Comment tu te lèves et tu vas en chancelant au vestiaire pour ramener le foulard, puis tu te penches sur Richard... D'après le film, on croirait même que tu chantais...

Schreibert se boucha les oreilles :

— Tais-toi, hurla-t-il. Tais-toi...

Boltenstern l'observa froidement, tel le serpent qui cherche à hypnotiser un lièvre. Cet homme est foutu, constata-t-il à part lui avec satisfaction. Toni Huilsmann est victime de ses hallucinations violettes. Le complexe de culpabilité et la peur d'être découvert vont ronger tout doucement Hermann jusqu'à la moelle.

Non, ni l'un ni l'autre ne peut être à l'origine de ces articles. Et le journal lâche tous les jours ses quelques lignes empoisonnées. Jusqu'à ce que le nom de Boltenstern devienne aux yeux de la société synonyme de monstrueux. Alors, toutes les portes me seraient fermées, ce serait ma mort... Mais qui donc peut bien donner tous ces renseignements à Harry Muck?

Boltenstern regarda encore une fois la ruine désespérée assise à côté de lui.

— On a exhumé Richard! dit-il tout haut.

— Ah! sursauta Hermann.

— Pétra a tout vu; à huit heures du matin, tout était fini.

— Je m'en fous!

— Moi pas! Crois-tu que je laisserai nos existences

se ruiner pour un stupide amusement d'une soirée? Je suis allé trouver le procureur général et je lui ai fait des aveux.

— Tu es fou, Alf! Ils vont venir nous arrêter tous les trois!

— Au contraire, Breuninghaus veut classer l'affaire en douce...

— Et tu lui as dit que je... que je...

— Non! J'ai maintenu la thèse du suicide. Les rapports sur le LSD dont Breuninghaus a pris connaissance précisent que, sous l'empire de la drogue, on peut agir hors de tout contrôle, et le cas du suicide est mentionné. Il y a par exemple des cas où les gens se lancent par une fenêtre parce qu'ils se croient devenus oiseaux et, comme tels, capables de voler... Qui peut savoir ce que Richard a rêvé? C'est un domaine encore inconnu de la psychiatrie.

— Comme tu es malin...

Boltenstern sourit méchamment. Il remit la voiture en marche et démarra.

— Allons, en route pour Turin... Pétra et moi, nous nous marions à Noël...

— Mais, il n'y aura pas un an que... Que disent les autres?

— Ils s'y attendent. Nous sommes toujours ensemble, et nos relations ne sont un secret pour personne. Les usines Wohlhagen ont besoin d'un directeur à poigne, tout le monde le comprend. Et que veux-tu, on ne peut plus rien pour Richard...

— Dans ces conditions, tu devrais me remercier, entre nous soit dit... J'ai tué Richard au bon moment... Je veux dire, pour favoriser tes affaires...

— Qu'exiges-tu en échange? demanda sèchement Boltenstern.

— Pas d'argent! Je n'en veux pas de ton sale argent!... C'est Corinna que je veux!

— Combien coûte-t-elle?

— Pouah! Son père a plus de millions que le vieux

Wohlhagen n'en a jamais eus! Il faut que tu la sortes de cette clinique et que tu me l'amènes...

— A Turin? C'est impossible!

— Nous pourrons louer une villa retirée et vivre ensemble. A toi de convaincre Corinna que c'est le salut pour elle aussi.

— Est-ce si difficile?

— Oui... Mais sans elle, je suis foutu, Alf... Ce n'est pas de la blague. Jamais je n'ai aimé autant une femme, et jamais je n'ai été autant aimé!

— Ce doit être une vraie merveille, ta Corinna...

— C'est un démon dans un corps d'ange. Mais j'ai besoin d'elle... — Il serra le bras de son ami. — Comprends-tu cela?

— Non, mais je t'amènerai quand même ta Corinna.

Pendant le trajet, ils firent la paix. Mais c'était une paix trompeuse. Il y a des catastrophes dont on a le pressentiment et qu'on ne peut empêcher.

C'était exactement ce que ressentait Boltenstern en achetant le *Niederrheinische Tagesnachrichten* à Salzburg, sur le chemin du retour et en découvrant le troisième article de Harry Muck.

15

LE docteur Breuninghaus passait des heures moroses, noyé sous une montagne de rapports d'expertises envoyés par les États-Unis, relevant toutes les orgies dues au LSD et donnant des chiffres alarmants sur le nombre de drogués en Amérique, sur les formes que prenaient leurs hallucinations, sur les crimes, les actes de perversité, les suicides commis sous l'empire de la drogue.

Le procureur général se sentait paralysé, non seulement par ces témoignages accablants, mais par l'horreur de l'avenir : Qu'allait devenir l'Allemagne si le LSD devenait, comme au-delà de l'Atlantique, un jeu de société. Comment distinguer les vrais crimes des crimes schizophréniques? Comment évaluer la part de responsabilité des acteurs? Une seule solution : interdire par la loi l'introduction de LSD sur le territoire, tout comme les autres drogues. Mais pour cela, il fallait en référer au ministre de la Justice, puis de là, au ministère de l'Intérieur, et enfin au ministère de la Santé publique. Chaque secrétariat garderait le dossier au moins une semaine, pour bien montrer à quel point on était surchargé de travail, et finirait par le transmettre au bureau voisin, sans avoir pris de décision. Mieux vaudrait glisser quelques microgrammes de LSD dans le café au lait matinal de chacun des ministres... Il y a gros à parier pour que, dès le lendemain, le projet de loi soit accepté...

Durant cette période, le docteur Breuninghaus fut vraiment d'une humeur massacrante. Le pauvre Lummer s'en aperçut, pour son compte, lorsqu'il se fit annoncer, le dossier Erlang sous le bras.

— J'ai devant les yeux les rapports des États-Unis. Votre enquête Erlang tend à aboutir à un soupçon de meurtre commis sous l'effet du LSD. Le ministère public est convaincu que l'affaire LSD et la mort de Richard Erlang sont deux choses distinctes, et pourtant qui ont un certain rapport entre elles... Cela peut paraître paradoxal, mais toute cette histoire de LSD est pour nous un paradoxe gigantesque... Que les participants de cette soirée du 21 mai aient absorbé du LSD, c'est possible, mais ils ne tombent pas sous le coup de la loi. Vous êtes bien d'accord?

— Oui...

— Bien. Le LSD n'est donc plus un motif de poursuivre plus loin cette enquête. Deuxième point, la mort de Richard Erlang. Les rapports affirment que les drogués n'hésitent pas à se supprimer : ils plongent dans l'eau parce qu'ils se prennent pour des poissons géants; ils sautent par la fenêtre parce qu'ils se croient devenus oiseaux... Un homme s'est même enterré vivant dans une dune de sable parce qu'il s'était pris pour un ver de terre; il est mort asphyxié. Aussi pour le ministère public, il ne fait aucun doute que, dans sa schizophrénie artificielle, Richard Erlang se soit en quelque sorte senti « obligé » de se supprimer. Nous ignorons le thème de son rêve; nous n'en n'avons vu que les conséquences. C'est un accident tragique... J'ai donc donné l'ordre de clore l'enquête et de classer définitivement le dossier. Vous avez encore des questions à me poser?

— Oui, monsieur le procureur général. Le foulard était noué sur la nuque de Richard Erlang. Un double nœud, même. Je n'ai encore jamais vu le cas, durant mes quarante années de métier, d'un suicidé qui, après s'être étranglé, faisait lui-même un second nœud...

— Avec le LSD, tout est possible. Lisez donc ces rapports. Un homme s'est enlevé toute la peau du corps parce qu'il se croyait transformé en salami... Il s'épluchait, tout bonnement!

— Un deuxième nœud, quand on est déjà étranglé, je regrette, mais même avec l'aide du LSD, c'est impossible! insista Lummer.

— Écoutez-moi, Lummer. Le ministère public est convaincu de ce qu'il avance... et c'est cette conviction qu'il faut suivre! Je suis du même avis, il s'agit d'un suicide, et je ferme le dossier. Quel âge avez-vous, docteur Lummer?

— Soixante ans, monsieur le procureur général.

— Il arrive un âge où les facultés intellectuelles perdent de leur acuité... Ne nous donnez pas l'occasion de murmurer que votre lucidité légendaire commence à se scléroser. Notre collaboration s'est toujours montrée efficace et fructueuse jusqu'ici, n'est-ce pas?... Si je ne me trompe, vous avez toujours trois cas de meurtres en suspens, qui n'ont pas encore été éclaircis... Je vous serais reconnaissant de bien vouloir vous occuper de ces dossiers avant qu'ils ne disparaissent sous la couche de poussière administrative...

Le docteur Lummer s'inclina et quitta le bureau de son chef.

Quelle chance au fond que la découverte de ce LSD, dont ne ne sait rien, sinon que chaque être y réagit d'une manière différente, songea-t-il amèrement. Ainsi, il peut servir à la défense d'un criminel, au lieu de peser d'un poids plus lourd sur l'accusation... A quoi bon lutter contre un mur infranchissable de camaraderie et de souvenirs de guerre?

Officiellement, Alf Boltenstern était sauvé.

Mais le Destin l'entendait d'une tout autre oreille.

C'était le calme avant la tempête.

La manière la meilleure de dominer les événements désagréables a toujours été de les ignorer. Les politiciens ont toujours considéré le silence comme la meilleure arme; d'ailleurs la règle d'or du silence meurtrier peut s'énoncer de la manière suivante : celui qui sort vainqueur d'un duel, c'est celui qui arrive à retenir le plus longtemps possible sa respiration... On sait bien en outre que le peuple est doué d'une très grande faculté d'oubli...

Voilà ce que se disait Hollwag en conseillant à Boltenstern, et plus tard au docteur Breuninghaus, d'ignorer les articles de Harry Muck. Lui-même, d'ailleurs, se préparait à porter un coup direct à l'ennemi : grâce à la puissance de son empire industriel, il allait réduire l'obscur journaliste à l'état de roquet glapissant. Hollwag organisa un banquet au *Palmenhaus* durant lequel des reporters photographièrent Boltenstern, Pétra Erlang et les magnats de l'industrie trinquant ensemble en riant comme de bons vieux amis.

— Merde alors, poupée, s'écria Harry Muck à l'adresse de Jutta Boltenstern. — Les clients du petit bistro où ils s'étaient retrouvés se retournèrent avec indignation devant cet assaut de grossièreté. — Comment peux-tu arriver à percer les murs d'une forteresse avec un couteau de poche? A quoi me servent tous les détails dont tu m'abreuves, si mes articles font autant d'effet qu'un coup d'épée dans l'eau? On se moque déjà de moi un peu partout. Le patron m'a convoqué et est tombé dans un grand discours philosophique, ce qui, de sa part, est très mauvais signe : « Si nous cherchons à servir la justice, a-t-il dit en substance, encore faut-il que la justice soit juste... L'est-elle? Je vous l'accorde, vous écrivez la vérité, et rien que la vérité. Mais qui peut-elle intéresser, cette vérité? Croyez-vous que la Terre tournera plus régulièrement autour du Soleil si vous prenez Boltenstern au collet? Pas le moins du monde! En attendant nous perdons les petites annonces et la publicité; et comme le boss est du même parti que Hollwag, inutile de vous dire que j'ai déjà dû entendre certaines remarques plutôt désobligeantes... Le procureur général, en outre, est un vieux copain à Boltenstern, la grand-mère Hollwag et la grand-mère Wohlhagen étaient deux sœurs... Vous vous rendez compte dans quel pétrin nous sommes tombés? »... Je suis très ennuyé, tu sais, mon pigeon, et je crois que je vais tout laisser tomber.

— Ah! Vous aussi, s'exclama Werner avec de l'amertume dans la voix, car il avait tenu à assister à cet entretien crucial pour l'évolution de son enquête. — A Emmerich, les réactions des citoyens l'avaient déçu : personne ne parlait de l'affaire Erlang, pas même à la sacristie ni chez le coiffeur. — Un jour viendra quand même où quelqu'un réagira! Même un ours finit par se réveiller en hiver, si on le chatouille sans arrêt.

Harry Muck haussa les épaules. Entre la théorie et la pratique, il y a souvent autant de différence qu'entre le vin et le vinaigre.

— C'est inutile, les amis! affirma-t-il. La partie est trop inégale. Je ne peux plus rien pour vous.

— Je ne peux pas me résigner aussi vite! s'écria Werner en assenant un violent coup de poing sur la table.

Jutta blêmit; ces quelques semaines semblaient l'avoir rongée de l'intérieur. La séparation définitive entre elle et son père avait été consommée quelques jours auparavant quand Boltenstern avait exigé qu'elle considérât dès à présent Pétra comme la maîtresse de maison.

— Dans ces conditions, je préfère m'en aller, avait-elle répondu.

Et le père tant chéri qui aimait sa fille plus que tout au monde s'était contenté de demander froidement :

— Quand?

— Le plus vite possible.

— Tu vas t'installer à Emmerich?

— Oui.

— Cela me fait de la peine, mais qu'y faire? Je n'aurais jamais pensé perdre ma fille de cette façon-là!

Elle dut se retenir pour ne pas lui lancer à la figure tous les reproches accumulés dans son cœur depuis le 21 mai.

Ses yeux s'emplirent de larmes et son cœur se serra, mais plus un mot ne passa sur ses lèvres.

— Faut-il que nous capitulions? s'écria encore Werner... Nom de Dieu, on se sent devenir un anarchiste fanatique, quand on touche ainsi du doigt la toute-puissance de l'argent!

— Tout s'arrangera Werner...

Jutta posa une main légère et apaisante sur le bras de Ritter. Des doigts froids et blancs comme ceux d'un enfant glacé...

Finalement, le conseil de Hollwag s'avéra le plus judicieux pour les deux camps : silence.

Pendant ce temps, Konrad Ritter, le commandant en retraite, tonitruait sans pudeur. Deux semaines avant le grand rassemblement de Nuremberg, les autorités lui refusèrent le Maifeld. Motif du refus : travaux en cours.

Ritter prit le premier train pour Nuremberg et continua à tourner dans les couloirs et les bureaux poussiéreux.

— Comment? hurla-t-il au pauvre bureaucrate qui n'y était vraiment pour rien. On interdit le Maifeld aux vieux soldats? Quel âge avez-vous donc, jeune homme? Vingt-six ans, environ. Quand nous, nous défendions la patrie contre l'invasion rouge, vous, vous faisiez des pâtés dans le sable. Nous avions déjà la poitrine bardée de décorations que vous, vous tétiez encore votre mère! Et vous voulez m'apprendre à moi, ce que c'est que le sentiment national, ce que représente l'Allemagne?

On le laissa crier tout à son aise. Au moment où

force lui fut de reprendre son souffle, le jeune fonctionnaire réussit à glisser quelques mots.

— Je vais vous donner connaissance d'une lettre que nous avons reçue de Bonn, du ministère de l'Intérieur, bien que cela ne soit pas réglementaire. On estime à Bonn qu'un défilé sur le Maifeld réveillerait trop de souvenirs du Troisième Reich. On veut éviter tout ce qui pourrait rappeler...

— Comment est-ce possible? coupa Ritter. Nous sommes de vieux soldats et non une horde de chemises brunes! Le monde entier est parsemé de tombes renfermant les restes de nos camarades morts au champ d'honneur...

— Est-ce ma faute?

— Est-ce que votre père était soldat? interrogea Ritter épuisé par l'indignation.

— Bien sûr. Adjudant. — Le jeune homme regarda ses mains, elles commençaient à trembler. — Il est aveugle; blessure à la tête au cours de la dernière offensive dans les Ardennes. Vous pouvez le voir, monsieur, si vous le voulez. C'est lui qui est chargé de l'interphone, en bas, dans la loge du portier.

Ritter épongea son visage trempé de sueur.

— Et... et que pense votre père de notre rassemblement?

— Il dit qu'on devrait boucher toutes les issues de la place, et avec des lances d'incendie, empêcher quiconque d'y pénétrer.

Du coup, Ritter se leva le plus dignement qu'il put. L'esprit se perd, pensa-t-il avec tristesse. Le bon vieil esprit prussien. O Dieu! Est-ce pour aboutir à cela que nous avons sacrifié sept ans de notre vie?

— Bon, alors, pas de Maifeld... Où aurons-nous le droit de saluer nos anciens camarades?

— Sur un terrain situé en dehors de la ville le long de la Pegnitz... Ce n'est pas tout. J'ai encore un papier à vous remettre.

— Ah? A quel sujet?

— Au sujet du programme et du déroulement de la manifestation. Pas de discours politiques, pas d'emblèmes du Troisième Reich, pas de défilé...

— Vous dites? — Ritter fronça les sourcils. — Pas de défilé au pas de l'oie?

— Non!

— Le général von Rendshoff y tient pourtant beaucoup.

— Possible, mais au pas normal, et non au pas de l'oie.

— Et pourquoi, je vous prie?

Ritter ne parlait plus, il sifflait, comme si ses bronches étaient transformées en passoire.

— Parce que le pas de l'oie est le symbole d'une époque qu'il vaut mieux arracher aux mémoires...

— Mon grand-père défilait déjà au pas de l'oie! s'écria l'officier avec indignation. Et nous n'y renoncerons pas!

— Si, répliqua paisiblement le jeune fonctionnaire.

— Non, nous ne pouvons pas y renoncer sans renoncer à tout ce qui a fait notre dignité et notre gloire!

— En cas de contrevenance aux principes généraux, nous avons ordre de dissoudre la manifestation.

— Dissoudre... Nous faire ça à nous, à nous qui avons souffert pour vous en Russie, qui avons versé notre sang! Nous avons bouffé de l'herbe pendant que vous, vous vous en mettiez plein la panse! — Ritter ne se contenait plus. — Que pensez-vous alors des défilés organisés par les Sudètes? Avec fanfares et chœurs, tambours et bannières, culottes de peau et foulards? Et les discours de M. Seebohm? La défense des conventions hitlériennes? « Nous récupérerons notre patrie, à la force des baïonnettes, s'il le faut! » Qui a prononcé ces paroles? Et tout cela fait partie de la démocratie, hein? Tout simplement parce que c'est sorti de Bonn?... Mon jeune ami — Ritter se pencha familièrement — notre défilé solennel ne signifie rien de plus que les cuivres et les tambours de Seebohm. Vivons-nous, oui ou non, dans une démocratie où tous les citoyens sont égaux devant la loi? Écoutez-moi bien : en l'honneur d'un général en retraite, j'exige les mêmes droits que ceux que s'accorde un ministre pour la défense de son sol natal! Nous offririons au général von Rendshoff le défilé d'honneur avec salut à l'épée, et je voudrais bien voir celui qui nous en empêchera!

La conversation s'en tint là. Le jeune fonctionnaire transmit les réclamations des anciens combattants au maire de Nuremberg. En attendant la décision, Ritter procéda à l'organisation matérielle de la manifestation, avec la tactique militaire qui le caractérisait. Il visita le terrain qu'on leur prêtait et prit des mesures; la moindre petite baraque trouvait sa place bien définie, tant les tirs à la carabine que les tentes à bière, les manèges et les trains-fantômes. Puis il fit le tour des hôtels pour réserver les chambres de ses invités.

Au bout de deux jours de courses épuisantes, Ritter regagna Düsseldorf, persuadé que deux semaines plus tard, on allait pouvoir montrer au monde entier que si la grande armée française brillait par ses traditions, elle n'était pas la seule : le soldat allemand valait bien le soldat français.

La clinique de Turin où, après maintes recherches, Boltenstern avait amené Hermann Schreibert, ne ressemblait en rien à celle du docteur Hellerau. L'atmosphère conservatrice de Bergwald, presque féodale même, pourrait-on dire, y faisait entièrement défaut.

Pas de masques de caoutchouc, pas de cordialité, pas de thé dansant ni de piscine, pas de tennis, pas de parc ni de flirt... Ce n'était qu'une clinique ordinaire avec des religieuses aux coiffes encombrantes et une équipe de médecins qui faisaient la visite tous les matins. Les blessés ne pouvaient cacher à personne l'horreur de leur situation; les uns portaient des excroissances de chair sur leur visage, destinées à servir de fondations pour un nouveau nez, ou une nouvelle joue; d'autres, dont les blessures n'étaient pas encore entièrement cicatrisées, attendaient la guérison complète, c'est-à-dire le moment où on se rendait compte de l'importance des réparations à effectuer. Au milieu de cette cohorte de souffrances, Hermann Schreibert n'était autre que le patient de la chambre soixante-dix-huit; on lui apportait ses repas, on l'examinait, on lui donnait la possibilité d'acheter des livres, mais en fait, il était condamné à attendre que le professeur — Umberto Sarnizzi — veuille bien donner le signal de départ, ou comme il disait, commencer le plastique de la joue gauche.

Dans sa solitude et son attente, Schreibert reçut deux lettres.

La première datait du 21 août, la seconde du 25 août. Toutes deux le bouleversèrent.

Corinna Colman écrivait :

Mon Amour!

J'ai réussi à faire passer cette lettre par Emma, la femme de ménage; elle m'a coûté une bague avec un diamant. Je n'ai pas grand-chose à te raconter. Le docteur Hellerau a eu avec toi une longue conversation, je le sais, mais tout ce qu'il t'a dit n'est que mensonge. Je t'aime. Je partirais avec toi n'importe où, et nous serions heureux, mais à une condition : c'est que tu retrouves ton visage. Tant que je vis dans le monde des hommes masqués, mon amour n'est effectivement qu'un jeu... Mais si tu avais ton visage, chéri, je pourrais devenir la femme la plus heureuse...

La lettre de Corinna devint le bien le plus précieux de Schreibert; il la portait sans cesse sur lui, comme une icône. Dans sa chambre, il la colla au mur et passait des heures à la contempler, la relire et l'apprendre par cœur.

Si tu avais un visage...
Un visage.
Un visage!
Visage!...

Il ne se rendit pas compte que cette lettre avait été dictée par un sadisme infernal; Corinna avait parfaitement conscience des tortures qu'elle allait provoquer... mais Schreibert était aveugle. Il crut en chaque mot, et une haine monstrueuse grandit en lui contre Boltenstern, le responsable de son malheur, car il ne pourrait jamais plus retrouver un visage humain et faire ainsi le bonheur de Corinna.

De Düsseldorf, il reçut une lettre anonyme, écrite à la machine, et qui lui donnait une description précise et détaillée des événements de la nuit tragique, description qui ne correspondait pas à la version de Boltenstern. Où était la vérité... Qui pouvait le savoir? Harry Muck lui-même l'ignorait lorsqu'il écrivit cette lettre; mais il savait l'impression qu'elle pouvait faire sur un homme obsédé par la peur d'être accusé de meurtre.

— Mon Dieu! gémit Schreibert après avoir lu et relu cette lettre. Mon Dieu! Si c'est vrai... Si tout s'est réellement passé ainsi... Il ne peut pas en être autrement car — tu le sais bien, mon Dieu! — jamais, jamais je n'aurais tué consciemment Richard. C'était mon meilleur ami!

Son regard passait d'une lettre à l'autre, sans cesse, comme hypnotisé tour à tour par l'écriture enfantine de Corinna et les caractères impersonnels de la machine. C'était pour lui la croisée des chemins, l'heure de la décision.

Le soir, il se plaignit de violents maux d'estomac et demanda des somnifères. Puis il fit mine de s'endormir afin de donner l'impression que, pour lui, la nuit se passerait sans risque d'incident.

Vers une heure du matin, par une belle nuit claire, Hermann Schreibert s'évada de la clinique par la fenêtre de sa chambre. Il abandonna derrière lui tout ce qui aurait pu l'encombrer... Vêtu d'un complet, d'un chapeau et d'un imperméable, il emportait pour tout bagage son passeport, de l'argent et les deux précieuses lettres.

A une heure trente-neuf exactement, un camion le prit en charge.

— O Sainte Vierge! s'écria le chauffeur. Que vous est-il donc arrivé?

Schreibert garda le silence. Caché dans un coin de la cabine, il contempla la nuit. A Milan, le chauffeur reçut un billet de cent marks, ce qui faisait environ six mille lires.

— *Signore!* s'écria-t-il... Il y a sûrement une erreur!

Mais Schreibert agita la main en signe d'adieu et, le chapeau profondément enfoncé sur les yeux, il disparut dans la foule du marché.

Le matin, en découvrant la fuite du patient numéro soixante-dix-huit, le professeur Sarnizzi s'empressa de téléphoner à Boltenstern.

— Je vous remercie, monsieur, répondit calmement ce dernier. Ne vous faites pas de souci pour lui. Vous dites qu'il a reçu deux lettres? Alors, je sais qu'il cherche à me rejoindre. — Puis, il hésita un instant avant de poursuivre : — Je vous prie de m'envoyer votre facture. Vous pouvez disposer de la chambre soixante-dix-huit, car Hermann Schreibert n'en aura plus besoin.

Pensif, Boltenstern raccrocha.

27 août.

Le destin passait à l'action.

16

LE 29 août, dans tous les coins d'Allemagne, les vieux soldats prirent le départ. Chemins de fer spéciaux, cars d'excursions, avions frétés, voitures particulières, défilèrent en trombe en direction de Nuremberg. Quelques avions privés amenèrent les autorités : des directeurs, le procureur général, Breuninghaus, Boltenstern accompagné de Pétra Erlang, Toni Huilsmann, maigre et pâle, le général von Rendshoff et son adjudant, quelques princes de l'industrie, ainsi que l'invité d'honneur, le général Waldemar von Kloph, âgé de quatre-vingt-onze ans, héros de la guerre 14-18, qu'on promenait dans un fauteuil roulant et qu'on présentait comme une rare pièce de musée.

On n'avait aucune nouvelle de Hermann Schreibert. Il avait disparu du marché de Milan comme par enchantement, mais Boltenstern ne se faisait pas d'illusion. Pendant ces trois jours, le blessé avait dû se cacher quelque part; peu importe où, il avait assez d'argent pour acheter la compassion de ceux qui le rencontraient.

Le commandant Konrad Ritter était arrivé quatre jours plus tôt à Nuremberg; il tenait à surveiller lui-même la construction des baraques et des tribunes, et contrôla le baldaquin d'honneur réservé aux invités de marque.

Le dernier jour, juste avant les premiers arrivages, il vérifia le grand-huit. Pas de reproches à faire, comme aux baraques de tir où les forains truquaient tout afin de réduire leurs risques de pertes au minimum; les wagonnets étaient corrects, l'installation présentait toute sécurité. Après un voyage hallucinant dans les montagnes russes, il descendit de voiture, le visage un peu pâle, en s'efforçant de marcher droit et de dominer le tremblement de ses genoux.

Tout était prêt le 29 août pour accueillir les longues processions qui déferlaient vers les bords de la Pegnitz. Pour essayer de rappeler à ces anciens militaires le bon vieux temps, on n'avait rien trouvé de mieux que de monter des tentes au bord du fleuve; une odeur saine de soupe aux pois cassés envahit rapidement le campement artificiel; des hommes nus vinrent s'ébattre dans l'eau, tandis que des chants perçaient le brouhaha de la foule et que des sous-vêtements se balançaient sur des cordes tendues entre les tentes. Il faisait très chaud, ce jour-là.

Debout au nord de la route qui dominait cette partie du fleuve, Ritter sentit des larmes lui monter aux yeux, à la vue de toute cette agitation virile et simple.

Les manœuvres de Brandebourg, se dit-il.

La marche forcée en plein été, en France.

L'offensive du mois d'août...

Ils n'ont rien oublié, les gars! Ils se conduisent exactement comme à l'époque. Ah! Cela vous met du baume dans le cœur!

Le 30 août, à onze heures du matin, le grand défilé commença. Sur la tribune d'honneur, le général von Rendshoff et le général von Kloph attendaient, le premier raide et digne dans sa tenue impeccable, le second recroquevillé dans son fauteuil : il laissait même les mouches voler autour de son visage, se contentant de hocher la tête en murmurant toutes les dix minutes : Quand donc l'empereur va-t-il arriver?

La piste réservée au défilé était limitée par des cordes tendues. A gauche de la tribune d'honneur se tenaient les baraques, les stands de loterie et le grand-huit; en face, trois immenses tentes avaient été montées, avec des bancs et des longues tables de bois. Les divers groupes se formaient; des motocyclistes à brassard blanc allaient et venaient en pétaradant; quatre fanfares se répartissaient les distances et les morceaux de musique; une agitation régnait dans cet amalgame d'uniformes, de képis, de drapeaux et de décorations.

Debout dans une jeep, Konrad Ritter contrôlait tout à la fois, poussait des cris, lançait des ordres et saluait. Hissés sur leurs mâts impressionnants de hauteur, le drapeau de la république et le tricolore noir-blanc-rouge dominaient fièrement le champ de foire.

— Encore dix minutes! annonça Ritter après un coup d'œil à sa montre. Chacun à son poste...

— Encore sept minutes!

Sa voix tremblait. Quelle journée! Quel temps! Un ciel bleu, un soleil resplendissant... Dieu se tient du côté des soldats!

Tout d'un coup, une erreur dans le programme. Une musique sacrilège, venue des tentes ou du grand-huit, recouvrit la fanfare sacrée; lancée à toute volée par les haut-parleurs dans les moindres recoins du terrain, elle indigna les bons fanatiques de la religion militaire.

Yeah... Yeah... Yeah...

Auf der Reeperbahn nachts um halb eins...

Jungs, komm bald wieder...

Le vieux général von Kloph interrogea dans un souffle :

— Cette fois, c'est bien l'empereur qui arrive?

La jeep du commandant Ritter fonça dans un nuage de poussière.

— Arrêtez! hurla-t-il en atteignant la première baraque. Arrêtez! Bon Dieu! Attendez donc la fin du défilé!

Les Beatles, Freddy Quinn et les Lords se turent en grognant. Un coup d'œil sur la montre.

Encore deux minutes.

Le général von Rendshoff se leva de son fauteuil et fit trois pas sur la tribune; près de lui, le vieillard gâteux le suivit.

— Vive Sa Majesté! bredouilla-t-il, le regard voilé.

La fanfare de tête leva ses instruments. Tambours, baguettes, fifres...

— Attention! cria-t-on.

Sur le grand-huit, un wagonnet glissait encore dans un bruit de tonnerre. Ritter bondit dans sa jeep.

A ce moment précis, son regard se posa sur l'homme adossé à une baraque de bois, les yeux fixés sur les drapeaux et les guirlandes qui flottaient autour de la tribune.

Un homme vêtu d'un complet brun fripé. Pas de médaille, pas de rosette au revers. Un chapeau à larges bords lui tombait jusque sur le front.

Et au-dessous rien, rien que la reproduction en miniature d'un paysage lunaire. Un chaos de cicatrices, de plis et de creux.

— Hermann, bégaya Ritter. — Aussitôt il sauta à bas de sa jeep et rejoignit le solitaire. — Mon Dieu... Hermann... Que fais-tu donc ici? Comment es-tu arrangé? D'où viens-tu? Pourquoi te caches-tu? Schreibert... Tu ne me reconnais pas? C'est moi, le major...

Ritter en perdait le souffle; un frisson le secoua devant le regard fixe de Schreibert obstinément dirigé vers la tribune. C'était le regard d'un taureau affamé.

— Nous t'attendons tous, murmura encore Ritter. Tout le monde est là... Toni, Alf, Wilhelm, Hans, Werner, Josef, et même le pauvre estropié, Muller, tous les survivants de la compagnie sont là... Quatorze en tout... Hermann...

Les tambours se mirent à tonner, et le régiment

s'ébranla, les cent drapeaux en tête, agités glorieusement par le vent.

Le général von Rendshoff se mit au garde-à-vous, et son vieux voisin salua.

— Pour l'empereur, hourra! cria-t-il d'une petite voix aigrelette qui se perdit dans le brouhaha des tambours et des cuivres.

Fridericus Rex...

On se retrouvait comme à l'époque; les baguettes dansaient jusque par-dessus les têtes. Des applaudissements frénétiques. Les yeux bleus de von Rendshoff brillaient.

Ritter s'adossa à la baraque auprès de Schreibert; la sueur lui coulait dans les yeux.

— Mon Dieu, Hermann, qu'y a-t-il? demanda-t-il. Parle, bon sang. Je ne t'ai encore jamais vu comme ça... pas même en Sibérie lorsque Willi s'est fait accrocher par la grosse scie et découper en tranches...

— Viens! prononça durement Schreibert. Viens. Allons voir le défilé...

A pas lents, ils se dirigèrent vers la tribune fleurie.

Alf Boltenstern vit arriver Schreibert; il se leva aussitôt, sans que quiconque s'en aperçût.

Le défilé continuait.

Boltenstern rejoignit Hermann Schreibert d'un pas ferme. La poussière soulevée par plusieurs centaines de pieds marchant à pas cadencés formait un épais nuage sur tout le terrain. Le vent était favorable. Lorsqu'il vit venir à lui Boltenstern, Schreibert ôta son chapeau; derrière lui, le vieux Ritter courait comme un petit chien affolé.

Ils marchaient à la rencontre l'un de l'autre comme deux ennemis solitaires dans le désert. Personne n'existait en dehors d'eux; ils étaient seuls au monde, se surveillaient mutuellement et attendaient le moment inévitable où ils se heurteraient l'un l'autre, sans qu'il leur soit possible d'éviter le choc, tels deux trains lancés sur la même voie et destinés à se télescoper. Devant la tribune, défilait à présent une unité d'anciens officiers. Le général von Rendshoff leur fit un signe de tête amical. Quant au vieux von Kloph, il commençait à perdre patience. Il hochait la tête et essayait de ses yeux usés de percer le nuage de poussière pour comprendre ce qui se passait sur la piste.

— Mais ce n'est pas du tout Sa Majesté, dit-il avec déception. C'est le Führer! Tout de même... Partons, von Rendshoff! Un stupide caporal! Je veux partir d'ici!

En proie à une colère dangereuse, il saisit la manche du général.

Pendant ce temps, le commandant Konrad Ritter s'était immobilisé en voyant les deux frères ennemis s'approcher l'un de l'autre d'un pas égal. Il oubliait tout, le rassemblement, ses invités d'honneur, le contrôle, l'ordre du défilé. Il lui semblait planer dans un espace vide; son cœur battait à tout rompre. Mon Dieu! Que va-t-il se passer? On dirait deux meurtriers qui se font face! Les gars! Pensez donc à Meseritz, à la captivité, aux forêts de Tobolsk, à la taïga sibérienne... Ce n'est pas possible, vous ne pouvez pas avoir tout oublié...

Il ne comprenait pas ce combat muet qui avait commencé en sa présence lorsque deux paires d'yeux s'étaient rencontrées à plusieurs dizaines de mètres de distance. La musique militaire ressemblait aux crépitements d'un orage apocalyptique.

— Schreibert! s'écria Konrad Ritter lorsqu'il aperçut ses deux amis face à face, à deux pas l'un de l'autre. Boltenstern! Arrêtez-vous!

Sa voix grêle ne parvint même pas jusqu'à eux. Comme un pantin inutile, il leva les bras au ciel.

Effectivement, Boltenstern et Schreibert s'arrêtèrent, non pas parce que le cri de Ritter les retenait, mais parce qu'ils étaient suffisamment près l'un de l'autre pour se regarder droit dans les yeux.

— Bonjour, Hermann! commença Boltenstern. Je suis heureux que tu sois venu quand même. Sans toi, la fête d'aujourd'hui n'aurait pas été complète. Le général voudrait te parler...

Les lèvres déformées de Schreibert se plissèrent, vision horrible pour un être normal.

— J'ai ôté mon masque, prononça-t-il d'une voix sifflante. Pourquoi continues-tu à porter le tien, Alf? Il est temps de l'enlever...

— Hermann, je voudrais...

— Ote ton masque! cria Schreibert. Je ne peux plus voir un masque! Sois donc ce que tu es...

Boltenstern fit la moue; il observa de près le visage terriblement labouré de son ami et eut de la peine à se rappeler ce qu'il avait été auparavant. Un froid glacial lui traversa le dos, mais qui n'avait rien de commun avec la pitié.

Une moto pétarada auprès d'eux et une voix triomphante hurla :

— Commandant! Eh! Major! On vous cherche partout! Il y a des difficultés à la troisième compagnie... Venez vite!

Ritter passa une main lasse sur son visage ridé.

— Merde alors! grogna-t-il. Il faudrait être partout à la fois!

Mais sa conscience militaire l'emporta et il se laissa enlever. Un dernier regard en arrière le remplit de satisfaction : les deux amis n'avaient pas bougé.

— Viens, reprit Boltenstern calmement après la disparition du témoin encombrant.

— Où donc? interrogea Schreibert en remettant son chapeau.

— Viens rejoindre les autres.

— Qui est là?

— Tout le monde.

— Toni aussi?

— Bien sûr. Ainsi que Pétra Erlang...

— Ah! Ta future épouse.

— Oui.

— Voilà pourquoi il fallait que Richard Erlang meure...

Boltenstern serra les lèvres, ce qui fit sourire Schreibert. Le sourire d'un homme sans visage ressemble un peu aux gribouillages d'un dessin enfantin.

— Tu m'as offert un million pour prix de mon silence, poursuivit Schreibert. Cinq cent mille pour chaque joue...

— Je n'ai pas changé d'avis... A moins que tes exigences n'aient augmenté?

— Je me fous de ton sale argent! — Schreibert avança la tête. — Je ne veux qu'une chose, et c'est gratuit. Je veux voir le film tourné par Toni la nuit du 21 mai!

— Volontiers... Je vais en parler à Toni, riposta Boltenstern avec une impassibilité incompréhensible. Mais je crains fort qu'il ne refuse.

— Toni est là, sur la tribune. Je n'ai pas besoin de ton intervention... Je suis encore capable de lui parler moi-même! — Il se remit à sourire. — Je suis certain, moi, qu'il me passera son film.

— Tiens-tu absolument à voir comment tu t'y es pris pour étrangler lentement Richard? Pour te mettre à genoux sur lui et nouer le foulard? Et pour te glisser ensuite contre son corps comme une salamandre à la recherche d'une araignée? Tu sais que ce film suffit pour te livrer à la police judiciaire n'importe quand?

— Ote donc ton masque, Alf, répéta Schreibert en serrant les poings. Méfie-toi, tu sais. Car je vais te casser la gueule! Tu sais parfaitement ce que ce film a enregistré! Ta prétendue assurance ne cache qu'une peur immonde! Tu ne comprends pas encore qu'il n'est plus utile de bluffer? Veux-tu que je te raconte exactement ce qu'on peut voir sur l'écran?

— Volontiers, répondit Boltenstern.

Brusquement, son cœur devint lourd comme une boule de plomb; ce n'est pas possible que Schreibert connaisse le véritable contenu du film... Il cherche seulement à me faire perdre mon sang-froid; mais ce n'est pas une méthode très intelligente.

— Le film présente les effets de ton maudit LSD! Chacun d'entre nous poursuit son rêve, mais les réactions sont différentes selon les individus. Nos corps et nos mouvements ne correspondent pas aux épisodes vécus en rêve. J'étais un vison de Sibérie, affolé, poursuivi par un chasseur qui voulait me tuer; ce chasseur grimpait même sur les arbres pour m'attraper, et finalement, il ne restait plus de lui qu'une tête ronde aux yeux étincelants et à la barbe gelée... Cette apparition monstrueuse sautait de branche en branche, à la poursuite du vison terrifié... mais pendant ce rêve, mon vrai « moi » était réduit à l'esclavage, sans volonté; ma personnalité s'était dédoublée, et tandis qu'une partie transformée en vison luttait pour sa vie dans la taïga, l'autre moitié attendait tes ordres... Voilà ce que tu as fait : tu m'as ordonné d'étrangler Richard... et je t'ai obéi sans le vouloir et sans en avoir conscience... C'est *cela* que montre le film, n'est-ce pas, Alf?

Un nuage opaque enveloppa Boltenstern, et tout s'y trouva englouti, la musique militaire, l'écho des bottes, le brouhaha des voix. Une sueur froide perla sur sa peau.

— Viens! dit-il d'une voix rauque.

— Où?

— Partons d'ici. Toni, toi et moi, nous devons discuter de tout cela. Dans une demi-heure... A moins que tu ne tiennes absolument à troubler le défilé? Le général von Rendshoff va prononcer quelques mots... et ensuite, nous pourrons nous réunir dans un coin tranquille.

Boltenstern fit mine de se détourner pour rejoindre la tribune, mais Schreibert le retint; ses doigts pointus comme des griffes s'enfoncèrent dans le bras de son ami.

— C'est... c'est vrai, n'est-ce pas, Alf? haleta Schreibert, son visage effrayant s'approcha de celui de Boltenstern, à le toucher. — Dis-moi un oui ou un non, Bon Dieu! Que ce soit clair enfin! Est-ce bien vrai que j'ai tué Richard sur ton ordre? Que tu es, toi, son véritable meurtrier? A cause de Pétra, à cause des millions, à cause de cette histoire vieille de onze ans, où Pétra t'a laissé tomber... Dis quelque chose, Alf! Ote-moi ce poids du cœur!

— Allons derrière la grande tente, Hermann. — Pas un muscle du visage de Boltenstern ne remua ; son propre calme l'étonnait lui-même! Il avait souvent pensé à cette minute où l'accusation tomberait sur lui, et il se demandait toujours comment il réagirait, sans pouvoir trouver de réponse satisfaisante... — Nous attendrons là-bas la fin de la cérémonie. Ensuite, j'irai chercher Toni. Tu ne vas tout de même pas monter sur la tribune comme tu es, sans masque?

— Je ne suis pas responsable de la perte de mon visage!

— Mais il y a beaucoup de dames sur la tribune! Si au moins, tu avais ton masque...

— Je ne porterai plus jamais de masque, tu m'entends? reprit Schreibert à haute voix. Je suis comme je suis, et vous, vous me dégoûtez tous, vous qui cherchez toujours à paraître autres que vous n'êtes! J'ai changé, Alf, depuis quelques semaines! Je ne fais plus partie de votre sale clique d'hypocrites!

— C'est ce que je crains aussi, répondit froidement Boltenstern. Cela n'empêche que j'en appelle à ton sens des convenances et je demande au gentleman que tu as toujours été d'épargner les dames.

Schreibert chercha encore à protester, mais il se rendit compte que jamais Boltenstern n'avouerait à froid sa perfidie. Il fallait le placer devant une vérité à laquelle il ne pouvait plus se dérober, et ensuite faire les comptes : du côté Schreibert, un visage à jamais perdu, une vie gâchée, du côté Boltenstern... Je vais le forcer à se présenter à la police, pensa-t-il, en se dirigeant lentement vers la grande tente. Ce sera la pire des punitions pour lui, pire que la décision du juge : il devra se conduire lui-même à sa propre mort, lui qui s'aime plus que tout au monde. La mort de Narcisse...

Boltenstern suivait docilement Schreibert. Deux fois, il se retourna vers la tribune et aperçut Pétra Erlang debout, cherchant à joindre son regard. Il lui envoya un signe de la main plein de gaieté et de jeunesse, pour la rassurer, et un sourire naturel détendit son visage contracté jusqu'à présent.

Devant la tribune, le défilé se poursuivait en bon ordre. Les spectateurs n'arrêtaient pas d'applaudir frénétiquement ; les dames riaient d'enthousiasme, le général von Rendshoff envoyait des signes de cordialité tandis que, près de lui, le vieillard impotent était au bord des larmes.

— Comment peut-on applaudir un simple caporal? Quelle honte! Je vous en supplie, éloignez-moi de ce lieu!

Épuisé, le commandant Ritter buvait une limonade, adossé à un pylône de la tribune ; il était écœuré de la mesquinerie rencontrée un peu partout. Combien de fois n'avait-il pas à se poser en juge pour régler des différends stupides, drapeaux, préséances, ordre... Incroyable de penser qu'avec ces types-là, on avait presque conquis Moscou!... Et les deux imbéciles là-bas, que devenaient-ils?

Derrière la grande tente-brasserie, Boltenstern avait rejoint Schreibert. Ils se réfugièrent dans la réserve de fûts et Boltenstern s'assit sans façon sur un des tonneaux les plus hauts.

— Terminus, Hermann! dit-il presque joyeusement. — Il eût été difficile de dire si c'était une simple façon de s'exprimer ou bien un jeu de mots macabre. — C'est ici que nous attendrons la grande retraite! Viens, assieds-toi...

Après bien des hésitations, Schreibert finit par prendre place à son tour sur un tonneau un peu plus bas ; on aurait dit le fou du roi aux pieds de son maître. Derrière eux, de l'autre côté de la mince toile de tente, un orchestre de cuivres commença à s'installer. Un trombone émit quelques grognements suivis des trilles d'une clarinette. Puis des voix indistinctes, des cliquetis de verres. Boltenstern posa la main sur l'épaule de Schreibert, ce qui fit sursauter ce dernier ; il rentra la tête comme si l'on cherchait à lui passer une corde autour du cou.

— Laisse tomber, dit-il grossièrement en se dégageant. Qu'est-ce que tu veux?

— Rien!

Boltenstern ôta la main. Ce geste marqua le glas des sentiments d'humanité qui pouvaient encore survivre en lui. A partir de cet instant, Hermann Schreibert comptait moins pour lui qu'une mouche qu'on essaie d'écraser sur le mur à l'aide d'un journal replié...

Au même moment, deux retardataires prirent place sur un des derniers bancs de la tribune. Personne ne les remarqua, car tous les regards étaient braqués sur un bataillon de soldats impeccables défilant au pas de l'oie comme des danseurs, la jambe presque en équerre avec le corps...

Werner Ritter et Jutta Boltenstern aperçurent avec horreur le vide à côté de Pétra Erlang ; le cœur étreint d'un pressentiment affreux, ils se prirent par la main.

Le défilé touchait à sa fin, heureusement d'ailleurs, car l'enthousiasme et la chaleur aidant, on commençait à percevoir le désordre. L'orchestre de cuivres tonitruait déjà sous la tente-brasserie pour les premiers assoiffés, ceux qui avaient défilé au début et quelques impatients descendus des tribunes. On avait roulé les bannières, rejeté le décorum, et on se laissa aller à la joie de se revoir vivants après l'enfer, et la fierté d'appartenir à une nation forte... Le général von Rendshoff continuait à saluer ; quant au petit vieux, profondément déçu de n'avoir pas vu l'empereur, puis d'avoir entendu son collègue applaudir Hitler, et finalement d'avoir constaté que les soldats défilaient en civil, il s'était endormi tout simplement dans son fauteuil. Sans bruit, avec mille précautions, on l'avait emmené à l'écart dans un endroit frais, à l'abri de la poussière et du bruit.

La tribune se vidait. Quelques invités d'honneur pleins de dignité se dirigèrent vers la tente à rafraîchissements.

— Je vais à la recherche de papa, dit Jutta à Werner quand ils se furent décidés à leur tour à quitter la tribune.

Werner approuva d'un simple signe de tête.

— Moi, je reste auprès de Toni Huilsmann et nous nous retrouvons sous la tente, n'est-ce pas?

Konrad Ritter courait de baraque en baraque comme une poule à la recherche de ses poussins. Il cherchait Boltenstern et Schreibert, profondément inquiet de les savoir seuls à deux, comme s'il était poursuivi par un noir pressentiment. Mais il ne les trouva pas... Ils n'étaient ni dans la tente, ni sur la tribune, ni dans les baraques. Il négligea de faire le tour extérieur de la brasserie, et ce fut une erreur, car il les aurait trouvés entourés de fûts et assis chacun sur son tonneau. Boltenstern lisait la lettre que Schreibert avait reçue à Turin, donnant la description exacte du film enregistré par Toni.

— Est-ce la vérité? interrogea enfin Schreibert lorsque son ami replia le papier. Dis-le moi, bon Dieu!

— Non! — Boltenstern lui rendit la lettre ; sa voix claire ne laissait percer aucune agitation. — Celui qui a écrit ces lignes est un salaud! Je m'étonne que tu aies prêté foi à de telles horreurs!

— Ce soir-là, j'ai perdu mon visage, et je ne sais pas comment, gémit le malheureux Schreibert en enfouissant la lettre dans sa poche. — Boltenstern suivait chacun de ses mouvements avec un mauvais sourire aux commissures des lèvres. — Je n'ai jamais compris pourquoi cette nuit-là, j'ai quitté la maison de Toni et suis rentré chez moi en voiture. Tu sais bien que c'est contraire à toutes mes habitudes ! Jamais je ne m'assieds au volant quand j'ai beaucoup bu! J'ai toujours abandonné l'auto et appelé un taxi dans ces cas-là. Et pourtant, cette nuit-là, j'ai conduit moi-même... tout à fait comme si j'avais perdu tout contrôle sur moi-même. — Il regardait Boltenstern avec de grands yeux, seuls restes vivants dans cette face ravagée. — J'ai pris le temps de réfléchir après avoir reçu cette lettre... Alf...

— Oui, Hermann...

Il tourna à moitié la tête ; toute son attitude respirait une suffisance quasi pathologique.

— Ma mort faisait-elle aussi partie du programme? As-tu fait exprès de m'envoyer promener au volant de ma voiture, dans l'espoir que je me casserais la gueule quelque part en cours de route? As-tu considéré comme une malchance que je me sois contenté de quelques blessures? Est-ce une faute de calcul dans un plan d'autre part parfaitement mis au point?

— Tais-toi, tu ne racontes que des sottises, Hermann, coupa froidement Boltenstern. Quand tu auras vu le film de Toni, tu me rendras justice ; tu verras bien que tous tes soupçons sont ridicules. C'est *toi* qui as étranglé Richard, bien sûr sans le vouloir, sans en avoir conscience... et c'est la raison pour laquelle nous cherchons tous à noyer les événements de cette nuit fatale dans un nuage opaque et infranchissable, parce qu'il n'y a pas de preuves! Toutes les enquêtes lancées par des fonctionnaires trop zélés ont été sapées à la base par le procureur général lui-même, notre ami Breuninghaus. Il les a toutes stoppées. Si tu la boucles, il ne t'arrivera rien!

— Est-ce que Breuninghaus est ici?

— Oui.

— Je voudrais lui parler.

— Pourquoi? Puisque le dossier est définitivement fermé.

Il épia Schreibert, et vit son visage trembler comme s'il était traversé par un courant électrique.

— Je veux attirer l'attention de Breuninghaus sur le film de Toni...

— Ce serait le comble de la folie.

— Ce que je veux, bon Dieu, c'est que justice me soit rendue! — Il bondit de son tonneau, fit face à Boltenstern, fantôme hallucinant venu d'une autre planète. — C'est la vérité que je veux! Je me fous de ce qui s'est passé entre Toni, toi et moi. Qu'est-ce que j'ai encore à perdre? Que suis-je devenu? Un être doué d'une âme sensible et de la puissance d'aimer... et à l'extérieur, un clown dont l'apparition provoque un frisson d'épouvante, la nausée et le dégoût, sans oublier l'abominable pitié des autres! Est-ce une existence? Que peut-il m'arriver encore si le public voit de quelle manière j'ai tué Richard? Richard, mon meilleur ami... parfaitement, mon meilleur ami. Et c'est justement lui que j'étrangle! C'est cela que je veux voir, dans tous les détails, pour y croire réellement. Après quoi, on pourra faire de moi tout ce qu'on voudra...

Boltenstern haussa les épaules. Il était prêt, en cet instant, à tout accepter et à tout avouer. Il savait déjà que ce ne serait que des mots destinés uniquement à apaiser Schreibert pour un temps très limité.

— Bon, dit-il. Nous inviterons donc Breuninghaus à la représentation, si tu y tiens absolument.

A l'intérieur de la tente, derrière eux, le général von Rendshoff commençait son discours ; un violent roulement de tambour imposa le silence aux trois mille hommes excités et assoiffés, assis autour des immenses tables de bois. Les invités d'honneur, installés sur une sorte de podium autour d'une table recouverte d'une nappe blanche, mangeaient une appétissante choucroute garnie. Le monument vivant qui avait nom général von Kloph était sorti de son sommeil d'enfant; il lampait à petits coups prudents un vin de Moselle assez doux, tout en jetant autour de lui des regards étonnés.

— Camarades! tonna von Rendshoff de sa voix claire et sèche. Chers camarades! Pour tous ceux qui respectent le patriotisme comme une tradition sacrée, ce jour restera à jamais gravé dans les cœurs, ce jour où tous les glorieux anciens combattants réunis autour de leurs drapeaux...

A l'entrée de la tente, le commandant Ritter risqua un œil prudent. Il mourait de soif, et sa chemise trempée de sueur disait assez son émoi. Pas trace nulle part de Boltenstern et de Schreibert; un dernier espoir lui restait encore, c'était cette tente surpeuplée. De loin, il aperçut son fils; après s'être rapidement frayé un passage parmi la foule des glorieux buveurs, il le tira par la manche et l'emmena à l'écart.

— Où est Boltenstern? demanda-t-il. L'aurais-tu vu quelque part?

— Non, mais je crois que Jutta doit être avec lui.

— Ah bon! Alors, c'est bien. — Soulagé, Konrad Ritter respira profondément et se fit apporter un grand bock. — Depuis quand es-tu arrivé ici?

— Depuis que vos champions de marathon soulèvent la poussière...

Konrad Ritter avait trop chaud pour commencer un discours sur la grandeur symbolique du défilé solennel à la prussienne. Il se sentait trop épuisé et trop assoiffé. Quelque part au loin, le général s'échauffait.

— ... Tant qu'un soldat allemand tient la place, la patrie a le droit de se sentir en confiance. Dans toute l'histoire militaire allemande, on ne trouve pas un seul traître, pas un seul renégat, pas un seul lâche, et si nous avons perdu deux guerres, nous savons bien que ce fut pour des raisons économiques et non militaires! Toujours et partout, l'héroïsme allemand a tenu le flambeau...

Derrière la tente, Hermann Schreibert s'appuyait à

un tonneau en s'essuyant les yeux ; devant lui, Boltenstern allait et venait, tête baissée comme s'il sondait de graves problèmes. Ils n'avaient plus grand-chose à se dire... Il ne restait rien de leur amitié, et toutes explications supplémentaires étaient inutiles. A jamais enchaînés l'un à l'autre par cette maudite nuit du 21 mai, ils n'avaient qu'un souci commun, la vérité... L'un voulait connaître la vérité, tandis que l'autre voulait à tout prix l'étouffer.

Non loin d'eux, protégée par une toile de tente, Jutta Boltenstern observait son père. Tentée au premier abord de courir à lui, elle se rendit vite compte, d'après l'attitude des deux protagonistes, qu'elle allait être le témoin d'un duel impitoyable ou d'un règlement de comptes. Il y avait quinze jours qu'elle n'avait pas vu son père, depuis son départ pour Emmerich, et il lui parut ce jour-là terriblement vieilli et ravagé.

— Veux-tu que j'aille te chercher une bière, Hermann? demanda soudain Boltenstern.

La tente éclatait justement sous un tonnerre d'applaudissements car le général von Rendshoff venait de clamer les droits immortels de l'Allemagne à être unie dans sa totalité.

Schreibert hocha la tête :

— Quand pourrai-je voir Toni?

— Je vais essayer de l'amener en même temps que ta bière. En outre, Pétra doit me chercher partout. Elle n'est au courant de rien et m'attend à la table d'honneur, toute seule. Je cours lui donner quelques explications, et je te ramène Toni et une bière. D'accord?

— D'accord.

Schreibert ôta de nouveau son chapeau, ce qui donna à Jutta l'occasion de contempler pour la première fois le désastre. Un frisson d'horreur la secoua des pieds à la tête. Que doit-il penser en se regardant dans la glace? se demanda-t-elle avec épouvante.

Boltenstern passa à quelques mètres d'elle sans la voir. Elle attendit qu'il eût pris une certaine avance et lui emboîta le pas. Intriguée, elle le vit se diriger vers un groupe de voitures garées dans un coin privilégié, au lieu de rejoindre directement l'entrée de la tente, comme il l'avait dit à Schreibert... Boltenstern ouvrit une des voitures — ce devait être celle de Pétra Erlang — et fouilla la boîte à gants. Jutta se cacha derrière une autre voiture et put observer son père à loisir, à travers les pare-brise. Elle le vit ouvrir une enveloppe, en tirer quelque chose de brillant qu'il glissa dans la poche de son veston... Elle n'avait pas besoin d'en voir davantage pour comprendre.

Deux papiers d'étain ; deux buvards humides. Incolore, inodore et sans saveur... Le secret du départ pour l'enfer violet. Cent microgrammes de LSD.

Puis il partit. Jutta attendit encore quelques secondes. Un hurlement la fit sursauter : sous la tente, trois mille bouches lançaient un triomphant « Hourra ! » à l'adresse du général von Rendshoff. Derrière elle, les wagonnets du grand-huit montaient à l'assaut des « montagnes russes » à grand renfort de grincements et redescendaient à toute allure ; les cris des amateurs de sensations fortes se mêlaient aux gémissements des voitures malmenées. Un haut-parleur laissait percer la voix peu mélodieuse d'Elvis Presley, tandis que les coups de carabine scandaient la mesure.

La musique militaire avait repris sous la tente ; le discours du général von Rendshoff était terminé.

Jutta attendit à l'abri de la voiture que son père revînt de la tente ; elle dut attendre assez longtemps, car Boltenstern voulut commencer par aller rassurer Pétra Erlang sur sa longue absence et la prier de prendre encore patience.

— Schreibert est là, murmura-t-il tout bas afin que Toni Huilsmann ne l'entendît pas. Il ne veut pas venir ici, le pauvre type, à cause de son visage. Je lui apporte une bière et je reviens. Quand la fête officielle aura pris fin, nous nous retrouverons tous ensemble quelque part. Nous serons entre nous, ce sera beaucoup mieux.

Mais surtout, ne manifeste rien en le voyant...

Pétra acquiesça d'un signe de tête. Cette tente bondée d'hommes suants et puants la dégoûtait. Elle se demandait bien ce qu'elle faisait là. Boltenstern la présentait à tous comme sa future épouse... C'était l'unique raison de sa venue à Nuremberg. Pour permettre à Boltenstern de se gonfler de fierté en exhibant une femme à la fois très belle et très riche. Pétra Erlang le savait ; mais depuis sa défaite absolue de Rhodes, elle n'avait plus le courage de se défendre. Elle jouait son rôle de pièce d'exposition, de trophée... et lui, il ressemblait à un César romain qui promenait sa conquête à travers les rues de son empire. Ces derniers temps, les éblouissements dont elle avait tant souffert à Rhodes avaient tendance à se faire plus rares ; mais, en fait, elle était obligée de s'avouer que non seulement elle n'en souffrait plus du tout, mais surtout qu'ils lui manquaient...

— Je reviens tout de suite, chérie, entendit-elle murmurer à son oreille.

Boltenstern s'éloigna sans qu'elle ait eu le temps de prononcer un mot. Elle reçut encore une visite : le général von Rendshoff s'approcha d'elle, un verre de vin à la main ; il s'inclina galamment devant elle et fit mine de trinquer.

Une agitation incroyable régnait sous la tente. Les bocks claquaient sur les tables de bois ; les vendeuses de petits pains et de biscuits salés criaient et juraient comme des charretiers. L'atmosphère s'échauffait au même rythme que la bière dans les pots.

Boltenstern sortit de la tente, son bock à la main ; après avoir cherché refuge derrière une auto — Jutta ne l'avait toujours pas quitté des yeux — il déballa un de ses petits paquets et trempa le buvard dans la bière mousseuse. Jutta compta les secondes... elles lui parurent éternelles et pourtant, au bout de dix, Boltenstern retira le buvard et en fit une boule qu'il jeta dans la poussière sous une auto. Puis il sortit de son coin et se hâta de rejoindre Schreibert derrière la tente.

Jutta courut derrière lui, en prenant bien soin de ne pas se faire voir. Sa gorge était sèche d'émotion ; son cœur battait de peur ; soudain, une bande de jeunes gens l'entoura ; elle se sentit tirée, poussée, happée, sans avoir la possibilité d'esquisser un geste de défense. Désespérée et affolée, elle ne put que crier et agiter les bras, mais la force des autres l'entraîna au loin, et elle ne parvint même pas à regagner son poste d'observation.

Entre-temps, derrière la tente, Boltenstern tendit le pot de bière empoisonnée à Schreibert.

— Où est Toni?

— Il me suit. Je lui ai expliqué où nous étions, mais il était justement en grande conversation avec le général.

— Tu lui as dit ce que j'attendais de lui?

— Bien sûr.

— Et?

— Il est d'accord. Demain, nous rentrons à Düsseldorf et il te passera le film...

— C'est sûr?

— Tu pourras le lui demander bientôt, Hermann...

Schreibert contempla la bière mousseuse d'un air absorbé. Il n'arrivait pas à comprendre l'assurance de Boltenstern. La lettre aurait-elle effectivement raconté des mensonges? Et Schreibert était-il en fin de compte le véritable meurtrier de son meilleur ami?

Il ferma les yeux :

— Mon Dieu, Alf, qu'est-ce que nous sommes devenus? murmura-t-il. Pourquoi as-tu éprouvé le besoin d'amener ton horreur de drogue? Et pourquoi avons-nous accepté de l'avaler? N'étions-nous déjà plus normaux? Alf, crois-tu vraiment que c'est l'argent qui nous a gâtés à ce point?

— Bois, mon vieux... A ta santé! lança Boltenstern gentiment en posant son bras sur l'épaule de son ami. — Tu dois mourir de soif avec une chaleur pareille. Mais bois lentement, la bière est glacée...

Schreibert avala son bock par petites gorgées jusqu'à ce que son estomac se fût habitué à la température du liquide.

— Ça fait du bien, Alf! dit-il en reposant le pot.

— Je veux bien croire...

Il était exactement treize heures dix-neuf minutes.

A quatorze heures, tout serait terminé.

Il sourit et alluma une cigarette.

Dans la tente, on entonnait d'anciennes chansons populaires.

— Qu'as-tu l'intention de faire, Alf?...

Schreibert se sentait la tête lourde, ses tempes battaient tout d'un coup.

— A Noël, je vais épouser Pétra, répondit Boltenstern d'une voix tranquille.

— Tu en es sûr?

— Oui.

— Tu ne penses pas qu'à Noël, tu pourrais peut-être bien te retrouver en prison?

— Sûrement pas!

Treize heures trente-quatre minutes.

Le LSD commençait à agir sur le cerveau; les yeux brillants, les mains tremblantes, les doigts nerveux, tous ces premiers signes extérieurs ne pouvaient tromper l'observateur subtil.

— Sais-tu que tu es un cochon, Alf? bredouilla Schreibert d'une voix pâteuse, sa tête oscillait de droite à gauche et de gauche à droite comme si elle ne tenait plus sur ses épaules.

Dans la tente, on entonna *Der Westerwald*; les poings battaient la mesure sur les tables de bois.

Boltenstern observait Schreibert comme un fauve la proie qu'il se prépare à dévorer. Ses yeux brillaient d'un éclat étrange et sa tête dansait de plus en plus.

— Alf, cette bière était drôlement forte! prononça-t-il avec difficulté. Je crois que j'ai vraiment bu trop vite. Viens, emmène-moi jusqu'à ta voiture. Je voudrais dormir...

Il tendit les deux bras vers son ami comme un enfant en train de faire ses premiers pas.

Mais Boltenstern ne fit pas un mouvement vers lui, il se contenta de jeter sa cigarette.

— Il faut que je te dise quelque chose, Hermann... — Sa voix prit l'inflexion et le ton d'une discussion d'affaire, sans l'ombre de sentiment. — Je ne connais pas l'identité de celui qui t'a envoyé cette lettre anonyme; je ne sais pas qui a bien pu lui apprendre la vérité; une chose est certaine, ce qu'il t'a écrit est l'entière vérité! Il est exact que je n'ai jamais pu accepter d'avoir été supplanté par Richard Erlang auprès de Pétra, il y a onze ans. Tout mon avenir dépendait à l'époque de cette décision. J'avais mis au point des brevets, des inventions fantastiques dans le domaine de l'électronique des instruments permettant de diriger les fusées. Mais pour pouvoir exploiter ces inventions, il me manquait le capital Wohlhagen... J'avoue qu'à ce moment-là, j'étais littéralement possédé, obsédé par mes découvertes... Mais ce fut Richard qui épousa Pétra, et ensuite, il a acheté mes brevets pour une bouchée de pain, car j'avais besoin d'argent, j'étais un génie pauvre, tu comprends; on me tendait une aumône : on me prenait mes inventions, et on me donnait un ticket pour la soupe populaire... Plus tard, bien sûr, mes moyens ont augmenté et j'ai eu tout de même une existence confortable. Richard était généreux... Il m'a toujours versé dix pour cent de la fortune que lui rapportaient mes découvertes, dix pour cent, alors que c'était cent pour cent qui me revenaient de droit! N'est-ce pas normal que j'aie attendu pendant des années que justice me fût rendue! Le jour du règlement de comptes est arrivé le 21 mai, le soir où, comme d'habitude, vous vous êtes réunis chez Toni pour taquiner les putains et vous enivrer; c'est ce soir-là que je vous ai parlé du LSD pour la première fois, et je *savais* que vous vous jetteriez dessus comme des loups affamés, car c'était quelque chose de nouveau, d'inconnu encore... Tout le monde en a pris, vous autres, les filles... tous, sauf moi. Absorbés par votre propre excitation et par l'odeur des filles en chaleur, vous n'avez même pas vu que j'avais mis mon verre sur le côté...

— Salaud! bredouilla Schreibert. — Il avait déjà glissé de son tonneau et s'y cramponnait avec la fureur du désespoir; ses jambes ne le portaient plus; seul restait encore lucide une partie de son cerveau. — Salaud...

— J'ai attendu que vous vous soyez tous envolés sur vos planètes respectives; puis pendant que toi, tu marchais à quatre pattes, sur le tapis, en poussant des petits cris, je suis allé au vestiaire et j'ai enfilé mes gants avant de prendre le foulard de Richard. Tu es venu à ma rencontre en criant comme un malheureux : « Il va m'attraper! Il va m'attraper! Au secours! »... Et moi, je t'ai dit, uniquement pour dire quelque chose, d'ailleurs : « Tais-toi! Calme-toi! Ce n'est qu'un rêve! »... Sur-le-champ, tu t'es apaisé. A ce moment-là seulement, je me suis rendu compte que tu obéissais inconsciemment à une volonté extérieure. Le projet que je nourrissais déjà depuis longtemps devenait tout d'un coup une réalité fantastique... — Boltenstern observa attentivement son interlocuteur dont la bouche entrouverte s'emplissait de bave. — Tu m'entends, Hermann? questionna-t-il en se penchant vers lui. Est-ce que tu m'entends encore?

— Oui, bégaya l'autre. Oui... Oui... — Il tomba sur les genoux et posa la tête sur le couvercle du tonneau.

— Oui...

— Je t'ai mis le foulard blanc dans les mains, poursuivit Boltenstern avec un calme diabolique, et je t'ai indiqué du doigt Richard étendu dans un coin auprès d'une fille nue. « Mets-lui le foulard autour du cou, et fais un nœud », t'ai-je ordonné alors... Et tu y es allé, tu t'es penché sur Richard et tu l'as étranglé. Il n'y avait aucun témoin, tous étaient envolés au pays des songes dorés. Quand j'ai acquis la certitude que tu avais vraiment tué Richard, je suis allé te rechercher, je t'ai accompagné jusqu'à la porte d'entrée et t'ai donné l'ordre de rentrer chez toi. Tu m'as obéi comme un vrai robot. Mais j'ai fait une erreur de calcul, je l'avoue : j'avais fermement compté sur un accident mortel; en apprenant le lendemain matin que tu étais seulement blessé et que tu survivrais, j'ai dû changer toutes mes batteries. Dommage pour toi, mon vieux... Ton visage raboté, ton amour insensé pour cette Corinna, ces lettres anonymes... Tout aurait été beaucoup plus simple si tu étais mort sur la chaussée de Benrath contre ton arbre, comme je l'avais prévu...

Il se tut. Hermann Schreibert étreignait le tonneau comme une femme bien-aimée; il embrassait le couvercle noir de poussière et léchait le bouchon d'ouverture. Boltenstern regarda sa montre. Treize heures quarante-sept minutes.

Le LSD faisait son œuvre.

Dans la tente, on ne chantait plus. Quelqu'un monta sur la tribune; c'était Konrad Ritter qui conseillait aux buveurs de se restreindre un peu pour pouvoir assister le soir au feu d'artifice et surtout à la retraite aux flambeaux.

Applaudissements. Nouvelle chanson.

Boltenstern se pencha sur Schreibert et essaya de le remettre sur ses genoux. Puis, finalement, il réussit à le faire tenir debout, bien calé contre les tonneaux; le malheureux riait, et ce rire aurait fait mal à n'importe quel être humain. Mais Boltenstern n'était plus qu'un démon.

A partir de cet instant, il agit avec une rapidité et une précision démoniaques. Pour commencer, il enfila ses gants; à une des poutrelles qui soutenaient la tente, il attacha une grosse corde et fit un nœud; il poussa même la conscience jusqu'à y passer sa propre tête pour voir si tout marchait bien.

— Viens, mon petit, dit-il alors froidement en se retrouvant sur le sol.

Avec la même docilité que la première fois, Schreibert rejoignit son bourreau en chancelant. Il regarda d'un œil intrigué la boucle qui se balançait doucement au-dessus de sa tête.

— Monte! ordonna Boltenstern en indiquant le tonneau vide — il s'en était assuré à l'avance — placé juste sous la corde.

Schreibert essaya, mais deux fois il glissa et tomba dans la poussière.

— Attends, je vais t'aider, reprit Boltenstern en le tenant sous les bras. Finalement, en lui maintenant solidement les jambes, il parvint à le faire tenir droit sur le tonneau.

— Passe le collier autour de ton cou, Hermann! haleta Boltenstern, car il avait de plus en plus de mal à le retenir. Vas-y, doucement...

Schreibert saisit la corde et passa l'anneau au-dessus de sa tête en riant et en se léchant les lèvres.

Alors Boltenstern le lâcha et recula de trois pas.

Dans la tente, des poings velus battaient la mesure sur les tables.

Boltenstern respira profondément :

— Saute, Hermann, dit-il sèchement. Saute!

Schreibert était justement en train de glisser autour du soleil sur un nuage d'or qui ressemblait à un traîneau; et tous les nuages qu'il rencontrait avaient les formes splendides du corps de Corinna Colman; tous lui faisaient un signe amical au passage et l'escortaient ensuite; le vent laissait percer une douce mélodie, tandis que les étoiles se tenaient par la main pour former une chaîne de diamants. Brusquement, il se trouva face à un portail de roses en plein ciel bleu, et derrière, un lit de cristal se balançait négligemment, sur lequel la véritable Corinna était étendue et appelait d'une voix douce comme la chanson des cloches : Saute, chéri, saute! Elle étendit les bras, et un rayon lumineux la relia à Schreibert.

Il gémit, le cœur dilaté de volupté.

Et il sauta... brutalement, le ciel devint tout rouge, environné de flammes, les nuages, le portail, le lit de cristal, la cohorte de jeunes filles, Corinna Colman, tout explosa... Une souffrance abominable lui déchira la nuque...

— Corinna! hurla-t-il.

Et ce fut la nuit.

Boltenstern contempla gravement la silhouette pendue à la corde. Le corps frémissant alla battre contre la toile de tente puis reprit une position stable; il se détendit. Sa langue sortit de sa bouche, gonflée et brunâtre.

Au même moment, Jutta parvint à regagner son poste d'observation derrière une voiture; elle vit son père debout devant le pendu.

Non! Non! Non! hurla son cœur. Ce n'est pas vrai...

Le visage de son père, ses yeux froids en contemplation devant sa victime immobile la remplirent de peur et lui glacèrent les entrailles. L'expression d'un meurtrier qui ne se sait pas observé.

Comme à travers un voile, elle l'aperçut encore qui tirait quelque chose d'une des poches du mort : c'était la lettre compromettante, la lettre anonyme envoyée par Harry Muck à Schreibert, dans laquelle il décrivait le vrai déroulement de la fameuse soirée.

Jutta tremblait de tout son corps; elle ferma un instant les yeux et finalement se sauva en courant.

Boltenstern partit lui aussi dans la direction opposée. Avant d'entrer dans la grande tente, il rectifia son nœud de cravate, se passa un peigne dans les cheveux et adopta un sourire léger.

... Hollahi... Hollaho...

Du podium, Pétra Erlang lui fit un signe auquel il répondit en riant; avant de la rejoindre, il s'acheta encore un chapeau à plumes qu'il se planta sur le sommet du crâne; il avait l'air parfaitement gai et détendu.

17

CE fut Konrad Ritter qui découvrit le premier, et tout à fait par hasard, Hermann Schreibert pendu à une poutre de la tente. Il cherchait les toilettes et s'était trompé de chemin.

Interdit, il contempla la silhouette grotesque durant quelques secondes avant de prendre conscience de la situation et des répercussions sur la fête militaire. Alors, comme un fou, il courut vers la tente, arracha son fils au comptoir et l'entraîna de force sur la prairie.

— Qu'est-ce qui t'arrive? s'écria Werner furieux en se dégageant de l'étau paternel.

— Werner... derrière la tente... Schreibert... Mon Dieu... Je sens que je vais avoir une attaque. Tiens-moi bien, sinon je tombe... C'est affreux... affreux...

Konrad Ritter s'appuya sur son fils; une pâleur anormale envahit son visage, et Werner se rendit compte qu'il n'était ni fou ni ivre. Il le planta là et courut derrière la tente. Quelques minutes plus tard, il rejoignait son père, le visage pâle et grave.

— Qu'est-ce que... Qu'est-ce que tu as fait? murmura le père.

— Rien. Il est mort. L'accident vient d'arriver, car il est encore tout chaud.

— Il fait 40° au soleil, Werner..., murmura Ritter.

— Je vais faire boucler ce coin! Une chance que le

procureur général soit justement là, lui aussi! Où est Boltenstern?

— Sous la tente.

— Depuis quand?

— Je ne sais pas. Il est assis sur le podium à côté du général.

— Que personne ne vienne ici, père, je compte sur toi! Je vais chercher la police...

— Pour l'amour du ciel, Werner, pas de scandale! Arrange-toi pour qu'on ne s'aperçoive de rien. Il ne faut pas que cette journée soit gâchée pour tout le monde. Schreibert a perdu la tête... Son visage blessé, la conscience de se sentir à l'écart de tout... C'en était trop... N'en fais pas tout un roman, Werner!

— Comme vous avez toujours une explication adéquate sous la main! ricana Werner Ritter. Si cela peut te rassurer... Je vais enfiler mes mains de fer dans des gants de velours pour m'occuper de cette tragédie...

Ce ne fut pas la police, mais les pompiers qui firent le barrage derrière la tente. Le docteur Breuninghaus, Alf Boltenstern, Toni Huilsmann, Konrad Ritter et un ancien médecin-major entouraient le corps de Schreibert, dégagé par deux pompiers et étendu sur une civière. Même dans la mort, ses yeux avaient gardé l'expression de ravissement propre au drogué. Le médecin referma la chemise.

— Mort, dit-il. Inutile de préciser comment...

— Et quand? interrogea Breuninghaus.

— Au plus une demi-heure... Quand il est mort, sa vessie s'est vidée, comme il arrive souvent avec les pendus. Son pantalon est encore humide... Avec cette chaleur, il ne doit pas mettre longtemps à sécher...

— C'est affreux... murmura Boltenstern en se détournant d'un air effondré. Moi qui lui ai apporté une bière il n'y a pas bien longtemps encore! Il riait, et il était heureux à la pensée de retrouver les anciens copains après la fête officielle.

— Les nerfs, messieurs, les nerfs! Breuninghaus

se tut, tandis qu'un pompier recouvrait le corps d'un drap. — Lui aussi, il n'était qu'un homme. Il a succombé à un destin tragique. Il regarda autour de lui et rencontra le regard de Werner Ritter fixe et vide. — Discrétion, messieurs, voilà maintenant notre mot d'ordre! Il n'y a pas de raison de perdre la tête. Un de nos camarades vient de disparaître... Mais cela ne doit pas gâter la joie des trois mille autres! Nous sommes bien d'accord, n'est-ce pas? Pendant des années, ils ont attendu ce jour, et ils ont parcouru toute l'Allemagne pour se retrouver ici... — Il fit signe au patron de la brasserie de s'approcher. — Où peut-on mettre le cadavre en attendant le cercueil?

— Le mieux serait de l'étendre dans la voiture de transport..., dit-il en montrant du doigt un camion fermé, derrière la tente. Il y reste encore des blocs de glace... J'espère bien qu'on me les remplacera après...

Le procureur général ne releva pas cette remarque. Deux pompiers emmenèrent sur-le-champ la civière dans le camion.

— Que personne ne soit mis au courant du drame! insista Boltenstern. Et surtout pas le général. Inutile de provoquer une deuxième tragédie...

Konrad Ritter courut vers la tente. Il était de son devoir à présent de tenir le général von Resdshoff à l'écart des événements macabres. L'orchestre tonnait; le public dansait sur le podium dans un imbroglio de bras et de jambes.

— Voilà le second, murmura Toni Huilsmann en regardant s'éloigner le cadavre de Hermann Schreibert. — Puis les yeux fixés sur Boltenstern, il ajouta : — Je garantis que je ne serai pas le troisième...

Boltenstern releva la tête et quitta les lieux, avec l'allure fière et désinvolte du toréro vainqueur.

Devant la voiture de Pétra Erlang, Jutta sanglotait bruyamment, la bouche ouverte, la tête sur ses bras repliés. Toute la souffrance d'un être humain s'exhalait dans ces sanglots, telle la louve égarée au milieu de la taïga recouverte par la neige, qui implore les étoiles. Pendant une infinité de minutes, elle laissa crier sa peine et se sentit ensuite soulagée et plus forte. Il lui restait à accomplir le geste ultime d'une fille qui cherche à protéger un père chéri contre le désastre irrémédiable.

Elle savait parfaitement que Werner Ritter tenait enfin la preuve cherchée depuis si longtemps. Le corps de Schreibert était encore imbibé de LSD... pour plusieurs heures. Ces quelques heures allaient suffire à transformer aux yeux de tous Alf Boltenstern en un criminel froid et sadique. Il n'avait plus la moindre chance d'échapper à l'accusation; et Jutta avait pleinement conscience de ce qu'elle allait entreprendre pour préserver le nom de Boltenstern d'une honte indélébile.

Les doigts gourds, elle ouvrit la porte de la voiture.

La boîte à gants.

Un petit sachet sans apparence.

A l'intérieur, une enveloppe.

Dans l'enveloppe, trois paquets plats emballés dans du papier d'étain.

Avant de se saisir de ces paquets meurtriers, elle hésita encore... Finalement, décidée à aller jusqu'au bout, elle prit le sachet, referma la portière de la voiture et sécha ses larmes. Avant de regagner la tente, elle exposa son visage aux rayons bienfaisants du soleil afin que disparaissent toutes traces de chagrin.

Alf Boltenstern revenait justement du comptoir, les mains chargées de bocks de bière mousseuse, lorsque père et fille se heurtèrent. Il paraissait en pleine forme, mis à part de grands cernes noirs autour de ses yeux.

— Hé! Qui est là? s'écria-t-il en arrivant au podium. Messieurs... Permettez-moi de vous présenter ma plus grande réussite en ce monde... Ma fille, Jutta.

Jutta regarda son père d'un air grave et se laissa embrasser sans réagir.

— J'ai déjà salué ton fiancé, ma chérie... — Puis il saisit son pot et entraîna Jutta à l'écart, dans un coin tranquille; il lui murmura alors à l'oreille, d'un air grave cette fois : — Connais-tu la nouvelle? Oncle Hermann est mort...

Jutta frissonna :

— Non... Non, papa. Je suis arrivée avec Werner pendant le défilé, et brusquement, il a disparu. Que... que s'est-il passé?

— Oh! C'est un cas tragique. Nous sommes encore tous profondément bouleversés... — Pour un observateur averti, effectivement, Boltenstern paraissait sincèrement accablé. Le docteur Breuninghaus entrait justement dans la tente, accompagné du médecin. — Tiens, voilà Breuninghaus, ajouta-t-il en posant son bock sur une table branlante. Attends-moi ici, petite, je vais lui demander ce qu'il a appris de neuf... Je reviens tout de suite.

Elle le suivit des yeux et le vit parler avec le procureur général en faisant de grands gestes.

Ça y est, se dit-elle. C'est le moment.

Mon Dieu, pardonne-moi...

Je l'aime... C'est mon père... C'est parce que je l'aime que j'agis ainsi.

Elle s'arrangea pour cacher le bock avec son corps, déballa les buvards et les plongea tous trois d'un seul coup dans la bière.

Trois cents microgrammes de LSD... De quoi envoyer tout un régiment en enfer. Un cerveau peut-il résister à une pareille dose?... Lentement, elle compta jusqu'à dix, avant d'ôter les papiers dont elle fit ensuite une boule qu'elle glissa dans son sac à main.

Puis elle regarda autour d'elle.

Boltenstern discutait toujours avec le procureur général, auquel s'étaient joints Werner Ritter et le capitaine des pompiers.

Adieu, père...

C'est certainement la meilleure solution... pour

nous tous... Pour Werner et pour moi... et pour toi aussi...

Sur l'estrade, on continuait à s'agiter et à danser; dans un coin de la tente, un chœur masculin chantait le ciel du Rhin...

Adieu, père...

Elle se détourna et quitta la tente par une sortie de secours. En revenant, Boltenstern ne retrouva plus que sa bière; il jeta un coup d'œil autour de lui, mais sans chercher trop longtemps Jutta, il emporta son pot sur le podium, où Pétra flirtait depuis un certain temps déjà avec le général von Rendshoff.

— A votre santé! s'écria-t-il en levant sa bière. — Pétra lui sourit. — Je bois à la plus jolie femme que je connaisse. — Et moi aussi! — Le général se leva péniblement. — Boltenstern, à la santé des femmes qui font le bonheur de notre existence. Cul-sec!

— Cul-sec, mon général!

Avant de boire, il lança à Pétra un long regard plein de fierté et de triomphe, le regard du tigre qui a conscience de faire trembler toute la jungle.

Puis il but sa bière à longues gorgées. Cul-sec.

Derrière la tente, entre les tonneaux et les caisses de bouteilles de bière, Werner Ritter scrutait le sol couvert de sable. Quatre pompiers éloignaient les curieux; un autre montait la garde devant le camion dans lequel on avait calé le corps du malheureux Schreibert entre deux blocs de glace en attendant le cercueil. Le patron de la brasserie s'était assis, jambes ballantes, sur un de ses tonneaux et s'épongeait le front avec un mouchoir douteux, bien qu'en fait, il eût plutôt le cœur glacé d'effroi.

— Monsieur le commissaire, par pitié, évitez le scandale! répétait-il inlassablement. Juste au moment où l'ambiance commence à atteindre son point culminant... Croyez-vous qu'on arrivera à éloigner le mort...

Sans que mes clients s'en aperçoivent... Et quand le cercueil arrivera...

Werner Ritter ne cessait de sonder l'endroit où s'était passé le drame. Sous la corde, il avait dû y avoir un tonneau sur lequel Schreibert s'était dressé avant de le renverser d'un coup de pied... selon la version du docteur Breuninghaus. Mais le jeune commissaire ne partageait pas cet avis, et il ne se gêna pas pour le dire.

— Il y avait ici deux personnes, debout dans le sable!

Il indiqua du doigt quelques traces de semelles près de la toile de tente, un endroit épargné par les pompiers qui avaient dégagé le corps de Schreibert. Après avoir repris des forces en avalant un grand verre de bière, Breuninghaus se pencha vers le sol, auprès de Ritter. On pouvait distinguer très nettement les traces de deux semelles de chaussures différentes de taille et de coupe : l'un des deux personnages portait des semelles à rainures longitudinales.

— Combien de personnes se sont promenées dans ce coin depuis une demi-heure! prononça sèchement le docteur Breuninghaus qui sentait venir un orage. Le zèle professionnel du jeune Ritter devenait décidément fastidieux. Jamais encore un suicide n'avait présenté autant d'évidence que cette fois. Un type, défiguré à jamais, succombe sous le poids d'un destin tragique...

Werner Ritter posa prudemment son mouchoir sur les traces de semelles, sous le regard mécontent du docteur Breuninghaus.

— Ritter! s'écria-t-il de sa voix sèche, avant que l'autre n'ait eu le temps de prononcer un mot. On devrait interdire à tous les jeunes criminalistes la lecture des romans policiers ainsi que des films à suspense de Hitchkock. Ça ne sert qu'à détruire l'imagination et à faire perdre le sens des réalités! Que signifient toutes ces simagrées?

Werner Ritter se redressa en chancelant légèrement.

— Monsieur le procureur général, dit-il en faisant exprès d'accentuer chaque syllabe, la présence de plusieurs traces de semelles différentes prouve que Schreibert n'était pas seul!

— Bien sûr, il n'était pas seul! Il était avec Boltenstern! Boltenstern lui a même apporté un pot de bière. Vous le savez aussi bien que moi!

— Et quand Boltenstern est revenu dans la tente, Schreibert vivait encore?

— Évidemment! — Breuninghaus fronça les sourcils. — Écoutez-moi, Ritter. Cette façon de poser des questions est d'une impertinence inadmissible. Parfaitement! On a l'impression que vous accusez Alf Boltenstern, mon ami et mon camarade de régiment, d'avoir pendu lui-même son propre ami Schreibert! Vous vous rendez compte de l'absurdité de cette supposition? On voit bien que vous n'avez pas la moindre idée de ce que signifie l'expression «frères d'armes» sinon vous sentiriez de vous-même l'incongruité de vos soupçons... J'ai vu Boltenstern de mes propres yeux : à peine s'il a quitté la tente... Cet argument vous convraincra-t-il, monsieur Ritter?

La politesse affectée du procureur général aurait glacé les entrailles de maint subalterne, mais Werner Ritter était bien décidé cette fois à ne pas céder le terrain. Lui aussi avait passé tout son temps à l'intérieur de la tente, à un endroit d'où il pouvait contrôler toutes les allées et venues des personnages juchés sur la tribune. Il avait bien vu Boltenstern s'approcher de Pétra Erlang et du général von Rendshoff, mais pour très peu de temps seulement; le temps de se retourner pour commander une nouvelle bière, et l'autre avait de nouveau disparu.

— Je vais faire faire immédiatement l'autopsie du corps, répliqua-t-il paisiblement. Me permettez-vous de vous annoncer dès maintenant, monsieur le procureur général, ce qu'elle révélera?

— Mort par rupture des vertèbres cervicales, bien sûr.

— Et présence de LSD dans le corps!

Le rouge monta aux joues du procureur général. Il eût donné cher pour être ailleurs. Quelle idée aussi d'être venu ici, à Nuremberg, sur ce terrain poussiéreux, au lieu d'avoir suivi le conseil de sa femme : un week-end ensoleillé sur la mer du Nord, fouetté par l'eau salée et la brise vivifiante, caressé par un soleil généreux...

— Ah! Vous alors, avec votre LSD! s'écria-t-il en exhibant le sourire indulgent avec lequel on accueille les divagations d'un fou. — A vous entendre, il faudrait examiner tous les participants de cette fête — et il y en a plusieurs milliers — pour vérifier si certains d'entre eux ont absorbé aussi du LSD...

Breuninghaus élargit son sourire, tandis que le regard de Werner Ritter errait du côté du camion à l'intérieur duquel le cadavre de Hermann Schreibert refroidissait lentement entre deux blocs de glace.

— Je voudrais encore poser quelques questions à M. Boltenstern, poursuivit-il courageusement.

Breuninghaus cette fois se mit en rage.

— Ritter, vous dépassez les bornes!

— Je ne fais que mon devoir!

— Un excès de zèle est souvent condamnable. On en a pendu d'autres pour ce motif... — Breuninghaus s'épongea le front à son tour. Il faisait décidément très chaud dans ce réduit. — Je vous remercie pour l'aide inappréciable que vous nous avez apportée, monsieur Ritter. Le parquet de Düsseldorf va prendre l'affaire en main en collaboration avec le parquet de Nuremberg.

Voilà qui ressemblait fort à une fin de non-recevoir. Werner Ritter exhala un profond soupir. La vérité! hurlait une voix en lui. Mon Dieu, je ne cherche rien d'autre qu'à servir la vérité! Droit égale vérité... à moins que tout ne soit changé?

— Monsieur le procureur général, commença-t-il d'une voix rauque...

Mais Breuninghaus lui coupa immédiatement la parole.

— Je considère cette affaire comme terminée. Vous pas, monsieur Ritter?

— Les deux traces différentes...

— Bon Dieu, sommes-nous dans un roman de Karl May? s'écria Breuninghaus. Jouons-nous l'épisode de Winnetou? Je ne veux plus entendre un mot à ce sujet, vous me comprenez?

Werner Ritter baissa la tête. Il entendit soudain des cris confus.,.. puis une sirène hurla, comme si un incendie s'était déclaré quelque part.

— Quelle journée! soupira le pauvre procureur dont le cœur battait à grands coups. Que se passe-t-il encore?

Les cris venaient de la direction du grand-huit; un vacarme de pas submergea bientôt tout autre bruit; dans la tente, la musique mourut lentement.

Avant qu'ils aient eu le temps de voir quoi que ce soit, Konrad Ritter apparut, affolé, le visage décomposé, les cheveux en bataille, blême et les yeux exorbités. Il tremblait de tous ses membres et dut s'adosser à un tonneau, sinon il serait tombé. Pendant un temps infini, il ne réussit pas à sortir le moindre son; et finalement, il prononça quelques mots hachés : Sur le grand-huit... Venez vite... C'est affreux... affreux. Puis il se redressa comme un possédé et s'enfuit en courant vers le centre du terrain.

Breuninghaus et Werner Ritter le suivirent. Une vague de corps oscillants les emporta dans son élan. Au loin, le grand-huit lançait à l'assaut du ciel ses échafaudages d'acier peints en bleu-nuit, comme un squelette géant.

Alf Boltenstern se transformait lentement, sans que ses voisins s'en soient aperçus... Pétra plaisantait avec le général auquel elle racontait, avec un brin de coquetterie, qu'il était question de partir en voyage de noces sur un yacht, vers la mer des Caraïbes...

— Je vois, madame... Un ciel bleu, de l'eau salée, le soleil des tropiques, le balancement des vagues, la danse des dauphins.. C'est terriblement excitant... — Il se mit à rire, sans raison, très content de lui-même. Quelle ambiance! songeait-il. Et quelle femme, cette Pétra Erlang! Si j'avais vingt ans de moins, le brave Boltenstern aurait trouvé une sérieuse concurrence! C'est insensé pour un capitaine d'épouser une pareille femme. Elle pourrait prétendre au moins à un colonel! — Ha, ha ha... A votre santé, madame...

Assis sur la première marche du podium, Boltenstern contemplait sa salle. Comme c'était étrange... La musique prenait forme... Les notes s'animaient; il les voyait sortir vivantes des instruments. Elles s'échappaient des trompettes et des clarinettes, glissaient du cornet des cors, dansaient sur les tambours, s'envolaient des trombones... Tout autant de petits elfes argentés habillés de bonnets coquins... L'air les dissolvait et chacun d'eux laissait échapper un petit cri.

C'est beau, se dit Boltenstern. C'est vraiment très beau... Il sourit en direction de l'orchestre, puis secoua la tête d'un air étonné. Les instruments avaient changé de forme... Ils s'étaient transformés en ossements humains recouverts d'or...

Il se leva, sans même chanceler. Apparemment, rien n'avait changé dans son expression ni dans son attitude. Un peu raide, peut-être, sa démarche, comme s'il participait à un défilé à son tour, la tête droite, les bras pendants. Le regard fixe, il se faufila à travers la foule des vieux soldats, serra des mains, prononça quelques mots aimables et but même dans le bock d'un ancien camarade, signe d'amitié éternelle. Puis il sortit de la tente.

Debout, pétrifié par le spectacle merveilleux qui s'offrait à lui, il demeura cloué sur place, pour admirer le monde environnant.

Le ciel d'un rouge orangé...

Devant lui, une montagne de cristal aux reflets bleuâtres au-dessus de laquelle les nuages se promenaient comme des wagonnets d'or conduits par des elfes dont les longs cheveux flottaient dans le vent.

— Comme c'est beau! prononça-t-il à voix haute. Comme c'est beau!

A longues enjambées, il rejoignit la montagne de cristal en la caressant, il eut la surprise de constater qu'elle n'était pas froide, mais douce et tiède au toucher comme la chair d'une femme.

La musique l'entourait de ses petits bonshommes argentés, coiffés de curieux bonnets. Il leur fit un signe de la main, et accompagna lui-même leurs chants... de sa bouche s'échappèrent également des elfes qui dansèrent devant lui et le précédèrent jusqu'à la montagne de cristal dont le sommet touchait le ciel rouge-orangé.

Autour de lui, les appels et les cris se métamorphosaient également en petits bonhommes argentés. Un des wagonnets d'or passa devant lui, et il entendit les elfes rire à l'intérieur; leurs grands yeux brillants et leurs visages violets semblaient transparents.

Au-dessus de Boltenstern, plus de deux mille personnes s'étaient massées, curieuses de voir cet homme escalader les échafaudages du grand-huit sans aucune peine apparente, avec une assurance et une rapidité surprenante. On entendit hurler des sirènes. Le propriétaire du manège contemplait cet original, ne sachant que faire; pour l'instant, il s'était contenté de faire fonctionner tout son système de freinage. Et l'homme grimpait, sans voir autre chose que les nuages d'or qui l'attiraient invinciblement. Il chantait...

Les pompiers et la police arrivèrent, les sirènes hurlèrent, un barrage s'organisa. Le docteur Breuninghaus, désespéré, avait arraché sa cravate. Il donnait l'impression d'avoir été roué de coups. Derrière lui, Pétra Erlang et le général von Rendshoff se précipitèrent vers le grand-huit.

— Interdiction d'avancer! s'écria Breuninghaus en levant les bras au ciel. Reculez, voyons, vous gênez les équipes de secours! Place aux pompiers! Et du calme! Bon Dieu, est-ce que personne n'aurait un haut-parleur?

— Eh bien, c'est le comble! protesta le général von Rendshoff en profitant des circonstances pour soutenir Pétra Erlang. Que se passe-t-il encore? Je n'y comprends rien! Est-il devenu fou?

Boltenstern grimpait toujours à la rencontre du ciel. La montagne de cristal, autour de lui, étincelait de tous ses feux; une mélodie envoûtante le berçait. Il jeta une fois les yeux vers le sol et aperçut un immense gazon parsemé de fleurs multicolores. Au loin, une montagne toute blanche brillait au soleil, et il ressentit au fond de son cœur la nostalgie de l'aigle qui étend ses larges ailes au-dessus du monde, avec la sensation enivrante de régner en souverain sur l'empire du soleil et des rochers.

— Un haut-parleur! hurla Konrad Ritter en courant en tous sens.

La police faisait un barrage contre le public, tandis que les pompiers dépliaient des filets et installaient des échelles.

— Il faut l'appeler dans un haut-parleur! Camarades! Tous ensemble et en cadence : Bol-ten-stern...
— Ritter leva les deux bras comme un chef d'orchestre.
— ... trois... quatre...

Des centaines de gosiers s'unirent pour attirer l'attention du grimpeur.

— Bol-ten-stern... Bol-ten-stern...

Mais en vain. Il continuait à grimper... Armature par armature... vers le sommet du grand-huit où flottait un petit drapeau.

— Même avec l'échelle, nous ne pourrons pas l'atteindre, affirma le capitaine des pompiers, inondé de sueur. Regardez comment il grimpe... Dans tous les sens! Si au moins on savait ce qu'il veut...

— Si je le savais, je n'aurais pas eu besoin de vous! grogna Breuninghaus en faisant un signe à Ritter. — Passez-moi votre haut-parleur. Je vais essayer de l'amener à la raison, moi.

On lui tendit un micro relié au grand-huit et branché sur sa plus grande puissance. Le moindre grattement faisait l'effet d'un vacarme fracassant.

— Camarade Boltenstern! hurla-t-il dans le micro. — Il ne put s'empêcher de sursauter au son de sa propre voix. Tourné vers Pétra Erlang, il murmura : — Voilà de quoi réveiller un mort!

— Laissez-moi essayer, s'il vous plaît, bredouilla Pétra.

Elle lui prit le micro des mains et fit un pas en avant. Un brusque silence oppressa l'assistance.

— Alf! fit Pétra. Alf! Descends, je t'en supplie... Alf... C'est moi qui t'appelle, moi, Pétra... Alf...

Pas de réaction.

Boltenstern grimpait toujours. Il avait l'impression qu'un orchestre céleste jouait pour lui et que le chœur des anges l'appelait en chantant. Plus il approchait du ciel, plus l'univers du soleil et des rochers le fascinait. L'aigle grandissait en lui au fur et à mesure que la terre s'éloignait.

— Je n'en peux plus, murmura Pétra en lâchant le micro. Je n'en peux plus...

Le général la soutint, comme il aurait soutenu un drapeau contre l'assaut de l'ennemi.

— Bol-ten-stern! hurlait encore le haut-parleur.

Ritter s'arrachait les cheveux en hurlant comme un chien battu, tandis que le docteur Breuninghaus admonestait le capitaine des pompiers.

— Quelle bande d'endormis! Je comprends maintenant pourquoi les incendies sont tellement destructeurs! Avec la lenteur qui vous caractérise, un gratte-ciel a le temps de se consumer avant même que vous n'ayez mis votre grande échelle en place!

Furieux, le pompier retourna à sa voiture. Des

équipes s'étaient formées qui tendaient des filets un peu partout à l'intérieur du grand-huit, pour recevoir Boltenstern au cas où il tomberait... mais c'était sans espoir, car avant d'arriver sur le sol, il se romprait les os sur les différentes barres d'acier et les poutres de soutènement.

— Nous sommes tous là comme des idiots, le nez en l'air, reprit Breuninghaus hors de lui. Mais n'y a-t-il aucune possibilité de rattraper cet homme? On voit bien qu'il a perdu la raison! Devons-nous attendre sa chute sans rien faire? C'est une honte....

Il n'y avait plus âme qui vive dans la tente et dans les baraques. Tout le monde contemplait, le cœur serré, le petit homme qui grimpait vers une mort certaine... Les prévisions du pompier se révélèrent justes : la grande échelle n'atteignait pas la hauteur du drapeau dominant le grand-huit; il lui manquait environ dix mètres.

— Si l'on essayait avec un lasso? proposa le général von Rendshoff. Messieurs, c'est une idée géniale! Depuis le haut de l'échelle, avec un lasso...

— Merde!

Breuninghaus rejoignit Konrad Ritter qui essayait de trouver des volontaires pour grimper à la rencontre du fou. Mais en vain. Il eut beau hurler, supplier, injurier, invoquer l'héroïsme du guerrier allemand, rappeler Smolensk et la taïga... rien n'y fit. Les temps avaient changé, les circonstances aussi. Et il ne s'agissait pas de sauver la patrie en danger cette fois! On n'allait tout de même pas risquer sa peau pour un simple capitaine Boltenstern...

Ritter abandonna la partie. Soudain, ce fut Breuninghaus qui prit le relais.

— Cent marks pour celui qui le ramène!

Personne ne broncha.

— Deux cents marks!

Silence.

— Cinq cents marks!

— C'est stupide! intervint le propriétaire du grand-huit. Mes gars ne sont pas des poules mouillées... Ils montent et démontent sans cesse le manège. Mais avez-vous une idée de ce que ce fou peut faire si jamais quelqu'un s'approche de lui? Il risque de le basculer dans le vide... C'est trop dangereux!

— Attendons, conclut Breuninghaus en posant une main lourde sur l'épaule de Ritter. Remettons-nous-en à Dieu. Je n'y comprends rien; il y a une demi-heure encore, il était parfaitement normal...

Autour de Boltenstern, le monde s'était noyé. Il escaladait sa montagne merveilleuse au milieu des nuages ondulants et ne voyait rien d'autre, rien que le sommet enneigé qu'il lui fallait absolument atteindre afin d'être élu roi de l'empire des aigles!

Le sommet...

Liberté plus chère que tout...

D'une main il se tenait au mât du drapeau. Au-dessous de lui, un silence lourd pesait sur les spectateurs du drame imminent. Deux équipes de pompiers couraient en tout sens pour placer le filet là où, d'après leurs calculs, le corps de Boltenstern devait s'écraser. Juché sur la grande échelle, un autre pompier, d'un âge respectable, parlait à Boltenstern d'une voix paternelle, mais sa voix paraissait se disloquer avant de parvenir jusqu'au mât.

Les montagnes de neige au soleil! La majestueuse splendeur de la nature inviolée où Dieu semble plus proche... Régner sur cet empire, toutes ailes déployées! Au-dessous de soi, la prairie couverte de fleurs, au-dessus, le ciel de cristal... Qu'y a-t-il de plus beau?

Boltenstern s'adossa au mât central et étendit les bras, nouvel Icare se préparant à rejoindre le soleil... sans penser que les rayons brûlants faisaient fondre la cire sur laquelle étaient fixées les plumes de ses ailes.

Un aigle! L'aigle royal!

Au milieu du parking, Werner Ritter serrait contre sa poitrine la tête de Jutta. Cachée parmi les autos d'où elle pouvait suivre la progression de son père, il avait fallu longtemps au jeune homme pour la retrouver.

— C'est horrible, avait-il gémi en la découvrant enfin, les bras appuyés sur le toit d'une voiture, et le corps secoué de sanglots bruyants. — Est-ce que tu arrives à comprendre ce qui se passe?

— Oui, hurla-t-elle. Oui...

Un sombre pressentiment secoua Werner; il la serra plus fort contre lui et de ses deux mains, lui entoura la tête.

— Dis-moi tout! murmura-t-il tendrement. Mon Dieu, Jutta, dis-moi...

— Il a absorbé du LSD, répondit-elle tout bas sans bouger.

— Comment cela?

— C'est moi qui le lui ai mis dans sa bière.

— Combien?

— Trois cents microgrammes!

— Mon Dieu... Et... Pourquoi as-tu fait cela?

— Parce qu'il a tué Hermann Schreibert..., et Richard Erlang aussi...

Werner poussa un soupir de soulagement. Ce n'est pas une manière de résoudre les problèmes, se dit-il, mais peut-être est-ce préférable, au fond... Il n'y aura pas de procès, le nom de Boltenstern ne sera jamais traîné dans la boue, et peut-être que, au bout de quelques mois, nous arriverons à oublier ce cauchemar et à être heureux.

Exactement ce que s'était dit Jutta avant de plonger les trois buvards meurtriers dans la bière de son père.

Au sommet du grand-huit, les bras écartés, Boltenstern tournait vers le soleil un visage extasié. Ainsi se tenaient les princes des Incas sur les marches conduisant au temple du Soleil, avant de monter jusqu'à l'autel rendre leurs devoirs au Dieu Tout-Puissant.

— Pardonne-moi, père, murmura Jutta. Si tu savais combien je t'aime...

Elle pressait sa tête contre la poitrine de Werner.

— Ne dis rien, Werner. Ne dis rien... Je ne veux rien entendre...

De ses deux mains, il lui boucha les oreilles et examina la silhouette suspendue entre ciel et terre. Boltenstern agita les bras comme des ailes souples et mit un pied en avant.

Un grondement sourd s'éleva du sol.

Trois mille êtres humains retenaient leur respiration.

— Les filets ! hurla le capitaine des pompiers.

Soutenue par le docteur Breuninghaus et par Konrad Ritter, Pétra Erlang se détourna ; ses yeux exorbités criaient l'horreur de devoir assister, impuissante, au drame inéluctable.

— Peut-être qu'avec un lasso, bégaya le général von Rendshoff.

Boltenstern contempla encore les montagnes couvertes de neige aux sommets d'un rose irréel... Et voilà que les montagnes s'entrouvrirent comme un portail géant pour laisser apparaître une contrée sans horizon où l'air avait la couleur des violettes de Parme. Audessus de lui, une voix grave s'éleva : Tout cela t'appartient... A toi tout seul... O Toi, Empereur des Aigles!

— J'arrive! s'écria Boltenstern avec ravissement. Je vous rejoins, montagnes divines...

Les yeux grands ouverts, il agita encore une fois les bras et s'envola vers son empire.

L'aigle royal!

L'empereur de tous les aigles!

Une clameur immense s'éleva du sol.

Breuninghaus ferma les yeux; von Rendshoff se détourna; seul Konrad Ritter eut le courage de suivre la trajectoire mortelle de son ami; il se mit au garde-à-vous...

A deux mètres du filet, Boltenstern s'écrasa au sol entre deux pylônes. Ce fut la tête qui subit le premier choc, et le cerveau éclata comme la cosse d'une châtaigne. Il mourut sur-le-champ, sans s'être rendu compte de sa chute, sans avoir souffert. Les pompiers recouvrirent immédiatement d'une couverture le corps disloqué.

Il ne manquait qu'un seul témoin à ce drame, un témoin étendu sous une table, ivre mort, envolé au pays du sommeil, la bouche grande ouverte.

Toni Huilsmann.

Depuis plusieurs heures déjà, il avait perdu conscience du monde environnant.

Deux infirmiers vinrent le chercher un peu plus tard, après avoir procédé au transport des deux cercueils.

18

PAR un jour frais et brumeux d'octobre, Toni Huilsmann, l'architecte à la mode, partit pour son dernier voyage. Deux hommes taillés en hercules et tout de blanc vêtus vinrent le chercher pour l'emmener vers une voiture soigneusement fermée.

D'ailleurs Toni n'esquissa pas le moindre geste de défense... Il dansait entre ses geôliers et riait en regardant le ciel gris.

Ce sont ses voisins qui avaient prévenu l'hôpital. On l'avait vu se promener tout nu devant ses fenêtres grandes ouvertes, ou chanter debout sur les armoires. Un médecin appelé d'urgence était venu lui faire une piqûre calmante, mais il diagnostiqua une schizophrénie aiguë, parvenue à un degré d'évolution rarement atteint jusqu'alors. Il appela immédiatement la clinique psychiatrique.

Une heure plus tard, enfermé dans sa chambre, Toni Huilsmann s'assit sur son lit et contempla le médecin-chef avec des yeux extasiés.

— Apollon, lui dit-il d'une voix étonnamment chantante. Je l'ai toujours dit : la couleur de l'amour n'est pas le rouge, mais le violet.

Le médecin-chef approuva d'un signe de tête et sortit. Dans le couloir, il se heurta au patron de la clinique qui venait rendre visite à son nouveau pensionnaire.

— LSD, monsieur le professeur, les hallucinations violettes typiques... Si cette saleté commence à inonder l'Allemagne, nous n'allons pas chômer... Au lieu de construire des immeubles à loyer modéré, il vaudrait mieux bâtir des hôpitaux psychiatriques... Ce sera certainement plus utile!

Le professeur leva les épaules d'un air pessimiste et ôta ses lunettes cerclées d'or.

— A qui le dites-vous, mon cher! murmura-t-il.

Dans sa chambre, Toni Huilsmann chantait d'une voix de soprano... une voix totalement étrangère, une mélodie totalement inconnue... mais envoûtante et légère comme les ailes d'un papillon. Une mélodie irréelle, venue d'un autre monde...

Le 22 décembre, Jutta Boltenstern et Werner Ritter se marièrent dans la plus stricte intimité, presque en cachette, avec pour seuls témoins le docteur Lummer, un autre collègue de Werner, et, bien entendu, Konrad Ritter. Le repas eut lieu dans une petite pièce calme et retirée du *Malkasten*, un repas triste de cinq couverts.

Au bout de deux heures, tout était terminé. Konrad Ritter se retrouva seul, après avoir dit adieu aux jeunes mariés qu'une voiture emmenait loin du monde afin de trouver calme et oubli. Les deux témoins étaient partis depuis longtemps déjà, appelés par un coup de téléphone... Tentative de meurtre sur la personne d'un chauffeur de taxi...

Konrad Ritter s'essuya les yeux. Il lui semblait se retrouver seul, perdu au milieu d'une immense pièce vide. Autour de lui, le monde s'était tellement transformé qu'il ne comprenait plus rien; il avait eu beau assister à cette lente et inexorable métamorphose, son cerveau se refusait à l'enregistrer. Et maintenant, seul dans ce monde vide, il eut l'impression d'avoir survécu à un cataclysme, et d'être devenu totalement superflu.

Le 21 janvier 1945, près de Meseritz-sur-l'Obra,

cinq hommes couraient dans la neige; c'était pour eux une question de vie ou de mort.

Vingt ans plus tard, il n'en restait plus qu'un...

La vie est une curieuse aventure, réglée par un destin aveugle...

Achevé d'imprimer le 7 novembre 1977
sur les presses de l'Imprimerie Bussière
à Saint-Amand (Cher)

Presses
Pocket

Presses Pocket
8 rue Garancière
75006 Paris
tél. 329 12 80

— N° d'édit. 670. — N° d'imp. 1478. —
Dépôt légal : 4e trimestre 1971.
Imprimé en France